竜のグリオールに絵を描いた男

The Man Who Painted the Dragon Griaule and Other Stories

ルーシャス・シェパード
Lucius Shepard
内田昌之［訳］

竹書房文庫

竜のグリオールに絵を描いた男

contents

竜のグリオールに絵を描いた男

サイチ氏のコレクションを別にすると、キャタネイの作品群のうちで現存するのは、レーゲンスブルクの市営美術館におさめられている八枚の油絵だけであり、中では『オレンジと女』がもっとも注目に値する。これらの絵画が一角を飾った学生展覧会のひらかれる数週間前に、キャタネイは生まれ故郷を離れて南方のテオシンテへ旅をし、そこで市の長老たちにひとつの提案をおこなっている。彼が自分の作品の行く末を知っていたとは考えにくいし、各作品が受けたおおむね冷淡な評価に気づいたということはさらに考えにくい。一連の作品のうちで現代の学者にとってもっとも興味深く、キャタネイがのちに没頭する事柄から考えてもっとも示唆に富んでいるのは、旅立ちの一年前、彼が二十八歳の年に描いた『自画像』であろう。

カンバスの大部分は黒々と塗られており、その中に床板の形がかすかに浮かんでいる。黒地に不揃いな金色の斜線が二本はしり、そのあいだに画家のほっそりした顔とシャツの肩当ての一部が見える。視点はわれわれが、おそらく屋根の裂け目からであろうが、画家を見下ろすかたちをとっており、こちらを見上げる彼は光に目をほそめ、強い意識の集中に唇をゆがめている。初めてこの絵を見たとき、わたしは立ちのぼる緊張感にすっかり圧倒された。金色の二本の格子を持つ影の中に幽閉されて、壁のむこうに光の世界が存在する可能性に苦しんでいる男を、こっそりのぞき見ているような感覚をおぼえたものだ。さらに言えば、これは美術史学者としての反応であって、知識が少ないためにかえって信頼のおける美術愛好者の反応とはちがうかもしれないが、わたしが受けた印象からすると、彼はみずから進んでこうした監禁状態に身を置いたのであって、その気になれば簡単に脱出できたように思える。ところが彼は制限されているという感覚こそが熱望をあおりたてるものであるとの認識にたち、それゆえみずからをこうしたつらくてまったく道理に合わない知覚状態に縛りつけたのだろう……

――リード・ホランド博士『メリック・キャタネイ：着想の動機』

1

時は一八五三年、はるか南の国、われわれの住む世界とほんのわずかな確率の差によって隔てられた世界で、グリオールと呼ばれる竜がカーボネイルス・ヴァリー一帯を支配していた。この谷はテオシンテ市の中心に位置する肥沃《ひよく》な土地で、銀、マホガニー、藍の産地として有名だった。当時はほかにも竜がいて、多くはパタゴニアの西につらなる岩だらけの島々に棲んでいた――こちらはちっぽけな、気の短い生き物で、いちばん大きな個体でも燕《つばめ》ほどの大きさしかなかった。だがグリオールはひと時代を生きぬいたもっとも巨大な獣《けもの》たちの一匹だった。何世紀もかけて成長したあげくに背中までの高さが七百五十フィート、尻尾《しっぽ》の先端から鼻面までの長さが六千フィートという大きさになったのである。(注意しておかなければならないが、竜は食物の摂取ではなく、時の流れが生み出すエネルギーの吸収によって成長する)呪文をかけそこなうようなことがなければ、グリオールは何千年も前に死んでいたはずだった。グリオールの殺害をまかせられた魔法使い――魔力の反作用によってみずからも命を失うことを知っていた――が、最後の瞬間に恐怖心をいだき、そのわずかな勇気の衰えのために、呪文に致命的なゆがみが生じてしまった。魔法使いの行く末は知られていないが、グリオールは生きのびた。心臓は止まり、呼吸も途絶《とだ》えたが、精神の動きはおさまらず、暗い霊気を送り出し続けて、彼の影響のおよぶ範囲に長く身を置いた者すべてをとりこにした。

グリオールの権勢はどうにもとらえどころがなかった。谷の人びとは自分たちの性格が陰気なのは何年もグリオールの精神に影響を受けてきたせいだとしていたが、よその土地へ行ってみても、責任をかぶせる竜がいるわけではないのに同じように気むずかしい顔つきをしている人びとはいた。彼らはまた、近隣の国へしばしば襲撃をかけるのもグリオールの影響によるものであり、自分たちは心の底では平和を愛する民なのだと主張していた――とはいえ、こうしたこともしょせん人間性の一部ではないだろうか？　グリオールの卓越をしめすもっともはっきりした証拠は、彼を殺した者に報奨として銀があたえられることになっていたにもかかわらず、だれひとりそれに成功しなかったという事実だろう。何百という計画が推し進められたが、力不足あるいは実現性の薄さゆえに、ことごとく失敗に終わった。テオシンテの記録保管所には、巨大な蒸気駆動式の剣やそのほかとても使えそうにない装置の設計図が山のようにあるが、こうした計画の立案者たちはみな谷に長くとどまりすぎて、住民たちと同じように気むずかしい顔つきになってしまった。こうして人びとが、出入りを繰り返しながらも、常に谷に縛りつけられたままの生活を続けていた一八五三年のある春の日に、メリック・キャタネイが訪れて竜に絵を描くことを申し出たのである。

その痩《や》せた若者はもじゃもじゃの黒髪にやつれた頬をして、だぶだぶのズボンと農夫の着るようなシャツを愛用し、両腕を振りまわしながら自分の考えを主張した。相手の話を聞くときには、頭の中にたくさんの照明を詰め込んだように両目を大きく見ひらき、ときには〝美術による死の概念的声明〟についてとりとめもなく語ることもあった。市の長老たちは、メリックは単に礼儀を知らないだけなのかもしれないとは思いながらも、なんとなくからかわれているような気分になった。全体的に見ると、その若者は長老たちが信頼しようという気になりにくいタイプだったのだ。とはいえ、メリックは大量の図表をたずさえてきていたので、長老たちもまじめに相手をしないわけにはいかなかった。

「わたしにはグリオールが美術のような漠然とした存在にひそむ危険を見抜けるとは思えません」メリックは長老たちに語った。「グリオールの体に絵を描いているようなふりをして作業を進め、その胴を真実の光景で美しく飾るいっぽうで、やつに絵の具という毒をあたえ続けるのです」

市の長老たちはがやがやと不信の声をかわしあい、メリックは場が静まるのをいらいらと待った。こういう名士たちの相手は楽しくない。長いテーブルにすわり、不機嫌な顔をして、頭の上の壁に見える大きなすす汚れはまるで彼らの内に共通する醜い考えをあらわしているかのようだ。メリックはレーゲンスブルクのワイン商人組合の連中が彼の描いた集団肖像画をはねつけたときのことを思い出した。

「絵の具は毒になりうるのです」長老たちのざわめきがおさまるのを待ってメリックは言っ

た。「緑色べロネーゼを例にとってみましょう。この塗料はクロームとバリウムの酸化物から作られます。ほんのひとかぎするだけでも卒倒ものです。しかし作業は真剣におこなって、真の芸術作品を仕上げなければいけません。ただ絵の具をぺたぺた塗るだけでは、計略が見破られるおそれがありますから」

　計画の第一段階は、昇降機と梯子《はしご》を備えた足場となる塔を作り、竜の眼の上にある骨板にもたせかけるかたちに組みあげること。こうすれば高さ七百フィートの荷積台と竜の眼の下の作業基地まで一直線にあがることができる。メリックの見積もりでは、八万一千ボードフットの板材と九十名の人員を投入すれば五カ月で建造を終えられるはずだ。地上要員には化学者と地質学者をまじえ、埋蔵石灰岩（鱗《うろこ》の下ごしらえに利用する）や、絵の具の原料になるものの探索にあたる。これは有機物でも、藍銅鉱や赤鉄鉱のような無機物でもかまわない。別のチームは竜の胴から苔《こけ》、剝《は》がれた皮膚、腐った物質などをこそげ落とし、そのあとで体表に樹脂を薄く塗りつける。

「石灰で漂白するほうが簡単でしょう」メリックは言った。「でも、こうすれば成長と老化で生まれた染みやうねが消えて、わたしたちの描くものの形が明確になると思うんです。ほかのやりかたではみっともない入れ墨みたいに見えてしまいますよ！」

　貯蔵用の桶《おけ》と粉砕機も必要だ。原鉱から顔料を分離するエッジランナー・ミル、顔料を粉にひくボール・ミル、それを油と混合するパッグ・ミル。さらに煮沸用の桶と焼成機――この高さ十五フィートの炉は、封水剤に使う生石灰の生成に使われる。

「大部分は竜の頭の上に設置することになりますが、これは前頭部の骨板へ接近しやすいようにするためです」メリックは図面を何枚か調べた。「わたしの判断では、骨板の幅はおよそ三百五十フィート。だいたい正確だと思いますが？」

市の長老たちのほとんどはその見通しに肝をつぶしていたが、ひとりがやっとの思いでうなずくと、別のひとりがたずねた。「やつが死ぬまでにどのくらいかかるんだね？」

「なんとも言えません」メリックは答えた。「グリオールがどのくらいまで毒を吸収できるのかわからないんですよ。ほんの数年かもしれません。しかし最悪の場合でも、四十年か五十年のうちには、鱗を染みとおった化学薬品が骨格を弱らせて、グリオールは古い納屋のように崩れ落ちるはずです」

「四十年だと！」だれかが叫んだ。「なんと非常識な！」

「さもなければ五十年です」メリックはほほえんだ。「それだけあれば絵も描き終えることができるでしょう」メリックはきびすを返して窓ぎわへ歩み寄り、テオシンテの白い石造りの街なみをじっと見つめた。ここはいちばんやっかいなところだったが、彼の読みが正しければ、長老たちはあまり簡単そうに見える計画だとかえって信用しないはずだ。彼らは自分たちが犠牲をはらって、偉大な労働に気高く粉骨砕身していると思い込みたいのだ。「四十年ないし五十年もかかるとなれば、この計画だけであなたがたの資産は尽きてしまうでしょう。材木、家畜、鉱物資源。すべてがこの作業に費やされます。日々の生活もすっかり変わるでしょう。しかしグリオールはまちがいなく死にます」

長老たちはいっせいに怒りの声をあげ始めた。

「ほんとうにやつを殺す気があるんですか？」メリックは叫び、長老たちのそばへ行ってこぶしをテーブルに叩きつけた。「あなたがたは何世紀ものあいだ、だれかがこの谷を訪れてきた。グリオールの頭を切り落とすとか、ぽんと煙に変えてしまうとかいった夢物語を待ち続けてきた。そんなことは起こりはしないんだ！　簡単な解決法はどこにもない。でももっと実際的な、優雅な手段がある。やつが支配している土地の物質を使って、やつを倒すんです。たしかに簡単ではないけれど、やつを殺せることはまちがいない。それがあなたがたの求めていることではないんですか？」

長老たちは黙り込み、視線をかわした。すでにメリックが計画をやり遂げられることは信じていて、報酬が高すぎはしないだろうかと案じているようだった。

「技師と職人を雇うのに五百オンスの銀がいります」メリックは言った。「よく考えてみてください。わたしは何日か出かけてあなたがたの竜を見てきます……鱗を調べるとかそういったことです。帰ってきたときに、返事をきかせてください」

市の長老たちはぶつぶつ不平をもらしながら途方に暮れていたが、結局はこの問題を市民たちの採決にかけることで同意した。彼らは決定までに一週間の猶予を願い出て、ハングタウンの女村長をつとめているヤルケに、メリックの案内役を命じた。

谷は南北七十マイルにわたって広がり、その周囲を取り巻く密林の茂る丘は、波うつ斜面や棘状《とげじょう》の陵線のおかげで、中に野獣でも眠っていそうな雰囲気があった。谷底は耕されてバナナと砂糖きびとメロンの栽培場になっており、耕されていないところには、ヤシの木立やベリーの茂みが広がって、ところどころに大きなイチジクの木が番兵のように頭をのぞかせていた。ヤルケとメリックは街から半マイルほど来たところで馬をつなぎ、ふたつの丘にはさまれた峠を目指してゆるやかな斜面をのぼり始めた。汗だくになって息をはずませたメリックは、のぼり坂を三分の一ほどいったところで立ち止まったが、ヤルケのほうは彼がついてきていないのにも気づかずにこつこつのぼり続けた。名前と同じように生まれつき無骨な女だ――ずんぐりしたビール樽《だる》のような体格で、顔は日に焼けて褐色になっている。見た目はメリックより十歳は年上に思えるが、実際はほとんど同い年だった。灰色の上着を着込み、腰に締めた革のベルトには四本の投げナイフ、肩には巻いたロープを吊《つる》している。

「まだ遠いのか？」メリックは呼びかけた。

ヤルケは振り向いて顔をしかめた。「あんた尻尾の上に立ってんだよ。やつの残りは丘のむこう側さ」

メリックは腹の中に針でちくりと刺されたような寒気を感じて足もとの草むらを見下ろし、

いまにもそれが消えて下から光輝く鱗が顔をのぞかせるような予感をおぼえた。

「なぜ馬を使わないんだ？」

「馬はこのへんには来たがらないんだよ」ヤルケは面白がってうなった。「それを言ったら、たいていの人間だってそうだけどね」と言ってまた歩き出す。

さらに二十分ほどのぼると谷底を見下ろす丘の反対側にたどり着いた。相変わらずのぼりが続いているが、傾斜は前よりもずっとゆるやかだ。ねじれたこぶだらけのオークの木がチョークチェリーの茂みから突き出し、昆虫が雑草の中でぶんぶんうなっている。幅が数百フィートある自然の岩棚を歩いているつもりでいたら、ふたりの前方、地面が急に持ちあがっているあたりで、太く、緑がかった黒色の柱のようなものが何本も大地から突き出していた。あいだには皮のひだがかかり、どれも土類におおわれてかびの模様が浮き出している。見た目は崩れた柵のようで、おどろおどろしい雰囲気は太古の廃墟を思わせた。

「あれが翼だよ」ヤルケは言った。「ほとんどは隠れちまってるけど、ふちをおりれば見ることができるし、ハングタウンの近くには翼の下に入り込める場所もある……おすすめってわけにゃいかないけどね」

「ふちをおりて見てみたいな」メリックは翼から目を離すことができなかった。木の葉の表面は強い日差しに輝いているのに、翼はその年輪と異質さが反射をふせいでいるかのように、太陽の光を吸い込んでいた。

ヤルケのあとをついていくと、密生する木生シダとオークが緑色の薄暗がりを作り出している空き地に出て、そこから地面は急激にくだっていた。ヤルケがロープをオークの木にくくりつけて、もういっぽうの端をメリックの腰に巻き付けた。

「もういいってとこまでくだったらロープを引っ張るんだよ。もういちど合図したら引き上げてやるから」彼女がロープを繰り出すのに合わせて、メリックは後ろ向きに傾斜をくだり始めた。

茂みを押し分けていくとシダが首すじをくすぐり、オークの葉が唇を刺した。ふいにメリックは明るい日光の中に飛び出した。見下ろすと足は竜の翼のひだに乗っており、見上げるとその翼は土壌と草木のおおいの中へ消えていた。さらに十フィートほどくだってから、合図を送り、ふくれあがった巨大な竜の胴体に沿って北方へ視線を送った。

六角形をしたふくらみはどれも幅三十フィートで高さがその半分くらいあった。基本的には薄く緑がかった金色だが、死んだ皮膚が剝がれて白っぽくなっているところや、青々とした苔におおわれたところもあり、そのほかの部分は地衣《ちい》や藻がうねうねとアルファベットの文字のような模様を形作っていた。裂け目には鳥が巣をかまえ、ひび割れからは何千という数のシダが生え出して風にそよいでいる。その傾斜した広大な庭園の光景にメリックは息をのんだ——まるで化石化した月の曲線を見渡しているようだ。鱗にこびりついた膨大な歳月の感触に気が遠くなり、頭をめぐらすこともできずに呆然とそのパノラマを見つめる。彼が蝿《はえ》のようにへばりついている、時を超越したこの巨大な生物について認識が深まるにつれ、魂が震えた。もう遠近感もなくなっている――グリオールの横腹は空よりも大きく、それ自体が強大な重力を持ち、滑り落ちることなくその上をすたすた歩けたとしてもなんの不思議もないように思われた。メリックが実際に歩き出そうとすると、ロープの動きを合図とかんちがいしたヤルケが、彼を翼に沿って引っ張りあげて、土くれとシダの茂みの中をもとの空き地まで引きずり戻した。メリックは言葉もなく彼女の足もとで息をあえがせた。

「でかいだろう」ヤルケがにやりと笑った。

メリックがようやく立ちあがると、ふたりはハングタウン目指して歩き出した。ところが茂みを切りひらいた小道を百ヤードも行かないうちに、ヤルケがすっとナイフを抜いて、ふたりの前に飛び出してきたアライグマほどの大きさの動物に投げつけた。

「〝かっとび〟だよ」ヤルケは獲物のかたわらに膝をついて、その首からナイフを引き抜いた。「走るときにひゅーっと音をたてるからそんな呼び名がついたんだ。蛇《へび》を餌にするんだけど、ぼんやりしてると子供でも狙われることがある」

メリックもヤルケのとなりにかがみ込んだ。〝かっとび〟の体は短めの黒い毛におおわれていたが、頭部には毛がなく、死体のように青ざめて、皮膚は長いあいだ水に浸っていたみたいにしわが寄っていた。目はやぶにらみで、鼻は平たく、不釣り合いなほど大きな顎がぱっくりひらいて鋭い歯をのぞかせていた。

「こいつらは竜の寄生動物なんだ。やつの口の中に棲んでるんだよ」ヤルケが前足を押さえ付けると、鉤《かぎ》のように湾曲した爪がするりと飛び出した。「竜の唇のまわりにしがみついていて、迷い込んでくる動物に飛びかかるんだ。もし迷い込んでくる獲物がいないときは……」ヤルケはナイフで獣の舌をほじくり出した――表面にやすりの刃のようなぎざぎざの突起がならんでいる。「グリオールをなめて夕食にするのさ」

テオシンテにいたとき、メリックはこの竜のことを、せいぜい内にほのかな意識のかけらをとどめた大きなトカゲぐらいにしか考えていなかった。だがいまとなってみると、この意識のかけらはこれまでに出会ったどんな生き物のそれよりも複雑なものではないかと思えてきた。

「ばあさんがよく言ってたよ」ヤルケは続けた。「年老いた竜はまたたくまに太陽の高さまで舞いあがって故郷の世界へ旅をし、ふたたび戻ってくるときに〝かっとび〟やそのほかの動物をいっしょに連れてくる。竜はけっして死なないんだ、ってね。若い竜だけしかこっちへやってこないのは、しばらくたつと育ちすぎて地球上を飛ぶことができなくなるからなんだ」顔をしかめる。「信じていいのかどうかわからないけどね」

「だとしたらきみは大ばかだ」

ヤルケは手をベルトにかけてメリックを見上げた。

「ここに住んでいるくせにどうして信じられないんだ！」言ってからメリックは、熱心に神話を弁護している自分に驚いた。「なんてこった！　こいつは……」ヤルケの顔にかすかな笑みがはしるのを見て、口をつぐむ。

ヤルケはさも満足したようにちっちっと舌を鳴らした。「さあ行くよ、日暮れ前に眼に着きたいからね」

グリオールのたたんだ翼のてっぺんは、草と低木にすっかりおおわれてとがったふたつの丘となり、眼下の細い湖とその周囲を取り巻くハングタウンに影を落としていた。ヤルケによると、この湖は竜の背後にある丘から流れ出し、竜の翼の皮膜を抜けて肩の上へと流れ落ちているらしい。翼の下は、おい茂るシダと滝でとても美しいそうだ。だがそこは不吉な場所とみなされている。遠方から見ると街はまるで絵のようだ——丸太造りの小屋、煙たなびく煙突。ところが近づいてみると、小屋とはいっても、板が失せ窓は割れたぼろぼろの掘立小屋であることがわかった。湖には石けんの泡と生ごみと廃物が浮かんでいる。玄関口をぶらついていた数人の男たちがメリックに一瞥《いちべつ》をくれてヤルケにうなずいてみせたほかは、人の姿もなかった。草の葉は風にそよぎ、蜘蛛《くも》は掘立小屋の下を素早く走り、けだるげで自堕落な雰囲気がただよっている。

ヤルケはそんな街の様子を恥じているようだった。なにひとつ紹介するようなことはせず、立ち止まったのも、掘立小屋のひとつからさらにひと巻きのロープを仕入れたときだけだった。そしてふたりで翼のあいだを首の棘に沿ってくだっていたときに——緑がかった金色の棘は夕日を受けてずらりと輝いていた——彼女は街の人びとがどうやってグリオールから生活の糧《かて》を得ているかを説明した。竜の背でとれる草は、剝がれた皮膚と同様に、薬や魔よけとして値打ちがある。ハングタウンの前世代の人びとが残した工芸品は、収集家のあいだではかなりの価値を持っているのだ。

「それから、鱗狩人《うろこかりゅうど》がいる」ヤルケは吐き捨てるように言った。「ポート・シャンティからくるヘンリー・サイチが鱗のかけらにいい金を出すもんだから、不吉なことだと知っているのに、がたついた鱗から破片を削り取るやつがいるんだ」彼女はしばらく黙ったまま歩き続けた。「もっとましな理由があってここに住んでる者もいるけどね」

グリオールの眼の前方にある棘は根もとの部分で一角獣の角のように渦を巻き、翼のほうにむかって湾曲していた。ヤルケは棘にねじ込んだ輪つきボルトにロープをひっかけて、片方を自分の腰に、もう片方をメリックの腰に結び付け、ひとこと待つように言ってから側面を懸垂下降していった。じきに降りてこいと呼びかける声がした。くだっていきながらメリックはまたもや目のくらむ思いを味わった。ちらりと見下ろすと、はるか下方に鉤爪《かぎづめ》のついた足と、とんでもなく長い顎から突き出している苔むした牙が目に入った。体がくるりとまわったと思ったとたん、彼は鱗に叩きつけられていた。ヤルケにたぐり寄せられて、ようやく眼窩《がんか》のへりにすわり込む。

「うわっ！」ふいにヤルケが足を踏み鳴らした。

鱗にくっついていた三フィートほどの部分がゆっくりと移動していく。メリックがそばでよく見てみると、質感や色合いは鱗と見分けがつかないものの、そいつの体表には細い仕切り線が入っていた。ヤルケは嫌悪感まるだしの顔でそれを手の届かないところまで追い払った。

「〝ひらひら〟って言うんだ」メリックにあれはなんだときかれて、ヤルケは答えた。「昆虫だよ。長い管を鱗の隙間に突き刺して血を吸うんだ。あれが見えるかい？」指差す先を見ると、小鳥の群れがグリオールの横腹のそばを飛びかっていた。淡い金色の薄片が剝がされて谷へところがり落ちていく。「鳥たちはあれをつつき落として、つぶれた中身を食べるのさ」女はメリックのとなりにしゃがみ込み、しばらくしてからたずねた。「ほんとにできると思うのかい？」

「なにを？　竜を殺すってことか？」

ヤルケはうなずいた。

「もちろん」と言ってから、メリックはひとつ噓《うそ》をつけ足した。「何年もかけて方法を考えたんだからな」

「絵の具をみんな竜の頭の上で作るんだとしたら、実際に塗っているところへはどうやって運ぶんだい？」

「なにも問題はないさ。必要なところへはパイプをとおして送るんだから」

ヤルケはまたうなずいた。「あんた頭がいいね」ほめ言葉に気分をよくしたメリックが礼を言おうとすると、女はそれをさえぎった。「べつに意味はないんだよ。頭がいいってのは特に立派なことじゃない。背が高いとかいったこととといっしょで、あんたが持って生まれたものなんだから」彼女はきびすを返して、会話を打ち切った。

メリックは畏敬の念をいだくことに慣れてきてしまっていたが、それでもこの眼には驚かずにいられなかった。おおざっぱに見て長さ七十フィート、高さ五十フィート。全体をおおう光を通さない皮膜には不思議なほど藻や苔がついておらず、背後のぼんやりした輝きにほのかな色づきを見せている。西に傾いた太陽が赤みを増して遠いふたつの丘のあいだに沈むと、皮膜がぶるぶると震えて中央の部分にすっと裂け目が入った。劇場の幕がひらくようにしずしずと皮膜がふたつに分かれ、中から輝く水晶体があらわれてきた。メリックはグリオールに見つかるのではないかと恐れてぱっと立ちあがったが、ヤルケに引き止められた。

「すわって見てるんだよ」

選択の余地はなかった——メリックはすでにその眼のとりこになっていた。細長い瞳孔は特に変哲のない黒色だが、その水晶体は……メリックはこれほどきらきら光る青色と深紅色と金色を見たことはなかった。夕日の照り返しだと思っていた奇妙な輝きは、ある種の発光反応だったのだ。ちっぽけな光の輪が眼の奥深くで生まれ、車輪の輻《や》の形に広がって水晶体いっぱいにあふれ、そこで消える――だが光は尽きることなく次から次へとあふれてくる。グリオールの幻覚、太古の精神が押し寄せて、メリックの身のうちをつらぬき、その圧力に反応するかのように、数知れぬ思い出がわき出してくる。とりわけ鮮明ないくつかの思い出。冬の夜のうちに凍りついた鉢いっぱいの水――黄色がかった繊細なひび割れの花。彼の恋人がアトリエの床一面にばらまいたオレンジの皮の群島。日の出どきにジョークナム・ヒルのてっぺんからスケッチをしたとき、眼下の雪を頂いたレーゲンスブルクの街なみの中で、こわれた敷石のようにさまざまな角度で傾いていたいくつもの屋根。まるでメリックの閲覧用に引っ張りだされてきたようないくつもの思い出。やがてそうした光景は、やはり思い出らしきものに押し流されていったが、今度のはまったくなじみのないものだった。本質的には光にあふれた風景が広がり、メリックはその中を高く、高くのぼっていく。角柱や格子の形をした虹色の炎が周囲に咲き乱れ、すべてがとどろく滝となって輝きの中へ落下し、ついにメリックはその白熱する炉の中心に溶け込んでいく。力と支配に対する喜びで心をいっぱいに満たしたまま。

竜の眼が閉じていることに気づいたのは夕暮れどきだった。メリックの口はだらしなくひらき、目はじっと見つめていたせいでずきずきと痛み、舌は上顎にへばりついていた。ヤルケのほうは影に身をうずめてじっとすわっていた。

「い……」話すにはのどの粘りけをのみ込まなければならなかった。「いまのがきみがここに住んでいる理由なんだな？」

「理由の一部ではあるね。あたしはここへのぼってくるものを見ることができるんだ。見張らなくちゃいけないもの、調べなくちゃいけないもの」

ヤルケは立ちあがって眼窩のふちまで歩き、端から唾《つば》を吐き捨てた。背景に広がる谷は灰色で現実味がなく、押し寄せる夕闇で丘の起伏もかすかにしか見えない。

「あんたが来るのも見たんだよ」ヤルケは言った。


一週間後、数多くの探索と、数多くの会話をかさねたのちに、ふたりはテオシンテへ戻った。街は修羅場と化していた――打ち破られた窓、壁に描かれたスローガン、通りに散らばるガラスや引き裂かれた旗や腐った食べ物――まるでお祭りと戦闘がいっしょにおこなわれたようだった。事実そうだったのだが。長老たちは市庁舎でメリックを出迎えると、彼の計画が承認されたことを伝えた。そして五百オンスの銀が入った木箱を差し出し、市のあらゆる資産を自由に使ってよいと述べた。さらにメリックと木箱をルーゲンスブルクまで運ぶ荷馬車と一群の馬を提供し、彼が留守にしているあいだにあらかじめ準備しておけることはないかとたずねた。

メリックは銀の延べ棒を一本持ちあげてみた。その冷たい輝きの中に彼は自分の願望の姿を見た――二年、あるいは三年のあいだ、よけいな注文仕事を受けずに自分の描きたい作品だけに集中することができる。だがすべてが混乱していた。ちらりとヤルケに目を向ける。彼女はじっと窓の外を見つめて、判断を彼にゆだねていた。メリックは延べ棒を木箱の中に戻してふたを閉めた。

「だれかほかの人に行ってもらいましょう」メリックは言った。そして、長老たちがけげんそうに視線をかわすなか、自分がこれほどあっさりすべての夢と希望を投げ捨ててしまったことを、声高らかにいつまでも笑い続けた。

わたしが谷に来たのは十一年ぶりで、絵を描く作業が始まって十二年たっていたが、その変わりようにはすっかり肝をつぶした。丘の多くは木がなくなって茶色い土壌がむきだしになり、全体に野生動物が減っていた。グリオールはもちろん、いちばん大きく変わっていた。背には足場がかけられ、職人たちが蜘蛛の巣のように張りめぐらされたロープにぶらさがって、その横腹を動きまわっていた。作業中の鱗はすべて塗料を塗ってあるか、あるいは下塗りをほどこしてあった。眼まで立ちあがった塔には作業員がうようよと取りつき、夜になると頭の上の焼成機と桶が空に炎を吐き出すため、天空に製粉街がそびえているかのように見えた。竜の足もとには騒々しいドヤ街が広がっていた——住んでいるのは娼婦《しょうふ》、作業員、賭博師、ありとあらゆるやくざな連中、それと兵士たち。この計画にとんでもない費用がかかるということで、テオシンテの長老たちは正規の軍隊を編成して、近隣の国々を定期的に襲撃し、いくつかの土地には進駐軍も置いていた。怯《おび》えた動物たちの群れが処理場の囲いの中をぐるぐると歩きまわって、油や絵の具に変えられる日を待っていた。産出した鉱石や植物をいっぱいに積んだ荷馬車が通りをごろごろと走り、わたし自身もばら色の絵の具の原料となる茜《あかね》の根を詰めた荷を持ち込んでいた。

キャタネイとの会見を設定するのはやさしいことではなかった。彼は実際に絵を描いてはいなかったが、いつも事務所で技術者や職人たちと打合せをおこなったり、あるいはもっと別の論理的な工程にたずさわっていた。ようやく出会ってみると、彼はグリオールと同じようにすっかり変わっていた。髪には白髪が交じり顔には深いしわが刻まれ、右肩の真ん中あたりに奇妙なふくらみがあった――転落したときの名残だという。わたしが絵を買いたい、グリオールが死んだあとで鱗を集めたいのだと申し出ても、キャタネイはおかしがるだけで真剣にとりあおうとはしなかった。だが常に彼の同僚であったヤルケという女が、わたしがきちんとした実業家であり、すでに骨、歯、さらにはグリオールの腹の下の土（これをわたしは魔法の力を持つものとして売っていた）さえも買い入れていることを説明してくれた。

「まあ」キャタネイは言った。「だれかが持っているべきなのかもしれないな」

わたしたちは外へ出て、グリオールの絵をながめた。

「ひとまとめにして保存するのか？」キャタネイはたずねた。

わたしは答えた。「はい」

「そのことを書面にしてくれるなら、あれはきみのものだ」

長々と面倒な値段の交渉が待っているものとばかり思っていたので、わたしは面食らった。だがキャタネイが次に言った言葉はさらに面食らうものだった。

「あんなもののどこがいいんだ？」

キャタネイは竜の絵のことを自分の想像の産物とは考えていなかった。彼は単にグリオールの横腹に浮き出した形に沿って彩飾しているだけであって、いったん塗り終えるとその下から新たな形があらわれてくるので、しじゅう塗り替えることになるのだと信じ込んでいた。自分のことを創造力のある芸術家というより、ひとりの職人とみなしていたのだ。だがキャタネイの疑問とは裏腹に、世界じゅうからこの驚くべき絵を見ようと、人びとが群がり始めていた。ある者はその光輝く表面に未来の暗示を見たと主張し、ある者は精神の変容を体験した。そしてまたある者――芸術家たちだった――はこの作品の片鱗《へんりん》だけでもカンバス上にとらえようと試みた。キャタネイの作品の正当な模倣者としての名声だけでも手に入れようとしたのだ。絵自体はなにかの形をあらわしているわけではなく、基本的には竜の横腹に淡い金色の絵の具を塗り広げてあるだけだった。

しかしその表面下にはさまざまに変化する無数の色彩が隠れており、太陽が天空を横切ってその輝きを増したり減じたりするにつれて、あちらこちらと流れるように形を変えた。わたしはそうしたさまざまな形を分類しようとは思わない。見るときの条件によって姿を変えるので、きりがなかったのだ。それでもキャタネイと出会った朝、わたしは——空想心などかけらもない、しごく現実的な精神の持ち主なのに——あたかも自分がその絵の中にくるくると吸い込まれて、光の幾何学模様や、雲の端が作り出すような虹色の格子をすり抜け、球体や、渦巻きや、燃えさかる車輪を抜けて……

——ヘンリー・サイチ『グリオールのビジネス』

2

谷に来てからメリックの前には何人かの女たちがあらわれた。その多くは彼の高まる名声と神秘的な竜との関係に引かれて接近し、また多くはそれと同じ理由で、怖《お》じ気《け》づき満たされぬまま離れていった。だがリーゼはふたつの点でちがっていた。第一に、彼女はメリックを心から愛していた。第二に、彼女は石灰焼きの職長をつとめているパーディエルという男と不幸な結婚をしていた。リーゼはメリックを愛するようには夫を愛していなかったが、それでも夫のことを尊敬していたし、夫婦という関係があるかぎりはたいせつに尊重するべきだと感じていた。メリックは彼女のそういう内省的な心の内はまったく知らなかった。リーゼは彼より十二歳年下で、背は高くかわいらしくて、陽にさらされた髪と、もの思いにふけるときに黒味を増して寄り目がちになる茶色い目を持っていた。興味を引かれるものはなんでも分析する癖があり、そんなときには感情を引っ込めて、スカートの上を這《は》いまわっている奇妙な虫を見つけたみたいにじっくりと調べるのだった。強い内省的傾向のために彼女はメリックと距離を置いていたが、メリックのほうはそれを不可解な貞操観念とみなしていた。彼には精神面で昔ながらの欠陥があり、ふたりの関係に罪悪感をおぼえることはなかった。一年ほどのあいだ、ふたりはこれ以上ないくらい幸せだった。何時間も語り合い、肩をならべて歩き、パーディエルが連続勤務で炉のそばに泊まるときには、竜の翼の下のくぼみで愛し合って夜を過ごした。

そこは相変わらず不吉な場所とみなされていた。〝かっとび〟や〝ひらひら〟よりもっとたちの悪いなにかが棲《す》んでいるという噂で、だれかが失踪したようなときには、それがひどく不真面目な労働者の場合であっても、この生物に襲われたものとみなされた。だがメリックはそんな噂に耳を貸さなかった。自分はグリオールに選ばれた死刑執行人なのだから危険からは竜が守ってくれるものとなかば信じていた。いずれにしても、ふたりきりになれるのはそこしかなかったのだが。

鱗から手掛かりと踏み段を削り出した粗末な階段が翼の下へ続いていた——鱗狩人のしわざにちがいない。その危なっかしい通路は谷底から六百フィートの高さにあった。だがリーゼとメリックはおたがいをロープでつないでいたし、ここ数カ月は熱情に急き立てられていたので、すっかり慣れてしまっていた。ふたりのお気に入りは五十フィートほど中へ入ったところで（リーゼはそれ以上奥へは進もうとしなかった。メリックは平気でもやはり彼女は怖かったのだ）、そばには翼のひだを伝ってちょろちょろと流れ落ちる滝が、無機質のきらめきをはなっていた。それは不気味なほどに美しい、おばけ画廊だった。死んだ皮膚が剝がれて影の中から霊体のベールのように垂れさがり、翼に生い茂るシダは大聖堂にならぶ円柱よりも厚みがあり、燕は黒い大気の中をすいと飛びすぎていく。たわんだ翼の奥でリーゼといっしょに横たわっているとき、メリックはこの場所に生気を吹き込んでいるのはふたりの心臓の鼓動なのであり、ふたりがいなくなるとすぐに、滝の流れは止まり燕も姿を消すのではないかと考えることがあった。メリックはふたりの愛には物事を変化させる力があるのだという揺るぎない信念をいだいていて、ある日の朝ハングタウンへ戻るために身支度をしていたとき、彼はいっしょにここを出ないかとリーゼにたずねてみた。

「谷の別のところへ？」リーゼは悲しそうに笑った。「そんなことをしてどうなるの？きっとパーディエルが追いかけてくるわ」

「ちがうよ。別の国へ行くんだ。ここから離れられればどこでもいい」

「むりよ」リーゼは翼を蹴った。「グリオールが死ぬまではね。忘れちゃったの？」

「試してもいないのに」

「ほかの人たちが試したわ」

「でもぼくたちはもっと強いんだ。絶対だよ！」

「あなたはロマンチストなのね」リーゼは沈んだ声で言って、グリオールの背中のむこうに広がる谷を見つめた。朝日が一面の丘を深紅色に染め、翼の先端もぼんやりと赤く輝いていた。

「ああロマンチストだよ！」メリックは怒りにまかせて立ちあがった。「そいつのどこがいけないって言うんだ？」

リーゼはいらだちの混じったため息をついた。「いまの仕事をほうり出していくことはできないでしょう？　それに、もしもここを離れたら、あなたはどんな仕事をするの？　いったい……」

「なんとでもなるよ、そんなこと！　象に入れ墨をしてやるさ！　巨人の胸に壁画を描いて、鯨《くじら》を飾り立ててみせるさ！　ぼく以上の適任者がいるかい？」

リーゼがにっこりほほえむと、メリックの怒りは消散した。

「そんなつもりで言ったんじゃないわ。ただあなたがほかの仕事で満足できるのかなと思っただけ」

リーゼは引き起こしてもらおうとして手を差しのべ、メリックはその体を引き寄せた。抱き締めて、バニラの香りがするリーゼの髪のにおいをいっぱいに吸い込んだとき、谷の風景を背にした小柄な人影が目に入った。それはどこか現実離れしていて――まるで黒い小人だ――こちらへ近づいてだんだん大きくなっても、人の姿というよりは深紅色の丘にひらいた魔法の鍵穴みたいに見えた。それでもメリックには、体を揺する歩きかたとがっしりした肩のつくりから、それがパーディエルだということがわかった。職人たちが鱗の上を動くときに使う、取っ手の長い金鉤を手にしている。

メリックが身を固くしたのに気づいて、リーゼは振り返った。「ああ、神さま！」彼女はひと声叫んでメリックの腕からのがれた。

パーディエルは十フィートほど離れたところで立ち止まった。ひと言もしゃべらない。顔は影の中に隠れ、ぶらさげた金鉤がゆらゆらと動いている。リーゼは夫のほうへ一歩踏み出してから、後ずさりしてメリックをかばうように立ちふさがった。それを見たパーディエルは、意味不明の叫び声をあげながら金鉤をふりかざして突進してきた。メリックはリーゼを押しのけて身をかわした。一瞬、石灰焼き特有の硫黄のにおいがしたかと思うと、駆け抜けたパーディエルはでこぼこの鱗に足をとられて腹ばいに倒れ込んだ。力ではとてもかなわないことを知っているメリックは、死ぬほど怯え、リーゼの手をとって翼のさらに奥へと走り込んだ。そこに棲むと噂されている生き物を恐れてパーディエルは追ってこられないのではないかと期待したのだが、そうはいかなかった。男は金鉤で脚をぴたぴた叩きながら、慎重な足取りでふたりを追ってきた。

グリオールの背をさらに高くのぼっていくと、翼にある下向きの無数のでっぱりが天井の低い小区画やトンネルの迷路を形作っていたので、腰をかがめて進まなければならなかった。ふたりの息づかいと足を引きずる音が閉ざされた空間に大きく響き渡り、もうメリックにはパーディエルの足音が聞こえなくなっていた。これほど奥まで踏み込んだのは初めてだった。中は真っ暗だろうと思っていたのだが、翼に付着した苔や藻は発光性であらゆる表面に模様をつけていたし、足もとの鱗さえもが青と緑の炎となってかすかな光輝をはなっていた。まるでふたりが巨人になって、星間物質が銀河や星雲を形作る以前の宇宙を這いまわっているようだった。青白い光の中で、リーゼの顔は――彼女は何度もメリックを振り向いた――涙に濡れて半狂乱になっていた。体をまっすぐにして、さらに次の小区画へ入り込んだとき、リーゼは音をたてて息を吸い込んだ。

初めメリックは、パーディエルがどうにかしてふたりの前方に先まわりしたのかと思った。だが中へ入ってみると、リーゼを怯えさせたのはすわった姿勢のまま奥の壁にもたれかかっている男の姿だということがわかった。すっかりミイラ化しているように見える。ひと握りのもろい髪が頭皮から突き出し、皮をとおして骨格がくっきりと浮き出していた。両目は空洞だ。両脚のあいだ、生殖器のあったあたりには塵《ちり》が散らばっていた。メリックはリーゼを次のトンネルへ押しやろうとしたが、彼女はあらがって男を指差した。

「あの目」リーゼは恐怖にうたれた声で言った。

男の両目はほとんどが真っ黒だったが、その中心に乳白色の光がまたたいていた。メリックはふいに男のそばにひざまずきそうになった――だしぬけに押し寄せたわけのわからない衝動にとらえられ、意志をねじ曲げられて、一瞬ののちにまた解放される。鱗の上に手を置くと、男の縮こまった手の下にある大きな指輪にふれた。はまっている黒い石には男の目にあるものと同じ輝きがあり、Sの文字が刻まれていた。メリックは自分がその石と男の両目から視線をそらそうとしているのに気づいた。そこに五感にとって不快ななにかがひそんでいるかのように。彼は男のひからびた腕にさわってみた。肉は岩のように固く、石化していた。だが生きている。ほんのわずかふれただけでも、男の生命が、何世紀にもわたって同じ超自然の炎のかけらを見つめ続けてきた視線が、単なる狂気を超えてねじ曲がった歓喜や邪悪な信念をいだくようになったその精神が感じられた。メリックは激しい嫌悪にぱっと手を引っ込めた。

　ふたりの背後で物音が響き、メリックはびくっとしてリーゼを次のトンネルへ押しやった。「右へ行くんだ」彼はささやいた。「ぐるっとまわって階段まで戻ろう」だが、すぐそばまで迫っていた追っ手はそんな策略にはひっかからなかった。ふたりはつまずいたり、ころんだり、パーディエルの煙で汚れた顔を目の隅にとらえたりしながら死にもの狂いで逃げまどい、やがてとうとう——ある大きな区画へ入り込んだとき——メリックの太ももに金鉤が突き刺さった。倒れ込み、傷口を手探りして金鉤を抜こうとする。次の瞬間にはパーディエルがのしかかってきた。肩越しにリーゼが近づいてくるのが見えたが、パーディエルは彼女を突きとばし、指でメリックの髪をつかんで頭を鱗に叩きつけた。リーゼが絶叫し、メリックの頭《ず》蓋《がい》に白い光がはしった。ふたたび頭が叩きつけられた。さらにもういちど。かすかな視界の中でリーゼがパーディエルともみ合い、彼女の姿が消え、憎しみに口をゆがめた職人が金鉤をふりあげる。その顔から憎しみが消えた。顎ががくんとひらき、男は肩甲骨《けんこうこつ》のあたりをかこうとでもするように背後に手をのばした。ひと筋の黒い血が口から流れ出し、男はどっと倒れ込んで胸でメリックを押しつぶした。だれかの声が聞こえる。なんとか男の体を押しのけようとしたが、そのために最後の力が尽きた。くるくると落ちていく闇はあのミイラ化した男の両目のように真っ黒で、底がないように思えた。

だれかがメリックの頭を膝にのせて、濡らした布きれでひたいをぬぐっていた。てっきりリーゼだろうと思ったのだが、なにが起きたとたずねてみると、返事をしたのはヤルケだった。「殺すしかなかったんだよ」頭がぐらぐらし、脚はもっとひどくぐらぐらし、両目は焦点が合わなかった。頭の上で、垂れさがった竜の皮膚がくねくねと動いている。どうやら翼の端あたりに出てきているらしい。

「リーゼはどこだ？」

「心配しないで。また会えるよ」まるで起訴状を読みあげているような声だった。

「どこにいるんだ？」

「ハングタウンへ帰したよ。パーディエルが失踪した日にあんたたちふたりが手をつないで歩くわけにはいかないからね」

「リーゼが帰るはずは……」メリックは目をしばたたき、ヤルケの顔をしっかり見ようとした。口のまわりのくっきりとした線が竜の鱗についた苔の形を思い出させる。「なにをしたんだ？」

「それが最善の道だって説得したんだよ。あんた、あの女に遊ばれてただけなのにわからないのかい？」

「彼女と話をしなければ」メリックは後悔の念でいっぱいで、リーゼに悲しみをひとりで耐え忍ばせるなどとても考えられなかった。だが起きあがろうとしたとたん、脚を激痛がつらぬいた。

「十歩も歩けやしないよ。頭がはっきりしたら、階段をあがるのを手伝ってやるから」

メリックは目を閉じて、ハングタウンに戻ったらすぐにリーゼを見つけようと決心した――いっしょにこれからどうするかを決めるのだ。体の下の鱗はひんやりしている。その冷たさが肌から肉へ染みとおると、まるで自分が竜の背に溶け込んで、数知れぬうねのひとつになってしまったような気がする。

「あの魔法使いの名前はなんていうんだ？」しばらくしてメリックは、ミイラになった男と、指輪と、そこに刻んであった文字を思い出しながらたずねた。「グリオールを殺そうとした男……」

「聞いたおぼえはないねえ。でもあそこにいたのは彼だと思うよ」

「きみも見たのか？」

「前にロープを盗んだ鱗狩人を追いかけていて、かわりにあの男を見つけたんだ。だれであれ、気の毒なもんだね」

ヤルケの指はメリックの肩をなでていた――そっと、たいせつなものを扱うように。リーゼのことと、ここで起きた出来事の持つ恐ろしい可能性で頭がいっぱいになっていたメリックには、そのしぐさがなにを意味しているか理解できなかった。だが数年後、すべての傷口が癒えたころになって、メリックはそれを理解できなかった自分を呪うことになる。

ようやくヤルケがメリックを助け起こし、ふたりは悲痛な認識と悔恨《かいこん》の待つハングタウンを目指して階段をあがり始めた。パーディエルを鳥や雨風、さらにはもっとひどいもののなすがままにまかせて。


恋におちている女がためらったり状況を見直したり、あるいは感情のおもむくまま盲目的に行動する以外のことをしたりするのは不敬なことと考えられているようです。わたしはそういう傾向に反発をおぼえます――人びとはわたしがどんなかたちであれ、素早く断固とした行動をとらなかったことを非難しました。おそらくわたしは小心に過ぎたのでしょう。責めをまぬがれようというのではなく、ただ神聖を汚《けが》しはしなかったと言いたいのです。わたしはいずれパーディエルと別れていたはずです――ふたりのあいだにおたがいの幸福を維持できるだけの要素がなかったのはたしかです。でも、わたしには慎重に見直すだけの理由がありました。夫は悪い人ではなく、ふたりのあいだには忠誠心があったのです。

パーディエルの死後、わたしはメリックと顔を合わせることができず、谷の別のところへ移りました。彼は何度もわたしと会おうとしましたが、わたしはいつも断りました。誘惑は大きかったものの、罪の意識のほうがさらに大きかったのです。四年後、ヤルケが暴走した馬車に轢《ひ》かれて死んだあとで、彼女の仲間のひとりが手紙を送ってよこしました。そこにはヤルケがメリックに恋していたこと、パーディエルに情事を密告したこと、彼女が殺人のお膳立てをしたようなものだということが書かれていました。手紙のおかげで少しは罪の意識が軽くなったわたしは、ふたたびメリックに会うことを考え始めましたが、でもあまりにも時が流れすぎていて、もうわたしたちにはそれぞれの人生があったのです。わたしは会わないことに決めました。六年後、移住ができるくらいまでグリオールの影響力が弱まったとき、わたしはポート・シャンティに引っ越しました。それから二十年近くメリックからの連絡はなかったのですが、ある日わたしのもとに一通の手紙が届きました。一部をここに引用してみましょう。

「……レーゲンスブルクから来たわたしの旧友、ルイス・ダルダーノが、ここ何年か谷に住みついて、わたしの伝記の執筆に没頭している。居酒屋で披露されるよた話のように、わりあい陽気な文体で書かれているんだが、それは――こいつがどんな具合に始まったかはきみにも話したね――とても適切な語り口だと思う。ところがそれを読んでみて、わたしは自分の人生がこんなにも単純なものだったのかと驚いた。ひとつきりの仕事、ひとつきりの情熱。リーゼ！　もう七十歳になったというのに、わたしはいまでもきみのことを夢に見る。あの日の朝に翼の下で起きた出来事について考えてもいる。おかしなことだが、これだけの時間をかけてようやくわたしは、責められるべきなのはヤルケではなく、きみやわたしでもなく、グリオールなのだということに気づいた。いまとなってはこれほど明白なことなのに。わたしは谷を離れようとしていたが、グリオールは横腹にあらわされた彼の飛翔《ひしょう》の夢、脱出の夢を仕上げ、死という望みをかなえてもらうために、わたしを必要としていたんだ。とっぴな憶測に簡単に飛びつきすぎると思うかもしれないが、実際には四十年かけて飛びついたのだということを忘れないでほしい。わたしはグリオールを知っている、その恐ろしいほどの狡猾《こうかつ》さを知っている。わたしが谷を訪れてから起きたすべての出来事に、その策略がはたらいていたのがわかるんだ。愚かなわたしは、わたしたちの迎えた悲しい結末の根本にグリオールの力が影響していたことに気づかなかった。

もちろんきみは知らないだろうが、いまでは軍隊がすべてを仕切っている。噂ではレーゲンスブルクに対して冬の攻勢をかけようとしているらしい。信じられるかい！　彼らの父親たちは無知だったが、今度の世代はどうしようもないまぬけだ。そのほかの点では、仕事もうまくいっているし物事もいつもと変わりはない。肩は痛むし、子供たちは通りでわたしを見かけては、あいつは狂っているんだとささやいている……」

——リーゼ・クラヴェリー『グリオールの翼の下で』

3

あばた面で、痩せた、横柄なホーク少佐は、片足が不自由なとても若い軍人だ。メリックが入っていったとき、少佐はサインの練習に余念がなかった——優美な曲線と飾りがもちいられていて、どうやら後世にまで残すことを狙っているらしい。話しているあいだもあちこち歩きまわり、しょっちゅう立ち止まっては窓ガラスに写った自分の姿を見つめて、赤い上着の垂れ具合をととのえたり白いズボンの折り目に沿って指をはしらせたりする。それは新しい型の制服で、メリックも近くで見るのは初めてだったが、驚いたことに肩章には竜の姿が打ち出してあった。グリオールにはこんな当てこすりをしてみせる能力があるのだろうか。こんな喜劇的なアイディアを、どこかの将軍の奥方の頭に植え付けるほどの影響力があるのだろうか。

「……人手の問題ではないのです」少佐が話していた。「そうではなくて……」彼は言葉を切り、ちょっと間《ま》を置いてからひとつ咳払《せきばら》いをした。

少佐の両手の甲にあるできものをしげしげとながめていたメリックは、視線をあげた。膝に寄りかからせておいた杖《つえ》が滑り落ち、床にからんところがった。

「問題は資源なのです」少佐はきっぱりと言った。「たとえばアンチモンの値段ですが……」

「それはもうほとんど使わない」メリックは言った。「鉱物性の赤色を使う部分はだいたい仕上げてしまったからな」

少佐の顔にいらだちの表情がはしった。「たいへんけっこうですね」そう言ってから、彼は机にかがみ込んで書類の山をかきまわした。「ああ！　ここにあなたが注文したイカの請求書があります」さらに書類をかきまわす。

「シリアン・ブラウンだな」メリックはつっけんどんに言った。「そいつもほとんど仕上げてしまった。これから必要になるのは金色とすみれ色、それに少しばかりの青色とばら色だけだ」もういいかげんに解放してほしかった。日が暮れるまでに竜の眼に行っておきたかったのだ。

少佐はまだ読みあげを続けていたが、メリックの視線は窓の外へさまよい出していた。グリオールを取り巻いていたドヤ街は大きくふくれあがって、いまでは周囲の丘にまで広がっていた。建物のほとんどは木と石で作られた恒久的なもので、傾斜した屋根のつらなりや周辺の工場地帯から流れる煙はレーゲンスブルクを思い起こさせた。自然の美はすべて絵を描くことに費やされてしまっていた。雨を含んだ暗雲が東からわき起こっていたが、きらめく午後の日差しはグリオールの横腹に金色の輝きを落としていた。まるで輝く樹脂から日光が広がったような、絵の具の厚みに果てがなくなったような光景だった。メリックは少佐の声を聞き流して、まばゆくきらめく幻影を目で追っていたが、どうやら少佐が自分に作業を中止するようほのめかしていらしいと気づいて、愕然《がくぜん》とした。

初めはその考えに混乱して、相手の話をさえぎり、抗議の声をあげようとしたものの、少佐の話を聞いて、自分でもいろいろと考えているうちに、抵抗する気持ちがだんだん薄らいできた。作業は永遠に終わらないような気がするし、メリックはもう疲れていた。ここらで仕事をきりあげ、どこかの大学に勤めてしばらく人生を楽しむべきなのかもしれない。

「一時的に中断してはどうかと考えているんです」ホーク少佐が言った。「そのうえで、もしも冬の攻勢がうまくいったら……」笑みを見せる。「もしも疫病や天災に襲われることがなかったら、きっと作業を再開できるでしょう。もちろんあなたの意見もお聞きしたいと思いますが」

メリックはこの気取った小さな怪物にふいに怒りをおぼえた。「わたしの意見では、きみたちはみんなまぬけだ。グリオールの姿を肩に縫いつけたり、旗に織り込んだりしても、それがなにを意味しているのかこれっぽっちも理解していない。ただの便利な象徴としか思っていないんだろうが……」

「失礼ですが」少佐がこわばった声で口をはさむ。

「冗談じゃない！」メリックは杖をつかんで体を持ちあげた。「きみたちは自分が征服者だと思っている。運命を形作っていると思っている。だがきみたちのやっている掠奪《りゃくだつ》や虐殺はグリオールの表現手段でしかない。みんなやつの意志なんだ。きみたちは〝かっとび〟とまるっきり同類の寄生動物なんだ」

　少佐は腰をおろし、ペンを手にして、なにか書き始めた。

「まったく驚きだよ」メリックは続けた。「きみたちはこの世の奇跡、神秘の源のすぐとなりに暮らしていながら、それをまるで変わった形の岩でしかないように扱うことができるんだな」

　少佐はまだペンを走らせていた。

「なにをしているんだ？」メリックはたずねた。

「勧告状ですよ」少佐は顔もあげなかった。

「どんな？」

「ただちに作業を中断することにします」

　ふたりはいっときにらみあい、やがてメリックはきびすを返した。だが扉のノブに手をかけたとき、少佐がふたたび口をひらいた。

「われわれはあなたに多くを負っています」少佐は言った。その表情にあらわれている哀れみと尊敬がメリックをさらにいらだたせた。

「少佐、きみはこれまでに何人殺した？」扉をあけながらメリックはたずねた。

「わかりません。わたしは砲兵隊にいたんです。はっきりした数はどうやってもわかりませんよ」

「わたしのほうはすっかり勘定してある。四十年分の数字だ。千五百九十三人の男女。毒や、やけどにやられた者、墜落した者、野獣に襲われた者。殺された者。われわれは、きみとわたしは、それで貸し借りなしとしようか」

蒸し暑い午後だというのに、メリックは塔へ歩きながら寒気をおぼえた――体の内側からわきだす寒気がめまいと衰えを残していく。どうすればいいのか考えようとした。大学に勤めるという考えは、少佐の事務所を出てからだんだん魅力のとぼしいものになってきていた。尊敬のまなざしを向けてくる生徒たちを相手にしたり、嫉妬《しっと》にあふれた学者たちの手で自分の作品を徹底的に分析されるのにも、じき疲れてしまうだろう。市場へ足を踏み入れると、ひとりの男に呼びかけられた。メリックが足を止めずに手だけ振ると、別の男が言うのが聞こえた。「あれがキャタネイか?」（あのぼろぼろの老いぼれが?）

市場はきらびやかな色彩にあふれ、料理をする炭火のにおいが鼻につくうえ、人混みでひどくごったがえしていたので、メリックは横道に入り込んで脚を引きずりながら、いくつもならんだひと部屋だけのしっくい塗りの家やちっぽけな商店の列をとおりすぎた。料理用油の量り売りもあれば、葉巻きを一本ぜんぶ買うことができない客のために半分に切って売っている店もある。生ごみ、ほこりと蠅のたつまき、口を血だらけにした酔っぱらい。だれかに鉄線を巻き付けられた野良犬がいる――乳頭のたるんだ雌犬だ。鉄線を肉にくい込ませたままま、小道の入り口ではあはあ息をあえがせ、瘦せこけたあばらにピンク色の泡汗を浮かべて、あらぬかたを見つめている。連中はグリオールのかわりにあの犬を軍旗に織り込むべきだな、とメリックは思った。

塔の側面を昇降機でのぼるあいだは、つい昔ながらの習慣で翌日のためのメモを書き留めていた。(第五層にころがっている木材の用途は？　第十二層にあるクロム黄のパイプに若干の漏れ有)メリックはひとりの男が足場を取りはずしているのを見て、ようやくホーク少佐の言葉を思い出し、すでに命令がくだされたことを知った。仕事を失ったという事実に打ちのめされて、レールに寄りかかる。胸が苦しく、両目には涙があふれてくる。メリックは背筋をのばして、自分を恥じた。鉄色のかすみのような光の中にかかる太陽が、ハゲワシの首回りの羽のように赤く不吉にふくらんで見える。汚れた空も竜に描いた絵と同様にメリックの手になるものであり、これを見なくてすむようになるのはありがたかった。ひとたび谷を離れて、この土地の影響からのがれてしまえば、きっと将来のことも考えられるようになるだろう。

年若い少女が竜の眼のすぐ下の第二十層にすわっていた。数年前に、この眼をながめるという儀式が熱狂的にはやったことがある。人びとは一団となって歌い、祈りを捧《ささ》げ、その体験について語り合ったものだ。だがいまのように実際的な時代になってしまっては、ここに集まっていた若い男女も、発展する帝国のどこかで行政機関のデスクにおさまっていることだろう。彼らこそ、ダルダーノが書き記すべき人びとなのだ。あの若者たち、そしてこのゆっくりした野外劇でそれぞれの役割を演じた大勢の風変わりな人びと。眼のそばで夜ごとに踊り、グリオールに不誠実な恋人を殺してもらおうとしたジプシー女――彼女はいつしか満足して姿を消した。グリオールの牙を一本引き抜こうとした男――彼の運命を知る者はいない。鱗狩人、職人たち。ハングタウンの歴史そのものが詰まっている。

歩いたせいでメリックは疲れ、息切れもしていた。彼がぎこちなくかたわらに腰をおろすと、少女はにっこりと笑った。名前は思い出せないが、よく眼のところへ来ている娘だ。小柄で黒い髪、雰囲気にどことなくリーゼを思わせるところがある。メリックは胸の内でそっと笑った――相手がどんな女でも彼の目はどこかにリーゼの面影を見つけようとする。

「だいじょうぶ？」少女は気づかうように眉根を寄せた。

「ああ、平気だよ」メリックはなにか気がまぎれるような話をしたかったが、ほかに言うことを思いつかなかった。この娘はほんとうに若い！　はつらつとして、きらきらして、活気にあふれている。

「ここに来るのは今日でおしまい。とにかくしばらくのあいだはね。さみしくなるな」メリックが理由をたずねるより先に、少女は言葉を継いだ。「あたし明日結婚して、よそへ行くのよ」

メリックはおめでとうと言って、その幸運な男はだれかとたずねた。

「ただの男の子よ」少女はそんなことは重要でないというように、さっと髪を振り払い、閉じた皮膜をじっと見上げた。「あの眼がひらくとき、あなたはどんな感じがするの？」

「みんなと同じさ。思い出すんだ……わたしの人生のさまざまな出来事を。それから他人の人生もね」メリックはグリオールの飛翔の記憶のことは話さなかった。そのことはリーゼだけにしか話していない。

「あそこにはたくさんの魂のかけらが閉じ込められているわ」少女は竜の眼を身ぶりでしめした。「彼にとってそれはどんな意味があるのかしら。どうしてあたしたちにそれを見せるのかしら」

「きっと彼なりの目的があるんだろうが、わたしには説明できないね」

「いちどあなたといっしょにいる夢を見たわ」と言って少女は、黒い巻き毛の奥からメリックをのぞき見た。「あたしたち翼の下にいたのよ」

メリックは少女を鋭く見つめた。「話してごらん」

「あたしたち……いっしょだったわ」少女は頬を染めた。「とても親密だったの。あたしはその場所も、その音も、その影も怖くてたまらなかった。でもあなたをとても愛していたから平気だった。ふたりでひと晩じゅう愛し合ったのよ。あたしはそういう情熱は物語にしかでてこないもので、ひどく平凡な現実の埋め合わせをするために人びとがこしらえたものだと思ってたから、ずいぶん驚いたわ。朝になったらその恐ろしい場所もとてもきれいになって、翼の先っぽが赤々と輝いて、滝の音が響いていたわ……」少女は目を伏せた。「あたし、その思い出を見てから、あなたにちょっぴり恋しているの」

「リーゼ」少女の前でも感情が抑えられなかった。

「それがあの女の人の名前？」

メリックはうなずいてひたいに手をあて、あふれだす思いを押し戻そうとした。

「ごめんなさい」少女の唇が頬にそっとふれた。そのかすかなふれあいがさらにメリックの気持ちをぐらつかせた。「彼女があのときにどんなふうに感じていたかを、あなたに伝えたかったの。彼女はなにかにとても心を悩ませていたけど、そのことをあなたに伝えたのかどうかはっきりわからなかったから」

メリックの反応の激しさに落ち着かないものを感じて、少女は身を引き、そのまま黙り込んですわっていた。メリックは途方に暮れたまま、太陽が鱗を赤みがかった金色に染めている様子や、うね沿いに流れるいくつもの光の川が陽が落ちるにつれて色を失っていく様子を見つめていた。そのとき少女がふいに立ちあがって昇降機のほうへ後ずさりしたので、メリックはぎくりとした。

「彼、死んだわ」その声は驚きにあふれていた。

メリックはいぶかしげに少女を見上げた。

「見える？」少女は丘の上に細い深紅色の光を見せている太陽を指差した。「彼、死んだのよ」その表情は、恐怖と歓喜のあいだを揺れ動いている。

グリオールの死という概念はメリックの心に取り込むにはあまりにも大きすぎた。反証を探そうと竜の眼を振り向いたが、皮膜の奥にまたたく光は見えなかった。昇降機がきしんで少女が下へ降りていく音が聞こえても、メリックはただ待ち続けた。竜の視覚が衰えただけかもしれない。ちがう。今日になって作業が公式に終結したのは、偶然の一致ではなかったのだ。メリックはぼんやりとすわり込んだまま、太陽が丘のむこうに沈むまで生気のない皮膜を見つめていた。それから立ちあがって昇降機へとむかった。メリックがスイッチを入れるより先に、ケーブルがうなり始めた――だれかがあがってこようとしている。それはそうだ。あの少女がニュースをふれまわっただろうから、ホーク少佐とその手下どもが急いでグリオールの反応を調べにくるはずだ。彼らが到着するときにここにいたくなかった。連中が、獲物を釣りあげた漁師のように戦利品といっしょにポーズをとる姿を見たくなかった。

前頭部の骨板へのぼるのはきつかった。梯子がたわみ、風がびゅうびゅう吹き付けて、ようやく骨板の上に這いあがったときには、目はくらみ、胸はずきずき痛むというありさまだった。脚を引きずりながら前進して、煮沸桶の、錆《さび》がこびりついたほうの側に寄りかかる。薄闇の中で周囲にそびえる巨大な炉と桶は、煮焼きした生ものや鉱物にすっかりまみれて、まるで頭蓋骨の上に実体化したグリオールの思考組織のように思えた。エネルギーを失い、打ち捨てられた、いくつもの燃焼装置。現在は下方に備えつけられたより効率のよい装置が使われていて、ここにあるものが最後に使われてから――どのくらいだろう?――もう五年近くたつ。積みあげた薪《まき》は蜘蛛の巣におおわれ、桶の縁にあがるための階段は崩れ落ちている。骨板そのものは傷跡だらけで、ぬるぬるした泥におおわれていた。

「キャタネイ!」

だれかが下で叫ぶ声がして、梯子のてっぺんが震えた。くそっ、やつらが追いかけてきているのか! 喜びにあふれた祝福の言葉、謝恩晩餐会《ばんさんかい》やら記念額やら特別に鋳造されたメダルやらの計画。彼らはメリックを垂れ布で飾り、ブロンズ像を作って、それが完成もしないうちに鳩の糞《ふん》まみれにしてしまうだろう。何十年ものあいだ彼らの奴隷として、支配者として、ともに暮らしてきたが、ひとときもくつろぐことはなかった。杖にぐったりと寄りかかり、前頭部の棘――油ぎった煙にさらされて黒く変色している――をとおりすぎ、両翼のあいだをハングタウンへとくだっていく。そこはもはやゴーストタウンだ。崩れた掘立小屋には雑草がはびこり、湖は九一年の夏に数人の子供たちが溺《おぼ》れ死んでから水を抜いてあるため、悪臭がただようただのくぼみと化している。ヤルケの家が建っていた場所には動物の骨が山のように積みあがり、薄明かりの中で白っぽい光をはなっている。風がぼろぼろの潅木《かんぼく》のあいだを吹き抜けていく。

「メリック!」「キャタネイ!」

声が近づいてくる。

よかろう、ひとつだけ彼らにも追ってこられない場所がある。

かびが点々とついた茂みの葉はとてももろく、メリックがかきわけるとぱらぱら剝がれ落ちた。鱗狩人の階段のてっぺんで、メリックはためらった。ロープを持っていない。支えなしで降りたことは何度もあるが、それはずいぶん昔のことだ。吹きすさぶ風、叫び声、眼下に広がる谷、そこに灰色のビロードの上に置いたダイヤモンドのように点在する明かり――それらすべてがただひとつの移ろいゆく画材のように見える。背後で茂みががさつき、人の声も聞こえてきた。ちくしょう！　歯をくいしばって刺すような肩の痛みをこらえ、杖をベルトにひっかけてから、ゆっくりと階段に足をおろして指を手掛かりにくい込ませる。風に服がはためき、階段から引きはがされてくるくると吹き飛んでしまいそうな不安をおぼえた。いちどは足が滑り、いちどは立ちすくんで進むことも退くこともできなくなった。それでもどうにか底までたどり着き、のぼり斜面をじりじりと進んで、立てるだけの広さがある平坦な場所を見つけた。

その場所の神秘性がふいに重くのしかかってきて、メリックは恐怖をおぼえた。なかば階段のほうを振り向き、ハングタウンへ戻って大騒ぎを受け入れようかとまで考えた。だが一瞬のちにはそれがどんなにばかげた考えかということに気づいた。疲労の波が押し寄せ、心臓は早鐘を打ち、視界の中には白い光がゆらめいていた。胸は鉛のように重い。よろよろと数歩前進すると、杖の音が静けさをつらぬいた。暗くて物の輪郭ぐらいしか見えなかったが、この先にはかつてメリックとリーゼが身を隠した翼のひだがあるはずだ。もういちどそこを訪れようと歩き出してから、ふと竜の眼の下にいた少女のことを思い出し、すでに自分が別れを告げてしまったことを悟った。これでお別れだ——そのことをメリックははっきりと理解した。彼は歩き続けた。暗闇は翼の継ぎ目からあふれ出して、ふたりがミイラ化した男に出くわした光る迷路の奥へと流れ込んでいる。あの男はやはり、魔法の裁きによって朽ち果てたまますっと生き続ける老魔法使いだったのだろうか？　ありそうなことだ。少なくともほかの竜を殺した魔法使いたちも同じような運命をたどっている。

「グリオール？」メリックは闇へささやきかけて、返事があることをなかば期待しながら、頭をぴんと立てた。声が響くと翼の下の広大な通廊の果てしなさがいっそう際立ち、ここがかつてどれほど活気にあふれていたかを思い起こさせた。竜の体表をもぞもぞ這いまわる〝ひらひら〟、茂みの中に煙のようにかき消える奇妙な昆虫〝かっとび〟、ハングタウンの陰気な住人たち、流れ落ちる滝。メリックは生きているグリオールを思い浮かべることができなかった——そんなすさまじい生命力は想像の域を越えていた。それでも彼はなんらかの奇跡の力でグリオールが生き返り、黄金の夜を太陽の核目指して飛んでいく姿を心に描いた。それともこれはただの夢、冷たくずっしりした彼の脳の奥深くできらめく神経組織のかけらでしかないのだろうか？　メリックは笑った。夜空の星に名前をたずねてみたほうが、まだしも答えが返ってくるかもしれない。

メリックはもう歩かないことに決めた——実のところ決めるもなにもなかった。肩の痛みがあまりにひどく、もはや体の中から苦痛がわき出しているとしか思えない。そうっと、そうっと姿勢を低くして、杖をしっかりと握り締めたまま、肘を支えに横たわる。上等な、魔法の杖。グリオールの腰部のてっぺんに生えていたサンザシの木から削り出したものだ。以前にいちど、これを売ってくれと頼まれたことがある。いまではほしがる者などいるだろうか？　おそらく老ヘンリー・サイチが引っさらって私有美術館に運び、メリックのブーツのとなりのガラス箱へほうり込むのだろう。なんとこっけいなことか！　メリックはうつぶせになって腕に顎を乗せた——体の下は硬くひんやりしていて、痛みをやわらげてくれる。面白いことに、決断の範囲というものは年月が過ぎるにつれて狭まっていく。竜に絵を描くことを決め、何百人もの男を送り込んでマラカイトやコチニールを持つ昆虫を捜すことを決め、ひとりの女を愛することを決め、あちこちで薄色を深めることを決め、最後に自分の体の位置をやっとの思いで決める。どうやらひとつの道のりの終点まで来てしまったようだ。さてお次は？　彼は呼吸を整え、胸にかかる圧力をやわらげようとした。そのとき、なにかが翼の継ぎ目のあたりでかさかさと音をたて、メリックはそちらへ顔を向けた。かすかに光る暗黒がこちらへむかって流れてくるのが見えたような……それともこれは、メリックの神経がきまぐれな火花をとばして、視覚にいたずらをしているだけなのか。恐怖よりも驚きが先にたち、それを見極めたい一心で、メリックはじっと闇に目をこらしながら、竜の鱗の上で乱れた鼓動を続ける心臓の音を感じていた。

複雑に入り組んだ出来事からたったひとつの結論を引き出すのは愚かなことではあるが、この人生、これらの出来事にはきっと教訓と真実が含まれているはずだ。だがそちらの解釈は口うるさいお偉方におまかせしよう。歴史学者、社会科学者、実存弁明の専門家たち。わたしが知っているのは、彼が金のことで女友達と言い争って出ていったということだけだ。女のもとに届いた手紙には、二、三カ月南へ行って彼女が使いきれないほどの金を稼いで戻ってくると記されていた。彼がなにをするつもりだったのかはわからない。グリオールに関する話が出たのは、〈赤熊〉に集まった仲間たちがわたしの稿料――ひとつ記事を売ったところだった――を飲み干していたときのことで、だれかがこんなふうに言ったのが事の始まりだった。「なあ最高じゃないか、もしダルダーノが記事を書かずに済んで、おれたちも家具に色を合わせた絵を描いたり、ちっちゃな姪《めい》っ子や甥《おい》っ子に笑顔をつくらせようとあくせくする必要がなくなったらさ?」およそ非現実的な金策の計画が山のようにもちだされた。強盗、誘拐。それからテオシンテ市の長老たちをひっかけようというアイディアが出てきて、計画の全体像も数分のうちにかたまった。ナプキンやスケッチブックに走り書きされたメモの山。集団活動の成果。あのとき目つきのぼんやりした者がいたかどうか、グリオールの思考の冷たい触手が脳にふれるのを感じたかどうか、それをずっと思い出そうとしているのだが、どうしても思い出せない。あれはほんの半時間の大騒ぎ、それだけだった。酔っぱらいの奇抜な思いつき、美術学校式の隠喩《いんゆ》。それからしばらくして、持ち金の尽きたわたしたちは通りへよろめき出た。雪が降っていた——襟に溶け落ちる湿った大きな雪片。ほんとうによく飲んだものだ！ 大声で笑いながら、大学の橋の凍りついた手すりに乗ってバランスをとったりもした。しかめっ面をしてみせれば、厚く服を着込んだ市民やお連れの太ったご婦人たちはぷんぷん怒っておりすぎ、白い息を吐くばかりでこちらには目もくれず、そしてわたしたちはだれひとり——市民たちでさえだれひとり——気づいていなかった。自分たちがひとあし早く幸せな大団円を生きていることを……

——ルイス・ダルダーノ『竜のグリオールに絵を描いた男』

鱗《うろこ》狩人《かりゅうど》の美しき娘

――ボブ、カロル、ティマリン・フレイザーに

1

　世界の曙《あけぼの》の〝キリスト光〟が消えてさほどたたないころ、鳥たちがまだ天界とのあいだを行き来し、ひどく醜悪なものたちでさえ聖者のように輝いて、その少しばかりの邪悪も純粋だったころ、ハングタウンという名の村が竜のグリオールの背中にへばりついていた。この全長一マイルの巨大な獣《けもの》は、ある魔法使いの呪文によって生あるまま身動きを止められていたが、カーボネイルス・ヴァリー一帯を支配し、住民の生活を細部にいたるまであやつって、何トンもある冷たい脳髄《のうずい》から発散するいわくいいがたい放射物でその意志を知らしめていた。肩口から尻尾《しっぽ》まで、グリオールの体のほとんどは土と草木におおわれ、見る方向によってはすっかり風景に溶け込んで、谷を取り巻く丘のひとつに見える。鱗狩人《うろこかりゅうど》たちが手をかけたところをのぞくと、右脇腹から腰部、それに巨大な首と頭の一部だけがむきだしになっていて、大地に沈み込んだ頭部はといえば、巨大な顎をなかばまでひらき、あたりの丘の頂と同じほどの高さがあった。村は谷底から高さ八百フィート、苔《こけ》むした崖のように張り出した前頭部の骨板のすぐ後方にあり、板葺《ぶ》き屋根と風化した板壁の掘っ立て小屋が数十、隣接する丘からグリオールの背中へ流れくだる小川が生み出した湖を取り巻いていた。湖岸にむかって密生したチョークチェリー、発育不良のオークやサンザシの木立にぐるりと囲まれ、大気中に広がる不気味な気配、古い廃墟にも似た身のざわつくような静けさをべつにすれば、湖のそばからのながめはありきたりな田舎の集落で、竜に寄生する〝かっとび〟や〝ひらひら〟などの骨や内臓が散らばって、ふつうより少しばかり乱雑かという程度だが、一帯を支配する倦怠《けんたい》と、村人たちのぼろぼろの衣服や敵意むきだしの態度には、尋常ならざるものがあった。

村の住人の多くは鱗狩人だ。グリオールの翼や体表から土を取り除き、ひびが入ったり割れたりした鱗を探し出して、削りとった破片を、鱗が医薬品として珍重されるポート・シャンティへ売りにいく。努力に見合うだけの充分な報酬はあるが、竜のそばへはめったに近づかない谷の人びとからはのけ者扱いされており、不幸な出来事で短く悲惨な生涯を終えるのも、グリオールが彼らの存在をこころよく思っていないせいだった。実のところ、竜の機嫌をとるというのはいつでも重大な関心事であり、狩人たちは稼ぎの多くを竜の邪悪な影響力をふせぐことができると信じられているお守りに注ぎ込む。中には鱗のかけらを首からさげて、竜に対する尊敬の念が伝わることを祈る者もいるが、男やもめのライオルが娘のキャサリンをいかにして育てたかということは、こうした考え方のもっとも顕著な例と言えるかもしれない。キャサリンの生まれた日、すなわち妻の死んだ日に、ライオルは小屋の床下をグリオールの背中が出てくるまで掘って、金色の鱗を長さ六フィート幅五フィートの広さでむきだしにし、その日から十八年間、竜のエキスが娘の体に染み込んで竜の怒りをそらしてくれることを祈って、娘を鱗の上で寝かせたのだ。キャサリンは初めのうちひとりきりになるのをいやがったが、いつしか空を飛ぶ夢や、異世界の夢（伝説によれば、竜たちは別の宇宙の生物で、そこへ旅するときは太陽へ飛び込むのだという）などが訪れるのを楽しむようになった。ときおりそこに横たわって、父親が掘った板張りのトンネルを見上げていると、キャサリンは自分が硬い鱗の上に寝ているのではなく、大地から沈み込んではるかな金色の輝きへと落下していくような気がした。

ライオルが望みを果たしたのかどうかはわからない。だがハングタウンの人びとから見ると、鱗のそばにいたことでキャサリンに影響があったのは明白だった。というのも、ライオルは背が低く肌も浅黒く（彼の妻もそうだった）、肉体的にはどうみても好感を持たれるところはなかったのに、娘のほうは美しい女へと成長したのだ。手足はすらりとのび、さらさらした金髪に愛らしい肌、このうえなく優美な顔立ちはまるで宝石細工のようで、なまめかしい口もとにとがった頬骨、大きくて表情豊かな両目は虹彩がとても黒々としているためによほど明るい光のもとでなければ瞳と区別がつかない。見た目が両親とは別の布地から切り出されたように美しいだけではなく、両親の陰気な性格や用心深い暮らしぶりともまるで縁がなかった。ほんの幼いころから怖がることもなく竜の体表のいたるところを歩きまわり、鱗狩人でさえごく少数の者しか行かない翼の付け根の下の暗闇へも平気で踏み込んでいった。父親の策略のおかげでありきたりな危険には免疫があるのだと信じ込み、自分と竜は絆で結ばれていて、いつも見る夢や美しい外見は不思議な因縁と定められた運命の象徴なのだと感じていたが、そんなふうに自分を不死身だと思っていたことが――美貌によって植え付けられた自信と相まって――自己中心的で奥行のない人格を作りあげていた。尊大で、愛人の心を傷つけることも多く、二枚舌を使うようなことはしなかったが――そんな必要もなかった――別の女が愛している男を奪うことを楽しんだ。それでも自分では善人だと思っていた。

もちろん聖者ではない。だが父親を尊敬し、家をきれいに掃除して自分の務めを果たし、いろいろと欠点はあるものの、一歩ずつ――というか半歩ずつ――でもそれを正すようにしていた。多くの人びとと同じように、はっきりした道徳的規範を持たず、タブーやその場の状況によって態度を変え、〝善〟すなわち正道というのは、彼女にしてみればいつの日か達成しようともくろんでいるある種の知的晩年の生活のことだったが、それはできるかぎりの楽しみを味わい尽くしてそうした野望を達成するために必要な経験を積んだあとのことだと考えていた。グリオールの勢力圏にある人びとと同様、ふさぎ込みがちなところはあったが、ふだんは快活で考え方も楽観的だった。といっても、無邪気な底抜けの楽天家というわけではなかった。ハングタウンで過ごすあいだに、裏切り、悲嘆、殺人ともなじみになり、十八歳のときにはもう広い範囲でさまざまな愛人との付き合いがあった。気楽に愛人をつくるのはハングタウンの住人のあいだでは珍しいことではなかったが、その美しさがひきおこす嫉《しっ》妬《と》のために、きわめつけの浮気女という風評を得ていた。キャサリンはそんな風評をおもしろがり、いくらか喜びもしたが、彼女を取り巻く噂はどんどん下品な、真実からかけ離れたものとなり、とうとうある日、彼女は予想だにしなかった蛮行によってそれを痛感することになった。

グリオールの両眼のあいだからハングタウンのほうへぐっと湾曲してのびる螺旋《らせん》状の前角を越えたあたりは、鼻面のてっぺんまで頭骨の傾斜もなだらかになっており、キャサリンはある霧深い朝に、ゆったりしたズボンとチュニックを着込み、鱗鉤《うろこかぎ》とロープとのみを用意してそこへやってきた。竜の唇のそば、牙のすぐ上あたりに見つけておいた手ごろな大きさの鱗のかけらを削り取るためだ。グリオールの下顎の上まで垂らしたロープにぶらさがり、何時間か鱗のかけらに取り組む。なかばひらいた口には不気味な形をした植物がびっしりと詰まり、赤珊瑚《あかさんご》の節にも似た葉のそこかしこに、先割れしている舌の硬くなった表皮がのぞいていた。牙はどれも複雑な模様を描く地衣におおわれ、流れる霧は渦を作り、くるくる飛びまわる猛禽《もうきん》たちがときおり茂みに急降下しては運のないトカゲやハタネズミをさらっていく。着生植物が牙の割れ目から生え広がり、赤と紫の花が入り混じる長い蔓《つる》にへばりついていた。まさに壮観なながめであり、キャサリンはときおり手を止めてはハーネスをつけた体を茂みの五十フィートほど上まで降下させて、深くかすんだグリオールの喉の奥をのぞき込み、そこを行き交う影の生物たちの暮らしぶりに思いをはせた。

太陽が霧を焼き払い、鱗削りに疲れ、汗だくになったキャサリンは、竜の鼻面のてっぺんまで体を引きあげて鱗の上に肘をついて横たわり、ナシをかじりながら谷を見下ろして、棘《とげ》が突き出した緑の丘や点在するヤシの群落や、その日の夜に彼女が踊って愛をかわして過ごそうと考えているテオシンテの白い街なみをながめた。空気がずいぶん暖かくなってきたので、チュニックを脱いで上半身裸のまま横たわり、目を閉じて、さわやかな春の日差しの中にまどろんだ。うとうとしたまま小一時間ほどもたったころ、なにかをひっかくような物音にはっと目覚めた。チュニックに手をのばして身を起こそうとしたが、振り向いて音の正体を見きわめる間《ま》もなく、なにかにあばらの上にのしかかられ、息が詰まってわけがわからなくなった。手が乳房をまさぐり、酒くさい息がかかる。

「落ち着きなって」あせりの混じるだみ声がした。「ハングタウンの半数の連中がもう手に入れてるもんをいただきたいだけさ」

キャサリンは頭をひねり、ケイ・ウィレンの瘦《や》せた、血色の悪い顔がのしかかっているのをちらりと見た。あざけるような口もとがかすかに笑みを浮かべている。

「楽しくやろうって言ってんだよ」男はズボンのひもに手をかけてきた。

キャサリンは激しく暴れて、男の目をひっかき、長く黒い髪をつかんで引っ張った。腹ばいになって鱗のふちをつかみ、相手の体の下から這い出そうとしたが、こめかみを殴られて、頭の中が真っ白になった。意識がはっきりしたときには、あおむけにされてズボンをずり下げられ、指で体をつらぬかれていた。男はだんだん息づかいを荒くしながら、指を出し入れしている。体内にひりひりする痛みを感じて、キャサリンは喉の裂けるような悲鳴をあげた。手足をばたつかせ、男のシャツや髪をかきむしり、何度も何度も悲鳴をあげ、男が自由なほうの手で口をふさいでくると、それにかみついた。

「このあま！　この……くそが……」男はキャサリンの後頭部を鱗に押し付けてのしかかり、胸にまたがって膝で彼女の両肩を抑え込んだ。びんたをとばし、髪に手を巻き付けると、唾《つば》がかかるほど顔を近づけてまくしたてた。「よく聞け、雌豚！　おれはおまえが目をひらいているかどうかなんざ気にしねえ……どっちみち楽しませてもらうんだからよ」男はまたキャサリンの頭を鱗に打ち付けた。「聞いてんのか？　ええ？」身を起こし、思いきり平手で殴る。「へっ、こいつはいい気分だぜ」

「お願い！」キャサリンは頭がくらくらしてきた。

「お願い？」男はげらげら笑った。「こいつがもっとほしいってわけか？」またびんたがとぶ。「気に入ったか？」

さらにびんたがとぶ。

「こいつはどうだ？」

キャサリンは死に物狂いで片方の腕を引き抜くと、反射的になにか武器はないかと頭のうえを手探りして、ケイがにやにやしながらまた殴ろうとしたとき、そこにあった棒——だと思った——をつかみ、男をめがけて振りおろした。だが手にしていたのは鱗鉤で、その先端が左目のすぐ後ろに突き刺さると、ケイはかすかな叫び声をあげてばったりと脇へ倒れ込んだ。血まみれの目はのっぺりした深紅色の球になり、まるでゴムの球を眼窩《がんか》にはめ込んであるように見えた。キャサリンは金切り声をあげ、男の脚を腰から押しのけて這って逃げ出したが、膝までずり下げられたズボンがまとわりついてじゃまになった。ケイの体が痙攣《けいれん》をおこし、かかとが鱗を何度も叩いた。キャサリンは息を整えることも、考えることもできないまま、長いあいだその姿をじっと見つめていた。だが黒い蠅《はえ》の群れが、半透明の羽根で日光を七色に刻みながら、ケイの顔の下に大きく広がった血だまりに舞いおりてくると、胸がむかむかしてきた。竜の鼻面のふちまで這っていって、眼下に広がるチェッカー盤のような原野からポート・シャンティを、地平線に高くわきあがる積雲を見つめた。胸に冷気がしのび込み、震えがきた。自分の体の震えで、ケイの頭に鱗鉤を突き立てたときに男の肉体から感じた痙攣を思い出す。強姦されかけたことへのショックと嫌悪や、死を目の当たりにしたことなどから、吐き気が喉をせりあがってきて胃が裏返った。すっかり吐きおえると、ぎこちない手つきでズボンのひもをぎゅっと締めた。なんとかしなければ。ロープを巻きあげるか。ハーネスをリュックにしまおうか。だがそういったことは、頭で考えるのは簡単でも、実行に移すとなるとひどくむずかしいことに思えた。ぶるっと身ぶるいして自分の体を抱き、高さを、遠さを実感する。頬はほてって腫《は》れあがり、ちくちくする感覚が——絵であらわすなら虹色の芋虫《いもむし》か——胸や脚を這いまわる。なにもかも動きが遅くなり、洪水が過ぎたあとで河の泥が沈んでいくように、時間がいっときかき乱されてまた落ち着きを取り戻していくように感じられた。竜の角に目を向ける。だれかが立っている。こちらへむかってくるようだ。初めはなにが起きたかを知られたくないという気持ちと、口をひらいたら感情を抑えきれなくなるという気持ちがあって、近づいてくる人影をわざと無視していた。だが相手がハングタウンで見知った顔だとわかると――ブリアンヌという背が高く若い女で、顔立ちは冷たく見えるほど美しく、濃褐色の髪にオリーブ色の肌をしている――気分がやわらいだ。友人とは言えないし、それどころか、かつてひとりの男を取りあったことがある相手だ。しかしそれは一年以上も前のことだったし、ブリアンヌの姿を見ただけで気持ちが楽になった。楽になったどころではない。別の女性がいるとなれば気を張る必要もなくなる。同じ女性としてブリアンヌは自然に共感をしめしてくれるはずだ。

「いったいなにがあったの？」ブリアンヌは膝をついてキャサリンの目もとから髪をかきあげた。その優しいしぐさに、感情が堰《せき》をきってあふれだし、キャサリンはときおり嗚咽《おえつ》をまじえながら強姦について話した。

「殺すつもりはなかったの……あたし……あたし鉤のことなんか忘れてた」

「ケイは自分から殺されたがってたようなものだから。でも、その手伝いをしたのがあなただったなんてとても残念ね」ブリアンヌはひたいにしわを寄せてため息をついた。「だれか呼んできて死体を片付けないと。いやでしょうけど……」

「いいえ、わかるわ……しなければならないことだもの」体にだいぶ力が戻っていたが、立ちあがろうとしたところでブリアンヌに押しとどめられた。

「あなたはここにいたほうがいいわ。どうなるかわかるでしょ。みんなにそんな顔を見られたら」――とキャサリンの腫れた頬にふれて――「なにを言われるかわかったもんじゃないわ。村長を呼んで調べてもらうといい。そうすれば妙な噂がひろまらないようにしてくれるから」

キャサリンはこれ以上死体のそばにいたくなかったが、待っているほうが賢いことはわかったのでうなずいた。

「あなただいじょうぶ？」ブリアンヌはたずねた。

「平気よ……でも急いでね」

「わかった」ブリアンヌは立ちあがった。風に髪が乱れ、顔の下半分が隠れた。「ほんとうにだいじょうぶ？」その声には奇妙な響きがあり、まるでなにか別のことをたずねているような、あるいは――こちらのほうがありそうに思えたが――村長にどう話そうか考えているようなふしがあった。

キャサリンはうなずき、歩き出そうとしたブリアンヌを引き止めた。「父には話さないで。あたしから言うから。あなたから聞いたら、ウィレン家の人たちを追いかけまわすかもしれない」

「話さないわ、約束する」

にっこり笑い、慰めるように腕をぽんと叩いてから、ブリアンヌはハングタウンを目指して、前角のむこうの茂みへ分け入っていった。ブリアンヌの姿が消えてしばらくのあいだは、ずいぶんと慰められたような気がしていた。だが風が吹き付け、雲が太陽を隠して空気がひんやりしてくると、人気《ひとけ》のなさと周囲の不気味な気配が身に迫ってきて、ハングタウンへ帰りたくなってきた。目をぎゅっとつむって気を落ち着かせようとしたが、それでもケイの顔や、血に染まった目がまぶたに浮かび、体にかかった手の感触が思い出された。やがて、ブリアンヌがとっくに戻っているはずだというころになると、前角のむこうまで歩いていって、グリオールの背中の茂みをくねくねと走る細い道をながめた。数分後、三つの人影が――男がふたりに女がひとり――急ぎ足で近づいてくるのが見えた。雲間から差し込む日差しを手でさえぎって、じっくり見つめる。白髪頭で恰幅《かっぷく》の良いハングタウンの村長の姿はない。どちらの男も痩せて、色白で、黒髪を肩までのばし、抜き身のナイフを手にしている。顔まではわからなかったが、ブリアンヌが昔の争いをまだ根に持っていて、復讐《ふくしゅう》のためにケイの兄弟たちに彼の死を知らせたのはまちがいなかった。

驚きにかすむ頭を恐怖がつらぬき、キャサリンはどうしようかと考えた。一本道だから茂みに隠れるわけにはいかない。鼻面のふちから後退して、乾きかけた血だまりをまわり込む。逃げるとしたらロープでくだってグリオールの口へ隠れるしかない。だがあの不気味な場所、狂人以外は足を踏み入れない場所へ入ると思うと、ためらいが出た。別の方法を考えてみたが、なにひとつ思いつかない。ブリアンヌはきっと嘘《うそ》をついて、彼女に罪をかぶせているだろうから、兄弟たちはこちらの話を聞こうとはしないだろう。ふちへ走り寄り、ハーネスを締めてへりを越え、大急ぎで十から十五フィートほど降下した。竜の口の中の光景がせりあがり、ゆっくりとまわる——とがった木々の葉や頭までの高さがあるシダの茂み、顎からぐっと立ちあがる巨大な牙に喉へと続く漆黒《しっこく》の空洞。その表面まで五十フィートというところでロープが引かれ、ぶるぶると震えた。見上げると、ウィレン兄弟のひとりがロープをナイフで切ろうとしていた。心臓が熱くなって激しく動悸《どうき》をうち、手のひらが滑った。顎まで半分ほどの距離を落下したところでがくんと止まったものの、背中を痛みがつらぬいて、頭もぼんやりしたままぶらぶらと体が揺れた。もういちど、今度は短く降下しようとしたが、頭上高くでロープが切れ、残りの二十フィートをそのまま落下して思いきり体を叩きつけられるや、意識を失った。

気がつくとシダの茂みの中で、かぶさる葉をとおしてにぶい煉瓦《れんが》色をしたグリオールの口の裏を見上げていた。表面には濃緑色で棘だらけの着生植物がへばりつき、ジャングルの侵略をうけた大聖堂の丸天井のようだ。しばらくじっと横たわり、意識をはっきりさせて、体の痛み具合からどこか折れていないかどうかたしかめた。後頭部にこぶができていたが、衝撃はほとんど尻で吸収されたらしく、痛むことは痛むがそれほどの怪我《けが》ではないようだ。そろそろと体を動かし、痛みにたじろぎながらも、膝をついて立ちあがろうとしたとき、上のほうから叫び声がした。

「いたか？」

「いねえ……そっちは？」

「もっと奥へ行きやがったな！」

葉のあいだからのぞき見ると、網状になったロープの中央で、ふたつの人影が目の粗い網にとまった蜘蛛《くも》のように頭上百フィートほどの高さにぶらさがっていた。男たちがさらに降下してきたので、キャサリンは腹ばいのままおおあわてで竜の口から離れ、葉の下にびっしり横たわる枯れた蔓草をつかんで前進した。およそ五十フィートほど進んだところで振り返ってみた。ウィレン兄弟は茂みのてっぺんまでほんの十フィートほどのところまで降下していたが、見ているうちに視界から消えた。本能はさらに奥へ進めと告げていたが、さっき降りたところ――灰色がかった緑色の薄暗がり――に比べるといま膝をついているところはずいぶん暗く、グリオールの巨大な喉の暗闇へ入っていくことを考えると心臓が止まった。耳をすませばウィレン兄弟たちのがさがさ動きまわる音。不気味な鳴き声が、穏やかではあるが、入り組んだ響きを聞かせている。それが小さな生物の声ではなく巨大な喉から流れ出す呼吸音のような気がして、この場所の大きさと、それに比べて自分がいかに取るに足りない存在であるかという思いに圧倒された。もうそれ以上奥へ進むことはかなわず、竜の口の側面、影の中に厚くシダの茂るあたりを目指す。口が上方へゆるやかにのぼっているあたりへたどり着くと、シダに身をうずめて息をころした。

頭のすぐ横に、草を根こそぎにしたために土がところどころ剝がれて薄赤い皮膚がむきだしになっているところがあった。好奇心を出して人差し指でさわってみたが冷たく乾いていた。岩か壁でもさわったようで、がっかりさせられた。皮膚にふれたらなにかめざましい効果があらわれることを期待していたのだ。手のひらを押し付けて心臓の鼓動を聞きとろうとしたが、皮膚に生気はなく、茂みのざわめきやときおり頭上で聞こえるはばたきの音だけが生命のしるしだった。眠気をもよおし、うとうとしてきたので、目を覚ましておこうとがんばった。だがしばらくすると気をゆるめた。状況をじっくり考えれば考えるほど、ウィレン兄弟がここまで追ってくるはずがないと確信を持てた。彼らの神経では、口のへりでキャサリンを待ち伏せして、いずれ食物か水を探しに出てくるのを待つのがせいいっぱいだろう。水のことを考えたら喉が乾いてきたが、その思いはうち消した。それより休息だ。ベルトから鱗鉤を一本抜いて、ウィレン兄弟ほど用心深くない獣に出くわしたときのために右手に持ち、薄赤いグリオールの皮膚に頭をもたせかけるとすぐに眠り込んだ。

2

キャサリンが何年ものあいだ見てきた夢の多くは経験からくるものというより送られてきたもののようだったが、この日の午後にグリオールの口の中で見た夢ほどその特徴が際立っていたことはなかった。夢は簡単なもので、実体のない声だけが、耳に届くというよりも体を包むように訪れて意味を浸透させていったのだが、あとで思い出せたのは、励ますような、安心させるような伝言だったということだけで、その深く染みとおる声に強く力づけられて目覚めてみると、あたりはもう真っ暗になっていて、ただひとつ見える明かりといえば牙の曲線に沿ってゆらめく焚火《たきび》の照り返しだけだった。巨大な牙が強烈な赤い輝きをはなっているのは薄気味悪いながめで、もっとちがう状況だったら怖くてたまらなかっただろう。だがこのときは粗雑な光景に怯《おび》えるどころか、ウィレン兄弟についての推測が正しかったことを裏づけるしるしとして見ていた。口のへりで焚火をして見張り、キャサリンが手のうちへ飛び込んでくるのを待っているのだ。だが彼らの予想どおりに動くつもりはなかった。自信は常にゆらいでいたし、竜の体内へ入っていくのはばかげたことにも思えたが、ほかのどんな道をとったところでナイフで喉をかき切られるのだ。それに、一見理性的な判断をくだしているように見えても、実はグリオールにじっと監視されて、その意志に影響を受けているのだというぬぐいがたい思いがあった。ケイ・ウィレンの顔、あえぐ口や血まみれの目がちらりと脳裏をよぎり、襲われたときの恐怖がよみがえる。だが、そんなことを思い出してももう苦しみはなかった。心は落ち着き、それまでいちどもたずねようとしなかったけれど常にそこにあった問いかけに答えを出してくれた。キャサリンに落ち度はなかった、彼女はケイに誘いをかけたりはしなかった。しかし漫然と生きて、運命が人生に意味をあたえるのだという漠然とした考えに頼ることで、自分は悲劇に身をさらしていたのだ。いま運命はすぐそばにあり、その暴力的な色彩を変えるには、彼女のほうが変わって、受け身の態度でなく精力的に世界とかかわっていかなければならない。これらすべてを知ったのが重要なことであればとは思ったが、これまでの道筋があまりにもまちがっていたために、なにを知ったところでいまさらという気がしてならなかった。

　自制心を残らず奮い起こして体内への旅を開始した。喉の側面を手さぐりして、シダや蜘蛛の巣をかきわけ、なじみのないものが手にふれるたびに鳥肌をたて、昆虫やそのほかの夜行生物がざわめくたびにびくついた。いったんは引き返しかけたりもしたが、背後で叫ぶ声がして、ウィレン兄弟が追ってきているのではないかと恐ろしくなり、先へ進んだ。斜面をくだり始めたとき、湾曲した喉の壁面にほのかな光が見えてきた。光は明るさを増して、群葉のシルエットが浮かびあがり、その源にたどり着こうと足を早めたら、木の根につまずいて、くるぶしが蔓草にぶつかった。ようやく傾斜がなだらかになると、そこは広い区画になっていて、形はだいたい円形、上のほうは闇に消えていた。床には黒い液体がたまっている。もやが液体の表面をただよい、そのもやが低くなって水面にふれると、黄色がかった赤い炎がぽっと輝いて、石目の皮膚の床に影を作り出し、液体から膝ほどの高さに突き出しているたくさんのいぼだらけの突起を照らし出した——突起は濃い赤色で、側面にひらいたいくつもの穴から、青白いもやをたなびかせている。区画の奥のほうに見える開口部はさらに竜の体内へと続いているのだろう。空気は暖かくじめじめしていて、体じゅうから汗が噴き出してくる。キャサリンは区画の入口でぴたりと立ち止まった。明かりがあるとはいっても、人間の住みかというよりは口に近い。それでもまた勇気を奮い起こして前進して、そろそろと炎のあいだに入り込み、もやがめまいを起こさせることに気づいてからは、突起に近づかないようにした。耳をつんざく鳴き声が頭上からふってくる。蝙蝠《こうもり》がいるのかもしれないと思って足取りを速めたが、区画の真ん中ほどまで行ったところで男の声に呼びかけられ、恐怖に立ちすくんだ。

「キャサリン！　そう急がないで！」

彼女は鱗鉤をかまえてさっと振り返った。よたよたと歩いてきたのは白髪頭の初老の男で、金糸で刺繍《ししゅう》の入った絹のフロックコートの残骸に、ひだ飾りのあるぼろぼろのシャツ、穴のあいたサテンのレギンスといういでたちだった。左手に金色の握りのついた杖《つえ》を持っていて、骨ばった指にきらきらと光る指輪は少なく見ても十個はある。男は腕をのばしたくらいの距離で立ち止まって、杖に寄りかかり、キャサリンは鉤をおろしはしなかったものの、恐ろしさはだいぶやわらいでいた。あらわれかたがとっぴだったとはいえ、グリオールにはありとあらゆる人間や生物が住んでいることを考えれば、男はむしろありきたりの存在であり、注意を払う必要はあっても危険はなさそうだった。

「ありきたり？」老人はかっかっかっと笑った。「いや、まさしく！　天使のようにありきたりで、神の理念ほどに平凡ですよ！」どうして考えたことがわかったのだろうと思う間もなく、老人はまたかっかっと笑った。「わからんはずがないでしょう？　われらはみな彼の思考の産物であり、彼のきまぐれのあらわれなのです。地表ではかろうじてそれとわかる程度のことが、ここでははっきりした現実、のがれようのない真実となるのです。というのもここでは――」杖で床をこつこつ叩く。「われらは彼の意志のまっただ中で暮らすのですからな」男はじっとりした目でキャサリンを見据えて、さらに数歩近づいてきた。「わたしはこのときを千回も夢見てきました。あなたがどんなことを言って、どんなことを考えて、どんな行動をとるのかぜんぶわかっています。彼からあなたのことはすっかり指示を受けていますので、わたしはあなたの案内人、相談役になります」

「なんの話をしているの？」キャサリンは不安になって、鉤を持ちあげた。

「〝なんの〟ではありません。〝だれの〟です」にやりと笑うと青白いしわだらけの顔がくしゃくしゃになる。「〈鱗様〉のことですよ、もちろん」

「グリオール？」

「まさしく」老人は手を差し出した。「さあどうぞ、娘さん。みなが待っています」

キャサリンは身を引いた。

老人は唇をすぼめた。「ふむ、来た道を戻ってもかまわんのですよ。ウィレン兄弟はさぞ喜ぶでしょうな」

キャサリンは面食らった。「わからないわ。どうして……」

「あなたの名前や災難について知っているかと？　聞いていなかったのですか？　あなたはグリオールのものなのですよ。それもとりわけ抜きん出ているのは、あなたが彼の夢のただ中で眠ってきたせいです。これまでの人生はこのときのための序曲だったわけで、あなたの運命を知るためには彼の夢がわき起こる場所を訪れなければなりません……竜の心臓ですな」老人はキャサリンの手をとった。「わたしの名はエイモス・モールドリー。エイモス・モールドリー船長がご用をうけたまわります。何年も待ちましたよ……何年も！　あなたの人生の最高の瞬間を用意させてもらいます。ぜひいっしょに来て、フィーリーたちの仲間に加わり、準備を始めていただきたい。とはいえ――」男は肩をすくめた。「決めるのはあなたです。これ以上むり強いするつもりはありませんが……ひとつだけ言わせてください。いまわたしといっしょに行けば、帰るときにはもうウィレン兄弟のことを恐れる必要はなくなりますぞ」

老人は手を放してキャサリンを穏やかに見つめた。無視したいところだったが、男の言葉はこれまで竜とのつながりについて自分なりに感じていたこととぴったり一致していたので、そうもいかなかった。「フィーリーってだれ？」

老人はさげすむような声を出した。「害のない生き物です。いつでも交尾したりほんの些《さ》細《さい》なことについて議論したりしていますな。害虫を取り除くためにグリオールに仕えていなかったら、なんの役にも立ちゃしません。それでも、世界にはもっとひどい民族がいますし、彼らにしてみれば輝かしいときなのでしょうな」いらいらと体を揺すって、杖を床に打ち付ける。「連中にはじきに会えます。いっしょに来るんですか？」

しぶしぶと、鱗鉤をかまえたまま、キャサリンがモールドリーのあとについて部屋の奥にある開口部から狭く曲がりくねった通路へ入り込むと、そこはグリオールの皮膚からわきだす、明滅する金色の光に照らされていた。モールドリーによると、この発光体は竜の血液から出てくるもので、血液自体はもう流れていないものの、化学的性質の変化によって明るさが波打つように変わるのだという。少なくとも彼はそう信じていた。モールドリーはまたあっけらかんとした態度に戻り、キャサリンといっしょに歩きながら、自分がポート・シャンティと真珠群島のあいだを行き来する貨物船の船長だったことを話した。

「積み荷は家畜、パンノキ、鯨《くじら》の油。それこそどんなものでも運びました。いい人生でしたが、きついことはきつくてね、引退したあとは……そう、結婚もしなかったから、時間はできました。少しばかり愉快に過ごそうと思ったわけです。観光しようと決めたとき、なによりも見たかったのがグリオールでした。彼は〝世界の驚異〟の筆頭だと聞いていましたからな……事実もそのとおり！　いやあ、たまげましたよ。いくら見ても見飽きることはありませんでした。驚異どころじゃありません。ひとつの奇跡、荘厳なまでの生物。みなから口には近づくなと忠告を受けていたんですが、そのとおりでしたな。でもがまんできなかった。ある午後――口のへりに沿って歩いていたとき――ふたり組の鱗狩人に襲われて、殴りたおされ、身ぐるみはがれました。わたしは置き去りでした。フィーリーたちがいなかったらそのまま死んでいたでしょう」ちっちっと舌を鳴らす。「彼らのことを話しておいたほうがいいでしょうな。役にも立ちませんが心の準備ができるでしょう……実際そいつが必要な連中でして。見た目に感じがいいやつらとはとても言えません」ちらりとキャサリンに目線を送り、しばらくそのまま歩いてから続けた。「先をうながそうとしないんですな」

「励ましがいるようには見えなかったわ」

モールドリーはくっくっと笑ってうなずいた。「まさしく、まさしく」背中をまるめ、首をかしげて黙々と歩く姿は、二本足で歩くことをおぼえたばかりの年寄亀というところだ。

「それで？」キャサリンはいらいらしてきた。

「言うと思いましたよ」モールドリーは片目をつむってみせた。「初めはわたしも連中が何者かわからなかったんです。知っていたら恐ろしかったでしょうな。居留地に住むのは五百から六百人。出産時の死亡やさまざまな要因による自然減で人口は抑えられています。そのほとんどが、千年近く昔に口の中へさまよい込んだフィーリーという名の知恵遅れの男の子孫なのです。彼が口のそばを歩いていたときに鳥か昆虫の群れが飛び出してきたんでしょう。ちょっとやそっとじゃありませんよ。残らず飛び出してきたんです。フィーリーはひどく怯えました。なにか恐ろしい獣がその小動物たちを追いかけてきたのだと思い、隠れようとしたんです。しかしあわてていたために口から離れるかわりに、口の中へ逃げて茂みにもぐり込みました。まる一日近く待って……獣は出てこない。危険のしるしといえば竜の喉の奥から聞こえるくぐもった音だけ。とうとう好奇心が恐怖に打ち勝ち、彼は喉へ入っていったのです」モールドリーは咳払《せきばら》いをして唾を吐いた。「そこは安全な気がしました。外の世界のどんなところよりもずっと。グリオールがそういう感覚をあたえたにちがいありません。フィーリーを幸せにして腰を落ち着けさせ、駆除係にしようとしたのです。いずれにせよ、フィーリーはまずテオシンテで知り合いだった狂女を連れてきて、それからずっととおりすがりの狂人たちを仲間に引き込んでいきました。わたしは彼らが連れ込んだ初めての正気の人間ということになります。彼らは正気の人間はけっして受け入れないのですから。しかし、わたしを連れ帰ったのも、もちろんグリオールの指示でした。あなたに話し相手が必要だとわかっていたのでしょう」杖で壁面をつつく。「これがわたしの家です。家以上ですな。わが実在。わが愛。ここに住むことは理想の姿に近づくことなのです」

「ちょっと信じがたい話ね」キャサリンは言った。

「ほう、いまだに？　彼の体表に暮らすあなたならグリオールがどれほどの価値を持つかわかるでしょうに。彼ほど強い安心感をあたえてくれるものはなく、彼ほど深く理解してくれるものもいないのですよ」

「彼のことを神みたいに言うのね」

モールドリーは足を止めて、キャサリンを横目でじろりと見た。金色の光が明るさを増して、しわに影ができると、何世紀も昔から生きてきたように見える。「あなたは彼をなんだと思っているのです？」わずかに憤りの感じられる声でモールドリーはたずねた。「神ではないとでも言うのですか？」

さらに十分ほど歩くと、さっきのよりもっと途方もない区画に出た。片側が平らになった卵のような楕円形だが、この卵は高さが百五十フィートで直径がその半分より少し大きいくらいあった。明滅する金色の明かりは通路を照らしていたものと同じだが、ここでは波動がもっと大きくゆったりしていて、くすんだ薄闇から真昼の日差しに近いほどの明るさまで変化する。部屋の壁の上三分の二をおおっているのは何列にも積みかさなった小室で、それぞれがかしいで寄りかかるようにならび、蜂《はち》の巣のように幾何学的ではあるがそこまできちんとしたものではなく、まるで酔っぱらった蜜蜂が作りあげたように見える。小室の入口にはカーテンがかかっていて、脇のところに固定されているロープや、縄梯子や、昇降機の役目をする篭《かご》は、いまもいくつかは使用中で、モールドリーと同じような身なりの男女がのぼったりくだったりしていた。キャサリンはポート・シャンティの屋根にあるウサギの飼育場を描いた絵のことを思い出した。だがここの住居は、貧困と絶望をしのばせるところはあるとはいえ、むさくるしく堕落し、道を踏みはずしたような印象をあたえることはなかった。区画の下側の部分（ここが通路の出口でもあった）には絹やサテンといった高価な織物がまだら模様に敷きつめてあり、七十人から八十人の人びとがゆるやかな傾斜の上でぶらついたりくつろいだりしていた。中央部だけがあいていて、そこに見える穴は竜のさらに別の部分へ続いていた。何本かのパイプがその穴の中へのびており、モールドリーにあとで聞いたところによると、そのパイプは居留地のごみを、かつてグリオールが吐く炎の燃料となっていた酸だまりへ運んでいるらしい。ドーム状の区画にたち込めているもやは、前の区画で突起から青白くわき出していたものと同じだ。翼が黒く頭に赤いしるしのある鳥たちがくるくると飛びまわり、かすかなもやがいたるところにたなびいていた。胸の悪くなる甘ったるい香りがただよい、ぶつぶつ言うざわめきがあちこちから聞こえてくる。

「さて」モールドリーは区画全体をなぎ払うように杖を振った。「わが居留地を見てのご感想は？」

フィーリーたちの何人かはふたりに気づいており、かたまり合ってじわじわと前進しては立ち止まり、仲間内で熱心に言葉をかわしてから、またじわじわと前進してきた。野蛮人らしいためらいがちな好奇心がむきだしだ。そしてなんの合図があったわけでもないのに、小室の入口にかかったカーテンがいっせいに跳ねあがり、いくつもの頭がのぞいたかと思うと、小さな人影がロープを伝い降りたり、篭に乗り込んだり、縄梯子を飛ぶようにくだったりして、何百という人びとが蟻塚《ありづか》で大騒ぎをする蟻の群れのような勢いでキャサリンのほうへむかってきた。ぱっと見では姿まで蟻に似ていた。痩せて色白で猫背で、頭にはほとんど毛がなく、濡れたような目に唇の厚い口をだらんとひらき、まるでぼろぼろの絹やサテンをまとった醜い子供たちのようだ。前列の者が押し寄せる後列に突き出されるようにして、だんだんと近づいてくると、その視線に圧倒されたキャサリンは、なだめようとするモールドリーを振り払って通路へ逃げ込んだ。モールドリーはフィーリーたちに顔を向け、杖を勝者の剣のように振りかざして叫んだ。「彼女は来た！　ついに彼がわれらのもとへお連れくださったのだ！　彼女は来た！」

モールドリーの言葉を聞いて、前列にいた何人かが頭をのけぞらせていななくような笑い声をあげ、その声は金色の光が明るさを増すのに合わせて高く高く響き渡った。集まったほかの者たちは手を差しあげ、手のひらを広げてから、胸のあたりへしっかり引き寄せて、興奮のあまり飛び跳ねていたが、まだ頭をきょろきょろさせている者は、あちこちへ目を向けて、怒ったような困ったような顔をしているところをみると、なにが起きているのかよくわかっていないようだ。フィーリーたちの精神と自制心の弱さをしめすこの大騒ぎで、キャサリンはさらにうろたえた。だがモールドリーは喜んでいるらしく、「彼女は来た！」と何度も叫んでは群衆をあおり立てていた。叫びはやがてフィーリーたちを巻き込み、その動きをあやつるようになった。群衆は体を揺すり、モールドリーの言葉を繰り返したが、発音が不明瞭なために、返す声は「かんじょきー、かんじょきー」というひとつの言葉になって、部屋中に広がり、うねるように反響して、巨人の激しい息づかいのように朗々と響き渡った。

その音が押し寄せてくると、キャサリンはあまりの激しさに圧倒されて、通路の壁を背に後ずさり、フィーリーたちが列を崩してそばへ殺到してくるのではないかと恐れた。だが彼らは叫ぶのに夢中で、彼女のことなど忘れてしまったようだった。やたらと動きまわっては、おたがいにぶつかって、道をふさいだと言って相手を殴りつける者もいれば、抱き合ってげらげら笑う者も、性的なたわむれを始める者もいたが、全員が一体となって叫ぶことだけはやめなかった。

モールドリーがキャサリンを振り向いた。金色の光に目をぎらつかせ、フィーリーたちと同じうつろな歓喜の表情を浮かべて、手を差し出しながら、彼は僧侶のように穏やかで誠意にあふれた声で告げた。

「おかえりなさい」

3

キャサリンは壁面の中ほどにあるふたつの小室で暮らした。モールドリーの小室がすぐとなりにあり、厚い絹のじゅうたんと毛皮と刺繍をほどこしたクッションがそなえつけてあった。同じような素材が張られた壁には、枠に宝石をちりばめた鏡と二枚の油絵がかかっていた――モールドリーによると、こうした恵みの品は、すべてグリオールの貯蔵物であり、ほとんどは谷の西にある洞窟におさめてあるのだが、その場所はフィーリーたちしか知らないのだという。片方の小室には入浴用の大きな鉢が用意されていたが、水はとりわけ貴重だったので――鱗の隙間から染み込んでくるものを集めるのだ――入浴は週にいちどしか許されなかった。とはいえ、住まいと生活条件はハングタウンのそれと同等であり、フィーリーたちさえいなければ、くつろぐこともできただろう。だが食事の世話や掃除をしてくれるリーサという女をのぞくと、近親交配にありがちな彼らの外見や狂人じみた態度には嫌悪を禁じえなかった。どうやらキャサリンにはわからない刺激に反応するらしく、フィーリーたちはときおり動きを止めては、聞こえない呼びかけに耳をそばだてたり見えないなにかをじっと見つめたりした。わけもなくロープをちょろちょろ上下し、げらげら笑ってはしゃぎまわり、区画の底で集団で交尾した。あちこちの方言の交じったほとんど理解不能な言葉をしゃべり、小室の外のロープにぶらさがってはおたがいの服装や態度について言い合いをし、ほんのちょっとした欠点を取りあげては、キャサリンにはどうしてもわからないややこしい基準に従って評価をくだした。キャサリンがどこへ行ってもついてきて、同じ篭に乗ることこそなかったが、のぼるときもくだるときもそばにいて、じっとこちらを見つめ、逆に見つめ返すと目をそらした。めかし込んだぼろ服や、身につけた宝石や、子供のようにせこせこして嫉妬深いことなどが、いらだたしいと同時に恐ろしくもあった。彼らがキャサリンに向ける目には異様な緊張感があり、いつ畏怖の念をなくして襲ってくるか知れなかった。

初めの数週間は部屋にこもって逃げだす方法を考えるばかりで、訪れるのはまかないのリーサと、モールドリーだけだった。モールドリーは日に二度訪ねてきて、クッションのあいだにすわり込み、グリオールの威厳や、その真実について雄弁をふるった。キャサリンには楽しくなかった。モールドリーの偉ぶった震え声を聞くと、ハングタウンにときおり立ち寄っては私生児とからっぽの財布を残していく托鉢《たくはつ》の僧侶たちを思い出していやになった。彼の話はたいてい退屈で、キャサリンが竜の心臓で迎えるという審判についての話だけは退屈ではなかったものの、逆に落ち着かない気分にさせられた。グリオールが彼女の人生にかかわっているのは疑いようもなかった。居留地に長くとどまるほど、夢はますます鮮烈になり、彼女がここにいることがグリオールの目的となんらかのつながりを持つことに確信がもてた。だがフィーリーたちの哀れな境遇は、彼女が竜とかかわる運命についてずっと抱いてきた幻想に青ざめた光を投げかけ、いつしかキャサリンは、自分もその青ざめた光の中で周囲の者たちと同じような無気力さに染まっていくことに嫌気がさしてきた。

「あなたはわれらの救い主なのです」ある日モールドリーが言った。キャサリンは自分用の新しいズボンを縫っていた――フィーリーがよこしたけばけばしいサテンのぼろ服は断ったのだ。「あなただけが竜の心臓の秘密を知っていて、あなただけが彼の深遠なる望みを伝えてくれるのです。われわれにはずっと前からわかっていたことなのです」

乱雑に敷きつめた絹布と毛皮の中にすわって、キャサリンはカーテンの隙間からほのかな金色の光に目をやった。「あなたたちはあたしを虜囚にしている。どうしてあたしが協力しなければならないの?」

「ではここから出ていきますかな? ウィレン兄弟はどうします?」

「もうあきらめたんじゃないかしら。たとえ彼らが待っていたとしても、ここでゆっくり死ぬか彼らの手にかかってさっさと死ぬかのちがいだけでしょ」

モールドリーは杖の握りを指でいじくった。「いかにも。もうウィレン兄弟を恐れることはありません」

キャサリンはちらりと彼に目を向けた。

「あのふたりはあなたがグリオールの口へ入ったときに死にました。ようやくあなたが訪れたことを知って、彼が手先を送って殺させたのです」

キャサリンは喉の傾斜をくだっていたときに聞いた叫び声を思い出した。「手先って？」

「それはどうでもいいことです。重要なのは、あなたがグリオールの不思議な力を知り、彼があなたの意志や存在そのものを根本的にあやつっているのを理解することなのです」

「どうして？　どうしてそれが重要なの？」モールドリーが説明に苦労しているのを見て、キャサリンは笑った。「神の啓示はどうしたのよ、モールドリー？　うまい言い回しを教えてもらえないの？」

モールドリーは気を静めた。「あなたがここにいるわけを理解するのは、わたしではなく、あなたのためなのです。グリオールの体内を探険して、彼の肉体の驚くべき作用を学び、あなた自身をこの複雑な存在に取り込ませるのです」

いらいらして、キャサリンは思わずクッションを叩いた。「出してくれなかったら、あたし死ぬわ！　こんなところもうたくさん。探険なんかするほどここにとどまるつもりはないから」

「でもいずれそうなります」モールドリーは気取った笑みを浮かべた。「それも、われわれにはわかっていることなのです」

ロープがきしみ、カーテンがひらいたかと思うと、薄青色の琥珀《こはく》織りのガウンを着て、胸のあたりに青白いふくらみを浮きあがらせたリーサが、キャサリンの夕食の盆を手に入ってきた。彼女は盆を置いた。「待ってましょか、奥さま？　そいともあとで来ましょか？」

リーサは間隔の狭い茶色の両目をしばたたき、ガウンのひだを指で引っ張りながら、キャサリンを見つめた。

「好きにしていいわ」

リーサはまだ見ていたが、モールドリーが厳しい声で追い払うと、きびすを返して出ていった。

キャサリンはつまらなそうに盆に目を向けた。いつもの野菜や果実（竜の口の中で集めたものだ）のほかに、生焼けの肉が何切れかあって、その赤みがかった色合いはグリオールの肉とよく似ていた。「なにこれ？」キャサリンは肉をつついた。

「今日は狩りがうまくいきましてね。ときおり狩猟隊が消化器のほうへ出かけるんです。とても危険なのですが、グリオールを傷つける獣たちがいるものですから。そいつらを狩ることでわれわれはグリオールに尽くし、そいつらの肉はわれわれの滋養物となるわけです」モールドリーは身を乗り出してキャサリンの表情をうかがった。「明日また狩猟隊が出かけます。あなたも加わってはいかがですかな。よければそのように取り計らいます。護衛がちゃんとつきますので」

キャサリンは反射的に断りかけたが、うまくすれば逃げだせるかもしれないと思い直した。実際、モールドリーの意向に従って、竜の研究に興味を見せるほうが賢明かもしれない。竜の体内の地理にくわしくなれば、脱出の道も見つけやすくなるというものだ。

「危険だって言ったけど……どのくらい危険なの？」

「あなたにとって？　これっぽっちも。グリオールはあなたを傷つけません。しかし狩猟隊のほうは……何人か死にますね」

「それでも明日出かけるわけ？」

「おそらくはその翌日も。侵入者がどれくらいいるか、よくわからんのです」

「いったいどんな獣なの？」

「蛇《へび》の一種ですよ」

キャサリンの熱意は薄れたが、ほかに行動を起こす手立ても見当たらなかった。「いいわ。明日いっしょに出かけましょう」

「いやいや、すばらしい！」モールドリーはクッションの上でうまく体を起こすことができず、三度目にようやく立ちあがったときには、杖に寄りかかり、息を荒らげていた。「明日の朝早くに迎えにきますよ」

「あなたも行くの？　体を動かすのはきつそうだけど」

モールドリーはくすくす笑った。「いかにも、わたしは老人です。しかしあなたにかかわることならば、力は尽きることなくわいてくるのです」彼はおおげさにお辞儀をして、よたよたと出ていった。

モールドリーが去るとすぐに、リーサが戻ってきた。彼女が入口の二枚目のカーテンを引いて光をさえぎると、いちばん明るいときでも射し込む光はほのかなものになった。リーサは入口に立ってキャサリンを見つめた。「リーサもっとほしい？」

形式ばった質問ではなかった。リーサは手のふれかたやそのほかの合図で、キャサリンが頼みさえすれば愛人になるという意志を明らかにしていた。奇形が薄闇に隠れると、その姿は踊りに出かけるかわいらしい少女のようだった。一瞬、この孤独と絶望のただ中で、光に照らされたり闇に溶け込んだりするリーサの姿を見つめ、外でフィーリーたちがひっきりなしに騒ぐ声を聞いていたら、居留地の原始的な異質さとどうしようもない疎外感が身に迫ってきて、キャサリンは妙に体が熱くなるのを感じた。だがその瞬間が過ぎると、自分の弱さに嫌気がさし、リーサへの怒りと、自分の人間性をむしばむこの退歩した場所への怒りがわきあがってきた。「出ていきなさい」キャサリンは冷たく言い放ち、リーサがためらうと、きつい声で命じて少女を部屋から追い出した。それから腹ばいになり、クッションに顔を押し付けて、すすり泣きが胸の内をかけのぼってくるのにそなえた。だが涙はあふれず、うつろな気分でじっと横たわったまま、自分は涙を流すにも値しない人間になってしまったのだと感じた。

区画の下半分にあるひとつの小室の裏に、軟骨状のあばらに囲まれた広い円形の通路があり、キャサリンとモールドリーは三十人の男のフィーリーを従えて、次の日の朝にこの通路から狩りに出発した。みな武器として剣をたずさえ、ここらではグリオールの血管も深く埋まっていて照明の役を果たさないので、道を照らすためのたいまつを手にしていた。一行は黙々と歩き、音といえばときおり聞こえる咳や、さくさくという足音だけだった。ふだん大騒ぎするフィーリーたちが異様に静かなのでキャサリンもなんだか不安だったし、ゆらゆらたなびくたいまつも、ふっとこちらを振り向く逆光になった青白い顔も、どんどん強さを増していくつんとくる酸のにおいも、迷える魂が天国への脇道をたどっているという印象を強めるばかりだった。

くだり坂が急になってしばらくして、ひらけた場所にたどり着くと、黒々と広がる空間に金色の糸状体が、まるで夜空にかかった黄金の蜘蛛の巣のように入り組んで走っているのが見えた。モールドリーの指示で待っていると、狩猟隊のたいまつが移動して広大な区画が明らかになっていった。だがどれほどの大きさがあるかはっきりわかったのは、ふいに大きな炎が燃えあがったときだ。若木の幹や茂みをまるごとほうり込んだ巨大な焚火がともされたのだ。焚火の大きさにも驚いたが、部分的に見えているだけの胃袋のはかりしれぬ深さはさらに感嘆ものだった。少なくとも長さが二百ヤードはあり、壁には血管が縦横に走る薄っぺらな白いひだがいくつも重なり、湾曲したあばらはさらに薄い皮膚でおおわれて節々がくっきりと見えていた。空洞を四分の一ほど行ったあたりには、黒っぽい液体がなみなみとあふれるへこみが見える。へこみのそばの壁沿いで焚火がたかれ、皮膚がぐるりと五十フィートほどの大きさに傷つけられて中央に裂目のある部分へむかって渦巻く煙が流れていく。キャサリンが見守るうちに、その傷ついた部分全体が波打ち始めた。狩猟隊が集まり、焚火を取り巻くようにして剣をかかげた。しばらくすると、長くてぶ厚い白色の管が裂目からずるずると出てきた。巨大な寄生虫は狩猟隊の上に盲目の頭部を差しあげ、周囲に髭《ひげ》の生えた口をひらいて濃い赤色の食道をむきだしにすると同時に、耳をつんざく鳴き声をあげて、キャサリンに耳をおおわせた。胃袋の内壁から寄生虫の体がどんどんあらわれ、キャサリンは持ち場を動こうとしない狩猟隊の勇気に感嘆した。煙に包まれた寄生虫はすさまじい金切り声をあげて、じたばたと激しく頭部を振りまわし、さらに大きな悲鳴をあげたかと思うと、ずるずると焚火に突っ込んで火花をあたりにふりまいた。そしてころがるように炎から飛び出した拍子に、狩猟隊の何人かを押しつぶした。ほかの者は手にした剣を狂ったように虫の頭部へ叩きつけて、死体のように真っ白な皮膚に濃い血の筋をつけた。キャサリンは自分も戦闘に参加しているような気分になり、頬にこぶしを押しあてて悲鳴をあげていた。虫は空洞の床に血を振りまき、炎に皮膚を焼きこがし、頭部を肉が垂れさがるほどずたずたに切り裂かれていた。それでもまだ金切り声をあげて、体を跳ねあげ、大きく弓なりになって襲撃者たちの頭上に落下した。狩猟隊の三分の一は手足をだらんと広げてぴくりともせずに横たわり、焚火の残骸が、燃える枝のかたまりとなって、あたりに散らばっていた。残った者たちは動きのにぶくなってきた虫の突進をかわしながら、剣を突き出している。虫が床からぐっと身をそらし、頭を高々と差しあげて、つかのま動きを止め、催眠術をかけられた蛇のようにゆらゆらと体を揺らした。巨大なやかんが蒸気を噴き出すような叫び声がほとばしり、空洞全体が激しく震えたかと思うと、虫の巨体は崩れ落ち、いちどびくりと身を震わせたきり静かになった。口はだらりとひらき、髭は最後に残った体内活動をあらわすようにぴくぴく震えた。

狩猟隊は虫のまわりでがっくりと膝をついた。大息をつき、疲れ果てて、剣にもたれかかる者もいる。ふいに訪れた静けさに驚いて、キャサリンはモールドリーに肩を貸したまま空洞へ二、三歩足を進めた。そこでためらってから、中には手当ての必要な者もいるのではないかと思って、また歩き出した。だが倒れている者は、手足を折り、口から血を流して死んでいた。キャサリンは虫に沿って歩いてみた。体の厚みは彼女の身長の三倍はあり、皮膚はぬめぬめして、表面に無数の小さなしわがあり、かすかに青みがかっているためによけい死体じみて見えた。

「なにを考えているのです？」モールドリーがたずねた。

キャサリンは首を横に振った。なにも考えられなかった。思考回路そのものが、いま目撃した途方もない出来事のために麻痺《まひ》してしまったようだ。自分ではグリオールの大きさ、複雑さについてそれなりに理解しているつもりだったが、それまで信じていたことがどれほど未熟なものか悟ったいまとなっては、新たな認識になんとか順応するしかなかった。背後で物音がした。狩猟隊のフィーリーたちが虫の肉を切り取っているのだ。モールドリーが腕をまわしてきたが、体にふれられて初めて、自分が震えていることに気づいた。

「いらっしゃい。家までお連れしますよ」

「あたしの部屋へ、でしょ？」みじめな気持ちが舞い戻ってきて、キャサリンは男の腕を振り払った。

「あなたがあそこを家と感じることはないかもしれません。しかしあなたにとってあれ以上ふさわしい場所はないのですぞ」モールドリーが合図すると、ひとりのフィーリーがやってきて、燃えさかる焚火で消えたたいまつに火をつけた。

キャサリンは陰気な笑い声をあげた。「あたしのことをどれだけよく知っているか聞かされるのは、もううんざりだわ」

「あなたのことを知っているとは言っていません。あなたの目的についていくらか教えられているというだけです。とはいえ」モールドリーは杖の先で空洞の床をとんと叩いた。「彼はあなたのことをいちばんよく知っていて、その彼のことならわたしもよく知っていますからな」

4

それからの二カ月間にキャサリンは三度逃亡を試み、その後はもうあきらめた。何百人もの目に見張られていたのでは、体力を使うだけむだだった。最後の試みから六カ月ほどはすっかり落ち込んで部屋から出なかった。健康は悪化し、なにも考えられず、ずっと横になったまま、喜びと充足の模範ともいえるハングタウンでの生活を思い返した。なにもしないせいで孤独感が増した。モールドリーはなんとかして彼女を楽しませようとしたが、彼はグリオールに対して神秘的な強迫観念をいだいていたために、真の友人として慰めをあたえることはできなかった。こうして、友人も恋人もなく、敵すらもいないまま、キャサリンはひたすら自分を哀れんで自殺の方法を思いめぐらすようになった。二度と太陽も見られず、テオシンテのカーニバルにも参加できない……とても耐えがたいことだ。だが、みずから命を断つほどの勇気も愚かさも持ち合わせていなかったし、いまの状況がどれほどおぞましく制限されたものだとしても、永遠の闇よりはましだと思ったので、フィーリーたちから許された唯一の仕事にとりかかることにした。グリオールの探険と研究だ。

チベットにある巨大な仏像が、仏像そのものよりほんの少し大きな塔の中に作られているように、グリオールの止まった心臓はくぼみのある金色のかたまりで大聖堂ほどの大きさがあり、心臓そのものの周囲に六フィートほどの隙間を残した区画内におさまっていた。その区画へ入るには、ずっと前に破れてしわだらけの茶色になった、キャサリンがちょうど這って進める血管を抜けなければならない。この通路を抜けて心臓のわきの狭い空間へ出るのはひどい閉所恐怖をおこさせる体験で、慣れるまでずいぶん長くかかった。ようやく慣れたころになっても、心臓のそばの独特の空気は耐えがたかった。熱くむっとする刺激臭は稲妻に打たれた硫黄のようなにおいがしたし、どことなく差し迫った雰囲気は、嵐の前の静けさを思わせた。心臓の血液は波動をみせるだけでなく（ここではその波動も不規則で、明るさの範囲も変化の速さもまちまちだ）熱や圧力の変化に応じて、一連の振動する内区画を循環し、この渦巻きが明るさの変化と連動して心臓の壁に光と影の模様を投げかける。そのアラベスクのように複雑で奇抜な模様にキャサリンは目を奪われた。じっと見つめていると、次にどんな形があらわれるかを予想したり、どんなふうに系統立てられているのかを理解したりできるようになってきた。言葉であらわすことはできなかったが、踊る光と影をながめることで心が反応し、それが移り変わる模様を解き明かす鍵となって、心臓の活動もおおむね推測できるようになった。模様をずっと見つめていると驚くほど鮮明な夢が訪れることもわかったが、中でもとりわけ鮮やかに繰り返し訪れる夢がひとつあった。

その夢はまず日の出から始まった。円形の太陽が南の水平線から顔を出すとき、光輝が射し込む海岸では浅瀬から大きな黒岩があちこちに突き出していて、竜たちがその上で眠っている。太陽に暖められて、鱗が輝き出すと、竜たちはもぞもぞと頭をもたげ、巨大な帆が風を受けたような音とともに皮の翼をひろげて、点在する星が見たこともない星座を形作る深紫色の空へ舞いあがり、うれしそうにくるくる飛びまわる……ただし一匹の竜だけは、少し飛びあがったところで動きが乱れ、石のように海面へ落下して波間に消えてしまう。それは見るも恐ろしい墜落で、翼はねじれ、裂けて、牙の生えた口がひらかれ、鉤爪はもがくように振り回される。美しい夢ではあったが、それがグリオールの現状にかかわりがあるとは思えなかった。墜落の危険などあるはずがないのだ。それでもなお同じ夢がひんぱんに繰り返されるところをみると、なにかしらまずいことがあるのは、おそらくはグリオールが空を飛ぶ竜を襲うなんらかの危険に怯えているのはまちがいなかった。このことを心にとめてキャサリンは心臓を調べ始めた。鱗鉤を使って隔壁の急な傾斜をよじのぼり、ときには金髪の蜘蛛になったように、明滅する臓器の上でさかさまにぶらさがったりもした。しかし彼女が調べたかぎりではどこにもおかしなところ、不完全なところは見当たらず、調査の結果変わったことといえば、あの夢を見なくなって、かわりに眠っている竜の胸がふくらんだりしぼんだりする光景をながめるというずっと単純な夢になったくらいだった。そこにどんな意味も見いだすことができなかったので、夢はまだ繰り返し訪れたけれど、だんだん注意を払わなくなった。

キャサリンに奇跡的な洞察を期待していたモールドリーは、なにも起こらないので失望した。「わたしがずっとまちがっていたのかもしれませんな。あるいはもうろくしたのか。たぶんもうろくしたんでしょう」

数カ月前だったら、苦しみと憤りにとらわれていたキャサリンは、一も二もなく彼の意見に賛同しただろう。だが竜の心臓を調べたことで気持ちがやわらぎ、静かなあきらめと、看守たちへの同情の念もわいていたので――彼らだって好んでみじめな境遇にいるわけではない――彼女はモールドリーに告げた。「まだ学び始めたばかりよ。彼の望みを知るには時間がかかるわ。それにいかにも彼らしいじゃない？　なにごともゆっくり起こるのよ」

「あなたの言うとおりでしょうな」モールドリーは沈んでいた。

「もちろんよ。遅かれ早かれ啓示があるわ。でもグリオールほどの存在はちらっとながめたくらいじゃ秘密をもらさないのよ。時間をちょうだい」

奇妙なことに、モールドリーを励まそうとして言ったこの言葉は、真実をついていたようだった。

初めはほとんど気乗りしなかった探索も、グリオールのあまりの巨大さや、そこに暮らす寄生虫や共生体の不可思議さを知るにつけ、知識欲に火がついて、それからの六年間はひたすら研究に打ち込んで空虚な人生の埋め合わせとした。常にモールドリーといっしょにいて、フィーリーたちを何人か従えながら、竜の体内の地図を作成したが、頭へ入るのだけは危険な兆しを感じたのでやめておいた。わりあいに知性のあるフィーリーたちをテオシンテへ送り出し、ビーカーやフラスコや書物や筆記用具を手に入れて、化学分析をおこなうための簡単な実験室を作りあげた。居留地のある卵形の区画では――竜が生きていたとすれば――心臓の筋肉の収縮によって押しあげられた酸とガスが底にいっぱいにたまり、となりの区画から流れ込む別の液体が混じって揮発性の混合物となることがわかった。グリオールが息を吐くときに――もしそうしたければ――これを炎に変えることができるし、そんなつもりがなければ、心臓が拡張して区画内は空になる。それらの液体を蒸留して作った強い麻酔薬には、大敵の名前をとってブリアニンという名をつけ、肺の外側に生える苔からは強力な興奮剤を作り出した。無数の植物相と動物相を分類して、部屋の壁に一覧や図表や観察記録を張りめぐらした。多くの動物はよく知っているものか、よく知っているものの変異体だった。蜘蛛、蝙蝠、燕《つばめ》、などなど。だが竜の体表でもそうだったように、彼が別世界から来たことをしめすようなものもいくらかいて、中でもとりわけ奇怪だったのは、キャサリンが〝メタ六〟と命名した、同じ胴体を六つ持ち、胃酸の中で成長する生物だ。それぞれの胴体が、大きさも色もすり減った一ペニー硬貨によく似ていて、クラゲよりほんのわずか密度が高く、ふちに繊毛を生やして、常にぶるぶる震えている。初めはこれは六体の生物で、六つがひとかたまりで移動するのだと思っていたが、解剖のために一体を殺したらほかの五体も死んでしまったので、ちがうのではないかと考え始めた。一連の実験で何百という個体を危険にさらしたり殺したりした結果、六つの胴体がなんらかの力でつながっていて――彼女は観察によってこの推論を導いた――これが生物のエキスを一カ所で占有しないようにそれぞれの胴体のあいだでやりとりすることで、一風変わったカモフラージュとなることが判明した。だが〝メタ六〟でさえ、〝おばけ蔓草〟に比べたらありきたりなものに思えた。こちらは頭部の付け根にある小さな空洞にだけ生える植物だ。

　居留地の者たちは、それまでキャサリンを悩ませていたのと同種の危険を感じてこのあたりには立ち寄らず、あえて脳髄へ近づいたりする者がいたらグリオールがひどく危険な生物に命じて侵入者を始末させるのだと考えていた。だがキャサリンはその空洞に近づいても危険を感じなかったので、モールドリーとつきそいのフィーリーたちをあとに残し、たいまつで行く手を照らしながら急な通路をのぼって、彼女の腰より少し大きな隙間から中へもぐり込んだ。いったん内部に入ると、そこは天井から枝分かれした金色の血管に照らされて、風になびくろうそくの炎のように明滅していたので、たいまつは消した。驚いたことに、天井以外の空洞全体が――およそ長さ二十フィート、高さ八フィートの箱形だ――蔓草でびっしりおおわれていた。葉はつやのある濃い緑色で、入り組んだ葉脈がはしり、先端はちっぽけな中空の筒になっている。急なのぼりで、思ったより息があがっていたので、キャサリンは壁に背をもたれてすわり込み、呼吸をととのえた。眠くなってきたので、ちょっと休もうと目を閉じる。ほどなく、モールドリーが彼女の名前を叫ぶ声にびっくりして目をあけた。まだ眠気が消えず、辛抱のきかない相手を不愉快に思いながら、彼女は呼びかけた。「少し休みたいだけよ！」

「少し？」モールドリーがわめいた。「もう三日もそこにいるのですよ！　どうなっているんです？　ぶじなんですか？」

「そんなばかな！」キャサリンは立ちあがりかけたが、金髪の裸の女が十フィートと離れていない片隅で身をまるめている光景に呆然《ぼうぜん》として、また腰を落とした。その女は空洞の壁のすぐそばにいたので、葉の先で体はなかば隠れ、顔立ちもはっきり見えなかった。

「キャサリン！」モールドリーが叫んだ。「返事をして！」

「あ……あたしはだいじょうぶ！　ちょっと待って！」

女が身じろぎして不服そうな声を出した。

「キャサリン！」

「だいじょうぶだってば！」

女が両脚をのばした。右の腰に鉤の形をしたピンク色の傷跡があり、それは子供のときに墜落してできたキャサリンの腰の傷跡とそっくりだった。右膝の裏には皮膚が赤むけてしわになった部分が見えるが、こちらは何年か前に酸でやけどをした跡だ。こうした傷跡にも驚かされたが、女が身を起こすとキャサリンは自分の双子を見ていることに気づき――容貌がそっくりなだけでなく、これまで鏡の中で何度もながめてきたあきらめの表情も同じだ――驚きが恐怖に変わった。女の顔の筋肉が動いてうれしそうな表情に変わるのをたしかに感じたと思ったとき、恐怖心があったにもかかわらず、女のさまざまな感情が、その心に芽生えた希望と活気がぼんやりと伝わってきた。

「シスター」女はそう言って、ちらりと自分の体を見下ろした。キャサリンの視界が瞬間的に二重になり、女のうつむいた頭と同時に、女の目をとおして見た裸の乳房と腹部が見えた。視界はすぐに戻り、キャサリンは女の顔を……自分自身の顔を見た。何年ものあいだ毎朝鏡でその顔をとっくりながめてはいたけれど、竜の体内で過ごすうちに自分がこれほど変わってしまったことをはっきり悟らされたことはなかった。こまかなしわが唇にはしり、目尻にも小じわが出てきている。頰が落ち込んでいるために、頰骨がますますくっきりしているし、口もとにはよりしっかりした、意志強固な雰囲気がただよっている。つやつやして完璧だった若いころの美しさは、思っていたよりずっと損なわれていて、落胆をおぼえた。だが、もっとはっきりした変化があって驚かされたのは、こまかい部分的なことではなく、顔全体の表情だった。そこには、竜の体内へ入る前にはほんの少ししか見られなかった、わがまま放題な性格がくっきりと形をとってあらわれていた。この愚かしい認識に激しく身をつらぬかれて、キャサリンは困惑した。

女はそんなキャサリンの考えを読み取ったかのように、手を差しのべた。「自分を責めないで、シスター。あたしたちはみんな過去の犠牲者なのよ」

「あなた、何物？」キャサリンは身を引いた。なぜだかわからないが、この女は危険だと感じたのだ。

「あたしはあなたよ」女はまた手をのばしてきて、キャサリンはまた身をかわした。女はほほえみを浮かべているが、内心ではかなりいらだっているようだ。わずかに身を乗り出してはいるものの、蔓草の葉からは、なにか断ちがたいつながりでもあるかのように身を離そうとしない。

「信じられないわ」キャサリンは心を惹《ひ》かれていたが、女にふれられたら危ないという直感は強くなってきた。

「でもそうなのよ！」女は言い張った。「それ以上でもあるわ」

「それ以上？」

「この植物はエキスを抽出するの。生体のとても小さな構成物で、この植物はそれを使って肉体の傷跡さえ再現した類似体を作り出すの。あなたの未来の種子もこうしたエキスによって具現化されているわ。あなたはそれを知らないけれど、あたしは知っている……いまのところは」

「いまのところ？」

女の声にあせりの色が濃くなってきた。「あたしたちにはつながりがあるの……感じるでしょう？」

「ええ」

「生きるため、このつながりを完成させるためには、あなたにふれなければならないわ。でもいったんそうしたら、未来についての知識はあたしの中から失われてしまう。あたしはあなたになる……別々ではあるけれど。でも心配しないで。あなたのじゃまをせずに、自分なりの人生を生きるから」女がまた身を乗り出すと、背中に草の葉が何枚かくっついて、中空の管になった先端が皮膚に癒着しているのが見えた。キャサリンはまたもや危険を、この女にふれたら生命にかかわる資質を失ってしまうのではないかという懸念をおぼえた。

「あたしの未来を知っているなら、ひとつ教えて……あたしがグリオールから脱出できるのかどうか」

ちょうどそこでモールドリーが呼びかけてきたので、キャサリンはいま草を切っているけれどすぐにそちらへ戻ると言ってなだめた。彼女が質問を繰り返すと、女は答えた。「ええ、ええ、あなたは竜から出るわ」そして手を握ろうとする。「怖がらないで。あなたを傷つけはしないから」

女の肉体がたるみだし、その恐怖心がじわりと伝わってくる。

「お願い！」女は両手を差しのべてきた。「あなたにふれてもらえば維持できるのよ。そうしなければ、あたしは死ぬわ！」

だがキャサリンは信用しなかった。

「信じなきゃだめ！　あたしはあなたの姉妹《シスター》なのよ！　あたしの血はあなたの血、あたしの記憶だって！」女の腕の肉がたるんで老女の肌のように波打ち、顔は顎が二重になって、ひどくゆがんできた。「ねえ、お願い！　翼の下でステルと過ごしたときのことをおぼえてるでしょ……あなたは生娘だったわ。風に飛ばされたアザミがグリオールの背中から銀色の雨のように降り注いでいた。テオシンテのお祭りはおぼえてる？　あなたの十六歳の誕生日。あなたはオレンジ色の花と金色の針金の仮面をつけて、三人の男たちから求婚されたわ。後生だから、キャサリン！　話を聞いて！　あの少佐……彼のこと忘れちゃった？　若い少佐よ。あなたは彼に恋をしたけど、自分の気持ちに従わなかった。あなたは恋を恐れ、自分の気持ちを信じなかった。あのころのあなたは自分自身を信じていなかったものね」

　ふたりのあいだのつながりは薄れ、キャサリンは少なからず心動かされる女の哀願に対して強く心を閉ざした。女はふやけ、顔もぼやけて、それはまるで蠟人形《ろうにんぎょう》が溶けるような恐ろしい光景だったが、さらに恐ろしいことに、女がほほえみを浮かべると、唇が溶けて歯から流れ落ち、その歯自体もだんだん溶けていくのだった。

「わかったわ」女は弱々しく言って、しゃがれた、粘りつくような笑い声をあげた。「やっとわかった」

「なんのこと？」キャサリンは問いかけた。だが女は崩れ落ちて横倒しになり、崩壊はますます早まった。数分のうちにすっかり溶けて、わずかに女の外形をとどめた灰白色のゼラチン状の液だまりとなった。キャサリンはぞっとすると同時にほっとした。とはいえ、自分が身を守るためにああいう行動をとったのか、それとも単に臆病だったせいで、キャサリン自身と同じようにそもそも責められるいわれのない生物を破滅に追いやってしまったのかがよくわからず、自責の念を抑えられなかった。女が生きていた――というのが正しい言葉だとして――あいだは、ただただ恐ろしいだけだったが、いまになるとその幻影の見事さ、人間の類似体すら作りあげてしまう植物の複雑さに驚嘆した。それにあの女は外見が似ていたというだけでなく、なにかもっと重大な存在だったような気がした。さもなければどうしてキャサリンの記憶を持っていたのか？　それとも記憶には、生理的な基準というものがあるのだろうか？　女の残骸や、蔓草から標本をとって、その神秘を探ってみようと考えてもみた。だがこんな難問を、彼女の持っている原始的な器具で解き明かせるとは思えなかった。これは予言が現実となるのを証明するようなものだった。本音を言えば、自分の本質にかかわる部分に光が当てられてしまうのが心配で〝おばけ蔓草〟を調べたくなかったのだ。その後も、キャサリンはこの現象について何度も思い返したし、ときにはモールドリーと話し合ったりもしたが、結局は考えることをやめてしまった。

5

気温はいつも一定で、雨や雪が降ることもなく、明滅する金色の光がリズムを変えることもなかったが、竜の体内での季節の移り変りは、鳥が渡ったり、繭《まゆ》がつくられたり、何百万もの昆虫がいっせいに誕生したりすることで見分けがついた。こうしたしるしをもとに知ったある秋――グリオールの口へ入って九年後――に、キャサリンは恋におちた。これに先立つ三年間は中だるみ気味で、科学知識への熱意もだんだんと衰え、モールドリー船長が老衰で死んでからはその傾向がより顕著になっていた。フィーリーたちとの橋渡し役をつとめていた彼がいないと、キャサリンはフィーリーたちの愚鈍さや、いたましい容貌に圧倒されてしまうのだ。それに実際のところ、学ぶこともあまり残っていなかった。地図は完成したし、標本と記録はいくつもの部屋を埋めつくしていたし、竜の心臓への訪問こそまだ続けていたものの、もう夢の解釈を考えたりはせず、ただ時間をつぶすだけのことだった。また気分が落ち着かなくなって脱出を考えるようになった。人生が浪費されたのだと思い込み、もとの世界へ戻って、グリオールの多区画の牢獄などよりずっと活気にあふれた生活を取り戻したかった。だからといってこの体験に感謝していないわけではなかった。もしもここへ来てすぐに脱出していたら、意味のない軽薄な生活に戻っていただろう。だが知識武装し、自分の強さも弱さも知り、野心と高尚な道徳観念を身につけたいまなら、なにか重要なことを成し遂げられるような気がした。ところが、脱出が可能かどうか考えているうちに、居留地へ新たな訪問者があった。竜の口のそばでベリーを摘んでいたフィーリーたちが、気を失っているひとりの男を見つけて安全な場所へ運んできたのだ。

その男はジョン・コルマコスという名の、三十代前半の植物学者で、ポート・シャンティの大学からやってきたのだが、どうしても竜の口へ入ろうとしたために案内人に見捨てられ、口の中に居を定める猿の群れに袋叩きにされたのだ。痩せてはいたが、手の指は太くがっしりとして、茶色い髪にはくしをあてた様子がなかった。顎の長い馬面は、地味なようでありながら特徴的で、見るものすべてに少しばかり当惑しているような、もの問いたげな表情をいつも浮かべていた。青い両目は大きくて混沌《こんとん》としていて、虹彩に緑色と薄茶色の斑点が散らばり、体のほかの部分に比べると驚くほど優雅な印象があった。

キャサリンは、正気の人間、しかも彼女のたずさわる仕事を専門とする人間に出会えて喜び、熱心に看病をした――男は腕と足首を骨折して、顔をひどく切っていたのだ。そうして看病を続けるうちに、彼女は男のことを自分の恋人だと夢想するようになった。彼ほど紳士的で、飾り気のない男に会ったのは初めてだったし、なにより彼が自分の気を引こうとしないことに驚かされた。キャサリンにとっての男といえば、テオシンテの兵士たちやハングタウンの凶徒たちくらいだったので、ジョンのすべてが魅力的だった。それでも、こんな状況ではどんな相手にだって恋をするのだと自分に言い聞かせて、そんな感情を抑えつけようとした。恋をすることで牢獄に対する不満が増すのが怖かったし、これもやはりグリオールがモールドリーのかわりに愛人をあたえることで彼女を満足させようとしているにちがいないという思いがあった。だがどんな状況にあろうと、自分がたくさんの理由でジョン・コルマコスに心を惹かれたはずだと考えずにいられなかった。彼がキャサリンのグリオールに関する研究や苦難を乗り越えた体験について敬意を払ってくれることも大きな理由のひとつだった。それにおたがいに心を惹かれていることも否定できなかった。それははっきりしていた。ばつの悪いときはあっても、ふたりのあいだに夢心地のときはなかった。どちらも事の成り行きを見守っているというところだった。

「たいしたものだ」ある日ジョンは、キャサリンの部屋で積みあげた毛皮に横たわり、記録帳に目をとおしながら言った。「自力でやったとはとても信じられないよ」

キャサリンは頬を染めた。「こんな立場に置かれて、時間がたっぷりあって、ほかにすることがなければ、だれだってこれくらいのことはできるわ」

ジョンは記録帳をおろして彼女を値踏みするように見つめた。キャサリンは思わず目を伏せた。「そんなことはないさ。たいていの者だったら頭がおかしくなってしまうだろう。これだけのことを成し遂げられる者がほかにいるとは思えない。きみはたいした人だよ」

そんなふうに評価されると逆に自分が無能な人間であるように思えた。とてつもない権威者から、まるで大人が初めていい成績をとった不器用な子供をほめるように、称賛をあたえられているような気がした。自分のしたことはひとつの治療であり、絶望からのがれるための道楽でしかないのだと説明したかった。だがそれを変に気取らずにうまく言葉にすることができなかったので、ただ「そう」と言って、ジョンのくるぶしの痛みを抑えるためにブリアニンを投与する準備に没頭した。

「落ち着かないようだね。すまない……困らせるつもりはなかったんだ」

「いいえ……あたし……」キャサリンは声をあげて笑った。「まだ話すことに慣れていないのよ」

ジョンはなにも言わずに笑みを浮かべた。

「なに？」キャサリンはからかわれているのかと、思わず身構えた。

「なにって？」

「なぜ笑うの？」

「しかめっつらをしてもいいよ。そのほうが落ち着くなら」

キャサリンはいらいらと仕事に戻った。未加工のエメラルドをちりばめた真鍮《しんちゅう》のゴブレットで軟膏《なんこう》を練り合わせてから、それを粒状にまるめていく。

「冗談だよ」

「わかってるわ」

「どうしたんだい？」

キャサリンは首を横に振った。「なんでもないの」

「いいかい、ぼくはきみを困らせるつもりはなかった……ほんとにそうなんだ。なにがいけなかったのかな？」

キャサリンは自分に腹が立って、ため息をついた。「あなたのせいじゃないわ。あたしのほうがあなたがいることになじめないだけなのよ」

部屋の外からロープを伝って床へ降りていくフィーリーたちの騒ぐ声が聞こえる。

「わかるよ。ぼくは……」ジョンは言葉を切って目を落とし、記録帳のふちを指でいじくった。

「なにを言おうとしたの？」

ジョンは顔をのけぞらせて笑った。「ぼくたちがどんな具合かわかるかい？　いつも自分のしてることの意味を説明して……まちがったことを言ったら相手を傷つけるとでも思ってるみたいだよ」

キャサリンはちらりと彼を見つめて、目が合うと、すぐにそらした。

「つまり、ぼくたちはそんなにひ弱じゃないってことさ」と言ってから、ジョンはまだ説明の途中だというように急いで付け加えた。「ふたりとも……そんなに傷つきやすいわけじゃない」

彼はつかのまキャサリンを見返したが、今度は先に目をそらしたので、キャサリンはにっこりした。

恋におちていることに気づかなかったら、竜に対する自分の態度が変わったことにとまどっただろう。なにもかもが目新しく思えた。グリオールの巨大さや不可思議さに対する驚きの心が戻ってきて、その驚異の世界をジョンに見せてあげるのが楽しかった――太陽のもとでは見たこともないような燕や椋鳥《むくどり》、輝く心臓、〝おばけ蔓草〟の生える空洞（あまり長くはとどまらなかった）、心臓のそばにある小さな区画はグリオールの血液に照らされているのではなく、何千という発光性の白い蜘蛛が暗い壁面を埋め尽くしていて、まるで夜空に星座が広がっているように見える。この区画の中で初めての口づけをかわしたとき、キャサリンはいったん身をまかせてから、すっと体を離した。身のうちにあふれる強烈な感覚は、なじみ深いと同時に長いあいだ味わっていなかったせいで妙な違和感があり、幻想が唐突に現実のものとなった驚きに圧倒された。キャサリンは困惑してその区画から逃げだし、取り残されたジョンは、まだ治っていない傷をかかえて、足を引きずりながらひとりで居留地へ帰った。

その日はずっとジョンから隠れて、居留地の中央にある穴のそばで膝をかかえたまま桃色の絹布の上にすわり込み、美しいぼろ服を着込んでわいわい大騒ぎしながらとおりすぎるフィーリーたちの中に身を置いた。たいていのフィーリーは自分のことで頭がいっぱいだったが、何人かはキャサリンの気持ちを察してそばに集まり、そっと手をふれて、彼らが思いやりをしめすときによくするように悲しげな声をあげた。青白い犬のような顔が、一様に悲しげな表情を浮かべてまわりを囲み、それにつられるようにキャサリンも泣き出した。初めのうちは愛情にうまく応えられなかったことへの涙のように思えたが、やがてそれは、彼女のみじめな人生、竜の体内で過ごした哀れな日々への涙に変わった。だがその悲しみはグリオールの悲しみと同じものであり、憂鬱な気分も束縛感も本質的に彼の気分を反映しているのだと悟るにつれて、涙は止まった。竜のことを同情に値する相手だと思ったことはなかったし、そのときもそんなふうには考えなかった。だがグリオールが太古の魔法の網と、その大元となる出来事から派生したもっと小さな魔法や監禁の知恵の輪にとらわれていることがわかってくると、泣いたりしたのがばからしくなった。どんなことでも、最高に幸せな出来事でさえも、自分の住む世界の観点に立って見ることができなければ涙を呼び起こすもとになる。とはいえ、釣り合いのとれた物の見方ができるなら、悲しみはどんな人間の行動からでも引き起こされるとしても、そうした機会をとらえて自分なりに有効に活用し、それがどんなに非現実的だったり無意味に思えたりしても疑問を持ってはならないとわかるはずだ。ちょうど身動きのとれなくなったグリオールがおのれの力を発揮するすべを見つけることでそうしたように。キャサリンは自分がこんな抽象的な問題でさえグリオールを引き合いにしていることに気づいて声をあげて笑い、そばにいた何人かのフィーリーたちもその笑い声に応えた。男たちのひとり、ふさ状にした白髪を青白い頭から突き立てている老人が、銀の刺繡がほどこされたサテン生地のごわごわした汚いコートの取れかけたボタンをいじくりながら、すり脚でそばにやってきた。

「キャスリンいい気分なたか？」男は言った。「も、やなことねか？」

「ええ」キャサリンは言った。「もういやなことはないわ」

穴の反対側では大勢の裸のフィーリーたちがたがいに身をくねらせてぎこちない前戯に入り、男同士で突っこもうとしては、腹をたててひっぱたきあい、女を見つけて正しい行為にかかれたときにはくすくすと笑い声をあげた。以前はいやな光景だったが、もうそんなことはなかった。ここはちがう世界の基準に照らしてみれば、フィーリーたちに嫌気がさすかもしれない。だがここは彼らの世界であると同時に、キャサリンの世界でもあり、ようやくその事実をのみ込んだ彼女は、立ちあがって手近の篭へ歩き出した。さっきの老人が偉そうな顔で襟の折り返しに指をひっかけて急いでついてきて、キャサリンの気分を伝える役目を担っているかのように、出会う相手に必ずふれまわった。「も、やなことね。も、やなことね」

篭に乗るのは、同じ芝居のさまざまな場面が演じられている百個の小さな舞台——絹布に横たわる青白い人影が金と宝石をちりばめたちゃちな衣装を着て演技をする——の前をとおるようなもので、そこからあたりを見まわすと、異臭と荒廃さえ無視すれば、まるで異国の王領をながめているような気分になれた。いつもだったらまずその大きさと異形に目を奪われるのだが、いまはその豊かさに心打たれた。フィーリーたちはたまたまこんな服装をしているのだろうか、それともグリオールの影響が服装にまでおよんでいるために死んだ廷臣や王たちが着ていたこんなぼろ服をまとうのだろうか。キャサリンは気分が浮き立ち、陽気になった。だが、篭が彼女の部屋のある階層まで近づくと、そわそわしてきた。男に抱かれるのはひさしぶりなので、気に入ってもらえなかったらどうしようかと不安になる……もっとも、思い起こしてみると、毎週のように男を取り替えていたときだって、やはりこんなふうに心配していたのだ。

篭を木釘に縛り付けて、部屋の外の通路へ足を踏み出し、ひとつ深呼吸してからカーテンをとおり抜けて背後でそれを閉じた。ジョンは毛皮を胸まで引きあげて眠っていた。薄暗い明かりの中で、その顔は――数日髭を剃《そ》っていないためにむさくるしいが――ほのかに謎めいて愛らしく、瞑想《めいそう》中の聖者のような雰囲気があり、このまま眠らせてあげるのがいちばんいいように思えた。だがそれは彼のことを思いやっているわけではなく、自分が気後れしているだけなのだ。いまはとにかくこのまま突き進んで、気後れを乗り越え、学ぶべきことを学ぶしかない。ズボンと、シャツを脱いで、ジョンのかたわらに立つと、数オンスの生地よりずっと多くのものを脱ぎ捨てたような気がして、めまいと、怯えを感じた。毛皮のあいだに滑り込み、体をぴったりと寄せる。ジョンは身じろぎしたが目は覚まさなかったので、キャサリンはうれしくなった。彼をぎゅっとつかまえて、夢心地のうちにものにするという考えが気に入り、身のうちに楽しい、子供じみた力があふれてきた。ジョンがまだ眠ったまま寝返りを打ってこちらに顔を向けたとき、さらに身を寄せたキャサリンは、自分がすっかり彼を迎えいれる準備ができていることに驚いた。ジョンはなにやらつぶやき、彼女が体をすりつけると、ふたりの腹のあいだに彼の硬くなったものが突き立った。そろそろと右膝を彼の腰にのせて両脚ではさみ込み、体を前後に揺すって、ゆっくり、ゆっくり、小刻みに訪れる快感に身をまかせる。ジョンがまぶたをぱちぱちさせて目をひらき、彼女を見つめた。瞳は黒くうるみ、肌は薄闇の中でくすんだ金色に染まっている。「キャサリン」ジョンが言うと彼女はそっと笑った。まるでその名前に魔力でもあるような言い方だったのだ。ジョンの指が彼女の腰のふっくらした肉をつかみ、あちこち動かして正しい角度を見つけようとする。キャサリンが頭をのけぞらせ、目を閉じて、めまいと興奮のただ中にある感覚に意識を集中すると、ジョンはひと突きで深く彼女の体内に入り込み、行為にかかろうとした。そこで彼女は「待って、待って」と言って彼の動きを押さえ、そのあまりにも強烈な感覚のため、黒い波のようにわきあがる刺激に押し流されてしまうのではないかと恐れた。

「どうしたの?」ジョンはささやいた。「したいんじゃ……」

「待って……少しだけ」キャサリンは自分の体にもたらされた変化に驚き、彼にひたいを押し当てて身を震わせた。一瞬、ふたりのつながりで重力の束縛から放たれたように身が軽くなったかと思うと、次の瞬間には——ジョンが体を動かしたりほんのわずか挿入を深めただけで——彼の全体重が自分の体内へ注ぎ込まれて、ひんやりした絹布の中へ沈んでいくような気がした。

「だいじょうぶかい？」

「うーん」目をあけて、すぐ間近にあるジョンの顔を見たとたん、それが見おぼえのある顔だと気づいてびっくりした。

「どうかした？」

「ちょっと考えているの」

「なにを？」

「あなたは何者なんだろうと考えていたんだけど、こうして見たら、知っている顔のような気がしたの」人差し指でジョンの上唇をなぞる。「あなたはだれなの？」

「もう知っていると思ってた」

「かもしれない……でもくわしいことはなにも知らないわ。ただ教授だったってことだけ」

「くわしいことを知りたい？」

「ええ」

「ぼくは手に負えない子供だった。タマネギのスープはいやがって飲まなかったし、耳の後ろは絶対に洗わなかった」

ジョンは腰をつかんだ手に力を込めてキャサリンの中に入り、ゆったりした身のこなしで彼女の口と、両目に口づけをした。

「少年のころは」彼はリズムを早めて、荒くなる息の合間に言った。「毎朝のように泳ぎに行った。エイラー岬の岩場でね……美しいところだった。紺碧《こんぺき》の水、ヤシの木。餌をあさる鶏や豚。広がる浜辺」

「ああっ！」キャサリンは脚をジョンの太ももにからめて、まぶたをぱたりと閉じた。

「最初のガールフレンドはペニー……まだ十二歳だった。赤毛でね。ぼくはひとつ年下だった。彼女のそばかすが大好きだったんだ。いつも思ってたよ……そばかすっていうのは……なにかのしるしだと。なんのしるしかはわからない。でも彼女よりもきみのことを愛しているよ」

「愛してるわ！」キャサリンは相手のリズムをとらえ、動きを合わせて、彼のすべてを身のうちに引き込もうとした。体のつながったところを見たくてたまらず、もうふたりは別々ではなく、たがいの肉体が溶け合ってひとつになっているのではないかと想像した。

「数学の授業ではカンニングをしたし、三角法はぜんぜんできなかった。ああ……キャサリン」

ジョンの声はかすれて聞こえなくなり、あたりの空気は固くなって彼女の体をすばらしい高みへ押しとどめる。熱のない奇妙な炎の生み出す光がふたりのまわりに集まり、キャサリンはいつか声をあげて、彼の名を呼び、甘ったるい台詞《せりふ》や、子供じみたことをささやき、彼のすばらしさを語ったりしたが、それはまるで夢の中の言葉のようで、その抑揚、その響きのほうが、言葉の意味よりもずっとたいせつなのだった。ふたたび腹部に暗い波が押し寄せてくる。今度は彼女もその波にのって遠くはるかへ身をまかせた。

6

「愛は愚かしいものだな」何カ月かたったある日、ふたりは心臓のある区画にすわって、臓器の表面を複雑に流れる金色の光と影の渦巻きをながめていた。「まるっきり青二才に戻ったみたいだ。なにか立派なことをしなければと思ってばかりいる。飢えた人に食料を、病人に薬を」吐き捨てるような声。「目が覚めたら世界が問題をかかえていることに気づいて、自分が愛のおかげであんまり幸せなものだから、みんなにも幸せになってほしくなる。でもここに……」

「あたしもそんなふうに感じることがあるわ」キャサリンはジョンの突然の激昂《げっこう》に驚いていた。「愚かしいかもしれない、でもまちがってはいないわ。幸せになるってこともね」

「こんなところに閉じ込められていたら、世界を救うどころか、自分たちのことしかできやしない。幸せのほうときたら、終わりそうな気配もない……こんなところじゃね、どっちにしても」

「もう六カ月続いたわ。ここで幸せが終わらないとしたら、よそでだって終わらないでしょう？」

ジョンは膝を引き寄せて、怪我をしていたくるぶしのあたりをさすった。

「きみはどうしちゃったんだ？　ぼくがここへ来たころは、きみは脱出したいという話ばかりしていた。ここを出るためならなんでもすると言った。いまじゃどっちでもいいような口ぶりだよ」

キャサリンはくるぶしをさするジョンを見ながら、とうとう来たかと思っていた。「もちろん脱出したいわ。でもあなたがここへ来てから、住みやすくなったことはたしかよ。それは否定しない。だからってチャンスがあっても逃げないわけじゃないわ。ここにいても絶望せずにいられるようになっただけ」

「でもぼくはむりだ！　ぼくは……」ジョンはまだくるぶしをさすりながら、急に生気を失ってしまったように頭を垂れた。「ごめんよ、キャサリン。また脚が痛むせいでいやな気分になってね」キャサリンに目を向ける。「あれを持ってるかい？」

「ええ」キャサリンは動こうとしない。

「やりすぎていることはわかってる。でも時のたつのを忘れられるから」

ジョンの言葉にむっとして、退屈なのはあたしのせいなのかと言いたくなった。だが彼がブリアニンに頼るようになったのは自分にも責任があったので、キャサリンは怒りを抑えた。あの回復期に彼に薬を求められたとき、彼女は看護人としてではなく、恋人としてその求めに応じたのだ。

ジョンの顔にいらだちの色がはしった。「薬をくれないか？」

キャサリンはしぶしぶ荷物を解き、水の入ったフラスコと布に包んだ粒状のブリアニンを取り出して彼に渡した。ジョンは包みを解いて、せかせかとフラスコのふたをひらき、まさにふたつの粒を口に入れようとしたとき、キャサリンがじっと見つめていることに気づいた。顔が怒りにこわばり、いまにも彼女を殴りそうなそぶりを見せた。だがすぐに表情がやわらぎ、彼は錠剤をのみ込むと、もう二粒手に取った。「いっしょにやらないか。やめなければいけないのはわかってる。でも今日のところは気を抜いて、なにも問題がないようなふりをしようよ……いいだろ?」

ジョンは最近こんなふうに、彼女を麻薬常習の共犯者に仕立てることで罪の意識をのがれようとすることが多かった。巻き込まれてはいけないとわかっていたが、このときは議論する気力がなかった。キャサリンは錠剤を手に取り、水といっしょに飲み込んで壁にもたれかかった。ジョンはとなりで横になり、片肘をついて、にっこりほほえんだ。目は薬のせいでにごっている。

「やめなければだめよ」キャサリンは言った。

ジョンの笑みはつかのまゆらめいてから、電池が切れたように動きを止めた。「だろうね」

「脱出するためには、頭をはっきりさせておかないと」

ジョンはこの言葉に顔をあげた。「また変わったもんだな」

「脱出のことは長いあいだ考えてなかったわ。とてもむりな気がしたし……もうそんなに重要なこととも思えなかった。ほとんどあきらめていたのね。あなたの来る直前にも、また考えていたんだけど、それは本気じゃなくて……ただの欲求不満だったのよ」

「いまは？」

「また重要なことになってきたわ」

「ぼくのためかな、しつこく逃げようと言うから？」

「あたしたちふたりのためよ。脱出できるかどうかわからないけど、あきらめちゃいけないんだわ」

ジョンはごろりとあおむけになって、心臓の明かりがまぶしいのか腕で目をおおった。

「ジョン？」名前はのったりと響き、キャサリンは自分も薬がまわってきて、動きがにぶくなっていることに気づいた。

「この場所。このくそったれな場所」

「あなた――」キャサリンは言葉をつなげるのがむずかしくなってきた。「あなた興奮してるのよ。いつもだったら……」

「ああ、興奮してるとも！」ジョンはだるそうに笑った。「ここは驚異の宝庫だよ。すばらしいよ！　圧倒される！　圧倒されすぎるんだよ。ここの感じは……」キャサリンに顔を向ける。「きみは感じないのか？」

「言ってることがわからない」

「どうしてきみは何年もここで暮らしてこれたんだ？　きみはぼくよりずっと強いのか、それとも単に鈍感なのか？」

「あたし……」

「まったく！」

ジョンは顔をそむけて心臓の壁面を見つめた。その顔が複雑に動きまわる光と影にいろどられ、燃えるような金色に輝いた。

「きみはすっかりくつろいでいるみたいだ。見てごらん」ジョンは心臓を指差した。「こいつは心臓じゃない、とんでもない魔法の産物だ。ここへ来るたびに、こいつの見せる模様がぼくを消し去ろうとしているような気がする。でなきゃ押しつぶそうとしているのか。そんなとこだ。なのにきみは、すわってこいつをながめながら、こいつにカーテンをつけるとか色を塗り替えるとか、そんなことを考えているみたいな顔をしている」

「もうここへ来なくてもいいのよ」

「離れられない」ジョンはそう言って、ブリアニンの粒を差しあげた。「こいつと似たようなもんだ」

ふたりはしばらく口をきかなかった……数分か、それより長かったのか短かったのか。時間は意味をなくし、キャサリンはふわふわと浮かびあがり、愛しあったときのようなぬくもりが体にあふれるのを感じた。夢の心像がぱっと心をとおりすぎる。道化役者の不気味な顔。

壁がかしいで三本脚の青い椅子が置かれた見知らぬ部屋。絵の具が溶けて、したたり落ちる絵画。心像はいつしかジョンへの思いに変わった。彼は毎日のように体力が落ちている。反発力を失い、神経質になってふさぎ込みがちだ。これまでは遅かれ早かれグリオールの体内での生活に慣れるだろうと思ってきたが、こうなると彼はここでは生きていけないという事実を受け入れるしかない。どうしてかはわからない、本人が言ったように竜の圧力のせいなのかそれとも生まれつきの弱さなのか。あるいはその両方が相まってのことなのか。だが事実は否定のしようがなく、残された道は脱出しかないのだ。血管に薬が入っているときは脱出のことを考えるのも簡単で、心は超然として穏やかになり、夢のように世界をながめられる。だがいったん薬がきれたら、どうやって実行するのか途方に暮れることになるのだ。

キャサリンは考えるのをやめて、心臓に描かれる模様に注意を向けた。それは異常なまでに複雑で、見つめるうちになにか新しいものが、これまで気づかなかったなんらかの内部機構が動き始めたような気がしてきて、以前から区画内に満ちていた切迫感がさらに強さを増していることがわかった。だが頭がぼんやりしすぎてそんなことには意識が集中できなかった。まぶたが垂れさがると、また眠る竜の夢が訪れて、鱗がない胸のあたりのなめらかな皮膚がぐんと間近に迫り、その胸の白さが周囲をおおい尽くして、キャサリンをリズミカルな上昇と下降がゆったりと繰り返される真っ白な世界へ引きずり込んだ。その一定不変なリズムは、あたかも完璧な時計がかちこち鳴る音のようだった。

それから六カ月以上かけてキャサリンは山のように脱出計画を考えたが、ぜんぶ実現不可能として放棄し、最後にひとつだけ――成功確実とはとても言いがたかったが――単純であるがゆえに失敗の可能性がいちばん少ない計画を思いついた。ブリアニンがなかったらこの計画は失敗するだろうが、この計画に決めるまでの過程は薬がなければもっと早かったはずだ。薬の魅力と仲間に引き入れようとするジョンの誘いを断りきれずにいるうちに、キャサリン自身も常習癖がついて、一日のほとんどを心臓のそばでジョンといっしょに、ぼんやりと、愛しあう気力すらないまま過ごしていた。キャサリンのジョンに対する態度は変わった。彼自身が以前とはちがう人間になっていたので、ほかにどうしようもなかったのだ。体重が減って筋肉が落ち、うわのそらになったり考え込んだりすることが多くなり、キャサリンは彼の肉体と精神の健康を気づかうようになった。ある意味ではこれまでになく彼を身近に感じたし、母性本能も彼の堕落によって強まった。とはいえ、ジョンが彼女を見捨てて、慰めをあたえてくれるどころか、重荷になって悪い影響をもたらすようになったことは腹立たしくてならなかった。その結果、ふたりのあいだにいくらか距離ができたときでも、彼女は必要なときしかその距離をちぢめようとはしなかった。ジョンとかかわりを持つのはどんなかたちであれ楽しいことではなくなっていたので、そういう努力をすることもまれだった。それでもキャサリンは、ここから脱出できさえすれば、ふたりで新しい生活を始められるのだという希望にすがっていた。

薬はキャサリンをむしばんでいた。どこへ行くにも錠剤を持ち歩くようになり、一回ごとの量もだんだんと増え、もう健康や体力にだけではなく、精神にも深い影響がおよんでいた。物事に集中する力がなくなり、眠りは断続的になり、いつしか幻覚を見るようになってきた。声や、奇妙な音が聞こえるようになって、あるときなどは居留地の底でやたらと動きまわるフィーリーたちの中に老エイモス・モールドリーの姿をたしかに見たようにさえ思った。精神をむしばまれたために五感の伝える情報が信じられなくなり、夢の中や竜の心臓の光と影の模様にあらわれる大事な出来事の予兆をただの錯覚として片付けるようになった。そしていくつかの症状――聞こえもしない合図に耳をすましたりすること――がフィーリーたちの行動に似ていることに気づいて、自分も彼らの一員になるのではないかと恐れた。だがこの恐怖も以前ほど著しいものではなかった。いまではフィーリーたちにもすっかり寛大になって、彼らがキャサリンの幽閉にかかわったとはいっても、グリオールに知らず知らずあやつられていたのだからということで大目に見ていたし、そもそも彼らやグリオールを憎むことに満足感を見いだせなくなっていた。グリオールとそのいわくいいがたい意志は、憎むにはあまりにも巨大で不可解だったので、彼女の憎悪はすべて自分を裏切った女、ブリアンヌに向けられていた。フィーリーたちもキャサリンの態度の変化に気づいたらしく、いっそう親しみを増して、どこへ行くにもついてきて、質問をしたり、体にふれたりするようになり、結果としてひとりの時間は少なくなったものの、彼らに好感を持たれるようになったことは彼女の計画にとって好都合だった。

ある日、わいわい大騒ぎするフィーリーたちを引きつれて、キャサリンは竜の頭部へ、〝おばけ蔓草〟のある空洞に通じる通路へとむかった。頭をひょいと下げて通路に入り、もういちど空洞を探険してみようかと思ったが、やっぱり気が変わったので通路から這い出してみると、フィーリーたちは姿を消していた。彼らの存在が実質的な支えになるわけでもないのに、キャサリンは急に気弱になって、膝をついてへたり込んだ。のぞき見ると薄赤い肉の狭い通路はずっとのびて金色のかすみへと消え、まるで輝く財宝をおさめた洞窟のようだった。自分を見捨てたフィーリーたちに対する短気な怒りがわきあがる。当然予期すべきことだったのだ。彼らがこの地域をきらうことといったら、まるで……キャサリンはその考えにともなってあることに気づき、ぱっとすわりなおした。フィーリーたちはどこまで引き返したのだろう？　喉へ通じる脇道もとおりすぎたのだろうか？　キャサリンは立ちあがって曲がり角のところまでよろよろと歩いた。ちらりとあたりを見まわし、人影が見えないので、胸が苦しくなるまで息を止めたまま先へ進んだ。声がしたので次の曲がり角からそっとのぞくと、脇道の入口に八人のフィーリーが集まり、絹製のぼろ服を輝かせて、移り変わる光に剣をきらめかせていた。キャサリンは曲がり角を引き返して、壁に背をもたせかけた。頭がまわらず、一貫した思考ができなくなり、反射的に荷物の中のブリアニンを手探りする。

錠剤にふれただけで気分が落ち着き、のみくだすと呼吸も楽になった。きらきらする通路の天井に埋まってぼんやりと見える血管に目をこらし、波打つ光に身をまかせる。自分の体がぼやけて、ゆったりした金色の液体に変わるのを感じ、その感覚の中心に自信と希望を見つけ出した。

道はあるわ。そうよ、ほんとうに道はあるかもしれない。

三日後に計画を実行に移そうとしたとき、いちばんの心配はジョンがきちんと役目を果たせないのではないかということだった。彼はひどい形相で、頬はこけ、肌は色を失い、初めて計画を話したときなどは眠り込んでしまったほどだ。ブリアニンの影響を消すために、竜の牙に生える苔から抽出した興奮剤を混ぜて一回の量を減らすようにしたら、数日後には、肌の色や全体的な見た目は変わらないものの、だいぶしゃっきりと元気になってきた。効果は純粋に化学的なものであり、興奮剤はいまのジョンにとって危険だということはわかっていた。だがほかに道はなかったし、少なくともこれなら生きのびるチャンスがある。ここにとどまっていたら、彼は薬に肉体をむしばまれて、あと半年も生きられないだろう。

計画は簡単なもので、巧妙でもなければ、複雑でもなく、落ち着いて考えればずっと前に思いついていたはずだった。だがひとりで決行する勇気があったとは思えないし、なにか問題が起きたときには、ひとりよりはふたりのほうがチャンスはある。ジョンは計画の見通しに元気づけられた。くわしく説明すると、彼は目を輝かせ、頰をまだらに紅潮させて、寝室をうろうろと歩きまわり、ときおり立ち止まっては彼女に質問をしたり混乱した意見を述べたりした。

「フィーリーだ。彼らを……その……彼らを傷つけたりはしないんだろ？」

「言ったでしょ……必要がないかぎりしないわ」

「よし、よし」ジョンは部屋を横切って入口のカーテンのそばへ行った。「もちろんこいつはぼくの領分じゃない、でも……」

「ジョン？」

彼はカーテンの隙間から居留地をのぞき見た。ひたいの肌の色が金色から黒へと移り変わる。「ははあ」

「なにがあなたの領分じゃないの？」

長い間を置いて、彼は言った。「いや……なんでもない」

「フィーリーの話をしていたんでしょ」

「彼らは実に興味深い」ジョンはうわのそらで言った。体をぐらつかせ、よたよたとキャサリンのそばへ歩いてきて、積みあげた毛皮の上に腰をおろした。こちらへ顔を向けて、陰気な表情でのぞき込んでくる。「よくなるよ。ここから出さえすれば。ぼくは……ぼくはこれまで……強くなかった。ぜんぜん……」

「もういいのよ」キャサリンはジョンの髪をなでた。

「いや、よくないよ」彼は語気を強めながら身を起こそうとしたが、キャサリンが興奮しないようにと押しとどめると、じきに静かになった。「どうしてぼくを愛せるんだ？」

「ほかに道はないのよ」キャサリンはかがみ込み、顔にかからないように彼の髪を後ろへなでつけて、頬から目へと口づけをした。

ジョンはなにか言いかけてから、弱々しい笑い声をあげ、キャサリンはなにがおかしいのかとたずねた。

「自由意志について考えていたんだ。とてもありそうにない概念だよな。ここじゃ。まるっきり選択肢がないんだから」

キャサリンはジョンのかたわらに腰を落ち着けたが、彼を励まし続けるのはもううんざりだった。ここへ来たときの彼は、熱意があって、生き生きして、怪我をしていたのに好奇心でいっぱいだった。いまでは彼のいちばんの活力は――このときのように――幸せな可能性を皮肉っぽく否定するために費やされるばかり。彼と議論をして、人生というものは否定的な見方ばかりしていたらそのとおりみじめなものになってしまうのだと指摘するのもうんざりだった。ジョンの声に力が入ってきた。興奮剤が体内で作用し始めているのだ。

「グリオールなんだよ。ここではなにもかも、ほんのつかのまの希望や願望でさえ彼のものだ。ぼくたちの感じること、考えることも。学生のときに初めてグリオールのことを知って、彼がどうやって支配しているか、どんなふうにその全能の意志が作用するのかを聞いたとき、ぼくはまるっきりばかげた話だと思った。でもそのころのぼくは楽天家だった。経験のない楽天家なんてただのまぬけだからね。もちろん自分ではそう思っていなかった。自分では現実主義者のつもりだった。ひとりきりで、自分の行動に責任を持っているのだという空想にふけり、それを崇高な美学、優雅な悲劇とみなしていた……天涯孤独の身の上ってやつさ。神や悪魔に頼って人生のありかたを決める人びとのことを、なんてぬるま湯的で非現実的なんだろうと思っていた。自分の考えや行動がなんの重要性も持っていなくて、愛も、憎悪も、ちょっとした好き嫌いも、すべてが計り知れないなんらかの機構の一部になっていると知ることがどんなに恐ろしいものかわからなかった。その知識がどんなに人を無力にするものか理解できなかったんだ」

ジョンがこんな調子でしばらく話を続けると、その言葉の重みにキャサリンは絶望感にとらわれ、希望をなくした。そして、この独白に性的な刺激を受けたのか、ジョンは彼女の体を求めてきた。彼の陰気な言葉が作り出した壁の中にとらわれていたキャサリンは、とてもそんな気分ではなかったが、わびしさに気をたかぶらせ、捨てばちな熱意を込めて求めに応じた。ひろげた指が乳房をもみしだく様子は、ヒトデが岩にしがみつく姿のように情感の欠けたものだった。にもかかわらずその捨てばちな気分や、求めを拒みたいという気持ち、そしてまた自分が抱かれている姿をのぞき見しているようなスリルのおかげで、体のほうはいつになく過敏に反応した。ふたりのあいだの汗の膜は絹布のようだったし、体の動きはいつもよりずっとしなやかに洗練されていて、歓喜が伝わるたびに初めて知る目のくらむような高みへ運ばれた。だが行為のあとは打ちのめされたみじめな気分で、愛されたような気はせず、彼といっしょに横たわって、フィーリーたちが外でぼそぼそ騒いでいる声を聞きながら、濃厚な悪臭に身をひたしていると、自分が人生のどん底にたどり着いて、とうとうフィーリーたちの混乱した獣のような生活リズムに巻き込まれてしまったことがわかった。

それから十日間かけてキャサリンは計画を実行に移した。毎日ジョンといっしょに〝おばけ蔓草〟へむかう通路のところまで散歩するとき、見張りにあたるフィーリーたちに小さな甘いケーキを配った。それと同時に、彼女の竜についての研究が、とうとうその約束された啓示を明らかにするときが近づいているという噂を流した。脱出の当日、実行の前に、キャサリンは区画の底に立って、あたりを囲んだりロープにぶらさがったりしている何百人というフィーリーたちに、よく響きわたる声で呼びかけた。

「今日お告げを伝えます！　グリオールのお告げです！　狩人たちや食料を集める者たちを呼び集めて、ここでわたしの言葉を待ちなさい！　わたしはすぐに戻って、来たるべきものについてあなたたちに話します！」

フィーリーたちは押しあいへしあいし、わいわいがやがや騒ぎながら、上下に飛びはねた。ロープからぶらさがった者たちの何人かが興奮のあまり手がゆるんで、仲間たちの上に落下すると、群れ集うフィーリーたちはきーきーと騒がしい悲鳴をあげてから、たがいの服のボタンをいじくり始めた。キャサリンは彼らに手を振り、ジョンといっしょに、剣をたずさえた六人のフィーリーを従えて空洞へ出発した。

ジョンはひどくそわそわして、歩いているあいだじゅう背後のフィーリーたちに目をやったり、キャサリンをいらいらさせるような質問をしたりした。「やつらまちがいなくあれを食べるんだろうね？　ひょっとしたら腹が減ってないかも」

「通路にいるときはいつも食べているわ。知ってるでしょ」

「そうだな。でもその……うまくいかなかったらいやだから」さらに五、六歩足を運んでから、「ケーキに充分な量を入れたんだろうね？」

「入れたわ」キャサリンはちらりとジョンに目をやった。顎の筋肉が浮きあがり、頰がぴくぴく震えている。ひたいにうっすらと汗をかき、顔色は真っ青だ。彼女はジョンの腕をとった。「気分はどう？」

「いいよ。気分はいい」

「きっとうまくいくから、心配しないで……お願い」

「気分はいい」ジョンはまっすぐ前を見たまま、疲れ切った声で繰り返した。

通路への曲がり角でフィーリーたちが立ち止まると、キャサリンは笑みを浮かべて彼らにケーキを配ってから、ジョンといっしょにゆっくりと通路へ入り込んだ。そのまま暗闇の中でひとこともしゃべらずに、ぴったりと身を寄せてすわり込む。とうとうジョンがささやいた。「どのくらいかかるんだ？」

「もう二、三分……念のために」

ジョンはぶるっと身を震わせ、キャサリンはまた気分はどうかとたずねた。

「ちょっと震えがくる。でもだいじょうぶだよ」

キャサリンは彼の腕に手を置いた。筋肉がぴくりとひきつる。「落ち着いて」声をかけると、ジョンはうなずいた。だが緊張のゆるんだ様子はない。

樹皮の切れ目から樹液が染みだすようにゆっくりと時が流れ、すべてはうまくいくと確信していたにもかかわらず、キャサリンの不安は増した。かすかに光るくねった線、大気よりも黒いビロードのような闇が、ゆったりと眼前をすぎていく。通路のむこうからささやき声がしたような気がする。なにか別のことを考えようとしたけれど、胸の内にわきおこる不安が見かけばかりきちんとした正確さで実体化しては消え失《う》せるので気は休まらず、恐ろしい未来を見とおしているだけのように思えてくる。ようやくキャサリンはジョンをつついてふたりで通路から這い出し、そろそろと後戻りした。フィーリーたちの待つ曲がり角まで来たところで、立ち止まり、耳をすます。物音ひとつしない。彼女はそっとのぞき見た。脇道の入口のところに六つの体が倒れている。これだけ離れたところからでも、食べかけのケーキが手からころげ落ちているのが見えた。慎重な足取りを崩さずにフィーリーたちへ近づいていく。すぐそばまで行くと、キャサリンは彼らの静まりかたがどことなく不自然なことに気づいた。ひとりの若い男のかたわらに膝をついて、下腹のゆるんだにおいを嗅ぎ取り、顔に死相がくっきりとあらわれているのを見て、彼女はケーキにブリアニンを混ぜる量を計ったときに、フィーリーたちの体格のひ弱さを計算に入れなかったことに気づいた。彼らを殺してしまったのだ。

「さあ！」ジョンが剣を二本取りあげた。とても短いので、彼の手におさまるとおもちゃのように見える。ジョンは剣の一本を渡し、手を貸してキャサリンを立ちあがらせた。「行くぞ……もっと大勢来るかもしれない！」

ジョンは唇をなめて、あたりに目をくばった。そげた頬とくぼんだ両目のせいで髑髏《どくろ》のような顔つきになっていて、キャサリンは一瞬、自分が殺したのだという事実と、いかにみじめな存在であろうとフィーリーたちはやはり人間なのだという認識に愕然《がくぜん》とするあまり、そこにいるのがだれなのか理解することができなかった。フィーリーたちの姿を見つめていると――まるで安ぴかのぼろ衣装をまとった醜い人形のようだ――ケイ・ウィレンを殺したときに感じたような空虚な寒気が這いのぼってきた。ジョンが彼女の手をとって脇道のほうへ押しやった。脇道にはたるんだ弁がかぶさっていて、これまで竜の肉体のあらゆるところを見てきたというのに、キャサリンはひるんでさわることができなかった。ジョンが弁を引きあけて彼女を通路へと急き立て、ふたりは金色の薄闇を這いずりながら、くねくねした道をくだっていった。

通路には彼女の腰より数インチ広いくらいの幅しかないところもあったが、ふたりは強引に這い進んだ。彼女は竜の膨大な重量をひしひしと感じ、筋肉が反射運動でぴくりと動くだけで、この通路が収縮してふたりは押しつぶされるのだと想像した。閉ざされた空間のせいで自分の息づかいが大きく響き、しばらくはジョンのぜいぜいという息づかいがもっと大きく聞こえていた。ところが、いつの間にかその音が聞こえなくなったと思ったら、ジョンはずっと後方に遅れていた。呼びかけると、答えが返ってきた。「止まるな！」

キャサリンは後ずさりしてジョンの姿を視界にとらえた。荒い息をつき、顔を苦しそうにゆがめている。「どうしたの？」なんとか体の向きを変えようとしたが、通路が狭くて窮屈な体勢になってしまう。

ジョンは彼女を押しやった。「ぼくはだいじょうぶだ。止まるな！」

「ジョン！」手を差しのべると、彼はキャサリンの脚のあいだに肩を入れて、前へ押した。

「ちくしょう……いいから進むんだ！」ジョンはぐいぐいと急き立てるばかりで、自分にできることはないと判断したキャサリンは、振り向いてさらに速いペースで進み始めた。心の目でジョンの痛ましい顔を見つめながら。

通路の終わりまでどれくらいあるのか見当もつかなかった。時は意味を失い、力を込めたり、もがいたり、つるつるした壁を押したりする瞬間が途切れなく延々と続き、もはや気力だけで体を運んでいる状態だった。だが竜の喉へ這い出すと、心臓が高鳴って、一瞬、眼前の光景以外はジョンのこともなにもかも忘れた。キャサリンの立っているところから傾斜がのぼりになって口へと広がっており、その巨大な開口部から金色の光が差し込んでいた。グリオールの血液の重々しく無機質な輝きではない、さわやかな生気にあふれた光が、もつれあう低木の茂みをつらぬいて、ほこりと湿気で水晶のように輝いている――あれは太陽の光だ。大きな牙の先端がぐっと上方へのびて、朝日に金色に染まり、湾曲した竜の上顎の内側には、蔓草や着生植物がへばりついているのが見える。圧倒され、息をのみ、キャサリンは剣を取り落とすと光にむかって二、三歩足を進めた。あまりにもさわやかで、純粋で、心が引き寄せられた。そこでジョンのことを思い出し、通路へとって返した。ジョンは剣をついて立ちあがり、真っ赤な顔で荒い息をついていた。

「見て！」キャサリンは走り寄って、光を指差した。「ねえ、あれを見てよ！」彼女はジョンの体を支えて口のほうへ導いた。

「やったな。とてもうまくいくとは思えなかった」

彼女の腕をつかむジョンの手に力がこもった。感動しているのかと思ったら、握る力が狂おしいほどに強まり、ぐらりと体が後ろへかしいだ。

「ジョン！」支えようとしてふと見ると、ジョンの両目は裏返っていた。

彼はあおむけにばたりと倒れ、キャサリンはそばに膝をついて「ジョン、ジョン？」と呼びかけながら、男の胸をおろおろとなでさすった。体を痙攣らしきものがはしり、喉からかすかに息がもれた。その意味は、ああ、その痙攣や吐息の意味は、彼女には充分すぎるほどわかっていた。キャサリンは身を引き、困惑して、男の顔を見つめ、自分はきっと思いちがいをしていて、少ししたらまた彼は目をひらくにちがいないと考えた。だが目はひらかなかった。「ジョン？」自分がひどく冷静で、なにかを観察しているかのように、声も落ち着いているのが驚きだった。その冷静さを打ち破り、ほんとうの感情をおもてに出したかったが、異様に落ち着いたもうひとりの自分がいて体と心を制御しているように思えた。顔が冷たくなったので、キャサリンは立ちあがった。その冷たさがジョンの肉体から伝わってきたものなら、距離をおけばもとに戻るだろうと思ったのだ。横たわるジョンの姿を見て恐ろしくなり、両腕で自分の胸をかきいだいてくるりと背を向けた。日差しに目をしばたたく。光で目が痛み、輪になったりからみあったりした群葉がシルエットになって、そのとり散らかしたような乱雑さがまた痛みを引き起こした。どうすればいいのかわからなかった。出ていくのよ、と自分に言い聞かせる。出ていくのよ。おずおずと竜の口へむかって足を踏み出したものの、その方向にはなんの意味も見つけられなかった。どちらへ行こうと意味などないのだ、もはや。

なにかが茂みの中で動いたが、キャサリンは気にとめなかった。冷静さにひびが入り、すさまじい重力が背中を死体のほうへ引き付けるように思われた。抵抗しようとした。またなにか動いた。木の葉がかさかさと動き、小枝が押しのけられる。小さく動くものがたくさんある。彼女は目をこすった。涙はなかったが、なにか薄くて不透明なもの、破れた薄皮のようなものが視界をさえぎっている。心の落ち着きがずたずたに裂けたのかな、と考えて彼女は笑った……笑うというよりしゃくりあげたというほうが近い。茂みに目をこらすと、十か十二、いや、もっと、二十から三十くらいのちっぽけな人影、きらびやかなぼろ服をまとった青白い異形の子供たちが茂みのふちに立っていた。彼女はまたしゃくりあげたが、今度は笑いにはほど遠かった。すすり泣き、それとも吐き気か。フィーリーたちがじりじりとにじり寄ってくる。この畜生どもは待ち伏せしていたのだ。彼女にもジョンにも脱出のチャンスなど初めからなかったのだ。

キャサリンは死体のそばへ引き返して、手をおろし、ジョンの剣を手探りした。取りあげた剣をフィーリーたちに向ける。「離れなさい。そばに来なければ怪我はさせないわ」

フィーリーたちはすり足で、肩をすぼめて、怖くてたまらないという態度をあらわにしながら、それでも着実な足取りで近づいてきた。

「そばに来ないで！　ほんとに殺すわよ！」キャサリンは大きく弧を描くように剣を振りまわした。「本気よ！」

フィーリーたちは聞こえた様子もなく前進を続け、キャサリンはいまや嗚咽をもらし、離れなさいとわめきながら、何度も何度も剣を振りまわしていた。フィーリーたちはちょうど剣のとどかないところで彼女を取り囲んだ。「信じてないの？　殺すっていうのを信じてないの？　できない理由なんかないのよ」悲嘆と激怒が堰をきってあふれだし、キャサリンは叫び声をあげながらフィーリーたちに突進して、ひとりの腹を突き、もうひとりのサテンと金めっきにおおわれた胸に血の筋をつけた。傷ついたふたりが悲痛な金切り声をあげて倒れると、ほかのフィーリーたちがいっせいに押し寄せてきた。キャサリンが別のひとりの頭蓋を、まるでメロンでも切るように断ち割ると、血糊《ちのり》と骨の破片がすさまじい傷口から飛び散り、顔をほとんどまっぷたつにされた男は、両目のまわりからさらに血を噴きながら倒れ込み、残った者たちは彼女にのしかかり、異様な声をあげて殴りかかってきた。勝ち目はなかったが彼女は戦い続けた。ここでやめたら、ここで降参したら、感情が戻ってくるだろうが、それだけは勘弁してほしかった。あたりをただよう気の抜けた顔は、どれも彼女の行動が理解できずにとまどっているようで、その穏やかな反応ぶりがキャサリンを激昂させた。彼らだって死の危険にあおられて、彼女と同じように、怒りに熱くなるべきなのだ。彼女はまた叫び声をあげ、わき出したアドレナリンに頭を熱くしながら、膝立ちになって、腕にしがみつくフィーリーたちを振り払おうとした。歯をむいて、指でも、顔でも、腕でもおかまいなしにかみつく。そのときなにかに後頭部を殴られて、キャサリンはへたり込み、視界がぐるぐるとまわって闇が押し寄せ、見えるものといえば遠い端にだれかの涙ぐんだ両目がうかぶ暗いトンネルだけになった。その目は大きく見ひらかれ、ひとつに溶け合って、皮の翼と先の割れた舌と炎のあふれる腹を持ったひとつの影になり、大きく口をひらいてすっと降下してくるなり、彼女をのみ込んで家に連れかえった。

7

麻薬がキャサリンの悲嘆をやわらげた……あるいはそれは麻薬以上のものだったかもしれない。ジョンの堕落はふたりが出会ってすぐのころから始まり、彼について悲しい思いをするのはもう慣れっこになっていたので、彼の死にも打ちのめされることはなく、むしろ重い石を運ばされているような、胸の痛みや手足のだるさといった影響があらわれた。その痛み、そのだるさを忘れるために、彼女は薬の量を増やし、錠剤をまるでキャンディのように食べて、少しずつ人生から退却していった。もう人生などに用はなかった。自分が竜の体内で一生を終えるということ、それはグリオールが送りつけてくる夢と同じくらいはっきりしていることだ——死こそが、彼の意志に歯向かい、虜囚の人生をきっちり制限する彼の権利を無視したキャサリンにあたえられる罰なのだ。

逃亡の試みのあと、フィーリーたちはキャサリンに疑惑と敵意を向けるようになった。このごろ彼らはなにか内輪の出来事に夢中になって、ひどくざわついており、彼女を相手にしなくなっていた。彼らとのほんのわずかな仲間付きあいもなく、ジョンもいなくなったいま、心臓の表面を流れる模様だけがキャサリンの気晴らしとなり、彼女は意識もうろうとした状態で横になって、ほそめた目のあいだからその移り変わるさまを何時間もながめて過ごすようになった。薬の常習がひどくなり、体重や筋肉の張りが落ちるにつれて、模様の解釈力にはさらに磨きがかかるようになり、巨大な心臓の曲線、金色の鐘にも似た曲線を見上げていると、やはりモールドリーは正しかったのだ、この竜は神であり、独自の法則と物理定数を持つひとつの宇宙なのだと思うようになった。憎らしい神。心臓に亀裂を入れたり、心臓発作みたいなものを起こさせたりできないかと、憎悪を集中して送ってみたが、グリオールにはそんなものは効かず、どんな人間の武器も効かず、彼女の憎悪などはからっぽの空に向けてはなった一本の矢ほどの影響しかあたえないことはわかっていた。

ジョンの死からほぼ一年が過ぎたころ、キャサリンは心臓のそばでの夢のない眠りからふと目覚め、脊椎の空洞に冷たい釘を差し込まれたような気分を感じて、ぱっと体を起こした。ねぼけまなこをこすり、薬からくる無気力感を振り払って、危険にそなえようとする。だが心臓を見上げたとたん、ぴたりと動きが止まった。影と金色の輝きが織り成す模様がいつになく動きを速めていて、その複雑さのほうも見たことがないほど増していたのだ。それでもキャサリンにとっては自分で書いた文字のように明白なものだった。脈動する闇と金色の渦が流れて、小さなくぼみがある臓器の表面にほぐれていく。単純なメッセージであり、しばらくのあいだ彼女はその伝える意味を信じようとしなかった。これが自分の運命の至上の時であり、自分の青春がこんな些細なことのために浪費されたのだとはとても信じたくなかった。だがいくつもの手掛かりを思い起こせば、眠れる竜の夢も、ふくらんだりへこんだりする竜の胸部の幻想も、モールドリーが語った最初のフィーリーの物語も、動物と昆虫と鳥の大移動も、千年もずっと穏やかだった竜の体内深くから響くにぶい音も……これはやはり事実にちがいない。

千年前にそうだったように、千年未来にまたそうなるように、いま竜の心臓は動悸を打とうとしているのだ。

キャサリンは激昂し、自分がこうむったあらゆる苦難や悲哀が、フィーリーたちを救うというただそれだけを目的とした犠牲だったという事実を拒絶しようとした。彼女の使命は、竜の炎の燃料となる液体がフィーリーたちの住む区画を満たす前に、彼らを外へ出すことだったのだ。区画が空になったら、また彼らを連れ帰ってグリオールの害虫退治に精を出させるというわけだ。このところフィーリーたちがざわついているのは、彼らなりにグリオールの知らせを受け取って、なにかが起こる予感に不安をおぼえているためにちがいない。だが小心さゆえに彼らはその警告をしりぞけるだろう。竜の体内のどんな危難よりも外の世界のほうが恐ろしいのだ。フィーリーたちには生きのびるための道をしめしてくれる人物が必要であり、かつて彼女の協力者としてモールドリーを選んだように、グリオールはフィーリーたちの導き手としてキャサリンを選んだのだ。

よろよろと立ちあがり、ガラスの壁にはさまれた小鳥のようにまごついて、あちこち走りまわった。やがて怒りがとまどいを圧倒して、キャサリンは心臓の壁にこぶしを打ち付け、竜への憎悪と、人生を台無しにされた苦悩をわめきちらした。とうとう、息が切れて、彼女はくずおれ、自分の心臓をどきどきさせながら、どうしようかと考えた。フィーリーたちには教えないでおこう。区画に液体があふれたらみんな死ぬだろうが、それは彼女の復讐《ふくしゅう》なのだ。だが、一瞬ののちにはその決定をくつがえし、フィーリーたちが死んだところで、グリオールが不便になってまた新しく知恵遅れの人びとを集めるだけのことだと思い直した。それに、彼女はもう大勢のフィーリーたちを殺してしまった。選択の余地はない。まる十一年近く、彼女は竜の意志にあやつられるまま、この場所へ、この瞬間へと導かれてきた。そのあいだに形作られた歴史と良心に従うなら、とるべき道はひとつだけだ。

にごった頭に善意を詰め込み、見張りを背後に従えて居留地へ戻り、区画までたどり着くと、竜の喉へ通じる通路を背にして立ち、どうしたものかと思案した。数百人のフィーリーたちが区画の底でざわざわとうごめき、そのほかの者たちはロープをよじのぼったり、小室の前で何人かいっしょにぶらさがったりして、きらきら光る彩り豊かな果物を詰め込んだような区画の中をのぞき込んでいる。居留地内が常にややこしく動いているために、キャサリンのためらいと困惑は増し、いざフィーリーたちに呼びかけて、注意を引こうという段になっても、弱々しい、かすかな声しか出なかった。それでも気力を振り絞って何度も何度も呼びかけると、とうとう彼らもキャサリンの前に集まり、静かに目を向けて、彼女の立つ通路の入口、たいまつや剣といった狩人たちが使う物品を収納してあるいくつかの箱の横のあたりをぐるりと取り巻いた。フィーリーたちはぼろ服をむしりながら、じろじろと彼女をながめた。彼らの沈黙にはゆるやかな霊気が感じられた。キャサリンは話し始めて、口ごもった。深く息を吸い、一気に吐き出してから、あらためて話し出す。

「ここを離れなければなりません」自分でも声の震えがわかった。「外へ出るのです。長い時間ではありません。ほんのしばらくです……数時間ほど。この区画が、もうじき……」彼らが理解していないのに気づいて、彼女は言葉を切った。「グリオールがあたしに学ばせようとしたことが」さらに大きな声で続ける。「ようやくわかりました。あたしがあなたがたのもとへ寄越《よこ》された理由がわかったのです。何年もかけてここを研究した理由も。グリオールの心臓が動悸を打とうとしていて、そのときが来るとこの区画は液体でいっぱいになります。ここにとどまったら、みんな溺れてしまうのです」

前列の者たちが身じろぎし、何人かは顔を見合わせたりもしたが、それ以外はだれも反応を見せない。

キャサリンはいらいらとこぶしを振りまわした。「あたしの言うことをきかないと死ぬのよ！　ここを出なければ！　心臓が縮んだら、区画は洪水になるわ……わからない？」彼女は霧のかかる区画の天井あたりを指差した。「見て！　鳥が……鳥がいなくなったわ！　なにが来るか知っているのよ！　あなたたちだって同じよ！　危険を感じるでしょ？　感じているはずよ！」

フィーリーたちは後ずさりして、たがいにささやきをかわし、何人かはぷいと背を向けた。

キャサリンは、すぐそばにいた真紅色の絹服を着た若い女をつかまえて、叫んだ。「話を聞いて！」

「嘘つき、キャシャリン、嘘つき」ひとりの男がその女をキャサリンから引き離した。「もうだまされね」

「嘘なんかついてない！　ほんとよ！」キャサリンはひとりひとりまわっては、肩に手を置き、じっと目をのぞき込んで誠意を伝えようとした。「心臓が動くのよ！　いちど……たったいちどだけ。外に長くいる必要はないわ。少しのあいだでいいの」

フィーリーたちはみなその場を離れて、それぞれの営みに戻ろうとしていた。キャサリンは絶望にかられ、あとを追ってひとりずつ引き止めては、「聞いて！　お願い！」と叫んだ。なにが起こるか説明しても、返ってくるのは冷たい視線だけ。ひとりの男などは彼女を脇へ押しのけ、両目をぎらぎらさせながら、歯をむいてしーっと息を吐いた。通路の入口まで撤退したキャサリンは、度を失って混乱し、また薬の錠剤がほしくなってきた。考えをまとめることができず、なにか心の落ち着くものはないかとあちこち見まわした。だが救いになるようなものは見当たらなかった。そのとき彼女の視線は剣やたいまつをしまってある箱に止まった。まるで頭が万力で締めつけられて箱のほうへむりやり向けられたような感じで、自分がしなければならないことは頭の中にしっかり入っていた——まちがいない、グリオールの思考がふれているのだ。ほかに道はない。明白なことだ。だがそこまで思い切った手段に出るのは恐ろしいことで、彼女はためらい、背後を振り向いてフィーリーたちがだれもこちらの行動を見張っていないことをたしかめた。箱へじわじわと近づいて、目を落とし、あてもなくぶらついているようなふりをした。収納箱のひとつに、たくさんの火口箱《ほくちばこ》がたいまつとならんで入れてあった。かがみ込んで、たいまつと火口箱をひとつずつ取り出し、ぶらぶらと斜面をのぼっていく。ならんだ小室のいちばん下の列のそばで立ち止まったところで、何人かのフィーリーがこちらを見ていることに気づいた。たいまつに火をつけると、彼らは顔に警戒の色を浮かべていっせいに斜面をのぼってきた。小室の入口にかかったカーテンにたいまつの火を近づけると、フィーリーたちはざわっと後ずさり、何人かはつんざくような悲鳴をあげた。

「お願い！」膝が緊張でがくがくし、胸に冷たいしこりができる。「こんなことしたくないのよ！　でもここから出ないと！」

何人かのフィーリーが通路へむけて移動を始め、これに勇気づけられたキャサリンは声を張りあげた。「そう！　それでいいの！　あなたたちが、ほんのしばらく外へ出てくれれば、こんなことしなくてすむのよ！」

一部のフィーリーが通路へ入ると、キャサリンを囲んでいた群衆も徐々にほぐれて、しゃくりあげたり、涙を流したりしながらも、五、六人ずつのかたまりになって通路の中へと姿を消していき、最後には区画の中に三十人ほどが残って、彼女のまわりに崩れた半円をつくった。できればこれ以上威嚇しなくても彼らが言うとおりにしてくれればいいとは思ったが、彼らはみな通路かその先の区画にとどまって、彼女がたいまつをおろすのを待っているにちがいない。周囲を取り巻くフィーリーたちを身ぶりでうながすと、彼らも通路へ移動を始めた。姿が見えるのがほんのひと握りになったところで、キャサリンはたいまつをカーテンに押し付けた。

炎の広がりかたは驚くほど速かった。絹のカーテンを波うつように這いあがったかと思うと、かしいだ小室の外枠にまわって、ぱちぱちと音をたてながら、手芸品のような赤黄色の炎でそこに飾りをつけていく。火はそれ自体が意志を持っているように、入り組んだ形をした居留地のいたるところをなめて明るく照らし出し、分かれた炎は楽しそうに追いかけっこをして、棒や支柱に小さな炎の列をいくつも作り、隅々から吹き出しては、荒れ狂う炎の指先をのばして隙間を渡っていく。

キャサリンはこの光景にすっかり度胆《どぎも》を抜かれた。薬漬けの精神はそこに美を見いだしていたため、フィーリーたちのことも意識から消え去り、冷たく鋭い痛みが左側から襲ったときも、それを彼らと結び付けようとはせずに、薬の濫用《らんよう》からくる副作用が急に訪れたのだと考えた。そこで、ひどい脱力感とともに、がっくり膝をついた彼女は、そばに立つひとりのフィーリーに気づいた。薄くなりかけた白い髪をなびかせ、切っ先が赤く染まった剣を手にしたその男を見て、彼女は自分が刺されたことを知った。どうにかして男に話しかけたかったのだが、それは怒りにかられたわけではなく、自分では答えられないひとつの質問をしたかったからだ。手足をむしばむ脱力感に怯えるかわりに、キャサリンはこれからどうなるのかを知りたくてたまらなくなり、道理に合わないことではあったが、この処刑人なら答えを知っているかもしれない、グリオールの意志にあやつられる道具のひとつとして彼はなにか決定的な事実を知っているにちがいないと考えた。男はなにやら非難か侮辱の言葉を投げつけたが、ぱちぱちいう火の音で聞こえず、そのまま彼女をひとり残して斜面をくだって区画から飛び出していった。ごろりとあおむけになって炎を見つめていると、痛みだけが分離して体内をころがるような感触があった。いくつかの小室が火花をまき散らして崩壊し、ねじくれた黒煙が吹きあがって、すすけた木片が区画の床にころがり落ち、構築物全体が熱いかすみにゆらめいて、燃えさかる骸骨のような骨組みに、渦巻き、炎をあげる絹布をからませた、この世のものとも思えぬ不気味な姿と化した。めまいの中で、その巨大な炎のかたまりへ吸い込まれていくような感覚をおぼえながら、キャサリンは気を失った。

意識をなくしたのはほんの一瞬だったのだろう、目をひらいたときにはあたりはなにも変わっておらず、ただ区画の床を織物でおおってある部分にも火が燃え移っていた。炎は轟音《ごうおん》をあげ、材木は爆発するみたいにぱちぱちとはじけ、彼女の鼻孔は刺すようなにおいでいっぱいになった。ふたたび無意識のふちに引き戻されそうになりながら、必死の思いで立ちあがり、脇腹の傷を押さえて通路へよろよろと歩き出す。入口のところで倒れ、通路に充満する煙に息を詰まらせながら這い進む。煙にやられた目に涙をため、腹ばいになってもがきながら、両手で体を前へ進めた。何度も気を失いそうになりながらとなりの区画へたどり着き、そこからは這いずりながらも、しょっちゅう体を止めては、息を整えて傷の痛みを抑え、燃える液体の池や、そこらじゅうにある薄赤色のごつごつしたこぶをどうにかよけて進んだ。そして竜の喉へ。そのまま闇に身をまかせたい気分だったが、キャサリンは止まろうとしなかった。恐ろしかったわけではなく、なんらかの生存本能により、動けるうちは先へ進まなければという衝動に突き動かされたのだ。目はかすみ、視界の隅から闇がじわじわ溶け出してくる。それでも、太陽の光を、茂みの小枝がからみあう風変わりな姿を見分けることはできた。これでもう止まっていい、これが自分の望んでいたものだったのだ――ふたたび光を見たかった、グリオールの血の薄気味悪い輝きに身をひたして死にたくはなかった。

びっしり生えたシダの中にそっと身を横たえて、背中を喉の側面につけたら、何年も前に初めて竜の体内で眠りに落ちたときもこんな格好だったことを思い出した。するすると意識を失いそうになったが、ざわざわいう音がだんだん大きくなってなんだろうと思っていると、次の瞬間、竜の喉から昆虫の大群があふれ出して、頭上をぶんぶんと飛びすぎていき、その密度があまりにも濃かったために口から射し込む光がほとんどさえぎられてしまった。ずっと高いところでは、まるで蜘蛛の影のような猿たちが、口蓋《こうがい》にへばりつく蔓草を伝って外世界を目指していたし、もっと小さな動物たちが茂みをおおあわてで走っていく音も聞こえた。この大騒ぎを見て自分のしたことが正しかったのだと確信を持ったキャサリンは、ゆったりと背中をもたれてグリオールの肉体に頭をあずけ、およそおぼえがないほど心安らかになって、薬と孤独と暴力ばかりの人生とはすっかり縁を切りたい気持ちになった。一瞬、フィーリーたちはどこへ行ったのだろうと心配したが、彼らのことだ、遠い祖先がそうしたように、すべてが落ち着くまで茂みに隠れているのだろう。

キャサリンは目を閉じた。傷の痛みは遠いうずきにまで弱まってほとんど気にならず、そのうずきはひとつのリズムとなって彼女を励ましているように思えた。だれかが話しかけてきて、名前を呼んでいたが、呼び戻されるのがいやで、目をあける気になれなかった。きっと幻聴だろう。ところが声はしつこく繰り返され、とうとう彼女は目をあけた。エイモス・モールドリーがまるで幽霊のようにぼうっとゆらめきながら膝をついている姿を見て、キャサリンは弱々しく笑い、幻覚まで見えてきたのだなと考えた。

「キャサリン、聞こえますかな？」

「いいえ」彼女は声をあげて笑い、ひとしきり咳き込んだ。体が弱っていることをこれまでになく痛切に感じ、怖くなる。

「キャサリン？」

彼女は目をしばたたいて、モールドリーを消そうとしてみた。だがその姿は確固としていて、自分がこの世の一部というより彼の世界の一部になってしまったように思えた。「どういうこと、モールドリー？」彼女は咳き込んだ。「天国への道案内……そういうこと？」

モールドリーの唇が動き、なんとかキャサリンを励まそうとしているのだなと見当はついた。だがどんなに耳をすましても、声は聞こえない。彼の姿はだんだんと薄れ、ぼやけて、やはり幻影にすぎなかったことがはっきりしていく。それでも、意識を失いかけて、最後の恐慌に襲われたとき、キャサリンはたしかに彼が手を握ってくれたのを感じた。

目覚めたところは明滅する金色の光の中で、目の前にはひとつの顔があった。その顔はここ数年間自分で想像していたものとは全然ちがっていたため、かなりの時間がたってようやく、それが自分の顔だということに気づいた。じっと横たわって、その場の状況になじもうとしながら、なぜ自分が死んでいないのか、この顔はなんなのか、どうして自分が怖がっていないのかと思いめぐらす。しっかりと自信にあふれていて、心安らかな気分だった。体を起こしてみると素裸で、すわっている小さな区画は天井をはしる金色の血管に照らされ、壁には蔓草のつやつやした濃緑色の葉がうっそうと茂っていた。そばにある肉体――彼女の肉体――はあおむけに横たわり、シャツの片側が血でぐっしょり濡れていた。横に真新しいシャツと、ズボンがたたんであり、その上にサンダルがそろえてある。

自分の脇腹を調べてみる――傷跡ひとつ見当たらない。ほっとすると同時にひどい自己嫌悪が襲ってきた。キャサリンはどうやってかこの空洞へ、この〝おばけ蔓草〟のもとへ運ばれて、彼女のエキスだけが類似体に移しかえられたのだろうが、以前と少しも変わった気配がないのでどうも信じられない……ただ心安らかで気力にあふれ、薬への渇望もきれいに消えている。彼女はここで起きたことを否定し、自分がいまや植物の奇怪な創造物になったことを否定した。そんなふうにいつもどおりの思考の道筋をたどっていることも、推測がまちがっていることの証明のように思えた。とはいえ、横たわる肉体はもっとずっと強力な反証だ。恐慌状態に逃げ込んでもよかったのだが、すっかり気分が良くなっているためにそうもいかなかった。だんだん寒くなり、鳥肌がたってきたので、しぶしぶ肉体のそばにたたんである服を着た。シャツの胸ポケットになにか当たるものがある。ポケットをあけると、小さな革袋が出てきた。締めひもをゆるめると、見事な宝石がいくつもこぼれ出した。ダイヤモンド、エメラルド、日長石《サンストーン》。どう考えればいいのかわからず、また袋をポケットに戻して、そばにある肉体をながめた。若いころとはずいぶんちがい、痩せて、肉付きも悪くなり、永眠したいまは顔のつやも完璧さも失せて、ただの人好きのする女の顔でしかない……それも落胆しきった女の。なにかを感じるか、その光景に圧倒されるかすると思ったが、そんなこともなかった。脱ぎ捨てた皮膚、その程度のものでしかなかった。

どこへ行けばいいのかわからなかったが、永遠にそこにいるわけにもいかないので、立ちあがってもういちどだけ肉体に目を向けたあと、狭い管を抜けて空洞から離れた。通路に出たところでためらい、どちらの方向を選ぶか、どちらの方向が自分にひらかれているのかを考えた。しばらくして、グリオールの審判にさからうように居留地へ足を向けた。再建の手伝いができるかもしれないと思ったのだが、十フィートも行かないうちにモールドリーに呼び止められた。

彼は空洞の入口に立ち、あの最初の夜と同じように、サテンのフロックコートを着て、金色の握りのついた杖を持ち、キャサリンが近づいていくと、しわだらけの顔に満面の笑みをたたえて、彼女の復活を認めるようにうなずいた。「わたしを見て驚きましたかな？」

「ど……どうかしら」キャサリンは少し怯えていた。「あなただったの……竜の口の中にいたのは？」

モールドリーはていねいにお辞儀をしてみせた。「もちろん。事態が落ち着いたところで、数人のフィーリーにあなたを空洞へ運ばせたのです。といってもわたしはグリオールの意志に従う道具でしかなかったのですがね。シャツのポケットはご覧になりましたかな？」

「ええ」

「では宝石を見つけたのですな。けっこう、けっこう」

キャサリンは初め言葉が出てこなかったが、どうにか口をひらいた。「前にあなたを見たような気がする。二、三年前に」

「でしょうな。復活のあとは」彼は空洞を身ぶりでしめした。「わたしはもうあなたの役に立たなくなりました。あなたはご自分の道を進んでいましたから、わたしの存在は足かせにすぎなかったのです。そこでわたしはフィーリーたちの中に身を隠し、あなたがわたしを必要とするときを待ったのです」彼女をちらりと横目で見る。「お困りのようですな」

「なんだか全然理解できないわ。こんなに変わってしまったのに、どうして以前と同じように感じるの？」

「そうですか？　同じもちがうもしょせん感覚の問題ではありませんか？」彼はキャサリンの手をとり、居留地から離れるほうへ導いた。「いずれ慣れます。わたしも慣れました、初めて目覚めたときにはあなたと同じような反応をしましたがね」両手を大きく広げて、自分の姿をじっくり見せる。「どこかちがって見えますか？　前と同じ年老いた愚か者ではありませんかな？」

「そう見えるわ」彼女は乾いた声で言った。無言のまま数歩歩いたところで、あることに気づいた。「フィーリーたちは……いったい……」

「復活は選ばれた者だけなのです。フィーリーたちには別の報奨があたえられています、わたしには理解できないものですが」

「これが報奨だって言うの？　グリオールのきまぐれにあやつられることが？　それにあたしはこれからどうなるの？　彼の腸がいつ動くか調べろとでも言うの？」

モールドリーは立ち止まって、眉をしかめた。「これから？　望むままにすればいいのですよ、キャサリン。あなたならここから出たがると思ったのですが、お好きなように行動してかまわないのです。わたしがあげた宝石があればどんな人生でも手に入るでしょう」

「出てかまわないの？」

「まったくかまいません。あなたはここでの目的を果たし、ご自身の代理人に戻ったのです。いい、やはり出たいのですな？」

キャサリンは言葉もなくモールドリーを見つめ、うなずいた。

「では」彼はまた手をとった。「出るとしましょうか」

喉の奥の区画を進んで喉そのものに出るまでのあいだ、キャサリンは人が死の瞬間に見ると言われるように、竜の体内で過ごした日々の記憶がそのときの感情もそのままに、目の前を流れていくのを感じていた。逃走、仕事や研究、ジョン、心臓のそばで過ごした長い時間。実にふさわしいことだ、彼女は人生をやり直すのではなくある種の死後の世界へおもむくのだから。死を超越した世界へ、かつてグリオールがそうだったように、まったく見知らぬ新しい世界へ。そこでキャサリンは、自分が新たな可能性に怯えていることに気づいて仰天した。これまでずっと求めてきたことはむしろ彼女に脅威をもたらすかもしれなかったし、いまや竜は安心感をあたえてくれる存在になっていた。何度か引き返そうかと思ったが、そのたびに自分の臆病さを叱って歩き続けた。だが、口にたどり着いて茂みをかき分けて進んでいたら、恐怖がさらに際立ってきた。太陽の光、ほんの数カ月前にはあれほど魅力的だった光が、いまは彼女の目をつらぬいて、グリオールの血液がはなつ薄暗い金色の光へ戻りたいという気にさせる。唇のそばまで来て、牙の影に足を踏み入れたときには、寒気にがたがた震えて立ち止まり、暖をとるために自分の体を抱き締めた。

モールドリーが彼女のむかいに来て、腕をさすった。「どうしたのです？　怯えているように見受けられますが」

「そうなの」キャサリンはちらりと彼を見上げた。「やっぱり……」

「ばかなことを言わないで。ここから出れば元気になります。それに」モールドリーは暮れかけた太陽へちらりと目を向けた。「どんどん進まないと。暗くなったときに口の近くでうろうろしていたくないでしょう。危険はないと思いますが、もうあなたはグリオールの計画にかかわりがないので……ま、大事をとるに越したことはありません」そしてキャサリンを押しやった。「さあ行きなさい」

「いっしょに来ないの？」

「わたしが？」モールドリーはくすくすと笑った。「わたしが外でなにをするのです？　わたしは老人で、自分の流儀を変えられません。長く暮らすうちになかばフィーリーになってしまったのですよ。でもあなたは若いし、まだまだ先があります」彼はキャサリンを前方へ押した。「わたしの言うとおりになさい。あなたはもうここにいる必要はないのです」

キャサリンは唇にむかって少し歩いたところで、老人との別れに感傷をおぼえて立ち止まった。親しくしたことはなかったが、彼は父親のようなものだった……そんなことを考えたら、ここ数年ほとんど忘れていた、もうずっと会っていないほんとうの父親のことを思い出し、これから心配しなければならないあらゆること、いま取り戻したあらゆるものに意識が移った。それまでより力強い足取りで茂みを進んでいくと、背後から、老モールドリーが最後にもういちど声をかけてきた。

「それでこそわが娘！」老人は歌うように叫んだ。「そのまま進めばじきに気持ちも落ち着きます！　恐れることはありません……どのみちのがれようもないのですから！　さようなら、さようなら！」

キャサリンは振り向いて、手を振り、モールドリーが別れを告げるように杖を振っているのを見て、その奇抜な風体に声をあげて笑った。サテンのぼろ服を着たおかしな小男が牙のあいだの巨大な影の中でぴょんぴょん飛び跳ねている。影から踏み出すと、豊かな光が彼女を温かく包み、骨や思考の中に染み込んでいた冷気をつらぬいて、それを残らず消し去るような気がした。

「さようなら！」モールドリーは叫んだ。「さようなら！　悲しまないで！　あなたはここになにも残していくことなく、最高の部分をかかえていけるのです。どんどん歩いてみなに話すことを考えなさい。あなたのしたことを聞けばだれもが驚くでしょう！　びっくり仰天ですよ！　グリオールのことを話しなさい！　彼がどんな姿をしているか話して、あなたが見たことや学んだことを伝えなさい。どんなにすごい冒険をしたか話すのです！」

8

ハングタウンへ戻るのは、いろいろな意味で竜の体内へ逃亡したときよりもずっと不安な体験だった。村は変わっているだろう。以前だって小さな変化はあったのだから、彼女と同じように村だってもとのままということはないはずだ。ところが、いざ村のはずれに立ってみると、雨ざらしで色あせた掘っ立て小屋が薄汚れた湖をぐるりと囲み、煙突からは細い煙がたなびき、そそりたつ前頭部の骨板が陰気な影を落とし、チョークチェリーの茂みに、サンザシ、通りには焦茶色の土が広がり、小屋の前で籐椅子にすわっている三人の初老の男たちは、パイプをくゆらせながら好奇心をむきだしにして彼女を見つめている……ほんの些細な部分まで十年前と少しも変わっておらず、それはまるで、彼女が長いあいだとらわれていたことも、いったん死んでよみがえったこともごく小さな出来事でしかなかったと暗示しているように思えた。べつに重要なこととして認めてもらいたいわけでもなかったが、世界がこの試練の歳月をさしたる傷跡も残さずに過ごしてきたと思うと腹立たしかったし、このまま村へ入ったら、魔法のような力で時を滑り落ちて以前の生活に戻ってしまうのではないかという理不尽な恐怖がわきあがってきた。やがて、キャサリンはためらいがちな足取りで男たちに近づき、おはようとあいさつした。

「おはよう」腹が突き出て、はげ頭に染みのある、白髪混じりの髭をたくわえた男があいさつを返した。ティム・ウィードロンだ。「なんにしましょう、奥さん？　中にはきれいな鱗がありますよ」

「あの家なんだけど」キャサリンは通りの先に見える、屋根に穴があいて扉もなくなっている廃屋を指差した。「持ち主はどこにいるのかしら？」

別の男、かまきりのように痩せこけたマルドー・コーレンが、しわと染みだらけの顔で言った。「たしかなことはわかりませんや。ライオルじいさんが死んじまったんでね……九年か十年前に」

「死んだ？」体の力が抜け、目がくらむ。

「へえ」ティム・ウィードロンが言う。キャサリンの顔をじっくりながめて眉をしかめ、とまどったような顔をしている。「娘が家出して、ウィレンていう村の男を殺して、姿を消しちまったと……みんなそう思ったわけでね。それからウィレンの兄弟たちが失踪したもんで、こいつはライオルじいさんのしわざにちがいないと。彼は否定しなかった。生きようが死のうがどうでもいいって様子で」

「どうなったの？」

「裁判がひらかれて、ライオルは有罪ってことに」ウィードロンは身を乗り出し、じっと彼女を見つめた。「キャサリン……あんたか？」

キャサリンは必死に自分を抑えながら、うなずいた。「父はどうなったの？」

「なんとまあ。いったいどこにいたんだね？」

「あたしの父はどうなったの？」

「ああ、キャサリン。殺人で有罪になった者がどうなるかは知ってるだろう。慰めになるかしらんが、真相はやがて明らかになったよ」

「父を翼の下に連れていって……翼の下に置き去りにしたのね？」キャサリンはこぶしをぎゅっと握り、手のひらに爪をくい込ませた。「そんなことをしたのね？」

ウィードロンは目を落として、ズボンのほつれをいじくった。

目に涙があふれ、キャサリンはきびすを返して、うっそうとそびえる竜の骨板に顔を向けた。「真相は明らかになったと言ったわね」

「なったよ。ある娘が一部始終を見たことを告白したんだ。ウィレン兄弟があんたを追ってグリオールの口へ入ったことを。すぐに話そうとしたらしいんだが、ウィレンの親父《おやじ》に脅されたんだ。もし話したら殺すってな。あんたも彼女のことはおぼえているだろう。たしか友達じゃなかったかな。ブリアンヌだよ」

キャサリンは体を戻し、毒気を込めてその名前を繰り返した。

「あんたの友達だろ？」ウィードロンはたずねた。

「彼女はどうなったの？」

「さあ……べつに。結婚したな、ゼフ・マリソンと。子供も何人か産んで。会いたいのなら、いまは家にいるはずだよ。マリソンの家は知っとるね？」

「ええ」

「あんたもくわしく知りたいだろうから、寄ってブリアンヌと話すがいい」

「たぶん……そうね、寄ることにするわ」

「で、あんたはどこにいたんだね、キャサリン。十年も！　こんなに長く家を離れていたんだからさぞ大事なことがあったんだろうなあ」

冷気が体内に広がって、彼女を氷に変えた。「あのね、ティム……あたしここにいるあいだに少し鱗狩りをしようと思ってるの。昔の思い出にね」声が震えているのがわかったので、なんとか抑えようとした。むりやり笑みをつくる。「鉤を何本か借りられないかしら」

「鉤？」ウィードロンはまだとまどった顔でキャサリンをながめながら、ぽりぽりと頭をかいた。「ああ、かまわんだろう。だがどこにいたか話してくれんのかね？　みんなあんたは死んだと思っとったんだよ」

「話すわ、約束する。出かける前に……戻ってみんな話してあげるわ。いい？」

「ふむ、いいともさ」ウィードロンは椅子から立ちあがった。「だがそいつは残酷というもんだよ、キャサリン」

「あたしが受けた仕打ちに比べればたいしたことじゃないわ」キャサリンは気もそぞろに

言った。「半分も残酷じゃない」

「あん？　なんの話だね？」

「え？」

ウィードロンは探るような目を向けた。「残酷なことだと言ったんだよ、こんな老人にあんたがどこにいたのか気をもませておくなんて。さんざ噂してたんだから、ちっとばかり話してくれてもよかろうに。帰ってくるなり……」

「あら！　ごめんなさい。ちょっと別のことを考えていたものだから」

マリソン家の住まいはハングタウンの掘っ立て小屋の中でも大きなほうで、部屋も六つほどあり、そのほとんどはキャサリンが村を離れたあとで建て増しされたものだった。だが家が大きいからといって富や地位があるわけではなく、貧困が拡大しているだけのことだ。たてつけの悪い扉へ続く階段の横には骨やマンゴーの皮といったごみくずが散らばっている。蠅がスイカの皮にたかり、あばらを浮き出させた灰色の犬がこそこそとうろつきまわり、揚げた玉ねぎとゆでた野菜のにおいがただよっている。家の中から子供のわめき声がした。小屋はまがい物のようで、控えめな外見の裏に恐ろしい現実がひそんでいる——キャサリンを裏切り、彼女の父親を殺した女——とはいっても、その味気なさにはどうにも怒りをかき立てられなかった。だが階段に足をかけたとき、なにか重いものが落ちたようなどさっという音がして、女の叫び声が聞こえた。きつい声で、キャサリンがおぼえていたのより低いような気がしたが、それはまちがいなくブリアンヌの声で、ふたたび復讐心がよみがえってきた。ティム・ウィードロンから借りた鱗鉤のうちの一本でノックすると、少し間を置いて扉がぱっととひらいた。顔を出したオリーブ色の肌の女は、破れた灰色のシャツを着て——それは雨ざらしの板とほとんど同じ色で、まるで彼女自身がまわりの環境から産みおとされたかのようだ——濃い茶色の髪には白いものが見えた。彼女はキャサリンを上から下までながめ、不愉快そうなこわばった顔で言った。「なにか用？」

ブリアンヌだった。しかしブリアンヌはゆがみ、溶けて、熱にさらされた蠟人形のように変形していた。腰のくびれは消え、全体に丸くなり、頬もすっかりたるんでいる。驚きがキャサリンの怒りを吹き飛ばし、ブリアンヌの顔にも驚きが浮かびあがった。「いや」ブリアンヌのとらえどころのない言葉は、いわれのない非難を拒絶しているようでもあった。それから彼女は叫んだ——「いや！」扉がばたんと閉まり、キャサリンは「ちくしょう！ブリアンヌ！」とわめきながらそれをどんどん叩いた。

子供が悲鳴をあげたが、ブリアンヌは返事をしなかった。

怒りにかられて、キャサリンは鉤を扉に振りおろした。先端が板に深々と突き刺さり、引き抜こうとした拍子に板が一枚剝がれてきた。苦労して板をはずしたら、引き抜かれた釘が金属のこすれる耳ざわりな音をたてた。隙間からのぞくとブリアンヌは荒れ果てた部屋の奥の壁を背にしてしゃがみ込み、半ズボンを履いた男の子を抱きかかえていた。キャサリンは鉤をてこにしてもう一枚板を剝がし、手を突っ込んで掛け金をはずした。そのまま部屋に踏み込むと、ブリアンヌは子供を背後に隠してほうきをつかんだ。

「出ていって！」ほうきを槍《やり》のように突き出して、ブリアンヌは叫んだ。

小屋が陰気なせいで、キャサリンの怒りは、まるで洞窟の中の太陽のように場ちがいな輝きをはなち、ブリアンヌだけに意識を集中していたにもかかわらず、部屋の中のこまごました部分が脳裏に刻み込まれた。薪ストーブの上で湯気をあげるふた付きの鍋、すわるところに穴があいているひっくりかえった木製の椅子。部屋の隅には蜘蛛の巣、壁には鼠《ねずみ》の糞《ふん》。ぐらぐらになったテーブルにはほこりが毛皮のように厚く積もり、ひびの入った皿がならんでいた。そういったものを見ても、哀れみの気持ちが起きたり、怒りが薄らいだりすることはなく、逆に、それらがブリアンヌの一部のように思えて、新たな憎悪の対象となった。キャサリンが近づくと、ブリアンヌはほうきを突き出した。「出ていって」声は弱々しい。「お願い……あたしたちをほうっておいて！」

キャサリンは鉤を振るい、わらを束ねているより糸にひっかけてブリアンヌの手からほうきをはじき飛ばした。ブリアンヌは子供を引きずるようにして、薪ストーブのある部屋の隅へ退却した。そして次の一撃をさえぎろうと手をあげた。「ひどいことしないで」

「なぜよ？　あなたには子供がいて、不幸な人生を歩んでいるから？」キャサリンは唾を吐きかけた。「あなたはあたしの父さんを殺したのよ！」

「怖かったのよ！　ケイの親父さんが……」

「知ったこっちゃないわ」キャサリンは冷たく言いはなった。「なぜやったのかなんて聞きたくない。あなたがそもそもあたしを裏切ったことにどんな立派な理由があろうと知ったこっちゃない」

「そうよ！　あんたはなんにも気にしなかった！」ブリアンヌは胸をかきむしった。「あんたはあたしの心を殺したわ！　あんたはグリンのことなんか気にかけてなかった、ただ彼が自分のものじゃないから欲しかっただけなのよ！」

記憶の中からその名前を引っ張りだして、それをブリアンヌの昔の恋人と結び付け、そもそも自分の冷淡さと身勝手さが十年前の事件を引き起こしたのだと思い出すまで数秒かかった。だが罪の意識は感じたものの、怒りが消えることはなかった。自分にも不謹慎なところがあったからといって、ブリアンヌの犯罪を帳消しにするわけにはいかない。とはいえ、いまや正義の裁きという概念そのものに違和感が生まれていて、どうしたらいいのかわからなくなり、もしこのまま銁を投げ捨てて、復讐をハングタウンの運命を握る権威筋にまかせたらどうなるだろうと考えた。そのとき、ブリアンヌが脚を動かして、喉の奥で声をたてるのを見て、キャサリンはまた怒りがわきあがるのを感じた。

「あたしのせいにしないでよ」キャサリンは抑揚のない声で威嚇した。「あたしがあなたにしたどんなことも、あなたがあたしにしたこととは比べものにならないわ。あなたは自分がなにをしたかさえわかっていないのよ！」さっと鉤を振りあげると、ブリアンヌは部屋の隅で身をちぢめた。男の子が首をねじ曲げ、涙でいっぱいの目でじっと見上げたために、キャサリンは動きを止めた。

「子供をどかして」キャサリンはブリアンヌに言った。

ブリアンヌは子供の上にかがみ込んだ。「父さんのところへ行きなさい」

「だめ、待って」子供がゼフ・マリソンを連れてくるような気がしたので、キャサリンは呼び止めた。

「ふたりとも殺すつもり？」ブリアンヌの声は激しい感情でしゃがれていた。それを聞いて、子供はまた泣き出した。

「黙りなさい」キャサリンは言ったが、それでも子供が泣きやまないので、今度は怒鳴《どな》りつけた。

ブリアンヌは声をあげて泣く子をスカートで包み込んだ。「やりなさいよ！」顔は恐怖にゆがんでいる。「さあ！」彼女はわっと泣き崩れ、頭を垂れて一撃を待ち受けた。キャサリンはブリアンヌに近づき、髪をつかんでぐいと喉をむきだしにし、鉤の先端を太い血管にあてた。ブリアンヌの両目がぐるりとさがって、鉤を見ようとする。呼吸があえぐような金切り声になり、ふたりの女にはさまれた子供は、身をよじってすすり泣いた。キャサリンの手が震え、そのかすかな動きで女の肌が切れて血のしずくが浮きあがった。ブリアンヌは身をこわばらせ、まぶたをぱたりと閉じて、口をだらんとひらいた——その表情は、少なくともキャサリンには、陶酔の予感に酔っているように見えた。キャサリンはその顔をじっくり見て、激情が浄化され、細い針金のようになるのを感じた。まるで美術品でも観賞しているような静けさの中で、ブリアンヌの筋肉組織がぴんと張り詰め、喉の震えが鉤にかすかなリズムを伝えた。キャサリンは鉤の先端を沈めていく力を抑えて、なるべくブリアンヌの苦しみを長引かせようとした。

そのとき、手の中の鉤がふいに重くなり、キャサリンはその瞬間が過ぎさったことを、復讐を求める気持ちから性急さと熱意が失せたことを悟った。ブリアンヌを串刺しにする自分を想像したあと、彼女を村の法廷へ突き出して、嘘をついたことを白状させて、グリオールの翼の下で餌をあさりまわる獣たちのもとへ置き去りにする判決がくだるところを想像した。だが、ブリアンヌの死体や死ぬところを思い描くのはそこそこ満足のいくことではあったが、いまとなってはそれを想像することこそ最高の復讐であり、必要な行動を実行に移すのはつらいことでしかないとわかった。多くの歳月や死になんの解決もつかないのはいらだたしいことだったが、こんなに簡単に復讐をあきらめられるところからすると、思っていた以上にキャサリンは変わっていたようだ。おかげで、そんな変化をもたらした原因への疑問が再燃し、自分がほんとうに自分なのか、それとも不思議な類似物にすぎないのかわからなくなってきた。だが、そこで気がついた——この変化こそが解決であり、復讐は以前の人生の産物でしかなく、彼女の新しい人生は、その秘められた本質がどんなものであろうと、古くさい悲嘆や無意味な激情とはかかわりのない、もっと別な関心事を糧《かて》としなければならないのだ。まるで天啓のように力強く訪れた認識に、キャサリンは長いため息をつき、それと同時に悲しい過去も、憎悪と愛の残りかすもすべてが流れ去って、自分はもはや竜の囚人ではないのだとようやく信じることができた。すっかり生まれ変わった気分だった。新たな衝動に突き動かされ、涙のように生き生きと、小麦のようにたくましく、こんなくすんだ環境にはそぐわないほどの強さと活力にあふれていて、いまとなってはなぜこんなところへ来たのかうまく思い出せないほどだ。

ブリアンヌとその息子に目を向けたが、もはや憎悪は幻のようなものでしかなくなっていて、彼らも哀れみや怒りの対象ではなく、見慣れない、場ちがいな、自愛という監獄にとらわれた生物でしかなかった。キャサリンは無言できびすを返して玄関まで歩くと、鉤を壁板に深く叩き込んで、復讐をきっぱり断念したことをしめし、怒りに通じる扉を閉じて未知の世界へ通じる扉をひらき、そのまま村を出て、おさまりのつかない噂話を待ち受ける老ティム・ウィードロンを置き去りにしたまま、グリオールの背中に沿って歩き、茂みを押し分け川を渡り、ずいぶんたってからようやく、自分が別の丘に踏み込んであの竜から遠く離れていたことに気づいた。三週間後に、カーボネイルス・ヴァリーの反対側の端にあるカブレカベラという小さな町にたどり着いたので、そこでモールドリーからもらった宝石を売って家を買い、腰を落ち着けてグリオールのことを書き始めた。個人的な回顧録ではなく参考書という形式にして、抽象的な考察は後書きだけにとどめたのは、主題である竜の生理学や生態学に比べたら自分の冒険など陳腐なものにしか思えなくて公表する気になれなかったからだ。『心臓千年記』と題された本が出版されたあと、キャサリンはつかのま名士の気分を味わった。だが、旅行や講演や名士との交際といった機会があってもほとんど敬遠し、身につけた知識を分けあたえたいという渇望については、地元の学校で講師として教えたりポート・シャンティから取材に来た科学者たちと個人的に話をしたりするだけで満足していた。こうした訪問者の中にはジョン・コルマコスの同僚もいたが、彼との思い出に修正を加える必要などないと信じていた彼女は、ふたりの関係にはけっしてふれなかった。ただし、これは正直な自己評価とは言いがたかったし、彼女はまだ過去のその部分との折り合いがついていなかったようだ。というのも、世界に戻った五年後の春に、キャサリンはこうした科学者たちのひとりと結婚したのだが、ブライアン・オコイという名のその男は、穏やかな物腰といい控えめな話し方といいコルマコスによく似ていたのである。その後のキャサリンにまつわる事実はほとんど伝わっていないが、息子をふたり産んで、著作については出版されることのない日記だけにかぎっていたという。それでも、こんなことは語られている――見たところふつうの土と草におおわれた丘の下にひそむ、いまだ発見されていないほかの竜たちの影の中で、自分たちの竜との結びつきが少しずつでもこの監獄世界の境界を広げる役に立つのだと信じて同じように誠実な行動をとるすべての人びとについて語られているように——その日から先、キャサリンはずっと幸せに暮らしたという。例外と言えば最後の死のとき。そしてそのあいだの傷心と。

始祖の石

――ジャック、ジーン、ジョディ・ダンに

1

〝始祖の石《ファーザー・オブ・ストーンズ》〟がいかにして宝石研磨工ウィリアム・レイモスの手に渡ったかについては、いまでもポート・シャンティの住民たちのあいだで議論の種になっている。レイモスがこの石を輸入商のヘンリー・サイチから購入したことは疑問の余地がないし、サイチが数反の絹布と引き換えにテオシンテの仕立て屋からこの石を手に入れたのもまちがいはない。仕立て屋は認めていないが、証人たちの話を総合すると、彼がこの石を自分の姪《めい》からむりやり取りあげたのは明らかであり、その姪のほうは竜のグリオールの唇の下に生えているシダの茂みの中でこの石が輝いているのを見つけたと言われている。しかしこの石がそのときどうしてそこにあったのか、その点が議論を引き起こしていたのだ。ある者はこの石はグリオールの天産物だと言った。皮膚からゆっくりと生成された、一種のできものであり、竜はみずからの願望を形にしたこの石によって、レイモス——彼は竜の支配がおよばない地域に住んでいた——をあやつり、僧侶マルド・ゼマイルと〈竜の宮殿〉の一件でおのれの意志をとおしたのだと。だがほかの者はこう言うだろう、なるほど、たしかにグリオールは魔術による一騎打ちで何千年も前に身動きを止められた山ほどもある巨大な生物で、その名状しがたい意志の力でカーボネイルス・ヴァリーの住民を支配し、きわめて微妙で目立たない影響をおよぼすことも、きわめて入り組んだ出来事をあやつることもできる。だが竜のできものだか腎石だかが見事な宝石の形になるとは……いやいや、それは少しばかり考えすぎだ。レイモスはグリオールの支配力という事実を利用して自分の犯罪を正当化しようとしているだけだし、〝始祖の石〟はどう見ても竜がひそかにたくわえていた遺物で、彼の体内に住む哀れな知恵遅れたちのひとりが唇の下に落としたものにちがいない。もちろんあそこに落ちていたのはそういうわけだろうさ、と彼らに反対する者は言うだろう。グリオールなら、手先のひとりをあやつってある時刻にある場所に石をひとつ置かせるくらいたやすいことではないか？　石の出所について言えば、われわれの目の前にあるのは広大で、神秘的で、ほとんど不滅の知性体なのであり、その肉体は森林といくつもの村を支え、都市をまるごと破壊できるほどたくさんの寄生生物をかかえている。これだけの事実を考えたら、竜が暗い体内の奥深くで〝始祖の石〟を作りあげたという可能性をほんとうに否定できるだろうか？

こうした議論はさておき、事実は以下のとおりである。数年前の二月のある霧深い夜、ひとりの少年がポート・シャンティの警察本部に駆け込んでくるなり、〈竜の宮殿〉の僧侶マルド・ゼマイルが殺されて、犯人であるウィリアム・レイモスが宮殿の門のところで警察が来るのを待っているとまくし立てた。巡査たちがエイラー岬の根もとから数百ヤード離れたところにある宮殿に着いてみると、レイモス――薄茶色の髪の四十三歳の男で、愛想はいいが平凡な顔立ちに灰色の目をしていて、いかれた学者のようなおもむきがある――は宮殿の前を行ったり来たり歩きまわっていた。レイモスを拘束してから、巡査たちは特徴のない荒れ果てた庭園に踏み込んだ。宮殿の角にあたる建物の中で発見されたゼマイルは、黒大理石の祭壇のそばにぐったりと横たわり、頭蓋骨を打ち砕かれていた。致命傷をあたえたのは薄い乳白色のこぶし大の宝石で、片面はつかんで投げやすいように未加工のままだったが、もう片面は研磨されて角の鋭い切子面になっていた。レイモスの娘、ミリエルも発見されたが、こちらは祭壇の上に裸で横たわり、薬で麻痺《まひ》状態になっていた。ポート・シャンティはそこそこ大きな都市ではあったが、警察がレイモスとゼマイルとのあいだの確執に気づかないほど大きいわけではなかった。レイモスの妻のパトリシアは、それより三年前にエイラー岬の沖で溺死《できし》していて（噂によると、岬の先端に住む裕福な紳士のもとへ愛人として訪れていたらしい）、宝石研磨の店の彼女のぶんの権利がミリエルに譲られたのだが、ミリエルのほうは竜を崇拝する教団とゼマイルその人に深くかかわっていたために、その半分の権利を宮殿に寄贈してしまった。ゼマイルは儀式の際に珍しい宝石をよく使ったので、じきに店の資産を濫用《らんよう》するようになった。宝石研磨の商売が危機に瀕したうえ、娘が自分を見捨てて僧侶のもとで奔放かつ自堕落な服従の生活をしていたことで、レイモスは深い絶望に落とされ、結果的に殺人という事態に至ったものと思われた。自白があり、動機も明確なうえ、物証もそろっていたので、巡査たちは裁判は迅速で確実なものになるだろうと感じた。だが彼らはレイモスがどんな申し開きをするかを考慮していなかった。レイモスの弁護士であるアダム・

コロレイも、最初の反応からすると、やはり考慮していなかったようだった。

「あなたどうかしてますよ」コロレイは宝石研磨工から事件のあらましを聞いたあとで言った。「さもなければものすごく頭が切れるのか」

「ほんとうのことだ」レイモスはむっつりと言った。彼が椅子にへたり込んでいるのは窓のない審問室で、ガラスの照明球がさがる天井には発光性の苔《こけ》がびっしりと生えていた。彼は木製テーブルの上で広げた両手をじっと見つめて、なぜこいつに裏切られたのだろうという顔をしていた。

コロレイは背の高い色白の男で、生え際の後退した黒髪に、なめらかな白木から鋭く削り出したような顔立ちをしていた。彼は扉に歩み寄り、そちらへ顔を向けたまま言った。「あなたがどういう方向へ話を持っていこうとしているかはわかります」

「わしはどこへも話を持っていくつもりはない。あんたがどう考えようと気にせんが、これはほんとうのことなんだ」

「わたしがどう考えるかは充分気にしたほうがいいですよ」コロレイはレイモスに向き直った。「まず第一に、わたしはあなたの弁護を引き受ける義務はありません。第二に、あなたのことを信用したほうが、わたしもより力強い弁護ができます」

レイモスが頭をあげてコロレイと目を合わせた。その目は深い絶望に満ちており、コロレイはいっとき、それが物理的な力でこの男を打ちのめしたのではないかと想像した。

「好きにするがいい」レイモスは言った。「きみの弁護ぶりがどうあろうと、わしにはさほど問題ではないのだ」

コロレイはテーブルに近づいて身を乗り出し、レイモスの指先のすぐそばに両手をついた。レイモスは手をどけるどころか、コロレイの手がそばに置かれたことに気づきもしなかった。ほんとうに今回の事件で打ちのめされているらしく、芝居をしている様子はない。さもなければ、この男はカタツムリのような神経の持ち主ということになる。

「あなたはこれまでに例のないような弁護をしろと言ってるんですよ。こうして考えてみると、だれも試みていないのは驚きですがね。グリオールの影響があることは――とにかくカーボネイルス・ヴァリーについては――疑う余地がありません。しかしあなたが彼の意志のままに行動したとか、あの宝石に含まれるなんらかのエキスの影響で彼のしもべになってしまったとかいうことを、刑事事件の弁論で使うというのは……どうでしょうね」

レイモスは聞いていないようだった。しばらくして彼はたずねた。「ミリエル……あの子はだいじょうぶなのか？」

コロレイはいらだった。「ええ、ええ、元気ですよ。わたしの言ったことを聞いてなかったんですか？」

レイモスはまるでわからないという顔でコロレイを見つめた。

「あなたの説明に従うとすれば、これまでに例のない弁論をしなければならないんです。いちども例のない弁論を。それがどういうことかわかりますか？」

「いや」レイモスは目を伏せた。

「裁判官というのは先例をつくることをいやがるので、この事件を審理する裁判官も、こんなたぐいの先例をつくることはなんとしても避けたいと思うでしょう。もしもこんな判例ができたら、大勢の悪党が刑罰のがれに利用するでしょうからね」

レイモスはちょっと黙り込んでから言った。「わからんな。わしになにを言ってほしいのかね？」

男の顔をじっくり見ているうちに、コロレイは落ち着かなくなった。レイモスの絶望ぶりはあまりにも一定で、あまりにも徹底していた。これまでにも恐ろしい絶望にとらわれた依頼人は大勢相手にしてきたが、どんなに意気消沈した人間でも、ふいに自分のおかれた窮状を悟って、怯《おび》えたりやけになったりさまざまな感情をおもてに出すことがあるものだ。ひょっとするとレイモスは頭のいい男で、巧みにこちらをあざむいているのかもしれない。

「あなたはなにも言う必要はありません。ただどういうことになるかを理解してほしいのです。わたしが法廷に慈悲を求めて、事件には激情がからんでいたことや、被害者が無節操な性格だったことを考慮してほしいと頼めば、きっとあなたの刑罰は軽くなります。ゼマイルはあまり好かれていなかったし、多くの人びとがあなたの行為を良いことだったと考えていますから」

「わしはちがう」レイモスのあまりにも悲痛な口調に、コロレイもつかのま疑念が失《う》せてしまった。

「しかし」コロレイは続けた。「もしもあなたが主張するとおりの弁論をおこなったら、もっと厳しい刑罰、おそらくは極刑に処せられるでしょう。こんな申し開きをするところをみると計画犯罪だったのかもしれないと、裁判官は思うかもしれません。そうなったら陪審員への指示でもまったく温情をかけないでしょう。激情による犯罪という可能性をすっかり捨ててしまうはずです」

　レイモスは力なく笑った。

「おかしいですか？」コロレイはたずねた。

「激情と計画がおたがいに相容《あいい》れないものだというのは単純な考えかただな」

　コロレイはテーブルを離れて、腕を組み、頭上で光をはなつ球体を見つめた。「もちろんいつでもそうとはかぎりませんよ。激情による犯罪すべてがとっさの行為とみなされるわけではありません。強迫観念とか、不可抗力といった余地も残されています。しかしわたしが言っているのは、先例をつくりたくないと考えた裁判官が、陪審員への指示で温情という道を閉ざしてしまうかもしれないということです」

　またもやレイモスは瞑想《めいそう》にふけっていたようだ。

「決まりましたか？」コロレイは迫った。「わたしには決定はできません、ただ勧めるだけです」

「きみはわしに嘘《うそ》をつけと勧めているようだな」

「どうしてそうなるんです？」

「きみは真実は危険で、安全策がいちばんだと言っている」

「落し穴があるかもしれないと忠告しているだけです」

「ずいぶんちがうんじゃないか、勧めるのと忠告するのとでは」

「有罪と無罪もずいぶんちがいますがね」コロレイは相手を怒らせようとしたのだが、レイモスはじっとテーブルを見つめたまま、薄茶色の前髪を目もとから払いのけただけだった。

「いいでしょう」コロレイはかばんを床から持ちあげた。「あなたの証言にしたがって弁護を進めるわけですね」

「ミリエルに」レイモスは言った。「あの子に面会に来てくれと伝えてくれるか？」

「いいですよ」

「今日……今日伝えてくれるか？」

「午後に彼女と会う予定ですから、そのとき伝えましょう。しかし巡査たちの話からしますと、わたしからあなたのためになにかを頼んだとしても色良い返事はもらえないでしょうね。すっかり生きる望みをなくしているようですから」

レイモスはなにごとかつぶやき、コロレイがききかえすと、「なんでもない」と答えた。

「ほかにわたしにできることは？」

レイモスは首を横に振った。

「明日また来ます」コロレイは元気を出しなさいと言いかけたが、レイモスの絶望の深さはよくわかっていたし、自分のほうも相変わらず落ち着かない気分が消えなかったので、やめておいた。


宝石研磨工の店はポート・シャンティのアルミントラ地区にあった。市内でも海に面した、まだそれほど衰退と貧困にのみ込まれていない地域だ。数十軒ある商店は、塗装が剝げ、まがまがしいとがり屋根と切妻造りの壁に囲まれた古い木造家屋の一階部分を占めており、それらのあいだからエイラー岬付近にならぶ裕福な屋敷を見ることができた。広いベランダと金塗りの屋根をそなえた優雅な大邸宅がヤシの木立のあいだに横たわっている。岬のむこうに見える海は、なめらかな翡翠《ひすい》色の広がりにクリーム状の波がちらつき、何軒もの邸宅がかもしだす優雅な雰囲気がそのまま持ち込まれているように見えた。そのいっぽうで、アルミントラ地区の浜辺に泡をわき立たせる白波は、海藻やごみくずや流木で汚れていた。しばらく前までは上流とみなされていたこの地区の住民にしてみれば、さぞかし情けない気分だろう。こんな成功と美の風景をながめたあとで、振り返って自分たちの生活に目を向けると、鼠《ねずみ》が積みあげた野菜くずのあいだを走り、砂蟹《すながに》がじゃりじゃりした通りを這いまわり、乞食がうろつき、自分たちの住む家はどんどん荒れ果てていく。こういったことも殺人と関係があったのだろうか。この犯罪に欲得がからんでいた気配は見当たらなかったが、まだ隠された部分はたくさんあったし、秘められた動機の存在に目をつぶりたくはなかった。あの宝石研磨工を信じてはいなかったが、まるっきり嘘だと決めつけることもできなかった。そこがあの話の利点だ。そのとらえどころのなさ、迷信深い住民たちにおよぼす効果、グリオールのかかえる膨大な謎が裁きをくだそうとする人びとの心にもたらす混乱。陪審員たちはさぞかしたいへんな思いをすることだろう。それはコロレイにしても同じだが。やりがいのある仕事にはちがいない。こんな事件はめったにあるものではない。まさに裁判というゲームにふさわしい、そして裁判をゲームに変貌させる有能な人物にふさわしい事件であり、コロレイにとっては一気に名声を手に入れるチャンスなのだ。レイモスの話を嘘だと決めつけられないのは、あの宝石研磨工が真実を語っていて、ほんとうにこんな判例ができればいいのにと、心のどこかで願っているからだ。というのも、コロレイはここ最近、かつて胸にいだいていた希望や熱意を呼び覚まし、自分が価値ある人間だという感覚を取り戻すには、なにか華々しい、なにかふつうとはちがう特異な事件が必要だとわかってきたのだ。法学院を卒業してからの九年間、コロレイは一心に仕事をして、ちょっとした成功をおさめたが、それは貧しい農家の息子にできる程度のことでしかなかった。自分よりずっと能力の劣る弁護士がずっと大きな成功をおさめるのを見るうちに、初めから理解しているべきだったことをようやく理解するようになっていた。つまり法律というものは社会的地位や血縁という慣習法の従属物にすぎないのだ。コロレイは三十三歳の理想主義者で、その理想は崩壊しかけていたが、ゲームへの熱意は衰えておらず、そのせいで危険な冷笑癖がつきまとっていた――なぜ危険かというと、このために古くからの美徳と新しくてまだよく理解していない強迫観念とが、爆発性の混合物となって彼の内部に生み出されてしまうからだ。つい最近もその混合物が沸きこぼれて頭がおかしくなり、気分が激しく揺れ動いたり希望や正義をだしぬけに投げ捨てたりしそうになったことがある。結局のところ彼はアルミントラ地区と同じような状態になっているのだ。昔ながらの価値観に縛られた労働者階級が暮らす、かつては華やかな未来への期待をいだきながら、いまやスラムにおちぶれようとしているこの地区と。

宝石研磨工の住まいはとある木造の建物の二階で、店のすぐ上にあり、コロレイはここで娘のミリエルから話を聞いた。二十歳そこそこのすらりとした娘で、長い黒髪にハシバミ色の目をして、愛らしいハート型の顔は放蕩《ほうとう》生活の名残で表情が失せていた。レースの襟がついた黒いワンピースを着ていたが、そんな控えめな服装や悲しげな表情とはまるでそぐわない格好をしていた。泣いていたせいで頬はふくれ、目は充血しているものの、曲がった緑色の葉巻をふかしながらソファにだらりと寝そべって、両脚を背もたれと腕木にのせているために、太もものあいだから暗い部分がちらりとのぞいていた。悲しみのあまり意識が体から抜け出して、そのままの状態がずっと続いているらしい。

このかわいい女性に敬意を払うべきかどうかについては、だいぶ議論の余地があるようだ。

だがミリエル・レイモスは、どんなに放蕩生活をしていたといっても、きわめて魅力的な女性であり、その辛辣《しんらつ》な態度にもかかわらず、孤独な男のコロレイは彼女に心惹《こころひ》かれるものを感じた。

居間には料理の腐ったようなにおいがたち込め、ひとり身の男の住まいらしく、汚れた皿や乱雑に積みあげた服やほうり出した本などが、景気の良かったころに買った家具のあいだに散らかっていた。スプリング入りのソファ、垢《あか》と油でぎらついたひと組の安楽椅子、青い模様が薄れたみすぼらしい茶色のカーペット。傷だらけの小さなテーブルには額に入ったスケッチがいくつか置いてあり、そのひとつにはミリエルによく似た女性が腕に赤ん坊を抱いている姿が描かれていた——弱い冬の日差しがガラスに反射しているせいで、そのスケッチは神秘的にぼやけていた。壁には数枚の絵がかかっていて、いちばん大きなのは、何世紀ものあいだ伸び放題の草木になかば埋もれて、翼の一部と、丘ほどの高さがある巨大な頭部だけをのぞかせているグリオールの絵だった。ウィリアム・レイモスのサインが見える。コロレイは汚れた服をどけて安楽椅子の端に腰をおろし、ミリエルとむかい合った。

「じゃあ、あなたが父の弁護士ってわけ」ミリエルは灰色の煙を長々と吐き出してから言った。「あんまり有能そうには見えないわね」

「まちがいなく有能だよ」コロレイは彼女が敵意をしめすことを予期していた。「もし指にインクをつけてチョッキのポケットから古びたメモ帳をのぞかせている白髪頭の老人がお望みなら、わたしは……」

「いいえ。あたしはあなたみたいな人を望んでた。経験も能力も最低の人を」

「すると、きみはお父さんが厳しい判決を受けることを期待しているわけだ。彼の行為によってつらい思いをすることになったから」

「つらい思い？」ミリエルは笑いとばした。「マルドを殺す前から、あたしは父のことをきらっていたわ。いまじゃ憎んでるけど」

「きみの命を救ったのに？」

「父がそんなことを言ったの？」ミリエルはまた笑った。「冗談じゃないわ」

「きみは薬を飲んでいた。祭壇に裸で寝かされて。ゼマイルの死体からはナイフが見つかっている」

「あの祭壇にああいう状態で横たわったことは何度もあるわ。でもいちどだって喜び以外の思いを味わったことはないのよ」訳知り顔の笑みは、その喜びとやらがどんなものかを物語っていた。「ナイフのことにしても、マルドはいつも武器を持ってたのよ。あたしの父みたいな愚か者のせいでしょっちゅう危険にさらされてたから」

「殺人についてはなにかおぼえているかな？」

「父の声を聞いたのはおぼえてる。夢だと思ってた。それからなにかが割れて、砕ける音がした。顔をあげたらマルドが顔じゅう血だらけにして倒れるところだった」

ミリエルは身をこわばらせ、思い出すのもいやだというように天井を見上げた。だがそこで、情欲がよみがえったかのように片手を腹から太ももへと滑らせた。コロレイは自分の腹のあたりに熱いものを感じて、目をそらした。

「きみのお父さんの証言によると、目撃者が九人いて、みなフードをかぶっていたが、部屋から逃げ出していったそうだ。だが名乗り出た者はいない。どういうことだろう？」

「どうして名乗り出るの？　マルドが目指していたものをまるで理解しない人たちからもっと迫害されろというの？」

「その目指していたものというのは？」

ミリエルはまた煙を吐き出したが、答えなかった。

「きみは法廷でもこの質問を受けることになるよ」

「秘密をもらすわけにはいかないわ。あたしはどうなってもかまわないのよ」

「きみのお父さんもそうらしいな……とにかく口ではそう言っている。すっかり落ち込んで、きみに会いたがっているよ」

ミリエルはあざけりの声をあげた。「絞首台で会うことにするわ」

「いいかい、お父さんがあんなことをしたのは、それできみを救えると本気で信じていたからなんだよ」

「あなたには父がなにを信じてるかわかりゃしない」ミリエルは身を起こし、まっすぐコロレイを見つめて、毒気をふくんだ声で言った。「彼のことをまるでわかってないのよ。つつましい職人、善良で正直な男、そんなふりをしてるわね。でも心の中では自分のことをお偉い人間だと思ってる。よく言ってたわ、人生が彼の歩む道に次々と障害物を投げかけて、彼がふさわしい地位につくことをじゃましているって。頭がいいために悪運というハンデをあたえられてると思ってるのよ。あの人は策士よ、陰謀屋よ。自分で思ってるほど頭が良くないという事実を悪運でごまかしてる。なにもかもしくじるんだから」

ミリエルの話の最初の部分は、コロレイがレイモスから受けた印象とぴったり一致していた。こうしてミリエルの口から聞かされると、その印象は強まると同時に――彼女が父親に敵対していることがあまりにも明白だったので――逆に弱まるような気もした。

「そうかもしれない」コロレイは書類をぱらぱらめくって当惑を隠した。「だが疑わしいね」

「ふん、じきにわかるわ。あなたが父のことで最後に思い知るとしたら、彼のペテンの才能でしょうから」ミリエルはソファに身を戻した。スカートが太ももまでまくれあがる。「あたしが初めてマルドにかかわりを持ったときから、父はマルドをずっと殺したいと思ってたんだわ」口の端に笑みが浮かぶ。「嫉妬《しっと》してたのよ」

「嫉妬？」

「ええ……恋人がするような嫉妬。父はあたしをさわるのが大好きだから」

近親相姦的な欲望の存在をあっさり否定するわけにはいかなかったが、頭の中でレイモスに関する資料をのぞいたあとで、ミリエルの告発は信用しないと決めた。彼女がゼマイルと彼の生きざまにあまりにものめり込んでいたので、その話をうのみにすることはできなかった。彼女は堕落し、すっかり身を持ち崩していた。部屋に広がる悪臭はミリエル自身の堕落ぶりをあらわしているように思えた。

「なぜお父さんをきらうんだ？」

「偉ぶった態度、それにやぼったさ。幸福というものについてうんざりするような固定観念を持ってるし、人生にまともに取り組めないし、なまくらだし……」

「どれも青くさい意見だね。大好きなごちそうを取りあげられた頑固な子供がすねているみたいだ」

ミリエルは肩をすくめた。「そうかもね。父はあたしの求婚者たちをはねつけたし、あたしが女優になることに反対した……きっといい女優になれたはずなのに。みんなそう言ってたもの。でもあたしがこれまでどんな人間だったにしても、いま話したことはたしかな真実なのよ。それは父がしたこととも関係はないわ」

「関係ね……ないかもしれないな。しかしきみがまるでお父さんを救うつもりがないという事実はしめされている」

「そのことを隠すつもりはないわ」

「ああ、そうだ。しかしきみがそういう感情を持っていたとなれば、これだけははっきりするぞ。きみは復讐心《ふくしゅうしん》を持った雌犬で、きみが真実だと考えていることはきみのお父さんを傷つけることになる。それは実際に起きたこととはなんの関連もないわけだ」

ここでミリエルを怒らせて、彼女がどのくらいのことで激昂《げっこう》するかを知っておけば、裁判のときに役に立つと思ったのだが、彼女は笑みをさらに広げただけだった。ミリエルは脚を組み、葉巻の先端で宙に赤い線を描いた。冷静だ、まったく冷静だ。だが法廷ではそういう態度は彼女に不利にはたらく。それはレイモスの優しさを際立たせ、たちの悪い恩知らずの娘を気にかける忍耐強い父親という印象を強めるだろう。もちろん、強迫観念とか誤った情熱とかいった論点で弁護するならそれでもかまわない。だがコロレイは、今回のような方針で弁護をする場合でもやはり陪審員たちの共感を得られると確信した。

「さて」コロレイは立ちあがった。「あとでまだいくつか質問をすると思うが、いまはこれ以上続けてもしかたないようだ」

「あたしをとらえたと思ってるの？」

「きみをとらえる？　どういうことかな」

「あたしという人間をとらえたと思ってるんでしょ」

「実を言えば、そうだね」

「法廷であたしのことをどんなふうに言うつもり？」

「自分でもわかっているはずだが」

「ええ、でも聞きたいの」

「いいだろう。必要とあらば、自分勝手で、堕落した、他者に真摯《しんし》な感情をいだかない生き物の姿を法廷に描いてみせるよ。愛人の死を悲しんでいる姿さえただの見せかけで、黒いワンピースの飾りみたいなものでしかない。薬や邪悪な魔術、竜を崇拝する下劣な儀式によってもたらされた堕落状態の中にあって、呼び起こすことのできる感情といえば、自分の目的に役立つと思われるものだけ。たとえば貪欲《どんよく》さ。そして復讐心」

ミリエルは眠たげにくすくす笑った。

「まちがっていると思うかい？」

「そんなことないわ、弁護士さん。そういう事実を、あなたが自分のほうに有利に使えると思ってることがおかしいのよ」ミリエルは横向きになって、片手で頭を支えた。スカートが体の下でねじれて、白く締まった肌がいっそうあらわになった。「次の会見が楽しみだわ。そのころにはあなたも状況がずっと複雑になったことに気づいて、もっと……もっとおもしろい質問を持ってくるでしょうからね」

「もうひとつだけ質問していいかな？」

「ええ、もちろん」ミリエルはごろりとあおむけになり、横目でコロレイを見つめた。

「そんなふうに服を腰までまくっているのは、わたしを挑発しているのかな？」

ミリエルはうなずいた。「まあね。効果はあった?」

「なぜだ? それでなにか得になると思っているのか? わたしがきみのお父さんの弁護で手を抜くとでも思っているのか?」

「さあ……手を抜いてくれる?」

「ありえないね」

「じゃあなんにもならないわね。でも、それでもいいのよ」

コロレイはむきだしの両脚から目をそらすことができなかった。

「ほんとに、それでもいいの。あたしはいま恋人を必要としてる。あなたのことが気に入ったわ。ちょっと変わってるけど、それでも気に入った」

コロレイはミリエルを見つめた。怒りと欲望が交互にわきあがってきた。彼女をものにしてかまわないということが不安だった。いま、この場で彼女を抱いたとしても、べつに問題はないし、裁判に影響をあたえるわけでもない、ただのお楽しみにすぎない。それでも、こういった誘いを受け入れることがのちに道徳面で破滅をもたらすことはわかっていた。ここで彼女をはねつけるのは、紳士ぶっているわけではなく、自分を救うためなのだ。

「あたしたちきっとうまくいくわ」ミリエルが言った。「あたしにはわかる」

コロレイの視線は彼女の太ももから白い貝殻のような腰の曲線へと移った。あの長く、ほっそりした指でふれられたらどんな感じだろう。

「もう行かないと」コロレイは言った。

「ええ、そのほうがいいわ」ミリエルの声は楽しげな悪意に満ちていた。「もうひと息だったわね。あなたもけっこう楽しんだんじゃない？」

2

　次の週、コロレイは大勢の証人から話を聞いたが、そのひとりだったヘンリー・サイチによると、あの宝石の原石を購入したとき、レイモスは石にすっかり魅了されて心を奪われてしまったので、サイチはきちんと取引をすませるために彼をこづかなければならなかったらしい。レイモスの同業者たちとも話をしたが、彼らはレイモスの穏やかで誠実な人柄を進んで証言してくれた。レイモスは仕事一辺倒の男で、没頭したときにはわれを忘れてしまうほどだということで、ミリエルの説明とは大きくくいちがっていた。コロレイも人前では立派なのに家に帰ると性格が一変する男たちを何人か知っていたが、同業者たちの証言のほうがミリエルのそれよりも重視されるのはまちがいない……実のところ、証言台でミリエルがどんなに敵意のこもった台詞《せりふ》を吐いても、その下劣さはレイモスに有利にはたらくばかりだろう。コロレイはグリオールの歴史にくわしい人びとを探し出し、グリオールから個人的に影響を受けたことのある人びとに話を聞いた。弁護側にとって唯一の不利な証人は、ある大酒飲みの老人だった。この老人はエイラー岬の南側の砂丘で寝るのを習慣にしていて、レイモスが道しるべにむかって何度も何度も、まるで致命傷をあたえる練習をしているみたいに石を投げる姿を何度か目撃していた。老人のアルコール依存は証言の印象を弱めるだろうが、それにしても重大な証言にはちがいなかった。

コロレイがそのことを話すと、宝石研磨工は言った。「午後になるとよく散歩に出かけて、緊張をやわらげるために石を投げることがある。子供のころにひとつだけ得意だったことなんだが、世の中が耐えがたいものになってくるとそこへ逃げ場を求めるんだろうな」

そのほかのこまかな証拠と同様、この件もなんとでも説明がつくだろう。たとえば、グリオールがレイモスをしもべに選んだのは彼にこうした石投げの才能があったからだとか、竜にあやつられるままのちの残虐行為の準備をしていたのだとか。コロレイはテーブル越しに依頼人を見つめた。監獄は、レイモスを灰色に変えてしまったようだ。肌も、感情のあらわしかたも、なにもかもが灰色に変わっていた。コロレイは自分もそれに感染して、この曖昧《あいまい》模糊《もこ》とした事件を象徴するともいえる灰色に、すっかりのみ込まれて消耗してしまったような気がした。もういちどなにかできることはないかとレイモスにたずねたところ、レイモスの答えはやはりミリエルに会わせてくれというものだった。

三月末のある日曜日、コロレイは殺人事件の少し前まで〈竜の宮殿〉で積極的に活動していたという初老の裕福な女性に会った。この女性はキリンと呼ばれているだけで、過去についてはなにもわからなかった。宮殿という閉鎖空間に出現するまでは存在すらしていなかったかのようであり、そこを去ったあとも、隠遁《いんとん》生活を送っていて、おもてに出てくるのは彼女がときどき新聞へ送る教団批判の手紙だけだった。戸口でコロレイを迎えたのは、どうやら召使いらしい生気のないずん胴女で、案内されるままとおされた部屋は装飾よりも草木をたっぷり茂らせることに重点が置かれていた。天井はこまかく分かれた天窓になっていて、彫刻のほどこされた仕切り用の木製のついたては、どれも蔓草《つるくさ》や着生植物にびっしりおおわれていた。ありとあらゆる植物がついたてのあいだの通路をふさぎ、どれも葉がたっぷり茂っているために根をおろしている鉢が見えないほどだった。太陽がさまざまな緑色――薄いポモーナ、ナイル、エメラルド、ビリジアン、そしてシャルトリューズ――を照らし、複雑な影が硬木の床をまだらに染めている。タマシダのとがった葉が、そよ風を受けて巨大な昆虫の触角のように揺れていた。

ジャングルのような部屋を半時間もうろついていたら、どんどんいらだちがつのってきたので、フルートのような女性の声が、居場所を見つけられるように声をあげてくれと呼びかけてきたときには心底ほっとした。ほどなく、背の高い白髪の女性が床まで届く灰色の波紋絹のガウンを着てあらわれた。顔は古びた象牙のような色で、深いしわが刻まれ、厳格で疑い深そうな性格がおもてにあらわれており、絶えず動く両手は、瞑想の儀式で数珠をこすっているかのように手近の木の葉をむしっていた。高齢のわりには活力を発散していて、目を閉じたら、生き生きした若い娘といっしょにいるような錯覚をおぼえただろう。老女は部屋の隅にあるベンチへ彼を案内して、となりにすわり、青々と茂った自分の聖所を見つめながら、茎や葉をむしったりつまんだりした。

「わたしは弁護士を信用しないんですよ、ミスター・コロレイ」老女は言った。「まずそのことを知っていただかないと」

「わたしもそうですよ、奥さん」笑いを引き出して、相手の態度をやわらげようとしたのだが、彼女は唇をすぼめただけだった。

「あなたの依頼人がほかの人でしたら、わたしはあなたに会わなかったでしょう。けれどマルド・ゼマイルを世界から抹殺した人物のためなら、できるだけの手助けをするつもりです……もっとも、どんな手助けができるのかまるでわかりませんが」

「ゼマイルについていくらか教えていただきたいんです、とりわけミリエル・レイモスとの関係を」

「ああ、そのこと」

「ミリエル自身は口を閉ざしていますし、教団のほかのメンバーたちは身を隠していましてね」

「恐れているのです」

「なにを？」

老女はおもしろがっているような声を出した。「すべてをですよ、ミスター・コロレイ。マルドは彼らに恐怖をあたえていました。マルドがいなくなって、恐怖を植え付けられたまま見捨てられたとなれば、彼らが逃げ出したのは当然でしょう」彼女はシダの葉を細く裂いた。「マルドの真理のひとつなのです。すなわち、それなりの状況においては、恐怖もひとつの維持手段となる。この真理はたくさんの宗教の根底にあるものです。ミリエルはそれをよく理解しています」

「彼女のことを話してください」

老女は広がった竹の葉をいじくった。「悪い娘ではありませんよ……少なくとも以前はそうでした。マルドが堕落させたんです。彼はだれもかれも堕落させて、その人びとを打ち砕き、割れ目に彼の邪悪な精力を注いだのです。わたしは彼女に初めて会ったとき――五年前になりますが――典型的な改宗者だと思いました。宮殿を訪れたときは、落ち着きのない、むら気な娘だったのですよ。俗に言う、腰の据わらないタイプですか。きっとマルドは彼女をものにすると思いました――彼はかわいい娘をみんなものにしていましたからね――いずれ彼女が失墜して、おきまりの狂信者になるものと考えていたのです。けれどもわたしはミリエルをみくびっていました。彼女はマルドを魅了する、なんらかの素質を持っていたのです。初めはマルドがセックスの面での好敵手を見つけたのだと思いました、というのもほかのメンバーたちからミリエルがとても――」彼女はうまい言い回しを探した、「貪欲だと聞いていましたから。それもいくらか関係はあったかもしれません。でも、もっと重要なのはミリエルがマルドと同じように駆り立てられていたことだと思います。ですから彼女も同じように信用できないのです」

「〝駆り立てられていた〟というのは？」

老女は床に目を落とした。「マルドを知らない人に彼のことを説明するのはむずかしいですし、知っている人にはそもそも説明する必要がありません。彼の言うことをじっくり聞くと、それはすべて教義にからむ軽口や、無意味な呪文や、おおげさで空虚な言葉を混ぜ合わせた生焼けの理念にすぎないことがわかります。にもかかわらず、マルドはなにかを知っている、というか、彼はなにか偉大な物事を成し遂げるための道筋に気づいている、という印象が常につきまとうのです。カリスマとはちがいますよ……マルドにはそういう資質は欠けていませんでした。ここで言いたいのはもっと実体のあるなにかです。彼自身も完全には理解していない、なんらかの衝動に突き動かされているような雰囲気があったのです」

「つまりミリエルにもそういう雰囲気があったと」

「ええ、そうです、彼女もなにかに突き動かされていました。本人がそれを理解していたかどうかはわかりません。でもマルドと同じくらい突き動かされていたのです。マルドもそのことに気づいていて、だからこそミリエルを信用したのです」

「しかしマルドはミリエルを殺そうとしたようですが」

老女はため息をついた。「わたしが宮殿を出たのは……いいえ、その前にわたしがあそこに入った理由をお話ししましょう。わたしは自分を求道者だと考えていましたが、どんなに自分をあざむいてみたところで、ただの退屈しのぎだということはわかっていました。退屈で年老いて……ほかに楽しみを見つけられなかったのです。宮殿はわたしにとって、絶えずそのありさまを変える、激しく謎めいたロマンスであり、わたしはすっかり心を奪われてしまいました。それにいつでもグリオールがそばにいるという感覚がありました。あの寒々とした存在……あのすさまじく冷徹な圧力」老女はおおげさに肩をすくめた。「とにかく、二年前にわたしは、事態がだんだん深刻になってきて、マルドが長いあいだ口にしていた偉大な務めがとうとう実行に移される気配を感じ取りました。わたしは恐ろしくなりました。そして恐ろしくなったことで、宮殿のかかえる欺瞞《ぎまん》と邪悪に気づいたのです」

「あなたは知っているんですか、その……偉大な務めを？」

老女はためらった。「いいえ」

コロレイは相手をじっくり見つめて、なにか隠しているらしいと考えた。「ほかに頼れる人がいないんですよ。教団のメンバーはみんな身を隠してしまったので」

「身を隠したにしても、何人かは監視を続けています。秘密をもらしたら、わたしは殺されるでしょう」

「法廷へ召喚することもできるんですが」

「できるでしょうね。でもわたしはこれ以上のことはしゃべりませんよ。それにわたしはあまり信頼のおける証人にはなれないでしょう。検察官がわたしの過去について質問しても、わたしは答えるつもりはありませんから」

「その偉大な務めはグリオールに関係しているんでしょうね」

老女は肩をすくめた。「あらゆることがそうですから」

「手掛かりだけでもくれませんか。なにかしらの」

「これだけはお話ししておきましょう。あなたはあの教団の性格を理解しなければなりません。グリオールを崇拝しているといっても、それは竜に対する恐怖が高まって崇拝に変わっただけなのです。マルドは自分がグリオールと特別な関係にあると考えていました。はるか昔に竜と戦った最初の魔法使いの精神を受け継いだつもりでいたのです……一種の儀式上の敵対者であり、祝福すべき者であると同時に敵でもあると。そういう二重性にマルドは心を惹かれました。まさに不可思議の極致だと考えたのです」

コロレイは圧力をかけ続けたが、老女がそれ以上なにも話そうとしないのでとうとうあきらめた。「ミリエルはその務めを知っていたんですか？」

「知らなかったと思います。マルドの彼女に対する信頼は物質界のほうにおよんでいましたが、これはもっとちがう、魔術的なものでした。ずっと深刻なものだったのです。それでわたしは当惑しました。事態が深刻になるにつれ、恐ろしくなってきたのです。人びとは姿を消し、会話はささやきとなり、宮殿内部の暗黒がいたるところに広まったように思えました。とうとうわたしは耐えきれなくなりました。真実に気づき始めたのです。初めから気づいていたのに、目をそむけていただけなのかもしれません。いずれにせよ、そこでわたしは自分の退屈がひどく危険なものとなり、わたしを深く引きずり込んでいることに気づきました。どれほど意欲と熱意があろうと、マルド・ゼマイルは邪悪な男だと……最悪の意味合いで邪悪なのだと。彼が身につけようとした魔術は、その力の源が埋まっている糞尿を掘り起こすほど堕落した信者がいなくなったために死滅したのです」

「あなたが気づいたことというのは？」

「儀式化された拷問《ごうもん》……生け贄《にえ》です」

「人間の生け贄？」

「おそらく……はっきりとはわかりません。少なくともマルドにはそれができたはずです」

「ではマルドはミリエルを生け贄にするつもりだったと」

「信じにくいことです。マルドはミリエルを溺愛していました。でも、ええ、偉大な務めを果たすためには最愛のものを犠牲にしなければならないと思った可能性はあります。ミリエルは知らなかったとしても、マルドはそんなふうに考えていたかもしれません」

コロレイは太陽に照らされた床に揺れる木の葉の影を見つめた。疲れ果て、居場所をまちがえているような気分だった。おれはここでなにをしているんだろう？　老女を相手に邪悪について語り合い、竜が殺人をおかしたことを証明しようとして、いったいなにをしているんだろう？

「ふたりはおたがいを信頼していたとおっしゃいましたね」

「ええ、マルドはみなに明言していました、もしも自分になにかあったときは、ミリエルが宮殿の主になると。ふたりのあいだ……」

「なんですって？」

「いま言おうとしたのは、ふたりのあいだにはなにか秘められた因縁があり、それもマルドが彼女を信頼していた理由のひとつなのではないかということです。わたしはいつもそんなふうに思っていましたが……ただ感じたというだけです。証拠になるわけでもないし、あなたが利用できるわけでもありません。とにかく、マルドはミリエルを正統な後継者と認める書類を作成したはずです。そういうこまごましたことにこだわるほうでしたから」老女はコロレイの顔からなにかを読み取ろうとするように小首をかしげた。「びっくりしているようですね。こんなに感情が顔に出る弁護士は初めてですよ」

とんだ失態だ、とコロレイは思った。自分の顔にまで裏切られるとは。

「ふたりのあいだの取り決めが文書化されたかどうかは知りようがないわけですね」

「されていないかもしれません。なんとも言えないのです。ただ、わたしの言うとおり文書化されていたとしても、その書類を発掘するにはたいへんな苦労を強いられるでしょう。マルドは弁護士を雇ったことはありません。書類があるとすれば、それは宮殿のどこかに隠してあるはずです」

「なるほど」

「なにを考えているのです？」

コロレイはやれやれという声をあげた。「ごく単純な事件だと思っていたんですが、あちこちのぞくたびにだんだん複雑になっていくもので」

「単純な事件ですよ」老女はしわだらけの顔をいかめしく引き締めた。「わたしを信じなさい、あなたがウィリアム・レイモスをどれほどの悪人だと考えようと、彼の行為そのものが無実の証《あかし》なのです」

開廷を目前にひかえたある夜、コロレイは警察本部まで出かけてもういちど凶器を見てみた――〝始祖の石〟とレイモスが名付けたものだ。証拠物件室のテーブルのそばにひとりで立ち、ブリキ箱に詰めた薄紙の中央に置かれた石を見下ろしていたら、事件のさまざまな要素によって混乱したときと同じような気分になってきた。ある瞬間には、石は被嚢化《ひのうか》した光の不敬なかけらを包み込んでいるように見えて、そのくもった不透明な表面が、乳白色のふくらみの内側に千年の時を経《へ》た卵を閉じ込めているような気配を感じさせる。次の瞬間には、美しく、とらえどころがなくなり、なにか神秘的な哲学の繊細な本質を具象化しているようにも思えてくる。中心部には、両手を広げた人間の姿に似た黒っぽい傷があった。グリオールそのものと同じように、この石には数知れぬ濃淡と、無数の解釈の可能性がひそんでおり、コロレイにもその出所が竜の肉体の内部だということはたやすく信じられた。それでも、レイモスの話は信じられなかった。あの話にもやはり傷があって、それはあの宝石研磨工を絞首台へのぼらせるのに充分な傷と言えた。グリオールはなぜレイモスがゼマイルを殺すことを望んだのか――その点については、少なくともコロレイが納得できるだけの理由は見当たらなかった。レイモスでさえ納得のいく説明ができないのだ。レイモスはただそうなのだと主張しているだけであり、そんなことでは彼も救われないだろう。だが、そういう傷があるために、話のつじつまが合わないために、かえって判断があまくなって、信じようという気にさせられてしまうのだ。なんという事件だろう、法学院にいたころはこういう事件を担当することが夢だったのに、いざそれが現実になると、なにもかもが彼を疲れさせた。自分は人生を浪費しているのかもしれない、疑問とは、もっとも根本的なものでさえ、どれも同じようにとらえどころがないのがあたりまえで、単に自分がいままで気づいていなかっただけなのかもしれない。

コロレイは〝始祖の石〟を取りあげてみた。それは異様に重かった。竜の鱗《うろこ》のように、太古の記憶のように。

くそっ、こんな仕事はうんざりだ。とっととやめて宗教でも始めるほうがいい。あれだけ愚か者がたくさんいれば、中にはおれのことを賢くてすばらしい人間だと思う連中もいるはずだ。

「だれかを殺すことを考えているのかね？」背後で乾いた声がした。「ひょっとするときみの依頼人かな？」

　イアン・マーヴェル検察官。ひょろりとした、貴族的な雰囲気の男で、粋《いき》な仕立ての黒いスーツを着ていた。立派なひたいから後ろへなでつけた黒髪には、白いものがちらほら混じり、ぼんやりした水色の両目が、眠たげなまぶたのあいだにおさまって、敏捷《びんしょう》かつ攻撃的な頭脳の存在を隠していた。

「おまえを襲うほうがよさそうだな」コロレイは顔をしかめた。

「ぼくを？」マーヴェルは愕然《がくぜん》としたような顔をしてみせた。「ぼくのことなどこれっぽっちも心配することはないさ。きみの依頼人ではないとしたら、われらが尊敬するワイマー裁判官への襲撃というところか。彼はきみの弁護方法にまるで共感をしめしていないようだからね」

「彼を責める気にはなれない」コロレイはつぶやいた。

　マーヴェルはコロレイをじっと見つめて首を横に振り、くすくす笑った。「きみに出くわすときはいつもこんな調子だな。きみが正直な男で、わざと控えめな態度をとったりしないのはわかっている。しかしそれがわかっていても、いざ裁判が始まると、きみがとんでもない二枚舌で、袖の中になにか破壊的な策略を隠していると考えざるをえなくなる」

「おまえは自分自身を信用していない。他人を信用できるはずがないだろう？」

「そうだなあ。ぼくのいちばんの強みはいちばんの弱みでもある」マーヴェルは戸口へ歩きかけ、ちょっとためらってから言った。「一杯どうだい？」

コロレイは〝始祖の石〟をもういちど手に取った。さらに重くなったように思えた。「酒が助けになるかもしれないな」

シャンクレイ横丁にある酒場〈盲目の貴婦人《ブラインド・レディ》〉は、いつものように法学生や若い弁護士たちで混み合っていた。彼らの熱気は壁の鏡をくもらせ、彼らのはずれたダーツは白いしっくい壁や黒ずんだ梁《はり》に突き刺さり、彼らのやかましい話し声は静かな会話を不可能にしていた。

コロレイとマーヴェルは酒をこぼさないようにグラスを高くかかげながら、人混みをかき分けて進み、やっとのことで酒場の奥にあいたテーブルを見つけた。ふたりが腰をおろしたとき、そばに立っていた法学生の一団が下品な歌をうたい始めた。マーヴェルは顔をしかめたが、グラスを差しあげてコロレイに乾杯してみせた。

歌い手たちは酒場のおもてのほうへ移動していった。マーヴェルは背中をそらして、情け深い目でコロレイを見つめたが、それは対立する立場にふさわしくない、ずいぶん社交的な態度だった。マーヴェルは裕福な造船家の息子だったので、ふたりの会話にはいつも階級闘争という棘《とげ》があり、その棘をふたりはおたがいに尊敬し合っているふりをすることで鈍らせていた。

「で、きみはどう考えているんだ？」マーヴェルがたずねた。「レイモスは嘘をついているのか……発狂しているのか？　どうなんだ？」

「発狂はしていない。嘘のほうは……？」コロレイはラム酒をひと口飲んだ。「答えを見つけたと思うたびに、また別の側面が見えてくる。いまの段階で当て推量をする気にはなれないな。きみはどう思う？」

「もちろん彼は嘘をついているのさ！　あの男にはゼマイルを殺す動機が山ほどある。娘のこと、商売のこと。いやはや！　殺して当然だよ。ただまあ、あの作り話はよくできているけどね。たいしたもんだ」

「そうか？　判断力の欠如という線で弁護すれば二年で刑務所から出してやれるんだぞ」

「ああ、だからこそすばらしいんだよ、みんながそれを承知しているという事実がね。人びとは言うだろう、いやはや、あの男は無実にちがいない、さもなければあんなこじつけ話にしがみつくはずがない」

「こじつけとは呼びにくいな」

「いやまったく！　じゃあ霊感話と呼ぶことにしようか」

コロレイはだんだん不愉快になってきた。この気取り屋め、今度はきっと打ち負かしてやるぞ。

彼はにやりと笑った。「お好きなように」

「おや、被告の気分がきみにも乗り移ったようだね」

コロレイは酒を飲んだ。「今夜はそんな気になれないんだよ、マーヴェル。いったいおれになにを言わせようってんだ？」

マーヴェルは不満そうな顔になった。

「どうしたんだ？」コロレイはたずねた。「おまえの楽しみをだいなしにしちまったかな？」

「きみがどうしてそんなふうなのかは知らない。たぶん働きすぎなんだろう」

「こういう儀礼的な腹の探り合いにうんざりしてきたんだよ、それだけさ。いつでも結果はいっしょだ。なにもない。おまえはこうやっておれに身分のちがいを思い出させる。ここへ引っ張り込んで昔ながらのにやにや笑いを浮かべながら、おれなんか招待もされないパーティの話をする。それで心理的優位に立てると思ってるんだろうが、誤った優越感をいだくと発言にも力がなくなるぞ。おまえは全力を振り絞らなければならないんだ。それほど腕のたつ検察官じゃないんだから」

マーヴェルはぎこちなく立ちあがり、あざけりの目でコロレイを見下ろした。「きみは冗談の種なんだぞ、知ってるか？　生気の抜けた辛気くさい職人、寝床をともにするのは法律だけ」彼は硬貨を数枚テーブルへほうった。「これで酒でも飲むがいい。少しは慰めになるかもしれない」

コロレイは、マーヴェルがまわりに集まった法学生たちの応援を受けながら人混みを抜けていくのを見送った。なぜだ、おれはなぜあんなことを言ったんだ？

マーヴェルの姿が見えなくなってから店を出て、まっすぐ家に帰るかわりに、ビスカヤ通りをあてもなく西へ歩き、濃さを増してくる霧の中を、すっかり落ち込んだ気分でぶらついた。じっとりした塩気混じりの空気は、沈んだ気持ちや、頭の中によどんだものを暗示しているかのようだ。ほとんど気づかないうちにアルミントラ地区へ入り込み、宝石研磨工の店の前に立ったところで、初めからここへ来るつもりだったのに自分ではそれを隠そうとしていたことに気づいた。さもなければ、なにか強大であらがいようのない媒介者が〝始祖の石〟を通じて語りかけて、彼をここまで連れてきたのかもしれない。冗談半分ではあったが、考えたとたんにうなじの毛がちくちくしてきた。もしもレイモスの話が真実だとしたら、おれもグリオールの命令に逆らえないのか？　死んだような通りの静けさに気力が衰えた。とがった屋根の先端は霧の高原から立ちあがった山脈のようだし、まだ壊れていないいくつかの街灯はかすみの中で邪悪に輝く花のように見える。店の窓はどれも真っ黒で、光を跳ね返し、内部の秘密を隠している。まだ早い時間だったが、腕のよい職人や店主たちはすでに寝床に入っていた……唯一の例外がレイモスの店の上の部屋だ。まだ明かりがともっている。コロレイは窓を見上げた。マーヴェルに侮辱され、自分の生活について正確に指摘されたせいで、こうしてミリエルのもとを訪れ、その反証を得ようとしているのかもしれない。すぐにその場を離れて、家へ帰ろうとしたが、ランプの輝きと闇の彼方《かなた》で砕ける波の音に押さえ付けられてしまったのか、彼はそのまま店の前で立ちつくしていた。犬が近くで吠《ほ》え始めた。もっと遠くからは歌声と、ヴァイオリンやホルンのもの悲しい響きが、彼の孤独に調子を合わせるように流れてきた。

　まったく狂気の沙汰だ、ミリエルはおまえを階段から蹴り落とすぞ、この前会ったときの彼女はおまえをからかっていただけだし、そもそもどうしてこんなことをするんだ……しばらく頭をからっぽにするためか、ほんのつかのまの慰めにしかならないのに？

　そのとおりだ、まったくそのとおりだ。

「ちくしょう！」コロレイは目の前の闇にむかって、耳を貸そうとしない世界にむかって毒づいた。「ちくしょう、なぜいけないんだよ？」

　扉をあけた女は、初めて会ったときにソファにふんぞりかえっていた女と肉体的には同一人物だったが、それ以外の面はまったくちがっていた。混乱して、びくびくして、血の気《け》もすっかり失せていて、黒髪はほどけてばらばらで、身を包んでいるのもごわごわした粗末な生地の白いローブだった。顔からは自堕落な冷淡さが消え、二歳ほど若返った、迷子の少女のように見えた。彼女はしばらく相手がだれだかわからないようだった。「あら……あなたなの」

　コロレイは相手の態度にうろたえ、こんな夜分に訪問したことをわびて、すぐに退却しようとした。だがそれを口に出すより先に、ミリエルが戸口からしりぞいて彼を迎え入れた。

「来てくれてうれしいわ」ミリエルはコロレイのあとから掃除された居間へ入った。「眠れなかったの」

彼女はソファに腰を落とし、側卓を手さぐりして葉巻を取りあげてから、またもとへ戻した。期待に満ちた目でコロレイを見上げる。

「まあ、すわってよ」

コロレイは言われたとおり、例の安楽椅子に腰をおろした。「できればまたいくつか質問をしたいんだが」

「質問……そんな……ええ、いいわよ。質問ね」ミリエルははしゃいだ笑い声をあげてソファの腕木のへりをそわそわとつついた。「どうぞ」

「聞くところによると、マルドは自分が死んだときにはあの宮殿の統率をきみにまかせるつもりでいたらしい。まちがいないかな？」

ミリエルは何度もうなずいた。その力の入りかたは単なる肯定というより、なにか忌まわしい人間関係を頭から振り払おうとしているようだった。

「そのとおりよ。マルドはそう考えていたわ」

「そのことを記した文書はあるか？」

「いいえ……あるかしら……わからないわ。マルドは文書にすると言ってたけど、あたしは見てない」彼女はソファの端で前後に身を揺すり、盛りあがった古い刺繍《ししゅう》模様を引っ張っていた。「もうどうでもいいけど」

「なぜ……なぜどうでもいいんだ？」

「宮殿がないもの」

「というと？」

「宮殿がないじゃない！　それだけのことよ。信者もいないし、儀式もない。からっぽの建物があるだけだわ」

「なにがあったんだ？」

「話したくないわ」

「しかし……」

ミリエルはぱっと立ちあがって、部屋の奥へさっさと歩いていった。そこできびすを返し、頬にかかった髪を後ろへ払った。「話したくないのよ！　これっぽっちも話したくないの……なにも……なにも重要なことは」彼女は熱でも計るようにひたいに手を当てた。「ごめんなさい、ごめんなさい」

「どうかした？」

「いえ、なんでもないわ。人生が混乱して、恋人が殺されて、父親が明日の朝その犯人として裁判にかけられるだけ。なにもかも最高よ」

「なぜお父さんの苦境が気にかかるんだ？　きみは彼を憎んでいたじゃないか」

「それでもあたしの父親よ。憎しみでは消せない感情があるわ。本能的な感情ね、わかるでしょ。でもそれなりの力はある」ミリエルはソファに戻ってすわった。また刺繡をいじり始める。「ねえ、あたしはあなたの役に立たないわ。裁判であなたの役に立つようなことをなにも知らないもの。ひとつもよ。もしも知ってたらあなたに話すと思う……いまはまさにそういう気分だし。でもなにもないの、なにひとつ」

コロレイは、ミリエルの見せかけの冷淡さに本人が認めている以上に深いひびが入っているのを感じ取り、それだけでなく、彼女がこんなにも不安そうなのは、なにか重要なことを知っていながらそれを隠しているせいかもしれないと考えた。だがその件は追及しないことにした。

「いいだろう」コロレイは言った。「じゃあなんの話をしたい？」

ミリエルは会話のきっかけを探すかのように部屋を見まわした。

コロレイはミリエルの視線が額に入った女性と赤ん坊のスケッチに止まったことに気づいた。「きみのお母さんかな？」絵を指差してたずねてみる。

ミリエルは目に見えて動揺した。

「ええ」彼女はつぶやき、さっとスケッチから目をそらした。

「きみによく似てる。名前はパトリシアだったかな？」

ミリエルはうなずいた。

「ひどい話だね、こんなにすてきな女性が若くして亡くなるなんて。なにがあった？　どうしてお母さんは溺《おぼ》れたんだ？」

「ただその……」

「あなたは尋問口調でしか話せないの？」ミリエルは腹立たしげに言った。

「すまない」コロレイは彼女の反応の激しさを不思議に思った。

「母は死んだわ。それで充分でしょ」

「話をしようとしただけだよ。じゃあきみが話題を選んでくれるかな？」

「いいわ」ちょっと間を置いてミリエルは言った。「あなたの話をしましょ」

「あまり話すことはないな」

「だれだってそうだけど、それでいいのよ。あたしは退屈しないわ、約束する」

コロレイはしぶしぶながら、自分の人生について、子供時代について、街のむこうの丘にあった小さな農場について、そこのバナナ果樹園や家畜小屋や三頭の乳牛――ローズ、アルヴァイナ、エスメラルダ――について語ったが、そうしているうちに、無邪気だった昔の生活がよみがえってきて、部屋の壁のすぐむこうで息づいているような気がしてきた。よく丘のてっぺんにすわって街を見下ろしながら、いつかそこにならんでいるような立派な家を持とうと夢見ていたことも話した。

「そして手に入れたわけね」

「いや。それは法律で禁止されている。立派な屋敷はそれなりの地位があって、家系もきちんとしている人びとのものなんだ。わたしのような人間は、法律によって自分たちの領分に閉じ込められている」

「もちろんよ。そんなことわかってるわ」

コロレイは初めて法律に興味を持ったときのことを話した。あのころは法律の持つ論理的な構造と秩序をてことして、どんな障害でも取り除けるような気がしたものだが、そのうちに、てこと障害があまりにも多すぎて、ひとつを動かすと別のが落ちてきて押しつぶされてしまうことに気づき、うまくやるには絶えず動きまわって、物事をどんどん動かしてはさっさと身をそらすしかないことを悟った。

「最初から弁護士になりたかったの？」

コロレイは笑った。「いや、最初の野望は竜のグリオールを殺すことで、テオシンテ市から出る報奨を手に入れたら、母さんには銀のボウルを、父さんには新しいギターを買ってあげるつもりだった」

ほんの少し前まで楽しそうだったミリエルの表情が、生気をなくしてどんよりとしていた。

「その名前を出さないで。あなたは知らない、知らないのよ……」

コロレイはだいじょうぶかとたずねた。

「知らないって、なにを？」

「グリオール……ああ！　宮殿でよく彼の存在を感じたわ。ただの想像だと思うでしょうけど、ほんとにそうなのよ。みんなで彼に意識を集中して、彼に歌いかけて、彼を信じて、彼を頭の中に呼び出して、そうするうちに彼を感じることができるようになるの。冷徹で広漠として。非人間的で。あの巨大な寒々とした存在が世界をわがものにしているのよ」

コロレイは、老女キリンとミリエルがどちらもグリオールについて語るときに同じような言葉を口にしたことに驚かされて、そのことを指摘しようと思った。だがミリエルが話し続けたので、やめておいた。

「いまでも彼があたしの心にふれるのを感じるわ。真っ黒に染み込んでるの。彼の思考はどれも、一世紀かけて形作られた、一トンもの憎悪と敵意のかたまりなのよ。彼の意識がかすめただけで、あたしは何時間も冷えきってしまう。だから……」

「なんだ？」

「なんでもないわ」ミリエルは激しく震える体を、自分で抱きすくめた。

コロレイはソファへ近づいてミリエルの横にすわり、ちょっとためらってから、その肩に腕をまわした。彼女の髪は新鮮なオレンジの香りがした。

「どうした？」

「いまでも彼を感じるの、いつでも彼を感じるの」ミリエルはコロレイをちらりと見上げて、だしぬけに口走った。「あたしのベッドに来て。あなたがあたしを好きじゃないのはわかってるけど、愛情ではなくて、ただぬくもりがほしいの。お願い、あたし……」

「きみが好きだよ」

「嘘よ、そんなことない、あなたは……ちがう」

「ほんとさ」口にしたらその言葉が信じられた。「今夜はきみが好きだ、今夜のきみなら気にかけることができる」

「あなたわかってないのよ、彼がどんなにあたしを変えてしまったか」

「グリオールが？」

「お願い」ミリエルはコロレイの腰に両腕をまわした。「もう質問はやめて……いまだけは。お願い、あたしをあたためて」

3

冒頭陳述を始めたときも、コロレイの心の半分はミリエルとともに宝石研磨工の住まいに戻っていて、彼女の白い腕に抱かれ、彼女のばら色の乳首と長くしなやかな脚から滋養を得ながら、その堕落したうわべの下に貞淑で愛らしい女性がひそんでいるのを見いだし、記憶の中で支配と服従の喜びを再現していた。それで気が散るどころか、むしろあおられるかたちで、初めにもくろんでいたよりずっと熱のこもった訴えになった。大勢の人びとの中から選び出された、十二人の青白い顔をした善良な市民の見本たちが押し込められた陪審員席の前を歩いていたら、自分が船長になって船の甲板を歩いているような気がしてきた。法廷のほうは、基本的には教会と船舶とが合体した、正義の浜辺へむかって進む帆船のようなもので、白い壁は帆、黒い木材でできた四角い区画には証人や陪審員や傍聴人といった積荷がおさまっていた。そのすべてを見下ろす裁判官席は、どっしりしたチーク材に竜の鱗に似せた模様が彫り込んであり、そこにこの魔法の船を導く船首像が鎮座していた。アーネスト・ワイマー裁判官は、白髪頭で赤ら顔のアル中老獣、辛辣な口とふさふさの眉毛と真っ赤なかぎ鼻をそなえ、黒いガウンの翼の中で体を折り曲げて、その視界に迷い込むあらゆる法の鼠に飛びかかろうと身構えている。コロレイはワイマーが怖くなかった。裁判官ではなく、彼自身がこの日の主導権を握っていたのだ。コロレイには陪審員たちの考えがわかっていた。彼らがグリオールを有罪だと信じたがっていることも、この弁論が彼らの胸の内のあこがれを代弁していることもわかっていたので、彼はあらゆる手管をもちいて、そのあこがれをはっきりした意志へと固めていった。コロレイの声には切迫感はあったが、耳ざわりだったり抑制されすぎていたりすることはなく、力強さと流暢《りゅうちょう》さが完璧に溶け合っていた。彼はこうした意志と技術の調和を生み出したのはミリエルと過ごしたあの夜だと感じていた。彼女を愛してはいない、いや愛しているのかもしれないが……なにも愛が特別なわけではない。なによりもコロレイをあおりたてていたのは、彼女のうちに、そして彼自身のうちに、いまだ損なわれていない部分を発見したことであり、それは愛であろうと単にまだ世界にふれられていない場所であろうと、若き日の情熱を呼び覚ますには充分なものだった。

「だれでもわかっているのです」コロレイは陳述の締めくくりに入った。「グリオールの力が存在していることは。残った疑問は、竜の力がカーボネイルス・ヴァリーからここポート・シャンティまで届くのかということです。しかしそれを考える必要はありません。あれをごらんなさい」裁判官席に彫り込まれた鱗を指差す。「そしてあれを」法廷の後方の枠木に巻き付くかたちで彫りぬかれている竜を指差す。「グリオールの姿はポート・シャンティのいたるところにありますが、これは彼がすぐそばにいて、意志の触手によってわたしたちの生活に浸透していることの証なのです。テオシンテに住む人びとをあやつるようにわたしたちをあやつることはできないかもしれませんが、ここは彼の思考域からそう離れていません。わたしたちのことだってよく知っているでしょう。グリオールがわたしたちを見て、その心の中に取り込んでいるとすれば、彼がなにかを求めるときに、もっとはっきりしたかたちでわたしたちの生活に影響をおよぼしたとしても不思議はないでしょう？　グリオールはとにかく力を持っています。不死身で、底の知れない生物であり、神の理念のようにわたしたちの生活に浸透しています。そして神と同じように、彼の能力の限界を見定めることなどできはしないのです」コロレイは言葉を切り、陪審員たちの恍惚《こうこつ》とした顔を順ぐりに見つめて、そこに不安を見てとり、ここからどのように進めるべきかを悟った。斜めに射し込む冬の日差しが、彼らの顔を治療を求める末期症状の患者のように青ざめた生気のないものに変えていた。「グリオールはここにいるのです、陪審員のみなさん。そして裁判の経過を見守っています。直接かかわっているかもしれません。ご自分の心をのぞいてごらんなさい。彼の視線を感じないと言い切れますか？　そしてこれが――」検察側の机から〝始祖の石〟を取りあげる。「これが竜の眼でないと言い切れますか？　検察官はこれをただの石だと言うでしょうが、これはそれ以上のものなのです」コロレイは石を陪審員たちの鼻先に突き出したまま歩きまわり、彼らがひるむのを見て満足した。「これはグリオールの道具、その意志のかたまりであり、これを媒体として彼は通常の影響範囲から何マイルも離れたここポート・シャンティに影響をあたえてきたのです。もしもそれを疑うというのなら、グリオールがこの石を作りあげておのれの願望と欲求を注ぎ込んだことを疑うというのなら、どうぞさわってみてください。石は竜の冷たい精力であふれんばかりです。そしてあなたがたがいま石を見ているように、石もあなたがたを見ているのです」

検察側の陳述はありきたりなものだった。ひとりの巡査がレイモスの自白の信憑性《しんぴょうせい》について証言した。何人かの証人が呼ばれて、レイモスが〝始祖の石〟を研磨していたことを証言した。例の酒飲みの老人はレイモスが浜辺で石を投げていたことを説明した。そのほかの証人たちはレイモスが宮殿に押し入るところを見たと主張した。コロレイは反対尋問で、証人たちがだれひとりとしてレイモスの考えていたことを知らなかったという点について確認するだけにとどめた。それ以上は必要なかった。弁護はその理非に応じて調子を変えるものだ。

その日も遅くなったころ、ミリエルが証人席へ呼ばれた。彼女の証言はコロレイが予想していたほど辛辣ではなかったが、それでもレイモスに大きく有利にはたらくものだった。ミリエルはレイモスに対して態度を決めかねており、嫌悪をいだいてはいるのだが、父親に不利な証言をしているという後ろめたさも感じていた――彼女のそういう態度のおかげで、レイモスは実は良い父親だったのであり、彼女の悪意は堕落したゼマイルの影響によるものだということが暗示された。ミリエルがすべてを話していないのも明らかだった。彼女はゼマイルの偉大な務めのことを知らないと言ったし、それ以外にもなにか隠しているのは確実だった。コロレイは反対尋問で、不明確な部分をはっきりさせるために、彼女が宮殿に入った理由にふれてみた。

「どうもはっきりしないんですが」コロレイはミリエルに言った。「あなたがああいう暗黒社会へ入ったのは、ただのきまぐれではなかったのですね?」

「もう何年も前のことだから。きまぐれだったのかもしれないし、父から逃げたかっただけかもしれないわ」

「なるほど。しかしそのお父さんは、宮殿の野蛮な活動からあなたを守りたかっただけなのです。正直言って、お父さんにつらくあたりすぎましたね」

マーヴェルがさっと立ちあがった。「弁護側は質問ではなく説教をしたがっているようですが」

「異議を認める」ワイマー裁判官は警告するようにコロレイにうなずきかけた。

「失礼しました」コロレイはていねいに頭をさげた。「宮殿のことですが」彼は考え考え続けた。「なにがあなたをあそこへ引き寄せたのでしょう? ゼマイルの存在ですか?」

「どうかしら……ええ、そうだと思うわ」

「肉体的に惹かれた?」

「そんな単純なことじゃないわ」

「というと?」

ミリエルは顔をこわばらせて、下唇をかんだ。「どうやって答えたらいいかわからない」

「どうして？　単純な質問ですよ？」

「単純なことなんかないのよ！」声がかん高くなってきた。「あんたなんかにわかりゃしないわ！」

コロレイは彼女が父親に虐待されたとかいう話を口にするまいと自制しているのかどうか考えた――そんな話題が出たところで怖くはなかったが、彼女がいまにも泣き出しそうなのが心配だった。怒りだすのはかまわないが、同情を集めるような態度をとられては困るのだ。質問はまたの機会にすればいい。

ミリエルに質問していると、その反抗的な態度にもかかわらず、ふたりのあいだにまるで共犯者同士のような不思議なつながりを感じて、プロらしく距離をとるのがむずかしかった。レースの黒いワンピースを着たミリエルは美しく、証人席のかたわらに立って、彼女の温かいオレンジの香りを吸い込んでいると、彼女に対する思いがますます深まって、長年の失望と怠慢の下からなにか力強いものがわきあがってくるような気がした。

ミリエルの証言が終わると同時に検察官の陳述も終わり、ワイマー裁判官は翌朝までの休廷を宣言した。レイモスは、審理中ずっとそうだったように、灰色の絶望としか言いようのない感情の欠けた姿ですわったままで、コロレイがなにを言っても彼を元気づけることはできなかった。レイモスは留置場で散髪したため、薄茶色の前髪が刈り込まれて耳がすっかりむきだしになっており、体重が減って蒼白さが増したことと相まって、長いあいだ非人間的な虐待を受けたようにも見えた。

「うまくいってますよ」休廷後にふたりで弁護人席に腰をおろしたところでコロレイは言った。「きのうまでは陪審員がこっちの作戦にどんな反応をしめすか確信がなかったので、こまかな証拠が足りないのではないかと心配でした。でもこうなったら証拠なんかいらないかもしれません。みんなあなたを信じたがってますよ」

レイモスはうなり声をあげ、木製のテーブルの割れ目を人差し指でなぞった。

「それでも、グリオールがなぜゼマイルの死を望んだのかという理由を提示できれば、ずっと有利になるんですが」

「ミリエルは」レイモスは言った。「あの子は今日、以前にも増してそっけなかった。面会に来るようもういちど頼んでくれないか？」

コロレイはかすかに罪の意識をおぼえた。「ええ、今夜頼んでみますよ」

「今夜？」レイモスはじろりと怪《あや》しむような目を向けた。

「ええ」コロレイは急いでとりつくろった。「特別にミリエルのところを訪ねるつもりです。彼女にはぜひ会わせたいですよ、なんとかあなたに目を覚ましてもらいたいんですから。この裁判にはあなたの命がかかっているんですよ！」

「わかってるさ」

「あまりわかっているようには見えませんね。ミリエルには面会に来るよう伝えますが、できればあなたも当面は娘さんのことを忘れて、裁判に集中してください。自由の身になってから、また関係修復をはかればいいんですから」

レイモスは目をしばたたき、窓越しに赤らんだ西の空を見つめて、ものうげに言った。

「わかった」

いらだちをおぼえながら、コロレイは書類を片付け始めた。

「知ってるぞ」

「なんです？」コロレイはうわのそらでたずねた。

「きみとミリエルのことを知ってるぞ。あの子が寝ている相手のことはすぐにわかるんだ。あの子の目つきがちがうからな」

「妙なことを言わないでください！　わたしは……」

「知ってるんだ！」レイモスは急に生気を取り戻し、ぎらぎらした目でコロレイをにらみつけた。「わしはばかじゃない！」

コロレイは愕然としながら、ミリエルがほのめかしていた父親の情欲という話には根拠があるのかもしれないと思い始めた。「仮にわたしが……」

「娘をあんな目つきで見るのはやめろ！」レイモスはテーブルのふちを握り締めた。「金輪際やめろ！」

「あなたが落ち着いてから話しましょう」

「話すことなんかない！　娘が年ごろになってから、あんたみたいな男が何人も誘惑してきた。今度は……」

コロレイはかばんをばたんと閉めた。「聞いてください！　あなた死にたいんですか？　もしそうなら、自分の弁護士を敵にまわすのはいい方法でしょう。あなたがこういうことをすぐにやめなかったら、わたしもあなたと同じように気を抜いて弁護にあたることにします。あなたは生きることに熱心ではないようだ……それともそいつは芝居ですか。もし芝居なら、わたしの前ではひかえたほうがいいですよ」

レイモスは打ちのめされたように椅子にへたり込み、コロレイはようやくこの男の仮面を剝がせたと感じた。レイモスもやはり自分の運命を気にかけているのだ。無関心な顔をしていたのもはったりだし、話もすべて作り事だ。となればコロレイは共犯者になる。新たな情報をたまたま発見したと言って、この事件から手を引くことはできるだろう。だがワイマー裁判官が弁論内容にあれだけ敵意をしめしていることを考えると、そのツケがこの先どんなかたちであらわれるかわかったものではない。それに確信もなかった。この事件はなにひとつはっきりしていなかった。次々とあらわれる相反する証拠のためにすっかり混乱して、自分の判断を信用できなくなっていた。レイモスが自分の娘によこしまな欲望をいだいているというのが事実だとすれば、とてもではないが危険をおかす気にはなれない。

守衛がレイモスを独房へ連れ帰ったあと、コロレイはたそがれの街を、夕刻のにぎやかな往来を無視して、ゆっくりとアルミントラ地区へむかった。心は千々に乱れていたが、その動揺の大半は事件の混乱ぶりからではなく、自分が依頼人を裏切ろうとしていることからきていた。それは彼の理想をずたずたに引き裂き、彼が法律と結んだ契約をまっこうから侵害するものだった。なぜこんなことになったのだろう。ミリエル、彼女の影響だろうか？　ちがう、彼女の責任ではない——責任は彼自身にある。ただひとつ残された道は、あの宝石研磨工が有罪であろうが無罪であろうが、このまま最善を尽くして弁護を続けることだ。それにミリエルとの関係も断たないと。レイモスを動揺させておくわけにはいかない。女といっしょにいてあんなに気が休まったのはずいぶんひさしぶりだった。だがそうするしかないのだ。この事件がおしゃかになったら彼の良心の最後のかけらが消え失せてしまう。

だが宝石研磨工の店に着くと、その決意もぐらついてしまった。ミリエルは前の晩よりもさらに情熱的だった。ずいぶんたってからようやくレイモスのことを思い出したが、それも良心の呵責《かしやく》によってちらりと思い出したにすぎなかった。ミリエルは横向きに寝そべり、片脚をコロレイの腰に巻き付けて、まだ彼とつながったままでいた。こぶりで真っ白な乳房は、街灯のぼんやりした明かりをうけて、あの乳白色の〝始祖の石〟のように輝いていた。肌の下ではかすかな青い静脈が枝分かれしながらのびて、喉のくぼみへと消えていた。コロレイが舌でその道筋をたどっていくと、彼女の息づかいが荒くなった。両手で女の尻をつかんでぐっと押し付けながら、自分の腰をしなやかに揺らしていく。ミリエルは爪を彼の背中にくい込ませて、体の動きをだんだんと速め、やがて最後の絶頂を激しい叫びによってほとばしらせた。

「ああ！　あなた最高よ！」

そして自分がなにをしゃべっているか考えもせずに、コロレイは彼女に愛していると告げた。

ミリエルの顔に影がさした。「そんなこと言わないで」

「いけないかい？」

「とにかく言わないで」

「困ったことにほんとうなんだよ。どうしようもないんだ」

「あなたはあたしを知らない、あたしがどんなことをしてきたか知らないのよ」

「ゼマイルと？」

「ほかの人たちともセックスをしたわ、マルドからそうしろと言われた相手ならだれとでも。あたしがしたのは……」ミリエルは目を閉じた。「あたしがしたというよりも、あたしをそばに置いてマルドが……」彼女は言葉に詰まって、コロレイの首と肩のつなぎめに顔をうずめた。「ああ、こんなこと話したくない」

「どうでもいいことさ」

「よくないわ。あんな経験をしてまともな人間でいられるはずがないのよ。あなたはあたしを愛してると思ってるかもしれないけど……」

「きみはどう思っているんだ？」

「愛してるなんて言葉を求めないで」

「おれが求めるのは真実だけさ」

「あら！」ミリエルは声をあげて笑った。「それだけ？　あたしが真実を知ってたら、物事はずっと簡単だったのに」

「よく意味がわからないな」

「いいこと」ミリエルは両手でコロレイの顔をはさんだ。「あたしになにかを言わせようとしないで。そのほうがふたりのためなの。あなたに話したくなることもあるけど、まだ準備ができてないのよ。いつか話せたらいいけど、いまあたしにしゃべらせようとしても……そうはいかないわ。自分から拒絶してしまうのよ。幸せになれそうなときにはそうするべきだって教わってきたから」

「それだけ言ってもらえば充分だよ」

「そう？　だといいけど」

コロレイはミリエルにキスして、乳房にふれて、ひろげた指のあいだで乳首が硬くなるのを感じた。

「でもきみに頼みたいことがある。お父さんの面会に行ってくれないか」

ミリエルはそっぽをむいた。「むりよ」

「お父さんがきみを……虐待したから？」

「あなたはどう思う？」

「きみが彼に虐待された形跡はあるようだな」

「虐待」ミリエルは響きをたしかめるかのようにその単語をきちんと発音し、ちょっと間を置いてから、言い添えた。「そのことは話せないわ、これまでもずっと話せなかった。とにかく話す気になれないのよ……なにが起きたか」

「ふむ？　お父さんに会うかい？」

「会ってもいいことないわ。父が幸せになるわけじゃないし。あなたはそうなってほしいと思ってるんでしょうけど」

「ひとつの手ではあるね」

「面会しても父は混乱するだけよ、信じて」

「信じるしかないだろうな。きみにむり強いはできない。ただ彼にもっと協力してもらいたくてね」

「まだ父が無実だと思ってるの？」

「わからないが……たぶん。きみだって確信はないだろう」

ミリエルは答えようとしたが、そこで口もとを引き締めてしばらく黙り込んだ。やがて彼女は言った。「あたしは確信してるわ」

　コロレイが口をひらこうとすると、ミリエルはその唇に指を当てた。

「もうこの話はよして、お願い」

　コロレイはあおむけになって、霧のかすかな影が白い天井で渦を巻いているのをながめながら、レイモスのことを考えた。なにも受け入れられなかったし、なにも信じられなかった。あの宝石研磨工が娘にみだらな行為をはたらいたというのはありそうでもあり、なさそうでもあり、彼の有罪と無罪についても同じことが言えた。ミリエルが父親に虐待されたと信じているのはまちがいない。だが彼女のことを愛しているとは言っても、彼女の心が安定しているかどうかについては確信がもてなかったので、彼女が信じていることにも疑いの余地があった。同じように疑わしいのは、ミリエルがコロレイといっしょにいる理由だ。ミリエルの反応が芝居だというのは考えにくい。彼女がはっきり約束の言葉を口にしないのは、コロレイのことで悩んでいるという明らかな証拠のようにも思える。とはいえ、彼女がコロレイを利用している可能性をすっかり捨て去ることはできなかった……理由はまるで見当がつかなかったが。これでは、闇の中で流砂の上を歩き、そこらじゅうからぼそぼそと呼びかけられているようなものだ。

「なにか悩んでいるのね」ミリエルが言った。「よしましょ……きっとだいじょうぶよ」

「おれたちふたりが？」

「そのことで悩んでたの？」

「ほかにもあるけどね」

「あなたがこれから起きることを気に入るかどうかはわからない。でもあたしはいっしょにがんばるわ」

コロレイはどうして彼女ががんばるのか、なんのために彼に協力しようというのか、たずねようとした。だが追及しても警戒されるだけだ。

「まだ悩んでるわね」

「やめられないんだ」

「いいえ、やめられるわ」ミリエルの手がコロレイの胸から腹へと滑り、ゆっくりと温かみをもたらした。「それだけは約束する」


コロレイの異議にもかかわらず、検察官の陳述が翌朝から再開されてミリエルが証人席へ呼ばれた。マーヴェルが証拠として提出した一枚の書類は、マルド・ゼマイルとミリエルが連名で署名したものであり、その内容は、僧侶が死亡したときには宮殿とその土地をミリエルに譲渡するという遺言状だった。マーヴェルはこの書類を市の公文書保管所で発見し、この署名がほんもので書類が合法的なものだという確実な証拠をつかんでいた。

「この遺言状に記された資産がどれほどの価値を持っているかわかりますか？」マーヴェル

は、襟の高い青ビロードのワンピースを着たミリエルに質問した。

「わからないわ」

「お金に換算したらずいぶん巨額と言えるのではありませんか？　かなりの財産でしょう？」

「証人はすでに質問に答えています」コロレイは言った。

「異議を認める」ワイマー裁判官が言って、マーヴェルに厳しい視線を向けると、検察官は肩をすくめて自分のテーブルに戻り、この資産にまつわる税査定官の報告書を証拠として提出した。

「あなたのお父さんはこの遺言を知っていましたか？」マーヴェルは証拠物件が記録されてからたずねた。

ミリエルはつぶやいた。「ええ」

コロレイはレイモスをちらりと見たが、彼は聞いていないようだった。

「お父さんはどうやって知ったんです？」

「あたしが話したわ」

「どんなときに？」

「父が宮殿に来たの」ミリエルは気を落ち着けるかのように、すっと息を吸って、ゆっくり吐き出した。「父はあたしを教団から抜けさせたがっていて、どうせマルドはいずれ飽きてあたしを捨てるけど、そうなったら家族は一文なしになると言った。店も、なにもかも失うんだって」彼女はまた深呼吸した。「あたしは怒ったわ。遺言状のことを話して、マルドは父よりもずっとよくあたしの世話をしてくれると言ったの。そうしたら父はあたしを無資格者に認定してやると言い出した。弁護士を雇ってマルドがあたしに残すものをぜんぶ取りあげてやるって」

「お父さんは実際に弁護士に会いましたか？」

「ええ」

「その弁護士の名前はアーティス・コラーリですね？」

「そうよ」

マーヴェルはさらに何枚かの書類をテーブルから取りあげた。「コラーリ氏は現在別の事件の審理中でこの公判に出席することができません。しかしながら、ここにある供述書によりますと、被告人は殺人の二週間前にコラーリ氏を訪問して、自分の娘を麻薬濫用による情緒不安定という理由で精神的無資格者に認定するよう依頼しています」彼はにやりとコロレイに笑いかけた。「質問を終わります」

コロレイは依頼人との協議を要求し、ふたりきりになってからレイモスにたずねた。「遺言のことを知っていたんですか？」

うなずき。「だがそのためにコラーリに会いに行ったわけじゃない。わしは金なんざどうでもいい、ゼマイルがふれたものなんかほしくもない。ミリエルが心配だった。あの子を宮殿から出すには、無資格者の認定をしてもらうしかないと思ったんだ」

　レイモスの言葉に含まれたさりげない熱意にコロレイは驚いた。逮捕されてからレイモスが少しでも活力を見せたのはこれが初めてだった。

「なぜわたしに話さなかったんです？」

「考えなかった」

「忘れられるようなことではないでしょう」

「忘れたというわけではないんだが……いいかね」レイモスは背筋をのばして、髪をなでつけた。「あんたにしんどい思いをさせてるのはわかってるが、わしは……その……こいつがわしにとってどんなものかうまく説明できない。あんたがわしの話を信じたとは思わなかった。いまでもあんたが信じてるのかどうかわからん。そいつが絶望的な気分に追い打ちをかけていたんだ。すまん、これからはもっと協力しよう」

　監獄用の髪型で囚人服を着込み、不健康な肌の色をしていたにもかかわらず、レイモスはすっかり悔い改めた様子で、生気を取り戻した少年のように見えた。コロレイは喜んだらいいのかうんざりしたらいいのかわからなかった。とんでもない、まったくとんでもない、こんな男を信用するのは不可能だ。この男についてたしかなのは絶対に信用できないということだけだ。ミリエルのほうは、どうしてこのことを隠したのだろう？　これはふたりの関係にとってどんな意味を持つのだろう？　彼女は父親をあまりにも強く憎悪するあまり、そのほかの常識をすべて捨て去ってしまったのだろうか？　コロレイはミリエルを完全に見誤っていたのだろうか？

「うまくないかね？」レイモスが言った。

コロレイは笑いだしそうになるのをこらえた。「こちらにも証人は残っていますし、わたしはミリエルの証言をこのままですますつもりはありません」

「なにをするつもりだね？」

「あなたの絶望の余波を乗り越えるんですよ。行きましょう」

法廷に戻ると、コロレイは証人席の周囲をぐるりとめぐって、そわそわと服の縫い目をいじっているミリエルをじっくりながめてから、ようやく口をひらいた。「どうしてお父さんをきらっているんですか？」

ミリエルは驚いた。

「むずかしい質問ではありませんよ。だれが見てもあなたがお父さんの有罪を望んでいるのは明らかですからね」

「異議あり！」マーヴェルが叫んだ。

ワイマー裁判官が言った。「この場にふさわしくない質問はひかえなさい、ミスター・コロレイ」

コロレイはうなずいた。「なぜお父さんを憎んでいるのですか？」

「それは……」ミリエルはすがるような目をコロレイに向けた。「それは……」

「だらしない親だと思っているから？」

「ええ」

「あなたと恋人の仲を引き裂こうとしたから？」

「ええ」

「だらだらと怠惰な人生を送っている情けない男だと感じているから？」

「ええ」

「まだほかにもお父さんを憎む理由があるんじゃないですか？」

「ええ！」ミリエルは叫んだ。「そうよ！　なんだっていうの？」

「あなたが父親を憎んでいることを確認したいんですよ、ミス・レイモス。あなたは彼を激しく憎むあまり、この裁判をメロドラマにして彼の有罪を確実なものにしようとしています。あなたは証拠を隠しておいて、とりわけ劇的な瞬間にそれを差し出した。その点については芝居じみたことが好きなマーヴェル氏の協力があったんでしょうが……」

「異議あり！」

「ミスター・コロレイ！」ワイマー裁判官が言った。

「……いずれにしても、なにより確実なのはあなたの証言がいかさまであり……」

「ミスター・コロレイ！」

「あなたの腹の中にしても、この法廷での態度にしても、みんないかさまなんだ！」

「ミスター・コロレイ！　ただちにやめないと……」

「失礼しました、裁判官」

「きわどいところだよ、ミスター・コロレイ。いまのような感情的な発言は今後ひかえるように」

「約束します、裁判官、二度といたしません」コロレイは陪審員席へ近づいて、そこにもたれかかり、陪審員たちの仲間になって、彼らの質問を代弁しているような雰囲気をかもし出そうとした。「ミス・レイモス、あなたは遺言のことを今朝より前に知っていた……そうですね？」

「ええ」

「検察官に話しましたか？」

「ええ」

「それはいつ？」

「昨日の午後よ」

「それまでなぜ話さなかったんです？　重要だということはわかっていたはずです」

「あたし……忘れてたんだわ、たぶん」

「忘れてた」コロレイは皮肉たっぷりに言った。「たぶん」彼は陪審員を振り向いて、悲しげに首を横に振った。「ほかにも忘れていることがあるんじゃないですか?」

「異議あり!」

「却下する。証人は答えなさい」

「あたし……ないわ」

「あなたのためにも、そう願いたいですね。お父さんはあなたに言わなかったんですか、彼が無資格者の認定を求めたのは、あなたを宮殿から連れ出して、ゼマイルの魔手から救うためだったと?」

「あの、それは言ったけど、でも……」

「質問に答えて」

「言ったわ」

「この遺言状、あなたは内容を知っていた……つまり内容をきちんと把握して、その正確な詳細を知っていた」

「ええ、もちろん」

「それなら、あなたが遺言状についてお父さんに話したときは、どちらもかなり興奮していたんじゃないですか?」

「ええ」

「その興奮した会話、というか激しい議論の中で、あなたはこのきわめて複雑な書類の内容をお父さんに伝えたというわけですね。こまかな部分まで残らず」

「あの、いいえ、ぜんぶじゃないけど」

「ほう！」コロレイは眉をあげた。「正確にはなんと言ったんですか？」

「お……思い出せないわ。正確には」

「では確認しますよ、ミス・レイモス。あなたはお父さんに遺言状について話したことはおぼえているが、その内容を伝えたかどうかは思い出せない。だとすると、単にマルドがあなたの将来のことまで考えているといった意味の話をしただけかもしれませんね」

「いいえ、あたしは……」

「さもなければあなたは……」

「父は内容を知ってたわ！」ミリエルは叫び、証人席の中で立ちあがった。「ちゃんと知ってたのよ！」彼女はレイモスを憎々しげににらみつけた。「金のために殺したんだわ！　でも父にはけっして……」

「すわりなさい、ミス・レイモス！」ワイマー裁判官が言った。「さあ！」ミリエルが指示に従うと、裁判官はきっぱりした口調で彼女の態度をたしなめた。

「すると」コロレイは続けた。「あなたは議論の最中になにか支離滅裂な……」

「異議あり！」

「認める」

「あなたは遺言状についてなにか、正確には思い出せないなにかを言ったわけですね。これでいいですか、ミス・レイモス？」

「あたしの言葉をねじ曲げてるわ！」

「とんでもない、あなたの言ったことを繰り返しているだけです。どうやら遺言状の内容をきちんと理解していたのはあなたとマルド・ゼマイルだけのようですね」

「いえ、そんな……」

「これは質問ではありませんよ、ミス・レイモス。本題はこれからです。あなたにとっては、お父さんが有罪になって資格審査の審問を始めることができなくなれば、そのほうがずっとありがたいわけですが、そのためにあなたが欲望という色眼鏡《めがね》をかけて証言することはないのですか？」

「あたしが求めたのはマルドだけよ」

「ここで話を聞いていればだれでもわかったはずです、あなたがマルド・ゼマイルをひとつの物としか見ていないことは」

「異議の必要はないよ、ミスター・マーヴェル」ワイマー裁判官はそう言ってから、コロレイに顔を向けた。「わたしはずいぶん大目に見てきた。だがそれにも限度がある。わかるかね？」

「はい、裁判官」コロレイは弁護側のテーブルに戻って、書類を手に取り、それをぱらぱらとめくってから、証人席のミリエルへまっすぐ歩み寄った。ミリエルの顔は怒りでこわばっていた。「あなたはマルド・ゼマイルを信じていたのですか、ミス・レイモス？」

「意味がわからないわ」

「つまりマルドが語ったこと、彼が公にした声明、彼の神学上の教理などを信じていたのですか？　彼の務めを？」

「ええ」

「彼の務めとは？　偉大な務めというのはなんです？」

「知らないわ……マルドしか知らなかったのよ」

「それでもあなたは信じていた？」

「あたしはマルドが霊感を受けたことを信じたのよ」

「霊感……なるほど。それであなたは彼の戒律を、生きるうえでの規範としたわけですね」

「そうよ」

「では戒律をいくつか読んでみたら、はっきりしてくることもあるのでは？」

「どうかしら」

「いや、きっとそうですよ」コロレイはページをめくった。「そら、ここにある」彼はノートを読みあげた。「『汝《なんじ》が望むことをせよ、それがすべての掟《おきて》なり』あなたはこれを信じているんですね？」

「あ……ええ、そうよ」

「ふーむ。ではこれは、これも信じていますか？　『もし偉大な務めのために血が必要とされるとき、血はもたらされるだろう』」

「さあ……マルドがなにを言いたいのかわからなかったから」

「ほんとうですか？　でもあなたはこれを、彼の霊感教義の一部として受け入れたんでしょう？」

「だと思う」

「じゃあこれは？　『犯罪も、悪徳も、凡人向けの規則を破ることも、それが偉大な務めに奉仕するものであるかぎり肯定される』」

ミリエルはうなずいた。「ええ」

「この悪徳の中には嘘という悪徳も入るんでしょうね？」

ミリエルの目がぎらついてきた。

「質問の意味はわかりますね？」

「わかるわ」

「それで？」

「ええ、たぶん。でも……」

「この犯罪の中には偽証という犯罪も入るんでしょうね？」

「ええ、でもそういう信念は捨てたわ」

「ほう？　つい最近までマルド・ゼマイルのことを模範とみなしていたのに？」

ミリエルは口もとを引き締めた。「状況が変わったのよ」

コロレイは自分が危険な領域に足を踏み入れたことに気づいた。ミリエルがそういう変化をもたらした原因としてコロレイのことを口にする可能性があった。だが、まずい流れになる前に核心をつくことはできるはずだ。

「わたしは状況が変わったとは思いません、ミス・レイモス。偉大な務めは、それがどんなものであれ、あなたの指揮のもとでこれからも進められるでしょう。その務めにまつわる邪悪な規則はいまでも有効ですから、あなたはどんな嘘でもつくし、どんな犯罪でも……」

「このくそ野郎！」ミリエルはわめいた。「あたしは……」

法廷にざわめきが広がり、マーヴェルは異議を申し立て、ワイマーは小槌《こづち》をがんがん鳴らした。

「どんな犯罪でもおかすのですよ」コロレイは続けた。「その務めとやらを継続させるためならば。あなたにとっては偉大な務めがすべてであり、真実などこれっぽっちも価値がないのですから」

「なんてことを！」ミリエルは叫んだ。「二度とあたしの……」

その先はワイマー裁判官の叫ぶ声でかき消された。

「質問を終わります」コロレイは複雑な思いで、廷吏たちがまだわめきたてているミリエルを法廷から連れ出すのを見送った。

弁護側の最初の証人は、歴史家であり生物学者でもあるキャサリン・オコイという三十代後半の金髪美人だったが、彼女の尋問が始まって少したったところで、コロレイは裁判官席へ呼ばれてワイマー裁判官とひそひそ話し合った。裁判官は身を乗り出して、キャサリンが持ち込んださまざまな展示物を指差し、中でも弁護側のテーブルの脇に置かれた大きな竜の絵のことを強調した。

「法廷を見せ物にしないよう警告したはずだが」

「グリオールの絵を展示したところで……」

「きみの冒頭陳述はじつに見事な脅迫だった。いままではとがめなかったが、これから先、陪審員を脅迫するようなことは許さん。あの絵を撤去したまえ」

コロレイは抗議しかけたが、そこでかえって有利になることに気づいた。あの絵が撤去しなければならないほど重要なものとなれば、彼の論旨は重みを増すだけだ。

「おおせのままに」

「注意したまえ、ミスター・コロレイ。充分注意したまえ」

陪審員たちは絵が運びだされるのをじっと見送り、視界から消えてしまうと、明らかに安心した顔になった。この安心感は、絵の重苦しい存在感よりもずっと価値があるかもしれない。彼らを相手にするときは、グリオールのことを思い出させて、安心と不安とのあいだを行ったり来たりさせれば、こちらで主導権を握りやすい。

コロレイはキャサリン・オコイに、彼女がグリオールにあやつられ、竜の内部組織で起こるある出来事の監督をするだけのために、十年間もその体内で暮らしたことを証言させた。竜の体内で発見した驚異、さまざまな分泌物から抽出した薬品、そこに発生する奇妙で超自然的ともいえる寄生体や植物などについても証言させた。キャサリンは〝始祖の石〟のことは知らなかったが、彼女の証言するさまざまな驚異のおかげで、陪審員たちはこの石がグリオールの生成したものだということにほとんど疑問を持たなくなった。キャサリンが持ち込んだ展示物——どれも竜の体内から運び出したものだ——はさまざまだった。ありとあらゆる幻想的な巣をつむぎだす蜘蛛《くも》が何匹も入ったガラスケース。巻き毛の中で眠り込んだ動物の複製体を生み出すことができる奇怪な植物の切れ端。その中でいちばん関連があったのは、ある琥珀《こはく》色をした物質のかたまりで、鉱物によく似ており、キャサリンの主張によるとグリオールの胃酸が石化したものということだった。

「グリオールがこれを生み出せるのはまちがいないと思います」キャサリンは〝始祖の石〟を持ちあげた。「こうしてふれてみると、これがグリオールのものだとわかります。あの十年のあいだに、わたしはグリオールを形作るものにそなわっている感触をしっかりとつかみました。この石は彼のものです」

マーヴェルが彼女の証言を弱めるためにできることはほとんどなかった。キャサリン・オコイの評判には非の打ちどころがなく、その物語と数々の発見はいたるところで称賛されていたのだ。しかしながら、そのあとで証言に立った哲学者や僧侶たちが、グリオールの支配能力について意見を述べたときには、マーヴェルも手加減しなかった。彼は大声でわめきながら、いいかげんな憶測をする証人たちや、法廷の品位をおとしめるコロレイをこきおろした。

「どうも形而上学的な議論に成り下がっているようだな」ワイマー裁判官は相談のために弁護士と検察官を呼び寄せてから言った。

「形而上学？」コロレイは言った。「そうかもしれませんが、どんな法律でも基本的な部分にはそういう側面があるでしょう。われわれの法律は道徳的規範をもとにしていますが、それは宗教上の教義を通じて伝わるものです。これは形而上学ではないでしょうか？　形而上学とはすべての人びとに共通した道徳的見解を基礎とする法であると解釈できます。その見解は宗教という後ろ盾《だて》を得て、われわれの社会でなにが正しく適切なのかを判断する基準となり、人びとの行動にさまざまな制限を加えるのです。わたしがまず第一にはっきりさせようとしているのは、グリオールの影響がすべての人びとにおよんでいるという事実です。通りで出会う人びとはみな、程度の差こそあれグリオールを信じています。これほどの意見の一致は、神への信仰について語るときでさえ見られません」

「ばかげている！」マーヴェルが言った。

「第二に」コロレイは続けた。「専門家の証言によって、グリオールの影響力の大きさ、彼の意志の届く範囲と限界について意見をまとめたいと思っています。ごく単純な基礎固めですよ。わたしの依頼人の主張の有効性だけでなく、判例の有効性を決定するうえでも欠くことができないものです。これが認められないのなら、抗弁そのものが認められないことになります。すでに抗弁は認められているのですから、そのための基礎固めだって認められるべきでしょう」

ワイマーはすっかり理解したようだった。彼がたずねるような視線を向けると、マーヴェルはため息をついた。

「いいでしょう」マーヴェルは言った。「ことを簡単にするためにグリオールの影響力は存在するものと仮定しましょう、そうすれば……」

「残念ながら、ことを簡単にしたからといってわたしの依頼人の利益になるわけではありません」コロレイは言った。「わたしは判例をつくるために、きちんとした基礎固めをしたいと思います。陪審員たちにはグリオールの歴史とさまざまな影響を知ってもらうつもりです。彼らが公正な判断をくだすためにはグリオールについてすっかり理解してもらうことが不可欠だと思いますので」

ワイマーは深いため息をついた。「ミスター・マーヴェル？」

マーヴェルはいったん口をひらいてからまた閉じた。それから両手を投げ出して検察側のテーブルに戻っていった。

「続けたまえ、ミスター・コロレイ」ワイマーが言った。「しかしフロアショーは最小限にとどめてくれないかね？　きみがどれほどがんばっても遺言状という証拠にまさるとは思えんから、時間をむだにすることはなかろう」

遅い時間になっていたが、コロレイは休廷を要求しなかった。この日のうちにレイモスに証言をさせて、陪審員たちにそれをひと晩じっくり考えさせてから、反対尋問を受けたかったのだ。コロレイはまず基礎的な質問をして、レイモスに証人席と陪審の感触をつかんでもらってから、レイモス自身の言葉で、彼が〝始祖の石〟をヘンリー・サイチから購入したあとに起きたことを説明させた。

レイモスは唇をなめて、証人席の手すりを見下ろし、ため息をついてから、あらかじめ指導されていたとおり陪審員たちをまっすぐ見つめてしゃべり出した。「石を持って大急ぎで家へ戻ろうとしていたことはおぼえている。そのときはどうしてかわからなかったが、とにかく石をじっくり見てみたかった。店に着くと、作業台にしばらくすわり込んだ。いまおもてになっている部分には、腐食したオレンジ色の物質が鉤爪《かぎづめ》のようにはまっていて、その色がわしの指にこびりついた。薄っぺらで、やわらかく、古い木材かなにかの有機物のようだった。石そのものを見たら、わしはそこから目を離せなくなった。くもった表面はとても美しく、とても神秘的だった。じきにわしは、その内部にもっと大きな美が、この手で解放してやることのできる美が閉じ込められていることに気づいた。いつもなら石を研磨する前に何週間か、ときには何カ月もそばに置いておく。だが、あのときのわしは一種の瞑想状態に入っていて、この石を知っている、以前からずっと知っている、その内部構造を自分の頭の中身と同じように知っている、そういう奇妙な確信にとらわれていた。わしはオレンジ色の物質を取り除いてから、石を万力にはさみ、保護眼鏡をつけて研磨を始めた。

のみを入れるたびに石の内部で光が砕けて、とび散った光線がわしの目をつらぬいた。するとわしの脳から、のみを入れられた宝石と同じように、いくつもの心象がとび散った。最初の心象はグリオールだったが、いまのような姿ではなく、もっと生気にあふれていて、吐き出した炎を魔法使いのローブをまとった小柄な男へぶつけていた。ほっそりして肌の浅黒い、鼻のとがった男だ。つぎの心象は、戦いを終えて身動きのとれなくなった竜と男の姿だった。心象はどんどんあらわれたが、勢いが速すぎたのでとても説明はできない。頭は光であふれ、耳の中では光の音楽が鳴り響き、わしは全身全霊をもって自分が偉大な宝石を研磨していることを悟った。これを〝始祖の石〟と呼ぼう、そうわしは思った、これは鉱物の美の原型になるはずだから。ところが、ようやくのみを置いて出来ばえをながめたとき、わしはだいぶがっかりした。石はきらきらと見事に輝いてはいたが、色彩に深みや精妙さがなかった。おまけに、中心部に空洞があるようだった。重さをべつにしたら、ごてごてとふくれあがったガラスのかたまりみたいなものだった。

　こんなものに金を払ったかと思うと落ち込んだ。いったいなにを考えていたのかわからなかった――価値がないものだと気づくべきだったのだ。店はつぶれかかっていたのだから、なにがあろうと仕入などするべきではなかったのだ。結局、石はゼマイルにやることに決めた。彼は儀式で使うためになにか変わった宝石はないかとうるさく言っていたし、石のうわべの輝きに目がくらんで値打ちがないことに気づかないかもしれないと思ったのだ。それにミリエルに会えるかもしれなかった。わしは石をビロードの布に包んで宮殿へ急いだが、着いてみると門には鍵がかかっていた。何度も何度もノックしたが、応える者はなかった。自分のことを乱暴な男だと思ったことはないが、はるばる歩いてきたあとで閉めだされてみると、ひどい侮辱を受けたような気がした。門の前をうろうろと歩きまわり、ときおり立ち止まって叫んでいるうちに、怒りが激しいいらだちへと変わっていった。とうとう、怒りを抑えきれなくなり、びっしり生えた蔦《つた》を手掛かりにして宮殿の壁をよじのぼった。ずんずんと庭園の中を歩くうちに――ああいう気色の悪いぎちぎちの草むらを庭園と呼べるかどうかわからんが――ますます怒りがつのり、やがて敷地の片隅にある建物から詠唱が聞こえてきたので、そちらへ走り出した。あんまり怒っていたものだから、石をゼマイルの足もとへ投げつけ、ミリエルに軽蔑の目を向けてから、堕落した連中など相手にせず、さっさとそこを立ち去ってやろうと考えていたんだ。ところが建物に入ってみると、眼前の光景に怒りは失せてしまった。わしの入った部屋は五角形で、彫刻のほどこされた黒檀のついたてに囲まれていた。黒い苔におおわれた床はひとつのくぼみにむかって傾斜し、そこにグリオールの姿を象《かたど》った黒い石の祭壇があった。両脇にある奇怪な形をした錬鉄製の台ではたいまつが燃えていた。ゼマイルは黒と銀のローブをまとい、祭壇の横に立っていた――あの浅黒いかぎ鼻の男が嘆願するように両手を差しあげ、フードをかぶって祭壇のそばにならんだ九人といっしょに詠唱していたのだ。しばらくすると、部屋の裏手の扉がひらき、磨きあげた竜の鱗の首飾りをつけた裸のミリエルが入ってきた。どう見ても陶酔状態で、頭はだらりと垂れ、目は白い三日月のようだった。

哀れな姿の娘を見て度胆をぬかれたわしは、身動きひとつできなかった。その光景はまるでわしの人生の希望のなさをそのままあらわしているようで、わしはつかのま、これこそがわしにふさわしい運命なのだと信じ込んでしまった。見ているうちにミリエルは祭壇に横たわり、頭を投げ出したが、なにが起きているのかさえわかっていないように見えた。詠唱が大きさを増し、ゼマイルが両腕をさらに高く差しあげて叫んだ。『父よ！　すぐにあなたは自由の身となります！』それからあいつはわしの知らない言葉でしゃべり始めた。

そのときグリオールの存在を感じたのだ。物理的な兆しや華々しい出来事があったわけではない……ただその光景と自分とのあいだに遠いへだたりをおぼえた。すっかり冷静になってしまったわけだが、それはひどく奇妙なことだった。ミリエルのからんだことでわしが冷静だったことなどいちどもないのだ。それでもグリオールの存在感は変わらず、その場で祭壇を見下ろしているうちに、いまなにが起きようとしていてなぜそれを止めなければならないかがはっきりわかってきた。娘に危難が迫っているなどという単純なことではなく、なにか古くて野蛮で神秘的なことだった。いまでも頭の中にはもやもやした感覚が残っているが、こまかいことはすっかり消えてしまったな。

わしは足を踏み出してゼマイルに呼びかけた。彼はこちらをむいた。不思議だった……彼はわしに対してあざけり以外の感情をあらわしたことがなかったのだが、そのときばかりは、わしではなくグリオールを相手にしていることに気づいたかのように、すさまじい恐怖をむきだしにしていた。神かけて誓うが、そのときまであいつを殺すことなど考えてもいなかったのに、近づくにつれて、殺さなければならないだけではなく、ただちに行動に出なければならないことがわかったのだ。手にした石のことは忘れていたが、そのときはなにも考えず、無意識のうちに、石を投げつけていた。ものすごい投げかただった。五十フィート以上離れていたのに、石は恐ろしい音をたててひたいのど真ん中に命中した。あいつは声もあげずにくずおれた」

レイモスは証人席の手すりをしっかり握ったまま、少しうつむいた。「てっきり祭壇に集まっていた九人が襲いかかってくると思ったのに、彼らは闇の中へ逃げていってしまった。

たぶん彼らもグリオールが手をくだしたことを悟ったんだろう。わしは自分のしたことが恐ろしくなった。さっきも言ったように、ああいう行動に出た理由については、頭から消え失せて、霧のように蒸発してしまった。わかっているのはひとりの男を殺したこと……卑劣な男だったが、人間にはちがいない。わしは生きていることを祈りながらゼマイルに近づいた。かたわらに〝始祖の石〟がころがっていた。石がどこか変わってしまったことに気づいたので、手に取ってみると、中心部の空洞がなくなっていた。石の真ん中には、いまと同じように、両手をあげた男の形をした割れ目ができていたのだ」レイモスは背をもたれてため息をついた。「あとはみなさんもご存じのとおりだ」

マーヴェルの反対尋問は辛辣で徹底したものだったが、それでもコロレイから見ると、あの遺言状さえなければ、翌日の審理が終わったあとで充分に無罪放免を勝ちとることができるはずだった。物証の重みよりも、弁護側の証人やレイモスの答弁のほうが陪審員には強い印象をあたえるはずだ。しかし現状では、グリオールがゼマイルの死を望んだ理由についてレイモスが説明できない以上、コロレイとしても検察側のほうが有利だと考えざるをえなかった。コロレイは遅くまで法廷に残って、事件の詳細を頭の中で反芻《はんすう》し、十一時を少し過ぎたころにようやく書類を片付けて、ミリエルとのあいだの溝を埋めるためにアルミントラ地区へむかった。うまくすれば自分には悪意がなかったことを、責任上やむをえず彼女を荒っぽく扱ったことを納得してもらえるかもしれない。

アルミントラ地区に着いたころには、通りに人影はなく、霧が荒れ果てた家々を浜辺や空やそのほかの世界から切り離して、街灯をぼんやりした白い花に変えていた。波の音が、巨大な手を打ち下ろしたようににぶく響いた。空気がじめじめしていたので、コロレイは襟を立て、道に浮いた砂に足跡をつけながら急ぎ足で歩いた。商店の窓に映った自分の姿をちらりと見ると、青ざめた不安そうな男が、片手でコートをかき合わせて、眉根を寄せ、つるりとした黒い媒体の中を急いでいた……それはグリオールの媒体、有罪と無罪、人間のあらゆる問題の媒体のように思えた。コロレイは足取りを速めた。さまざまな疑念をミリエルのぬくもりで包み込んでほしかった。前を見ると、霧の中にぼんやりした人影が立っていた。ただ立っているだけなのだが、その静かさはどこか不気味だった。ばかな、と自分に言い聞かせながら、彼は歩き続けた。だが人影がはっきりしてくるにつれて、不安が大きくなってきた。そいつは外套《がいとう》かローブのようなものをまとっていた。コロレイは霧をすかし見た。フードのついたローブだ。彼は路地の入口で足を止め、レイモスの話したフードをかぶった九人の立会人のことを思い出した。もういちどそんなばかな、と自分に言い聞かせてみたが、その四、五十フィート先にいる人物がコロレイのことを待っているという予感を振り払うことはできなかった。彼はかばんを胸にかかえて、ためらいがちに何歩か足を運んだ。人影は動かなかった。

危険をおかす必要はない。

人影から目を離さずに、路地の入口まで戻り、急いでそこを駆け抜けた。浜辺へ出たところで立ち止まり、腐った材木の山の後ろに隠れて、通りをのぞき見た。すぐに、さっきの人影が路地の入口にあらわれてこちらへ歩き始めた。

氷のように冷たいものがコロレイの背筋を走り、睾丸《こうがん》が縮みあがり、両脚から力が抜けた。かばんをつかんだまま闇を走り出したものの、やわらかい砂に足をとられたり、つまずいたり、裏返しの小舟に突っ込みそうになったりした。なにも見えず、あの商店の窓にちらりと映っていた、つるりとした闇の中をひた走っているように思えた。家々の窓のかすかな明かりで、死んだ魚の骨やバケツや流木などが霧の中からだしぬけにあらわれ、波の不規則なリズムは巨大な肺があえぐようなねばっこい音をたてた。

追っ手の姿をとらえるために一瞬だけ立ち止まったり、よろめいたり、物音にとびあがったり、霧の闇夜をすかし見たりしながら、そのまま何分か走り続けた。やがてねばねばした太い蜘蛛の巣のようなものにまっすぐ突っ込み、網目にからまって倒れ込んだ。あわてふためき、絞め殺されるような悲鳴をあげながら、網を引き裂き、体が自由になったところでようやく、それが木の棚に干してあった漁民の網だということに気づいた。それからまた走り出して、家々のあいだに白くぼうっと輝いている通りを目指した。通りに出てみると、そこは宝石研磨工の店からひと街区と離れていない場所だった。まっすぐ店まで走り、扉までたどり着くと、ぜいぜいあえぎながら、片手をついて呼吸をととのえた。そのときすさまじい衝撃と痛みが手をつらぬき、おもわず悲鳴がほとばしった。恐怖に満ちた目を向けると、自分の手に長刃の剣が突き刺さり、体をまるめた竜の姿が彫り込まれた柄がまだびりびりと震えていた。傷口から血があふれ出して、手首から前腕へと流れていく。叫び声をこらえながら、コロレイはどうにかその剣を引き抜いた。同時に襲った痛みでほとんど気を失いそうになりながらも、がんばって足を踏ん張り、手のひらにあいたきれいな裂け目から血があふれだすのを見つめた。それから霧にかすむ通りを必死に見まわした――だれもいない。怪我《けが》をしていないほうの手で扉をばんばん叩いてミリエルを呼んだ。返事はなかった。もういちど叩いてみる。なぜこんなに時間がかかるんだ？　やがて階段をおりてくる音がして、ミリエルが呼びかけてきた。

「だれ？　そこにいるのは？」

「おれだ」コロレイは傷ついた手を見つめた。流れる血を見ていたら吐き気とめまいが襲いかかってきた。傷口がずきずきとうずくので、手首を握って痛みをこらえようとした。

「帰って！」

「助けてくれ！　頼む、助けて！」

扉が内側へひらいた。

ミリエルに顔を向けたとたん、コロレイはがっくりと力が抜けるのを感じ、彼女ならこれを説明できるはずだとでもいうように傷ついた手を差し出した。ミリエルの顔は驚愕の仮面だった。唇が動いていたが、コロレイにはなにも聞こえなかった。どうしてそうなったのかわからないうちに、彼は砂の上に倒れ込み、ミリエルの足を見つめていた。そんな角度から足を見るのは初めてのことで、彼はそれをもうろうとした審美眼をもってながめた。やがて足が膝に入れ替わった。乳白色だ。〝始祖の石〟と同じ色だ。その白色を背景にして、さまざまな証人や、証拠や、事件にまつわる複雑な資料などが、死にかけた人間が見ると言われている走馬燈《そうまとう》のように、目の前を次々と流れ過ぎた。人生のいろいろな出来事よりもこの事件のほうがコロレイにとってずっと大事だとでもいうのだろうか。気を失う直前、彼はなにか重要なことをつかみかけたような気がした。

4

怪我のためにコロレイは裁判を一日欠席することを許可され、そのあとの二日間は宗教関係の祝祭にあたっていたので、七十二時間近くかけてレイモスの命を救うための策略や証拠を探せることになった。だがどうやって仕事を進めればいいのかよくわからなかったし、そもそも進めたいのかどうかもはっきりしなかった。前の晩に犠牲になったのはコロレイだけではなかった。裁判に先立って彼が取材にいった老女、キリンが行方不明になり、彼の手をつらぬいたものと同じ剣が彼女の家の玄関で発見されていた。教団のメンバーたちがレイモスの有罪を確実なものとするために、レイモスを手助けしそうな人物の口封じをはかっているのだ。

最初の一日で自分のノートをじっくり調べたところ、たくさんの調査がおろそかになっていたことに気づいてがっくりした。ミリエルや、なんの役にもたたない事件の複雑さばかりに注意を奪われて、公判前の基本的な作業がずいぶん抜け落ちていたのだ。たとえば、被告の性格を証言する人物は探したものの、レイモスの経歴についての調査はなにもしていなかった。本来なら、あの宝石研磨工の結婚生活や、妻の溺死の件や、ミリエルの子供時代や、その友人などについて調べておかなければいけなかったのだ……おろそかにしていた型どおりの作業があまりにも多かったので、次の二日間はそれを一覧にするだけでほとんどつぶれてしまった。あの老女キリンにしても、もういちど訪問して彼女が隠していることを聞きだすつもりだったのだ。ところがミリエルにのぼせあがっていたためにすっかり忘れてしまい、いまや老女はその秘密とともに消えてしまった。

昼が過ぎ、夜が過ぎ、次の昼が過ぎるころには、もうそれ以上調査を続ける時間が残っていないこと、自分が法廷やレイモスに対して無責任だったこと、そして奇跡でもないかぎり依頼人は有罪になることがはっきりした。もちろん上訴することはできる。そうすればなにもかも調査する時間ができるだろう。だが、きちんとした裁判官にいったん否認されたとなれば、上訴で勝つためには決定的な無実の証拠を提出する必要があるが、事件の性格からして、そんな証拠が出てくるとは考えにくかった。そこまではっきりしたところで、コロレイはノートを閉じ、書類を押しやってすわり込むと、書斎の窓からエイラー岬とたそがれの海を見つめた。身を乗り出して首をのばせば、岬の数百ヤードむこうの浜辺で、竜を崇拝する教団の黒い塔の屋根がヤシやホンダワラの中から突き出ているのが見えるはずだ。だがそんなふうに、おのれの失敗を思い出させるようなことはしたくなかった。レイモスはどのみち有罪なのだろうが、コロレイよりもっとましな弁護士をつけてもらう権利はあったはずだ。レイモスは悪党だとしても、それほどひどい悪党ではないし、マルド・ゼマイルに比べたらずっと小物だ。

ポート・シャンティに比較的さわやかな夜が訪れていた。この季節に特有の霧が発生しそこねて、風の強い空をわたる白い雲のかたまりのあいだで星がまたたき、エイラー岬をのみ込む暗闇に家の明かりがぽつぽつともっていた。岬のむこうの浜辺では波が白く砕けていた。だんだん潮が引いていくと、波は脇へずれて岬の先端で砕けるようになった。コロレイは波の動きがなにかを示唆しているような気がして、見つめていれば学べることがあるかもしれないと思った。だがそれがなにかを教えていたとしても、彼にはわからなかった。だんだん落ち着かなくなり、いらいらしながらミリエルのことを考えた。そしてとうとう〈盲目の貴婦人〉へ行って酒を一杯……で終わるとは限らなかったが、とにかく飲むことにした。いざ酒場へ出かけようとしたとき、扉にノックの音がして、女の声が呼びかけてきた。てっきりミリエルだと思い、急いで扉に近づいて引きあけた。ところが、そこにいた女はレイモスの娘よりもずっと年かさで、頭に黒いショールをかぶり、ゆったりした上着とスカートを身につけていても、ずんぐりした体つきがはっきりと見てとれた。コロレイは女のショールを見て、自分を襲ったフード姿の人影を思い出し、一歩後ずさった。

「手紙を持ってきました」女は北方なまりのきつい声で言って、封筒を差し出した。「キリンからです」

そこでコロレイは、その女が何週間か前にキリンの屋敷で彼を迎えた召使いだということに気づいた。ずっしりした胸に、ぶ厚い腰、表情の欠けた顔はまるで仮面のようだ。

女は封筒をコロレイに押し付けた。「キリンは自分の身になにかあったときにこれをあなたに渡すよう言いました」

コロレイは封筒をあけた。中に入っていたのは凝った飾りの鍵がふたつと、署名のない手紙だった。

コロレイ様

あなたがこれを読むのは、わたしが死んだときでしょう。だれの手にかかったかわからないかもしれませんが、もしそうだとすれば、あなたはわたしが思ったほど目先のきく人物ではなかったということです。

同封した鍵は宮殿の外の門と、中央の建物にあるマルドの私室のものです。もし偉大な務めのことを知りたいのなら、これを読んだあとですぐにジャニスといっしょに宮殿へ出かけてください。彼女があなたの手助けをします。ぐずぐずしてはいけません、わたしの知っていることを知っている人物がほかにもいるかもしれませんから。警察を頼ってはいけません、教団のメンバーは警察の内部にもいるのです。メンバーたちは宮殿を恐れ、そこで起こることを恐れていますから、ほとんどはあそこに近づこうとしないでしょう。とはいっても、マルドの秘密を守ろうとする狂信者たちはいるはずです。

マルドの部屋に入って注意深く調べれば、必要なことがわかるはずです。それさえあればあなたの依頼人を救えるかもしれません。

　入念に、けれど素早く。


コロレイが手紙をたたんでジャニスに目を向けると、女は牛のように鈍重な顔で見つめ返した。コロレイにはこの女がなんの手助けになるのかまるで見当がつかなかった。

「武器を持っていますか？」女はたずねた。

残念そうに、コロレイは包帯を巻いた手を見せた。

「宮殿に着いたら、わたしが先導します。でもすぐあとについてきてください」

こんなことをしてなんの得があるのかきこうとしたら、女は上着から長いナイフを抜き出した。それを見てコロレイは別の可能性を考え始めた。罠《わな》かもしれない、教団のメンバーが仕掛けた罠かもしれない。

「きみはなぜ手を貸してくれるんだ？」

女はまごついた。「キリンにそうしろと頼まれたからです」

「頼まれただけで危険に身をさらすのか？」

女はじっとコロレイを見つめてから言った。「わたしは竜に良い感情を持っていないのです」ブラウスを引っ張って、裾をスカートから出し、あらわになった背中をコロレイに見せる。なめらかな白い肌の肩甲骨《けんこうこつ》の下あたりに、とぐろを巻いた竜の姿の焼印があった。周囲の肉はひだ状になって変色していた。

「ゼマイルがやったのか？」コロレイはたずねた。

「これだけではありません」

コロレイはまだ確信がもてなかった。狂信的な教団のメンバーであれば飾りとしてこういう焼印を押すかもしれない。

「行きますか？」ジャニスはたずねて、コロレイがためらうと、さらに言った。「わたしを恐れているんですね？」

「信用できないんだ」

「べつにどちらでもかまいませんが、いますぐ決断してください。宮殿へ出かけるとなれば、闇にまぎれなければいけませんから」

女は部屋にちらりと目を向けて、ブランデーのデカンターとグラスをのせたテーブルに近づいた。グラスに酒を注いでコロレイに手渡す。

「勇気を出して」

恥ずかしくなって、コロレイはブランデーを飲み干した。もう一杯注いでちびちび飲みながら、状況について考えた。ジャニスに女主人のことを質問してみると、かえってきた答えは慎重なものだったが、それでも、ゼマイルの邪悪な野望を阻止するために全力を尽くした、ひとりの年老いた勇敢な女性の姿が浮かびあがってきた。それを聞いてまた、コロレイは恥ずかしくなった。いったいなんて弁護士だろう、依頼人のために危険をおかすことを拒否するなんて？　ブランデーのせいだったのかもしれない、レイモスのために充分な弁護をしてやれなかった自分に嫌気がさしたのかもしれない。理由はどうあれ、コロレイはすぐに勇気と決意が満ちてくるのを感じ、ここでレイモスの弁護のためにできることをしなかったら二度と弁護士という仕事には戻れないという確信をいだいた。

「わかった」コロレイは洋服掛けから外套をとった。「行こう」

コロレイはジャニスが喜んでこの決断に賛意をあらわすかと思ったが、彼女はひと声うなってこう言っただけだった。「あまり時間がかからずにすむことを期待しましょう」

宮殿への道は灰色の大きな平石で舗装されていて、海岸に沿って数マイルほどのびてから内陸へむかい、グリオールの支配するカーボネイルス・ヴァリーへと続いていた。噂によると宮殿がいまの場所にあるのは、そこが竜の想像上の視界に入っていて、いつでも教団のことを見張れるからだという。道は宮殿をとおりすぎるところでかなり広くなり、まるで旅行者たちが宮殿に近づかなくてもすむようにしてあるみたいだった。コロレイもまさにそうしたい気分だった。門の前に立って、竜の形をしたごつい真鍮製の錠前や、生肉色のけばけばしい花をつけた蔦のからまる高い黒壁や、不気味な山脈のようにぼうっとそびえる塔の屋根を見ていたら、法廷に身を捧《ささ》げる道徳的な男というわべを捨てて、安全な自分の部屋へ一目散に逃げ帰りたくなった。霧がなくても人を寄せつけぬ雰囲気は少しも変わらず、荒れ狂う風で海岸へ波が打ち寄せられるたびに胸がどきっとした。ひとりきりだったら、気にせずさっさと逃げ出しただろう。まるでレイモスの意気消沈した目つきを反映しているかのような、ジャニスのどんよりした目線だけが、彼をそこに引き止めていた。なんだか彼女に射すくめられているような気分だった。この女の勇気は無知からくるものであって、実際は勇気でもなんでもないのだと自分に言い聞かせてみても、やはり自分には豪胆さが欠けていると思わずにいられなかった。

震える手で、コロレイは門の錠前をはずした。宮殿か、あるいは宮殿を支配する人物がコロレイを待ちかまえていたのか、門はびっくりするほどなめらかに内側へひらいた。ナイフをかまえたジャニスのあとについて、熟れすぎた果実のぶらさがる低木や、枝を低く広げた黒っぽい葉の灌木《かんぼく》のあいだの小道をくねくねと進んだ。葉がぎっしりと生い茂っているため、建物のほうは屋根のてっぺんだけしか見えなかった。風もここまでは届かず、あたりは静まり返っていたため、茂みに体のふれる音がひどく大きく響いた。自分の動悸《どうき》まで聞こえるような気がした。月明かりが木の葉を光らせて敷石に格子模様の影を落としていた。敵意ある温室のような空気の中へ深く踏み込んでいくにつれ、肺が詰まって息ができなくなるような気がしてきた。怯えているせいだとはわかっていたが、わかっていたからといって呼吸が楽になるわけではなかった。ジャニスの大きな背中をしっかり見つめて頭をはっきりさせようとしたが、ゼマイルの部屋がある建物へ近づくにつれて、だれかに見張られているような気がしてきた……それもふつうの相手ではない。冷徹で、巨大で、強力なだれかだ。キリンとミリエルがグリオールについて語っていたことを思い出し、竜の眼に監視されているのではないかと考えたらパニックになった。こぶしは固まり、顎はこわばり、唾をのむのもむずかしい。あたりの影がふいに存在感を増し、コロレイは恐ろしい生物が闇の世界で実体化して、飛びかかって彼を引き裂こうと身がまえているのではないかと想像した。

いったん扉の中に入ると、そこは不気味なモザイク模様の発光苔に照らされた通廊になっており、放射性の青緑色をした鉱脈がチーク材の壁面にのびているようにも見えて、恐怖はますます強まった。いまやグリオールがはっきりと感じられた。一歩進むごとに竜の存在感が際立っていくのだ。時間がなくなったような、というか時間よりも竜のほうが巨大で本質的な存在となり、グリオールが時間をすっかり見とおして支配しているような雰囲気があった。おまけにこの壁、苔の葉脈……この模様は竜の思考の流れを反映しているのではないだろうか。まるでグリオールの体内に入ってその体腔《たいこう》を歩いているみたいだ、と考えたとたんに、それはひょっとして事実ではないのか、この建物は長いあいだグリオールに仕えているうちに、竜とすっかり同調して、事実上竜の肉体の類似物となり、完全な支配下におかれてしまったのではないのかという気がしてきた。考えるうちに強烈な閉所恐怖が襲い、悲鳴をかみ殺さなければならなくなった。ばかげてる、まったくばかげてる、と自分に言い聞かせて、妙な想像を頭から追い出そうとした。それでも何トンもある冷たい肉と船のキールほどもある骨の中に閉じ込められたという感覚は消えなかった。

ようやくジャニスがゼマイルの部屋の扉を指差すと、コロレイはひどくほっとした気分で鍵を差し込み、早くこの通廊から脱出して、いくらかでも圧迫感の少ない部屋へ入ろうとした。だがいくつもある球状の苔で充分に明るかったにもかかわらず、コロレイの目にとび込んできた光景は、彼の想像力の炎に油を注いだ。部屋の奥まった部分にきわめて異様な形の寝室があった。壁面は深紅色に紫紅色の縞《しま》が入った厚い壁紙におおわれ、尻尾《しっぽ》とふくれた爬《は》虫類《ちゅうるい》の胴体を鱗までたんねんに描いた真鍮の浮き彫りが部屋全体をぐるりと取り巻くように埋め尽くし、その先端では牙の生えた口をひらいた大きな竜の頭が壁から九フィートほども突き出して、その中にまるで赤いビロードの舌のようにベッドが置かれていた。竜の眼にはまぶたがあって、その下からオパールのような光彩をはなつ三日月がのぞき、ベッドの足からは鉤爪がのびていた。頭上、天井からぶらさがっているのは、幅四フィート長さ五フィートほどの磨きあげた鱗のかけらで、わずかに下をむいてかしいでいるために、部屋へ入った者はだれでも——コロレイと同様に——その暗い輝きを目の当たりにすることになった。コロレイは鱗と竜のあいだに目をはしらせて体をこわばらせ、グリオールがなにか神秘的な器官をとおしてこちらを見つめていることに確信をいだいた。ジャニスに声をかけられなかったらずっとその場で立ちすくんでいただろう。

「急いで！　こんなところでぐずぐずしていられませんよ！」

部屋には家具が少ししかなかった――書き物机、小さな洋服入れ、椅子が二脚。コロレイは洋服入れと書き物机をざっと調べたが、ローブと肌着しかなかった。そこでジャニスを振り向いた。「なにを探せばいいんだ？」

「書類、だと思います」ジャニスは答えた。「キリンが以前、マルドは記録を残していると言ってました。でもたしかではありません」

コロレイは壁面をずっとさぐって隠しぶたを探し、そのあいだジャニスは戸口を見張った。ゼマイルが貴重品を隠すとしたらどこだろう？　そこでひらめいた。ここしかない。コロレイは竜の口の中のベッドを見つめた。以前ここでミリエルが寝たことを考えていやな気分になり、ベッドの裏の暗い隅をさぐることを考えてさらにいやな気分になった。だがほかに道はない。ベッドの上に膝をついたとき、牙にズボンの裾をひっかけて一瞬心臓が止まったが、枕をどけて暗闇へ這い込んだ。そこは六フィートほどの長さがあって壁面は石のようになめらかな手ざわりだった。両手を滑らせて、割れ目か、でっぱりか、なにかを隠しているような気配がないかと探した。やがて指がかすかなくぼみに行き当たった……五つあって、どれも指先くらいの大きさだ。押してみたが変化はない。叩くとうつろな音が響いた。

「見つけましたか？」ジャニスが呼びかけてきた。

「なにかあるんだが、ひらかないんだ」

ジャニスが横へ這ってくると、なんとなくなつかしい甘い香りがただよった。くぼみを教えてやると、彼女はそこを押し始めた。

「順番があるのかもしれない」コロレイは言った。「ひとつずつなにかの順番で押さなければいけないいんじゃないか」

「なにか感じます。震えています。ここ……壁にあなたの体重をかけてください」

コロレイが壁に肩をあてて押すと、石が動いた。次の瞬間石がなくなっていて、彼はうつぶせに倒れ込んだ。びっくりして体を起こすと、そこは円形の小室になっていて、境の壁には大理石のような縞目がはしり、赤っぽい光をはなっていた。小室の奥にのっぺりした黒い箱があった。手をのばして持ちあげたとたん、石の中の縞目がくねくね動いて太さを増し、小室の表面から溶け出して、喉もとをふくらました毒蛇に変貌し、壁の裏側には赤いゼラチンに塗り込められたようなマルド・ゼマイルの姿が浮かびあがった。黒と銀のローブをはおった浅黒いかぎ鼻の男は、両手でインド舞踊のかまえをとって小さな稲妻を何本もひらめかせた。

コロレイは悲鳴をあげて壁を叩いた。振り向くと毒蛇たちは体をからめあい、何匹かは彼のほうへむかってきた。ゼマイルはしゃがれ声でなにやら唱えながら、悪鬼のような目をぎらつかせ、その指先からあらわれる雷光は青白い炎の球体となって、あらゆる方向へばりばりと飛び交った。くるぶしに刺すような痛みを感じて目を落とすと、一匹の毒蛇が深々と牙を突き立てていた。コロレイは狂ったように悲鳴をあげて、自分の足をひっぱたき、毒蛇を振りほどいたが、別の一匹がふくらはぎにかぶりつき、さらにもう一匹が続いた。苦痛は耐えがたいほどだった。毒液が黒い氷のように血管を流れていく。五、六匹ほどの毒蛇が両足にかぶりつき、傷口から血が川のように流れていた。体が震えだし、右脚はがくがくと痙攣《けいれん》した。心臓がふくれあがって毒液でいっぱいになった。まるでこぶしで胸に針を打ち込まれたようだ。火の玉が腕にぶつかって、そのままくい込み、服と肉を黒焦げにしていく。ゼマイルの邪悪な声は、ゴングが鳴るように、無意味にしかも強烈に響いた。そのとき壁が外側へひらき、コロレイは小室からころがり出て、つまずき、膝からぶざまな格好でベッドへ倒れ込んだところをジャニスに抱きとめられた。

「落ち着いて」女は言った。「落ち着いて、あれはマルドの見せた幻影です」

「幻影？」コロレイはどきどきしながら、小室を振り向いた。からっぽで赤い光がともっているだけだ。痛みも消えていた。傷もなければ、血も出ていない。

ジャニスはコロレイがほうり出した箱を取りあげ、耳に当てて振ってみた。「なにか固いものですね。書類ではなく。これではないのかもしれません」

「ほかにはなにもなかった」コロレイは女から箱をひったくった。とにかくここを離れたかった。「行こう！」

コロレイはベッドを這い降り、戸口へむかいかけたところで、ちらりと振り返ってジャニスがついてきているかどうかたしかめた。ベッドのふちで両足をぶらぶらさせているジャニスを見て、急げと声をかけようとしたとき、彼女の上で動くものに気づいた。ベッドの上にぶらさがったぴかぴかの鱗の中に映っている自分の姿……それだけではない。鱗のずっと奥のほうで別の人影が実体化していく。あおむけに横たわり、魔法使いのローブをまとった男の姿だ。浅黒いかぎ鼻の男だったので、初めはゼマイルかと思った。だがその人影はしなびてひどく年老いており、なかば閉じた両目には白いところも虹彩もなくただ真っ黒で、糸のように細い青緑色の炎がうねっていた。人影はすぐに消えたが、あまりにも印象的な姿だったので、コロレイはじっと鱗を見つめたまま、これはほんの一部でまだ続きがあるにちがいないと感じた。ジャニスがコロレイを引っ張って、危険が迫っていることをあらためて気づかせ、ふたりはそろって通廊をひた走って出口を目指した。

風はさらに強くなっており、茂みの先端は激しく揺れ動き、木々はゆったりと喝采を送るように大枝を差しあげていた。静まり返った建物から出ると、吹きすさぶ強烈な風と波のせいでコロレイは方角がわからなくなり、これだけの出来事のあとでも落ち着き払っているジャニスに先導してもらって、門へむかった。じゃまな茂みを半分ほど進んだところで、ジャニスがだしぬけに立ち止まり、首をかしげた。

「だれか来ます」

「なにも聞こえないぞ」

だがジャニスはコロレイを引っ張っていま来た道を戻り、彼はひたすらそのあとに従った。

「裏門があります。出た先は断崖になっています。もしもはぐれたら、浜辺に沿って西へ進んで砂丘に隠れてください」

コロレイはのっぺりした箱を胸にかかえたまま、ジャニスのあとについて走り、いちどだけ追っ手の姿を見きわめようと振り返った。角を曲がる直前にフードをかぶった黒い人影がたしかに見えたような気がした。一分もかからずに門へたどり着き、次の数秒でジャニスが掛け金をはずし、ふたりは断崖のてっぺんのやわらかい砂地をせっせと走ってエイラー岬をあとにした。眼下にぼんやり見える波は脇へ流れて、沖へむかう潮流に引かれていく。コロレイは宮殿を離れてほっとしていたので、怯えよりも当惑が先に立っていた。ひょっとするとジャニスが聞いただれかが来る音というのはまちがいで、あのフードをかぶった人影も実際には見なかったのかもしれない。コロレイは走りながらも、不思議に穏やかな気分だった。宮殿にまつわるなにかが彼の能力を堰《せ》き止め、彼の体力を抑えていたのだろうか。じきに彼のほうがジャニスの先に立つようになり、追いつくのを待ってペースを落とすと、彼女はそのまま先へ行けとうながした。ジャニスは恐怖で顔を引きつらせていて、それを見ると、コロレイはますます力がわいてきた。断崖から浜辺へ通じる、高い草のあいだをくねくねと抜ける白砂の坂道へ出たとき、背後で苦しげな悲鳴があがり、振り向くと、ショールを風で小旗のようにはためかせたジャニスが、黒髪をふり乱して、断崖のふちでよろめき、血まみれの短剣が突き立った胸を両手でかきむしっているのが見えた。ジャニスは白目をむき、そのまま断崖のふちを越えて姿を消した。

あまりにも突然だったので、コロレイは目の前で起きたことが信じられず、思わず足を止めたが、一瞬のちに風のむこうから聞こえてきた悲鳴を耳にすると、半狂乱になって坂道をくだり始めた。四分の三ほど降りたところで足がもつれ、もんどりうって残りの道をころげ落ちた。斜面のふもとで、箱を手探りで見つけてから、恐怖に駆られるまま、帯状の汚れた砂地のむこうに塩のように白く盛りあがっている砂丘を目指した。砂丘のてっぺんに着いたころには、すっかり息があがっていて、ぜいぜい呼吸をととのえながら、月明かりに照らされた草地や小山がうねうねと続いてへこんだ部分に影をつくっている一帯をながめた。ふたたび走り出したものの、くぼみに足をとられて膝をついたり、浮きあがった木の根にけつまずいたりしているうちに、とうとう精根尽き果て、小さな丘の下の割れ目に飛び込んで砂と草でなるべく身を隠そうとした。

しばらくは波の砕けるにぶい音しか聞こえなかった。雲が月を横切って、ふちを銀色に輝かせるようになると、コロレイはそれを見つめながら、雲がすっかり月をおおって大地に闇のカーテンを引いてくれることを祈った。およそ十分後に叫び声が聞こえ、少しおいてまた別の叫び声がした。言葉までは聞きとれなかったが、その叫びからは怒りと絶望が感じられた。彼は首をすくめ、神にむかって、もしもこの夜を生きのびることができたら、あらゆる教義をうやまい、善行を尽くすことを誓った。

ずいぶんたって叫び声は聞こえなくなったが、コロレイはその場にとどまったまま、頭をあげることもできなかった。彼は雲を見つめた。風は弱まっており、月の端をかすめすぎる雲は、ぼろぼろになったガリオン船でも、大陸でも、彼の思うがままどんなものにでも見えた。たとえば竜だ。ふくれた巨大な胴体に、邪悪な頭部とぎらつく銀色の目玉をそなえ、天空いっぱいにとぐろを巻いて、鱗のふちを青黒い皮膚の上で星のようにきらめかせたその姿は、コロレイを偵察し、監視しているのか、あるいはただじっと見つめて、怯えたその手先の動きを追っているだけなのか。竜が翼を広げ、弧を描くように滑空して、急降下や旋回を繰り返すうちに、コロレイはそこで形作られる模様にひきつけられ、五線星形《ペンタグラム》の中の悪魔のようにとらわれて、とうとう、夢に満ちた眠りへと引き込まれた。

夜明けは薄暗く霧雨が降っていて、汚れた石けんの泡のような雲が水平線に垂れ込めていた。コロレイの頭はひと晩じゅう酒を飲んでいたように痛んだ。体はぼろぼろで、すっかり汚れていた……目まで汚れているような気がした。顔をあげたが見えるのは小山と、風に揺れる草と、波立つ石板色の海と、空を舞って鳴きわめくカモメだけだった。砂に頭を休めて、街へ戻るための体力をかき集めようとしたところで、箱のことを思い出した。鍵はかかっていなかった。ゼマイルはあの幻影だけで侵入者を撃退できると考えたのだろう。ひょっとしたら内部に仕掛けがあるかもしれないので慎重にあけてみた。革綴《かわと》じの日記帳が入っていた。ぱらぱらとめくって、ところどころひろい読みをした。三分の一ほど読んだところで、無罪放免を勝ち取れることがわかったが、勝利感も、満足感も、なにもなかった。たぶん、いまだにレイモスのことを信用しきれないからだろう。たぶん、もっと早く動機を発見できたはずだと自分でわかっているからだろう。キリンが手掛かりをくれたのに、混乱していたためにそれを見損なったのだ。たぶん、キリンとジャニスの死がそういった反応をひかえさせているのだろう。たぶん……コロレイは声をあげて笑ったが、その調子はずれな雑音は風に吹き飛ばされた。いまなにかを理解しようとしてもしかたがない。必要なのは風呂と、睡眠と、食事だ。そのあとならひょっとして、なにかはっきりするかもしれない。とてもそうは思えなかったが。

5

　翌朝、マーヴェルの異議にもかかわらず、コロレイはふたたびミリエルを証人席に呼んだ。彼女は控えめな襟まわりの茶色のワンピース――学校の教師の服装だ――を着て、髪をオールドミスのようにきれいに結いあげていた。どうやら喪はあけたようだが、コロレイは彼女が黒い服を着なかった理由に思いをめぐらせた。それは彼女のうちにあるためらい、父親に対する心境の変化をあらわしているのかもしれない。しかしそれが事実かどうかは重要ではなかった。ミリエルを見つめても、コロレイにはなんの感慨もなかった。よく知っているようでありながら、何年も前に少し会っただけの他人のようなへだたりを感じた。そのへだたりを打ち壊してもとのような感情を引っ張りだせるのはわかっていたが、そんな気にはなれなかった。いまでも彼女に対する思いは強く、激しいものだったが、その思いの行きつく先が愛なのか憎悪なのかはっきりわからなかったのだ。ミリエルは彼を利用し、性的魅力で彼を混乱させ、彼の集中心をむしばみ、どうやら無実らしい自分の父親を殺すことにもう少しで成功しかけた。自分はいい女優になれたはずだと言っていたとおり、いつわりの愛をものの見事に演じて、コロレイの心のかけらを永遠に奪いとってしまった。だがミリエルは偽証をしたのであり、おそらく悪事はそれだけにとどまらないだろう。いかなる犠牲を払おうと、彼女の真の姿を法廷で明らかにすることはコロレイの義務だった。

「おはよう、ミス・レイモス」コロレイは言った。

ミリエルはけげんそうな顔であいさつを返してきた。

「ゆうべはよく眠れましたか？」

「やれやれ！」マーヴェルが言った。「弁護人はつぎにご婦人の朝食の内容か、さもなければ見た夢についてでも質問するつもりですかな？」

ワイマー裁判官がむっつりとコロレイをにらんだ。

「わたしはただ証人を落ち着かせようとしているだけです」コロレイは言った。「彼女の暮らしむきが心配なのです。なにせ良心というものをまるで尊重してこなかった人ですから」

「ミスター・コロレイ」裁判官が警告するように言った。

コロレイは、忠告は受けいれるがそんなことはどうでもいいというように手を振った。彼は証人席に両手を置いて、ミリエルのほうへぐっと身を乗り出した。「偉大な務めとはなんですか？」

「証人はすでに質問に答えています」

マーヴェルが異議をとなえると同時に、ミリエルも口をひらいた。

「もうぜんぶ話したじゃない、あたしは……」

「真実はいずれ明らかになるものです」コロレイは言った。「いいですか、わたしはあなたがこの法廷ですべてを話していないことを知っているのですよ」

「弁護人がそのような事実を知っているのなら」マーヴェルが言った。「それをこの場で提示して、証人を脅すのはやめていただきたい」

「提示しますとも」コロレイは裁判官に顔を向けた。「そのときになったら。しかしここでは、どういった点について、どこまで事実が隠されてきたかをはっきりさせることが大事なのです」

ワイマーはくたびれたようなため息をついた。「続けなさい」

「もういちど質問します」コロレイはミリエルに言った。「偉大な務めとはなんですか？警告しておきますが、真実を述べてください。ここから先は、どんなことであれ嘘をついた場合、あなたは偽証罪で告発されることになります」

ミリエルは不安そうな顔になったが、答えは同じだった。「知っていることはぜんぶ話したわ」

コロレイは証人席から離れて陪審員たちの前で立ち止まった。「ゼマイルが殺された夜におこなわれていた儀式の目的は？」

「知らないわ」

「偉大な務めの一部ですか？」

「いいえ……あたしはそうは思わない」

「ゼマイルと懇意にしていたわりには彼のことをあまり知らないのですね」

「マルドは秘密主義だったから」

「そうですか？　彼は自分の両親についてあなたに話しましたか？」

「ええ」

「すると自分の生まれについては秘密主義ではなかったわけですね？」

「そうね」

「彼は自分の祖父母について話しましたか？」

「どうかしら。一、二度口にしたことはあったと思うけど」

「そのほかの親類について……話したことは？」

「おぼえてないわ」

「では遠い祖先について、マルド自身と同じように神秘的なことがらにかかわっていたある男について、話したことはありましたか？」

ミリエルは顔をこわばらせた。「いいえ」

「ずいぶんきっぱりした返事ですが、ついいましがたあなたは、彼がほかの親類について話したかどうかおぼえていないと言ったばかりですよ」

「そういうことはおぼえてるのよ」

「そう、あなたはおぼえている」コロレイは弁護側のテーブルへ歩み寄った。「アルキオコスという名前におぼえはありませんか？」

ミリエルはじっとすわったまま、かすかに目を見ひらいた。

「質問を繰り返しましょうか？」

「いえ、聞こえたわ……考えてるの」

「もう考え終わりましたか？」

「ええ、その名前は聞いたことがある」

「このアルキオコスとは何者ですか？」

「魔法使い、だと思う」

「あることをなし遂げた魔法使いではありませんか？　遠い昔……何千年も昔に？」

「そうだと思う」ミリエルはなにやら考え込んだ。「そう、思い出したわ。マルドは彼のことを精神的な祖先と考えてたの。でも実際の血のつながりはなかったはずよ……少なくともあたしはそう思う」

「あなたがアルキオコスについて知っているのはそれだけですか？」

「思い出せるのはこれでぜんぶよ」

「おかしいですね」コロレイはかばんの蓋をいじくった。「ゼマイルが殺された夜の儀式に戻りましょう。あれはアルキオコスとなにか関係があったのですか？」

「そうかもしれない」

「だが確信はない？」

「ないわ」

「あなたのお父さんの証言によると、ゼマイルはある時点で祖先にむかって、『すぐにあなたは自由の身となります！』と叫んだようです。このとき彼が言っていたのは精神的な祖先のことではなかったのですか？」

「そうよ」ミリエルは背筋をのばし、いかにも協力したがっているように、真剣な顔をして見せた。「言われてみると、マルドはアルキオコスに接触しようとしたのかもしれない。彼は精神世界を信じていたのよ。よく降霊会をひらいていたもの」

「すると問題の儀式は降霊を目的としていたわけですね？」

「そうかもしれない」

「アルキオコスの魂と接触するための？」

「ありえるわね」

「まちがいないのですか、ミス・レイモス、あなたがこのアルキオコスについてほかになにも知らないというのは？　たとえば、彼はグリオールとなにか関係があったのではありませんか？」

「そ……そうかもしれない」

「かもしれない」コロレイは困惑したように言った。「かもしれない。わたしが思うに、彼はグリオールとかなり関係が深かったはずです。ほんとうのところ、たとえ血はつながらずとも、ゼマイルが精神的な血縁とみなしていたこの魔法使いアルキオコスとは、数千年前に竜のグリオールと戦った男ではないのですか？」

傍聴人のあいだにざわめきが広がり、ワイマーは小槌を叩いて彼らを静まらせた。

コロレイはミリエルに言った。「どうですか？」

「そうよ。それが彼だと思うわ。忘れてたけど」

「でしょうねえ。あなたの記憶はよく欠落しますから」コロレイは陪審員たちの目をとらえてにっこりした。「伝説によれば、グリオールの活動を止めた魔法使いは、自分も竜と同じ運命におちいったそうです……聞いたことはありますか？」

「ええ」

「マルドは？」

「知っていたと思う」

「ではゼマイルはこの強大な魔法使いがまだ生きていると信じていたのですか？」

「ええ」

「ちょっと務めのことを話しましょう。偉大な務めではありません、ただの日常の務めのことです。ゼマイルの死んだ部屋であなたが彼とともに性的儀式に加わっていたのは事実ですか？」

ミリエルのこめかみの血管が脈打った。「そうよ」

「そういう儀式にはゼマイルとの性交も含まれていたのですね？」

「そうよ！」

「ほかの相手は？」

マーヴェルが検察側のテーブルで立ちあがった。「裁判官、このような質問にどんな意味があるのかわかりません」

「同感だな」ワイマーが言った。

「意味はあります」コロレイは言った。「すぐに明らかになりますから」

「たいへんけっこう」ワイマーはいらいらと言った。「だが簡潔にすませるように。証人は答えなさい」

「質問はなんだったかしら？」ミリエルがたずねた。

「あなたは儀式のためにゼマイル以外の相手とセックスをしたのですか？」コロレイは言った。

「ええ」

「なぜ？　そんな淫乱な行為がなんの役に立つのです？」

「異議あり」

「言い方を変えましょう」コロレイは弁護側のテーブルにもたれた。「セックスはそうした儀式において特別な役目を持っていたのですか？」

「たぶん……そうよ」

「その役目とは？」

「よく知らないわ」

コロレイはかばんをあけてゼマイルの日記をいじくった。小さな本をひらく。「肉体を用意するためですか？」

ミリエルは身を固くした。

「質問を繰り返しましょうか？」

「いえ、あたし……」

「どういう意味なんですか、ミス・レイモス……『肉体を用意する』とは？」

ミリエルは首を横に振った。「マルドが知ってたの……あたしにはよくわからなかった」

「あなたはこうした儀式の前になんらかの受胎調節をおこないましたか？　たとえば木の根や薬草の混合物を飲んだり、そのほかの方法によって妊娠をふせごうとしましたか？」

「ええ」

「しかしゼマイルの死んだ夜、あなたは受胎調節をおこなわなかった」

ミリエルは立ちあがった。「どうしてそれを……」唇をかんでまた腰をおろす。

「ゼマイルはあの晩をグリオールとアルキオコスとの戦いの記念日と考えていたのではない

ですか？」

「知らないわ」

「あとで証拠をお見せします」コロレイは裁判官にむかって言った。「ゼマイルがたしかにこのように考えていたという証拠を」それからミリエルに顔を戻した。「あの晩あなたは妊娠しようとしたんですね？」

ミリエルは答えない。

「質問に答えなさい、ミス・レイモス」ワイマー裁判官がうながした。

「はい」ミリエルはささやいた。

「なぜあの晩にかぎって妊娠しようとしたんでしょう？ ある特殊な子供がほしかったからではないのですか？」

ミリエルは憎しみを込めてコロレイをにらみつけた。

コロレイはかばんから日記を取り出した。「あなたの産む子供の名前はアルキオコスになるはずだったんでしょう？」

ミリエルの顎はがくりと落ち、目は革綴じの本に吸い寄せられていた。

「ゼマイルの目的とは、彼の偉大な務めの最終目標とは、けがらわしい魔術によってアルキオコスの魂を解放することだったんでしょう？ ゼマイルは、瀕死の魔法使いの邪悪な精神をやどらせるために、ひどくけがれて堕落した肉体を必要としたんでしょう？ あなたのけがれた肉体ですよ、ミス・レイモス。あなたの役割はこの忌まわしい魔法使いが無垢《むく》の肉体の中に生まれ変わるために、堕落した子宮を提供することだったんでしょう？　そしてこの魔法使いは、成人してすべての力を取り戻したあかつきには、ゼマイルの助力を得て、もういちど竜のグリオールを殺すはずだったんでしょう？」

答えるかわりに、ミリエルは純然たる苦悶《くもん》と絶望の悲鳴をあげ、法廷は水をうったように静まり返った。彼女は頭を垂れて、証人席の手すりにもたれかかった。それから憎しみをあらわにした顔で、ぴんと背筋をのばした。

「そうよ！　あんなやつさえいなければ」ミリエルはさっと手をのばしてレイモスを指差した。「あたしたちはあのくそったれなトカゲを殺せるはずだった！　あんたたちは感謝するはずだった……だれもかれも！　マルドは解放者として賞賛されるはずだったのよ！　彼の銅像を建てて、彼の……」

ワイマー裁判官が静かにするよう注意したが、ミリエルはわめき続けた。顔じゅうの筋肉を引きつらせ、目を見ひらき、手すりをがっちり握り締めたまま。

「マルド！」ミリエルは天井へ顔を向けた――そのむこうにある死者の王国を見とおそうとするかのように。「マルド、聞いて！」

ミリエルがどうしても黙らないので、ワイマーは彼女を審問室へ拘置し、レイモスを独房へ戻し、休廷を宣言した。法廷がからっぽになると、コロレイは弁護側のテーブルにすわり、日記をいじくりながら、ぼんやりと虚空を見つめた。思考は炎のようにゆらめき、つかのま輝きを増してから、闇へ落ち込んでいった。

「さて」マーヴェルが近づいてきてテーブルの端に腰かけた。「おめでとうと言うべきだろうね」

「まだ終わっちゃいない」

「なあに、終わりさ！　絶対に有罪はないよ、きみだってわかってるだろう」

コロレイはうなずいた。

「あまりうれしくないようだね」

「とにかく疲れた」

「じきに実感がわくさ。きみにとっては最高の勝利だ。成功をつかんだんだよ」

「ふむ」

マーヴェルは立ちあがって手を差し出した。「いさかいはなしだ。あの晩きみが過労気味だったのはわかってる。きみさえよければ水に流そう」

握手を返したコロレイは、マーヴェルが心からの敬意をあらわしているのを見て驚きをおぼえた。だが、その驚きも自分ではそんな気になれないという事実のために薄れてしまった。ミリエルのことを考えずにいられなかった。ふたりの関係がすべていかさまだったとはっきりしたいまでも、彼女が欲しくてたまらなかった。おまけに、彼はまだ不満だった。まるでジグソーパズルのようなこの事件は、ひとつひとつのかけらがぴったり組み合わさったあとも、全体の絵が意味をなさなかった。

「一杯どうかな?」マーヴェルがたずねた。

「いや」

「おいおい。あの晩きみが言ったことにはいくらかの真実もあったのかもしれないが、ぼくも心を入れ替えた。もう偉そうな態度はとらないよ。一杯おごらせてくれ」

「いや」コロレイは顔をあげてにやりと笑った。「何杯かおごらせてやるよ」

6

　コロレイの不満は時が流れてもおさまらなかった。レイモスの無実にまだ確信が持てなかったし、あの宝石研磨工が無罪放免になったために起きたことすべてが、彼の不満な気分にますます拍車をかけた。ミリエルが無資格者の宣告を受けたので、宮殿とその敷地はレイモスに譲渡され、レイモスはそれらを売って大金を手に入れた。宮殿は取り壊されて跡地にはホテルが建つことになった。レイモスは〝始祖の石〟をヘンリー・サイチに売り戻して、こちらでも大きな利益を得た。この石はいまやグリオールの遺物とみなされてたいへんな貴重品となったので、サイチは竜の遺物をおさめるために自分で建てた博物館にどうしても展示したかったのだ。レイモスは手に入れた財産のほとんどを藍の加工場と銀の鉱山に投資して、エイラー岬のはずれに大邸宅を購入した。そこで、法廷の許可を受けて、レイモスと看護団はミリエルの治療にあたることになった。彼らはほとんど人前に出ることはなかったが、噂によるとミリエルはめざましい回復を遂げて、父と娘は和解したということだった。

　コロレイは裁判のあと仕事も収入も増えていたが、暇を見つけては、あのときおろそかにした公判前の準備作業に取り組み、ゼマイルの死にまつわるあらゆる事実を調べ続けた。なにも進展のないまま一年半近くがたったころ、コロレイはかつて宮殿があった断崖の下の浜辺で、竜の教団のもとメンバーだった人物と会うことになった。頭が少し薄くなって、過去の放蕩ぶりに似つかわしくない無害な外見をしたその男は、かなり神経質になっており、コロレイは率直な話を引き出すために多額の金を握らせなければならなかった。ほとんどの話はたいして役に立たなかったが、会見の終わりごろになってようやく、コロレイの疑いを裏付ける情報が出てきた。

「ミリエルがマルドと親しくなったときにはみんな不思議に思ったよ」男は言った。「母親にあんなことがあったんだからな」

「なんの話です？」コロレイはたずねた。

「ミリエルの母親だよ。パトリシアさ。宮殿を訪れたその夜に亡くなったんだ」

「はあ？」

「知らないのかね？」

「ええ、なにも聞いてませんが」

「おや、これはだれでも知ってると思ってたな。パトリシアはいちどだけ宮殿を訪れて、その晩に溺れ死んだんだよ」

「なにがあったんです？」

「さあなあ。噂によればマルドがパトリシアを寝所に引き込んだらしい。薬を使ったんだろうな。彼女は抵抗したのかもしれない。マルドはそれが気に入らなかったんだろう」

「つまりマルドがパトリシアを殺したと？」

「だれかが殺したんだ」

「なぜ通報しなかったんです？」

「みんな怖かったんだよ」

「なにが？」

「グリオールが」

「そんなばかな」

「そうかい？　レイモスを無罪にしたあんたなら、グリオールの能力はよくわかっているだろうに」

「しかしあなたの言うとおりなら、まったく別の見方が成り立つわけです。レイモスとミリエルは復讐のためにあの事件を仕組んだのかもしれませんし、ひょっとすると……」

「たとえそうだとしても」男は言った。「やっぱりそれはグリオールの意志なのさ」

会見のあとで、パトリシア・レイモスが死んだ夜の潮流を調べたところ、宮殿の断崖からエイラー岬にむかって潮が流れていたことと、彼女の死体が早朝に水に落ちてエイラー岬まで打ち寄せられたらしいということがわかった。だがわかったのはそれだけだった。隅々まで調べたにもかかわらず、レイモスとその娘がゼマイルを陥れたという証拠は出てこなかった。事件はいつまでもコロレイの心にこびりつき、悪夢と眠れない夜が続いた。そうこうするうちに、どうしてこれほどひっかかるのかを理解して、これまでに起きたすべての出来事をきちんと見直さなかったら、自分はこの先どうなるかわからないという強迫観念にとらわれてきた。自分がグリオールか、さもなければレイモスとその娘にあやつられていたことを、これ以上確認したいのかどうかわからなかった。ある夜には、自由意志はやはり存在していて、自分は人間の策略にひっかかったのであり、神のように不可解な怪物にあやつられたのではないと思いたかった。別の夜には、自分は堂々と裁判に勝って無実の男を救ったのだと思いたかった。ただひとつはっきりしていたのは、すっきりした説明がほしいということだった。

とうとう、ほかにどうしようもなくなって、コロレイは事件の源である、エイラー岬にあるレイモスの邸宅を訪れて、あの宝石研磨工と会うことにした。出迎えた女中は、主人はいま不在だが、少し待ってもらえば、お嬢様が在宅かどうかを見てくると言った。しばらくして戻ってきた女中の案内でとおされたのは、日当たりの良いベランダで、そこからは海を見下ろし、アルミントラ地区の息をのむような眺望を楽しむことができた。強い日差しに海面はダイヤモンドのようにきらきらと輝き、風が波頭をさざなみ立てるたびにその輝きが広がっていった。浜辺にならぶ切妻造りの家々は美しく、趣があり、距離があるために汚れも隠れていた。ミリエルは、ベージュ色の絹のローブをまとって、寝椅子に身を横たわらせていた。小さなテーブルの上、手のすぐ届くところに、長いパイプと、どうやら阿片らしい黒い粒がたくさん置いてあった。彼女は目がかすんでいて、いまでも愛らしくはあったが、美しい容姿は怠惰な生活にむしばまれていた。黒い巻毛が汗ばんだ頬に張り付き、肌には不健康な光沢があった。

「会えてほんとにうれしいわ」ミリエルはけだるげに言って、すぐそばの椅子へすわるようながした。

「ほんとうか？」コロレイはあのときの熱望、あのときの悲痛がよみがえるのを感じた。ちくしょう、あんなことがあったのに、おれはいまでもミリエルを愛している。この女がどんな非道な行為を、どんな卑劣な行為をはたらこうと、おれがこの女を愛する気持ちは変わらないんだ。

「もちろんよ」ミリエルは妙にはしゃいだ笑い声をあげた。「信じないでしょうけど、あたしはあなたをとても気に入っていたのよ」

「気に入っていたか！」コロレイはあざけるように言った。

「愛することはできないと言ったでしょ」

「努力すると言ったじゃないか」

ミリエルは肩をすくめた。パイプにつと手をのばす。「うまくいかなかったのよ」

「そいつはどうだろうな」コロレイは豪華な邸宅を身ぶりでしめした。「きみにとってはずいぶんうまくいったようじゃないか」

「あなたにとってもね。たいした成功をおさめたそうじゃない。ご婦人たちはみんなあなたを自分の……」くすくす笑う。「専属弁護人にしたがってるわ」

大きな波がベランダの下の海岸で砕けて、浜辺の中ほどまで泡の跡を残していった。その音でミリエルは眠くなったようだった。まぶたをぱちぱちさせ、長いため息をついた拍子にローブがはだけて、白く揺れる乳房がのぞいた。

「あなたには正直でいようとしたのよ。事実正直だったわ。これ以上はないというくらい」

「だったらどうしてお母さんとゼマイルのことを話さなかったんだ?」

ミリエルはぱっと目をあけた。「なんですって?」

「聞こえただろ」

ミリエルは体を起こして、ローブをかき合わせ、当惑と腹立ちの入り混じった顔でコロレイを見つめた。

「ここへなにをしに来たの?」

「答えがほしい。答えが必要なんだ」

「答えですって!」ミリエルはまた笑った。「あなた思ったより抜けているのね」

コロレイはたじろいだ。「おれは抜けているかもしれないが、淫売ではない」

「弁護士のくせに自分が淫売じゃないと思ってるなんて!　とんだ驚きね!」

「教えてくれ」コロレイは詰め寄った。「きみをどうこうするつもりはないし、きみのお父さんも二度と裁判にかけられることはない。あれはきみたちのしわざだったんだろう？　なにもかもゼマイルを殺してきみの母親の仇《かたき》をとるための策略だったんだ。どうやったのかわからないが、しかし……」

「なんの話かわからないわ」

「ミリエル。どうしても知らなければならないんだ。きみに迷惑はかけない、約束する。そんなことできるわけがないんだ。法廷できみにあんなことをしたとき、おれは死にそうな気分だったんだ」

ミリエルはじっとコロレイの目を見つめた。「簡単だったわ。あなたは簡単だった。だからあたしたちはあなたを選んだのよ……あなたがとても孤独で、とても純真だったから。あたしたちはただあなたを混乱させただけ。愛や、恐怖や、嘘の情報で。おしまいには薬も使ったわ。あたしは——というかジャニスは——あなたを宮殿へ連れていく前に、飲み物に薬を入れたの。おかげであなたはとても暗示にかかりやすくなった」

「だからおれはあんな幻覚を見たのか？」

ミリエルはとまどったような顔をした。

「ベッドの裏にあった隠し穴だ。蛇とか、あの……」

「いいえ、あれはマルドの見せた幻影よ。真に迫っていたけど。薬はあなたに、あたしが望むとおりのことを信じさせただけ——つまりあたしたちが危険にさらされているとか、追跡されているとか。そういったこと」

「あの鱗は？」

「鱗？」

「ああ、ゼマイルのベッドの上にかかっていた鱗に死んだ魔法使いの姿が映っていた。あれはアルキオコスだったと思うが」

彼女は眉をしかめた。「ひどく怯えていたから、きっとありもしないものを見たのよ」

ミリエルは立ちあがったが、その拍子にふらつき、ベランダの手すりをつかんで体を支えた。コロレイは彼女の顔の中に優しさと、彼自身のと同じ熱望を見たように思ったが、同時に彼女の狂気と不安定さも見たような気がした。あれだけのことをするにはまともな神経ではむりだったはずだ。いっときに愛したり愛さなかったり、いくつもの役目をきっちりこなしたり、あんなに徹底して嘘をついたりだましたりしたのだから。

「あたしたちがごくふつうのやりかたで証拠を見せていたら、父は有罪になったかもしれない。裁判の流れをうまく支配して陪審員たちをあやつる必要があったのよ。それであなたを指揮者に選んだわけ。あなたすばらしかったわ！　こっちの出すものをぜんぶ信用するんだもの」ミリエルはきびすを返し、ローブを落として美しい背中を見せながら北方のなまりで言った。「わたしは竜に良い感情を持っていないのです」

ジャニスの声だった。

コロレイはわけのわからないまま、ミリエルを見つめた。「でも彼女は落ちた。おれは見たんだ」

「網よ。断崖のすぐ下に張ってあったの」

そう言った彼女の声はフルートのようだった。あの老女、キリンの声だ。

「まさか！」

「ちょっとした化粧でも奇跡を起こせるのよ。声色を使うのは得意だったし。あたしたちは何年も前から計画していたの」

「それでもわからないな。たくさんあった不確定な要素をどうやってあやつったんだ？　たとえば九人の目撃者たちだ。彼らが逃走するとどうしてわかった？」

ミリエルは哀れみのまなざしを向けた。

「ああ。そうか。目撃者なんかいなかったんだ」

「マルドとあたしだけ。もちろん父さんは石を投げなかったわ。失敗するわけにはいかなかったから。ふたりでマルドを押さえ付けておいて、父さんが石を頭へ叩き込んだのよ。それからあたしは薬を飲んで最初から祭壇に寝ていたふりをしたわけ。教団はもう解散していたのよ。みんなが偉大な務めを怖がったから。あたしが加わったときにはもう分解しかけていたわ。それが計画の大事なところだったの。マルドを孤立させるということが。あたしはマルドを一心に励まして偉大な務めにとりかからせたわ。マルドが本気でやり遂げるつもりになったら、ほかのメンバーが彼を見捨てることはわかってた。みんなマルドよりグリオールを恐れていたから」

「じゃあその部分は事実だったのか」

ミリエルはうなずいた。「マルドはグリオールを殺すことに取り憑《つ》かれていた。頭がおかしかったのよ！」

「あのナイフや、フードをかぶった人影は？」

ミリエルは頭を垂れた。「あなたに怪我をさせるつもりはなかったの。おどかそうとしただけ。あなたの手を傷つけてしまって、あたしはとても心配したのよ。部屋にいたように見せかけるために、店の裏手へまわって階段をのぼらなければいけなかったのに、その計画を忘れてあやうくあなたに駆け寄りそうになったわ。ごめんなさい、ほんとにごめんなさい」

「ごめんなさいだと！　はっ！」

「あなただって不満はないでしょ！　これまでにないほどよい暮らしむきになったじゃない。それにあなたも言ったとおり、マルドが死んだところで困る人はいない。ひどい男だったんだから」

「おれにはもうそういう言葉にどんな意味があるのかさえわからない」

思い起こすと、ずっと前に気づくべきだった手掛かりがいくつも見えてきた。ミリエルとキリンがそわそわしたときに同じような身ぶりを見せたこと、母親について話したときにミリエルがひどく興奮したこと、いくつもの小さな矛盾、都合のよすぎる話。なんてまぬけだったんだろう！

「かわいそうなアダム」ミリエルは近づいてきて、彼の髪をなでた。「世界は単純なものだと思いたいんでしょうね……でもあなたの期待どおりにはいかないのよ」

ミリエルの熱いオレンジのような香りに血がのぼり、コロレイは怒りと情欲のおもむくまま彼女を膝の上へ引き寄せた。心の半面はなんとかミリエルをはねつけようとしていた。ここでミリエルを求めたりすれば、彼自身も片棒をかついでしまったこのペテンを認めて、ぼろぼろになった道徳心のかけらをさらにすり減らすことになるだろう。だが別の半面は強烈に彼女を求めており、コロレイは彼女の唇を奪って、阿片のすすけた甘さを味わった。ミリエルは初めはものうげに、やがて熱烈に反応しながらささやいた。「会いたかったのよ、愛してるわ、ほんとに」まるで以前のミリエルに戻ったような、あけっぴろげで寛大で優しい姿だった。コロレイは彼女をまったく信じられなくなっていたので、これには驚いた。その放埒《ほうらつ》なうわべの下にある弱さが見せかけではないことに気づいたのだ。もういちど彼女に口づけをして、その場で体まで求めようとしたとき、男の声が割り込んできた。「少しは場所をわきまえなさい、おまえ」

コロレイはぎょっとして、ミリエルを床に突き落とした。

レイモスが戸口に立って、唇の端に笑みをたたえていた。すっかり元気になり、落ち着いた様子で、コロレイが弁護していたときの沈みきった面影はどこにもなかった。高価な服を着て、両手に指輪を飾り、あまりにも健康的で満ち足りた雰囲気をただよわせているために、満腹した吸血鬼が血色のよい肌をしているような猥雑さがあった。ミリエルが体を起こして近づくと、レイモスは彼女の肩に腕をまわした。

「ここで会うとは驚きだね、ミスター・コロレイ」レイモスは言った。「しかしむりもないことだ。わしの娘は魅力的だからな」

「彼に話したのよ、パパ」ミリエルは甘ったるい、子供のような声で言った。「マルドのことを」

「いま話したのか？」

コロレイは恐怖に満ちた目で、レイモスがベージュ色の絹布越しに娘の乳房を愛撫するのを見つめた。ミリエルは背中をそらしてその手を受け入れたが、コロレイには彼女が緊張している様子が見てとれた。

レイモスはコロレイの嫌悪感に気づいたようだった。「だがぜんぶは話していないんだろう？」

「ママのことはね。彼が考えているのは……」

「彼がなにを考えているかは想像がつくよ」

レイモスは相変わらず笑みをたたえていたが、その裏、その灰色の両目の中にある冷たく無慈悲ななにかが、コロレイを怯えさせた。

「気分がすぐれないようだな」レイモスは言った。「きみのように経験豊かな男なら父親と娘のあいだにいかにして愛が芽ばえるか想像がつくだろう。それが不快なものとみなされるのはたしかだ。しかしどんなに社会で糾弾されたとしても、そのような関係が弱まるわけではない。わしらの場合は、かえって熱が入ったよ」

コロレイの頭の中でパズルの最後のかけらがぴたりとおさまり始めた。「奥さんを殺したのはゼマイルじゃなかったんだな？」

レイモスはにっこり笑った。

「あんただ……あんたが奥さんを殺したんだ！」

「それを証明するのは大仕事になるだろうな。だが議論をはぶくために言うなら、そのとおりだ。つまりおたがいをたっぷりと……楽しむために、ミリエルとわしにはふたりきりの時間が必要だったが、それにはパトリシアがじゃまだった。仇役としてマルド・ゼマイルほどの適任者はいないだろう？　あのころは興味を持った者ならだれでも宮殿に入れた。わしのような人間にとって、ひと晩あの宮殿を訪問してみたらどんなに楽しいかと言ってパトリシアを説得することなど造作もなかった」

「パトリシアを殺して……それをゼマイルの責任にするつもりだったのか？」

「妻の死は事故とみなされた」レイモスは肩をすくめた。「だれの責任にする必要もなかったよ」

「それからゼマイルを落としいれた」

「マルドは権力を持つ弱い男だった。ああいう男はあやつりやすい。時間はかかったが、結果は見えていた」

レイモスの手がするりとさがってミリエルの腹をなでた。ミリエルはおとなしくしていたが、コロレイから見ると、その姿は愛人というより奴隷のようで、喜びよりも威圧感と困惑が大きいように思えた。彼女の顔にあらわれたけだるい、うんざりしたような表情は、コロレイがふれたときには見られなかったものだ。

「まだきみにきちんと感謝の念を伝えていなかったな」レイモスは続けた。「きみがいなかったら、わしはまだアルミントラにいたかもしれん。払いきれない借りができたな」

コロレイはどうすればいいのかわからず、ただふたりを見つめていた。

「なぜわしがこんなことをしゃべるんだろうと思っているかもしれないな。しかし不思議なことではない。きみは根気強い男だ、ミスター・コロレイ。わしはきみにたいへんな敬意を払っているのだよ。きみはいったん手掛かりを見つけたら、事実見つけたようだが、残らず調べあげるまで手をゆるめないだろう。遅かれ早かれこういう場面が来ると思っていた。きみを殺すこともできたが、いまも言ったように、わしはきみに感謝しているから、生かしておきたいのだ。なんであれきみがわしに害をおよぼせるとは思えんしな。しかしこれは警告だよ。わしはきみを監視している。わしに害をおよぼそうなどと考えたら、きみの運命はそれまでだ。信じられないと思うなら、今日ここで聞いたことを思い出し、わしにどれだけの能力があるか考えてみるがいい。なんの権力も持たないときでさえあれだけのことを成し遂げたのだから、こうして権力を握ったいま、わしがどれほどのことをできるか想像できるだろう？」

コロレイは言った。「ああ、できるよ」

「けっこう」レイモスが手を放すと、ミリエルは自分の寝椅子にふらふらと戻った。「となれば、あとはきみにごきげんようと言うだけだ。また訪ねてくれたまえ。夕食でもいっしょにどうだ。もちろんいつでもミリエルを訪ねてもらってかまわんよ。娘はきみのことがほんとうに好きらしいし、わしは嫉妬心を持たないすべを学んだ。残念ながら、わしの頼みでやってもらったことのために娘は傷ついてしまった。きみなら娘を立ち直らせることができるかもしれん」レイモスは手をコロレイの背中に置いて、屋敷の中を玄関まで導いた。「喜びは貴重品だ。わしはだれにだって分けあたえるつもりだ。これは裕福になったおかげで理解できたことだ。わしがきみに感謝しているのはそのこともあるのだよ。だから――」彼は玄関をあけた。「わしが自分のものをきみのものだと言うとき、それはまったくの本心から出ている言葉なのだ。ぜひわしらの歓待を受けてくれたまえ。いつでも」

レイモスは手を振って扉を閉じ、明るい日差しの中に残されたコロレイは目をしばたたいた。海図もない海で石の島に置き去りにされたような気分だった。

午後の残りはもの思いにふけりながらずっと歩き続けた。たそがれが迫るころに、ヘンリー・サイチの博物館にたどり着き、〝始祖の石〟の展示されているガラスケースの前に立った。レイモスの言うとおりだ――コロレイがなにをしたところで正義をもたらすことはできないし、自分がひょっとしたらグリオールよりもおぞましい怪物に利用されたという事実は認めるしかない。いちばんいいのは、すぐにポート・シャンティを離れることだろう。レイモスはああ言ったが、いずれ気が変わってコロレイを危険人物とみなすようになるかもしれない。だがなによりつらいのは、自分の身が危険にさらされていることではなかった。レイモスなら愚かなことだと言うだろうが、コロレイはいまでもあの男に裁きを受けさせたいと思うくらいには道徳的な人間なのに、望んでいた秩序ある宇宙が砕け散ったいま、残っているのはたっぷりの憂鬱と自殺衝動だけだった。

コロレイは〝始祖の石〟を見下ろした。石は青いビロードに包まれてまたたき、その謎めいたくもりは光をプリズム状に屈折させ、中心部に見える奇妙な人型の暗闇は、ほんとうに監禁された魔法使いの魂であるかのように揺れ動いていた。コロレイがその暗闇に焦点を合わせると、小さな夜のポケットにでも落ち込んだように、突然あたりが暗くなり、地面にひとりの男が横たわっていた。それは頬のくぼんだかぎ鼻の老人で、魔法使いのローブを身にまとい、黒い両目には青緑色に燃える裂け目が入っていた。幻影はほんの一瞬だったが、それが消えるまでのあいだに、コロレイは宮殿にいたときと同じように冷徹で強大な存在を感じ取り、ふたたびガラスケースの前で我に返って〝始祖の石〟を見下ろしたときには、もはや恐怖も驚きもなく、ただ喜びだけが残っていた。やはりグリオールだったのだ。いまの幻影はゼマイルがきわめて危険な存在、グリオールにとって排除しなければならない存在だったということを意味していたのだ。そしてコロレイはあの晩、宮殿で、瀕死の魔法使いをたしかに見たのだ。あれは錯覚ではなかった。竜はあのときもやはり魔法使いの姿を映し出そうとしていたのだ。コロレイは声をあげて笑って太ももをぴしゃりと叩いた。なるほど、レイモスはうまく計画をやり遂げたが、教団のもとメンバーが言ったように、それもグリオールの意志であり、レイモスは竜にあやつられたにすぎないのだ……この乳白色の石を媒体として。

コロレイがうれしくなったのは、見方によってはレイモスが無実だと気づいたからではなく——あの宝石研磨工を無実などという言葉ではとても呼べない——グリオールの複雑でとらえにくい活動が少しだけ理解できたからだ。竜はコロレイに語りかけ、命令し、指示をあたえるが、それは彼が生まれてからずっとおろそかにしてきたひとつの掟に従っていた。自己決定という掟。これこそ正義を生み出すことができる唯一の掟だ。もしも正義を求めるなら、社会機構ではなく、法廷でもなく、自分の力で手に入れるべきであり、それこそコロレイが得意とするところだった。どうしていままでこの結論が出てこなかったのか不思議なくらいだが、これまではひどく混乱して、事件の複雑さに振りまわされるばかりで、直接的な行動を考えるどころではなかったのだろう。まだ行動に出る準備がととのっていなかったのかもしれないし、動機が足りなかったのかもしれない。

いまではしっかりした動機がある。

ミリエルだ。

あれだけ道を踏みはずしてしまうと、もはや救うのはむりかもしれない。だがコロレイの腕の中にいた一瞬、ミリエルはかつて彼が愛した女に戻っていた。あれはいつわりではなかった。少なくとも、彼女を支配し、堕落させている男から引き離すことはできるだろう。正義の名のもとにおこなうのだから、彼の行動は正当化されるはずだ。

コロレイは博物館をぶらぶらと出て階段の上に立ち、暗い薄紫色の海面のむこうにエイラー岬を見た。するべきことははっきりわかっていた。レイモス自身が、ゼマイルについて語ったときに、成功の秘訣《ひけつ》を教えてくれていた。

「マルドは権力を持つ弱い男だった」レイモスはそう言っていた。「ああいう男はあやつりやすい」

もちろんレイモスだって同じことだ。

レイモスには弱点がたくさんある。投資した金、ミリエル、おかした犯罪、自分の影響力の強さを見誤っていること。この最後の点が、あの男の最大の弱点だ。彼はみずからの権力に酔い、自分の判断は絶対確実だと信じて、コロレイが予想外の行動に出ることなど考えてもいない。コロレイだったらなにもしないか、さもなければ法廷で不正をあばこうとするのがせいいっぱいだと思っている。彼自身がゼマイルに反抗したように、コロレイが彼に歯向かってくるとは予想もしていないのだ。ゼマイルもレイモスについて同じように考えていたのだろう。

コロレイは、ひとりの男が次の男に決然たる行動のきっかけをあたえていくという、信じられないほど入り組んだ啓蒙《けいもう》の連鎖を理解して、にやりと笑った。階段をきびきびと降りるとビスカヤ通りに出たので、〈盲目の貴婦人〉へ行ってビールを飲むことにした。ひとしきり平和な黙想にふけり、自分の将来とレイモスの運命を決めるとしよう。街区をひとつ歩きすぎるころには、もう計画の最初の部分が思い浮かんできた。

だがそこで、不安な思いにぴたりと足を止めた。

もしもこの件にグリオールの意志がはたらいていたら？　彼が〝始祖の石〟の影響を受けているとしたら？　運命を自分の手に握っているのではなく、単にグリオールの望みのままに、おぞましい策略の片棒をかついでいるとしたら？　ふつうの手段や道徳的な戦術を忘れて、レイモスのような怪物に成り下がり、いずれはグリオールの別の手先に打ち倒されるとしたら？　それを知る方法はなかった。あんなふうに唐突に決断したのは、長いあいだ胸の内で考えていた結果なのかもしれないし、何年も理想を裏切られ続けてきたせいなのかもしれない。レイモスの事件の結末がきっかけとなって、腐りかけた道徳基盤がとうとう崩壊したのかもしれない。

じっとその場に立ちつくし、結論が出ないと知りながらあれこれ考えてみたが、不安を押しのけ、さまざまな出来事に対する分析や質問をやめるための合理的な説明を探しているうちに、結局いずれかの道を選ぶしかないのだと気づいた。ここで行動に出れば、昔のしがらみや理想主義という足かせから自由になって、新しい――道徳面では劣るが――もっとずっと効果的な魔術が身につくように思える。だれが支配しているとか、だれがあやつっているとかを気にしたところでどうなる？　遅かれ早かれ人間は考えるのをやめて行動しなければならない、人生の浮き沈みや複雑さについてくよくよするのをやめて歩き始めなければならない。確実なことなどないし、安全な道もないし、完全に道徳的な存在もありはしない。自分自身と自分が気にかける人びとのために最善を尽くし、それだけで精神を健全な状態にたもてるのだと祈るしかない。もしもそうではないとしたら……まあ、先のことを考えてくよくよしてもしかたがないだろう。だれもかれもが有罪の世界で、なぜ罪の意識にさいなまれなければいけないのだ？

コロレイはふたたび歩き出し、きっぱりした足取りで進みながら、とおりすぎる人びとに愛想をふりまき、玄関を掃除している老女にはていねいにお辞儀して、いちどだけ少年の頭をなでるために立ち止まり、そのあいだずっとレイモスを攻略する作戦を考え、あの宝石研磨工がいろいろなかたちで破滅する場面を思い描き、腕の中にミリエルを抱くことを想像した。可能性の世界にぶらりと思考をさまよわせると、自分が裁判官のローブを着込んで、私情をまじえない公正かつ確固たる法律を、はかりしれぬ英知が詰まった法律を施行する姿が見えた。かと思えば、エイラー岬の大邸宅の日当たりの良いベランダにいたり、白いヨットに乗っていたり、きらびやかな舞踏場にいたり、ありとあらゆる贅沢品《ぜいたくひん》に囲まれていたりもした。そばには忠実な友人たちと美しい恋人たちがひかえ、中には敵もいたが彼らの秘密はすっかりこちらにお見通しだった。人生、長いあいだずっと遠くにあって、とても手の届かないものと思っていた宝物が、いまコロレイをぐるりと包み込んで、その豊かな香りと情景で彼にめまいを起こさせた。どうでもいいではないか、だれが世界を動かしていようと、それで楽しみが減るわけでもなく、喜びが減るわけでもない。コロレイは大声で笑い、かわいらしい女の子にウインクを飛ばし、残忍な裏切りの計略を練った。なにもかも楽しくてしかたがなかった。

いずれにせよ、竜はポート・シャンティに放たれているのだ。

嘘《うそ》つきの館

〝始まり〟が訪れる前の永遠のひとときまだ〝言葉〟が炎の中で発せられることもなく、歴史のちっぽけな塵《ちり》が炎から舞い落ちるまでにはだいぶ間《ま》があったころ、どんな動詞でもその活動を正確には表現できないあるものが存在の可能性を得て、それをひとつの雲あるいはひとつの観念のように取り巻いたかと思うと、創世の炎より形作られたあらゆるものが、その根源的な二重存在の成り立ちについてなんらかのかたちで表現するようになった。伝えられるところでは、この二重存在はあらゆる生き物の中でも竜たちとして認識されることがもっとも多かったという。なぜかといえば、彼らが創造の王たちの最上位にある〝非創造〟の口から完成された姿で飛び立ち、大火の中を抜けて飛翔《ひしょう》したからだ——永劫《えいごう》の歳月ののちに、世界や星やあらゆる夢のごとき物質へと凝集することになる大火の中を。ゆえに、彼らの魂と肉体との関係については、人間たちのように魂が内側に押し込められるのではなく、外部から彼らを物体として包み込んで支配する〝創造主〟の性質を正確に反映することとなった。そして、同種の存在すべての中で、こうした本質をもっとも強烈に、もっとも華々しく具現したのが竜のグリオールだった。

グリオールがひとりの魔法使いによって麻痺《まひ》させられた顚末《てんまつ》については目撃者のいない物語でしかないが、記録された文書によれば、彼はこの死にも似た状態で何千年ものあいだ生き抜き、成長を続けて、ついには全長が一マイルを超え、カーボネイルス・ヴァリーの最西端の地域をほぼ横断するかたちで横たわるまでになった。時が流れるうちに、その姿は雑草や育ちの悪い木々におおわれた小高い丘のようになり、そこかしこに鱗《うろこ》の一部をのぞかせるだけとなったが、植物に埋もれることなく全体を露出させた巨大な頭部は、眼前を通過するあらゆるものをスリット状の瞳孔を持つ大きな金色の双眸《そうぼう》でとらえ、周囲で繰り広げられるさまざまな出来事に邪悪な影響をおよぼしては、都合良くねじ曲げていた——その実体をもたぬ知性が楽しげに織り上げた残酷なもくろみに合致するように、その復讐《ふくしゅう》に燃える意志を利するように。晩年には、テオシンテという有名な都市が、グリオールの脇腹から広がって隣接する丘まで達していたが、数世紀前、あえて竜に近づく者がほとんどいなかったころには、テオシンテは密生するヤシやバナナの木に囲まれた大きめの集落といったところで、そびえ立つグリオールとマツの木が生い茂る丘とのあいだで窮屈にはさまれていた。みすぼらしく、見苦しく、きたならしく、不規則にのびる未舗装の通りには錆《さ》びたトタン屋根のあばら屋がならんでいた。そこが町と呼ばれていたのは、造りの危なっかしい木造の酒場や、商店や、一軒だけの宿屋が点々とあったからでしかなく、住みついている数千人の男女にしても、もっとも劣悪な人間のありさまの見本のようなものだった。人殺しに盗人《ぬすっと》にさまざまなたぐいの無法者。ほぼ全員が、竜のそばにいるせいである種の力を付与されていると信じていて（事実そうだったのだろう）、巷《ちまた》で広まっているような、彼らがテオシンテへ引き寄せられたのはその邪悪さが竜の邪悪な性質に共鳴したからであり、だからこそ竜にあやつられやすいのだという見解にはいっさい耳を貸さなかった。逆にこんなふうに問いかけたかもしれない——おれたちがだれの目的のために尽くそうが、それがおれたちの目的にかなうなら問題ないだろう？

だれもが言うように、テオシンテの住人の中でもっとも恐ろしく、もっとも年をくっていたのは、四十二歳のホタ・コティエブ、陰気な切り株のような男で、白くなりかけた髪はぼさぼさに乱れ、左右の頬と顎にはナイフの傷跡があった。大きな手はメロンをつかんで握りつぶすことができたし、たくましい腕と雄牛のような肩は長年にわたってポート・シャンティの波止場で船の荷下ろしをして鍛えられたものだ。深くくぼんだ両目は、大きな岩が時間をかけて浸食されてできたような野卑な顔の中で、ただひとつ生気のあるアクセントになっていた。ほかの住人たちは長期にわたって外界へ出かけて犯罪をおかしては、また戻ってきて竜の霊気で自分を取り戻していたが、ホタはけっして谷を離れることがなかった。十一年前の夏、通りで妻がポート・シャンティの港長が所有する大型馬車に轢《ひ》かれたあと、ホタは頼りにならない司法手続きを拒絶してその男の自宅に押し入った。港長から出ていけと言われたホタは、男とふたりの息子と数名の使用人たちを刺し、争いの最中にみずからも数えきれないほどの傷を負った。町にとどまれば絞首刑になるのはわかりきっていたので、屋敷から金目のものを盗んで逃げ、玄関の外で彼を止めようとした三人の警官を殺した。ずっとかぶっていた目立たない従順な労働者という仮面を捨てて、一時間もかからずに十人を殺害したのだ。

学校にかよわなかったので知らないことは多かったが、ホタはけっして頭がにぶかったわけではなく、この一連の出来事と、血みどろの勝利と、それに先立つ激しい混乱について振り返ったときも、自分の行動を理性的にとらえることができた。港長とその息子たちの殺害に関してはほとんど後悔の念をおぼえなかった。彼らは圧制者としてそれなりの報いを受けただけだ。それ以外の人びとに関しては亡くなったことを気の毒に思ったし、ホタが錯乱状態になるほど激怒していなければ、そのうちの何人かは死なずにすんだはずだった。とはいえ、錯乱を言い訳にして良心をなだめたりはしなかったし、自分の中に過激な暴力の可能性がひそんでいることは自覚していた。妻の死を望んだことはなかったが、愛していたわけでもなかった。十三年の結婚生活はかつてふたりのあいだを飛び交った火花を消し去っていた。結び付きは朽ち果て、残るは無関心といつわりだけ。引き具でつながれた二頭の農耕馬のように、子もなくほかにどんな展望もない野原を果てしなく耕しながら、おたがいが繰り返し投げかける空虚な約束の言葉に導かれるまま退屈な歩みを続けてきた。妻の死は暴力の解放を引き起こしたというよりも正当化しただけで、ホタはだいぶ前から人を殺したくてしかたがなかったのだが、そんなふうになったのは長年にわたる赤貧によって生まれた無力感のせいだった。みずから存在を明らかにしたいま、ホタはその性向がはるかにやすやすとおもてに出てくるだろうと考えていた。そのため、孤独な暮らしをしていながら、彼はだれもそばに近づけることはなかった。

港長から盗んだ金と宝石があったので、ホタはテオシンテの無骨な慰めが許す範囲で快適に暮らすことができていた。住まいは〈竜木館〉の三階の奥にある部屋で、この風化した箱のような建物は、屋根はトタン葺《ぶ》き、一階に酒場があり、より新しく、より荒廃の程度が低い平屋の翼棟には娼婦《しょうふ》たちが住んでいた。灰色のファサードには一匹の竜が燃えさかる天界を飛翔する姿を描いた派手な看板がかかっていた。宿屋は町のはずれ近くにあり、絶え間なく訪れるグリオールの見物客たちは、表側の窓から竜の横腹をながめることができた。所有者であるベノ・グルスタークは、建築に使われた板はグリオールの背に生えた木々から製材されたと主張していたが、常連客たちのほうは、竜の背で材木を切り出すどころか、足をのせる勇気がある者すらほとんどいないと知っていたので、この宿屋を〈嘘《うそ》つきの館〉と呼んでいた。

働く必要がなかったので、ホタはたいていの日は、子供のころの遊びがそのまま趣味になった木の彫刻をして過ごしていたが、そちらの方面で才能をあらわすことはなかった。町の中には目を引くものがなかったので、おもに題材になったのはグリオールだった。何十もの彫刻が、棚や机や椅子に積み上げられ、部屋の床にも散らばっていた。ときには、子供や、ベッドをともにした娼婦にあたえることもあったが、それで乱雑さが目に見えて減ることはなかった。さらに乱雑になるのを避けるために、ホタはもっと大きな作品の製作を始め、丘へ出かけては、木を倒し、その幹から竜を彫り出して、完成した作品を雨と虫に浸されるまま放置した。重要なのは作品そのものではなく、作業によって気がまぎれることだったのだが、そうは言っても、森に自分の作品が点在するようになって、風雨にさらされた荒削りな彫刻が——そのモデルと同じように——竜たちと驚くほどよく似た自然の形成物のようになるのは楽しかった。

テオシンテにやってきてから十一年がすぎた、春もまだ浅いころ、ホタは荷馬車屋を雇って一本のホワイトオークの幹を丘の頂まで運び上げた。そこからは、グリオールの横向きの姿と、そのむこうの谷に波打つように広がるヤシやイチジクやアボカドの木々と、そこをうねうねとのびる赤土の小道を見渡すことができた。ホタはその場所でもっとも野心に満ちた計画にとりかかった。それまでの彫刻は竜がもっと活発だったころの姿を想像したものだった——飛んでいたり、うずくまっていたり、猛《たけ》り立っていたり。このときは、見たままのグリオールを描いた像を彫るつもりだった。異様に繊細な、鳥に似た頭部、なかばひらいた顎、地衣におおわれた舌と牙、口蓋《こうがい》にもつれ合うように張り付いた蔓草《つるくさ》。矢状稜《しじょうりょう》のひだや突起は青みがかった緑色で、同じ色が金色の鱗を縁取っていた。曲がりくねった胴体は、臀部《でんぶ》にも横腹にも背中にも森が広がっていて、その濃い緑色のならびが、背後にあるもっと高く盛りあがった丘の形にとてもよく似ていたので、そこにも巨大な竜が隠れているのではないかと思わずにいられなかった。ホタは一週間でデザインを仕上げたあと、さらに数日かけてグリオールの姿を隅々まで頭の中に取り込み、その知識を自分の両手へ流し込んだ。

ある日の昼近く、忙しく彫刻に励んでいたホタは、グリオールの鼻面の上空でなにかがくるくると舞っているのに気づいた。強い日差しのせいでよく見えず、竜の大きさと比べると雄牛の鼻先ではばたく雀《すずめ》なみにちっぽけだった。ホタはグリオールを同族内の唯一の生き残りだと思っていたので、それが別の竜だとわかったときにはひどく驚いた。全長は三十から四十フィートくらい。鱗はブロンズ色。ホタはすっかり心を奪われて、その生き物がすいすいと空を駆けるのを見守ったが、繰り返される動きは先の予測がつき、まるで彼女（グリオールと比べるとずっときゃしゃだったので、ホタはその第二の竜を雌と考えた）が、同じ文字を何度もなぞって、なにかの儀式を執りおこなっているかのように見えた。翼は空気を叩くというよりもこまかく波打っていて、滑空する長い首は流れに揺れる葦《あし》のようにしなやかで、尾の激しい動きには強烈な猥雑さが感じられた。彼女はグリオールと意思を通じようとしているのかもしれない、とホタは思った。あるいは彼のほうが彼女と意思を通じているのか。ことによると彼女の飛行が描き出す模様はグリオールの思考の渦を目に見える形にしているのかもしれない。やがて、彼女は周回をやめてグリオールの広い背中に降下し、その矢状稜のむこうへ姿を消した。

ホタはのみを取り落とすと、大急ぎで丘をくだり、踏み分け道から谷に縦横にのびる赤土の道の一本に出て、グリオールに側面から近づき、前脚の隆起を目指した。竜が頭上にそびえるほどになると、恐怖がわきあがってきた。きっちりとならんだ顎の鱗。要塞《ようさい》都市の崩れかけた壁のような、地衣で飾られた灰色の歯。盛りあがった眼窩《がんか》の隆起。近くで見ると、こういったものの途方もない存在感で気持ちをくじかれそうになり、竜が落とす影に入ったときには、目に見えない泥に踏み込んだように、なにか空気よりも冷たくてねっとりしたものに包み込まれた気がした。それでも、恐ろしさよりも魅力のほうがまさっていた。動くことができる竜を見られると思っただけで心が浮き立った。それは学者や芸術家がいだくような興味ではなかった。ただ竜を見たいだけだった。

雑木林におおわれた前脚が作り出した斜面を急ぎ足でのぼってから、低木が生い茂る竜の肩を目指し、枝をつかんで体を引き上げていった。息が苦しくなり、汗が噴き出した。何度かあやうく滑落しそうになった。やっとのことでグリオールの背にたどり着き、マツの枝にしがみついて、数百フィート下の谷と、緑樹に囲まれた醜い灰色の染みのようなテオシンテを見下ろしたとたん、自分がどれほど愚かなことをしたかを理解した。タブーを破ってあらゆる耐性を剝ぎ取られたかのように、降り注ぐ運命の矢に身をさらしている気がした。そうした不安に加えて、すぐそばには一匹の竜がいて、ホタの存在を察知したら、ばらばらに引き裂こうと襲いかかってくるはずだった……彼が丘をのぼっていたあいだに飛び去ったとすれば話は別だが、それはありそうになかった。また恐怖がつのってきたが、ホタは自分の命に以前ほど価値を置いていなかったし――実のところ、ポート・シャンティであの晩になぜ絞首刑をまぬがれようとしたのだろうと不思議に思うことがよくあった――竜を見たいという思いは強いままだった。彼は慎重に足を運び、枝を脇へそっと押しやりながら、低木の茂みの奥へ踏み込んで第二の竜が着地したと思われる地点を目指した。

日中の暑さが極まるころで、相変わらず汗が噴き出していた。茂みの大半を占める貧相なマツのとがった葉や低木の黄ばんだ丸い葉が、視野をほんの数ヤードまで狭め、汗ばんだ首や頬や腕にへばりついた。十五分ほどやみくもに歩きまわっていたら、第二の竜はそもそも着地せず、矢状稜のむこうへ降下してから水平飛行をして丘の彼方《かなた》へ飛び去ったのではないかという気がしてきた。小さく地面がのぞいている場所を見つけて腰をおろし、もう探索はあきらめようかと考えた。茂みでがさがさと音がしたのも不安だった。噂によれば、グリオールの内外に棲《す》みついた動物たちには毒があるらしい。今日の愚行はこれくらいにしておこうと判断し、ホタは立ちあがっていま来た道を引き返し始めた。三十分たっても茂みを抜けられなかったので、まちがって背骨に沿って歩いてしまったのだと気づき、少しいらだちをおぼえた。つま先立ちになると、竜の矢状稜が見えて方向がわかったので、それと平行に歩き出した。さらに三十分が過ぎると、いらだちはパニックに変わった。だれかが――まちがいなくグリオールが――悪さをしているのだ。ホタの思考をくもらせ、堂々めぐりをさせているのだ。ふたたび矢状稜を見つけて、茂みの中を突き進んだ。だが、足の下の地面がいつまでも斜面にならないので、あらためて位置をたしかめたら、自分がまったく先へ進んでいないことがわかった。

　二時間後、ホタのパニックはあきらめに変わった。つまり、これこそが彼の暴力が招いた運命なのだ。広さを知る望みすらない不可思議な場に閉じ込められ、グリオールの背を力尽きて歩けなくなるまでさまよい、渇きと日差しで命を落とすのだ。これなら絞首刑になるほうがましだろう。それでも、もっと悲惨な目にあうべき人間だということは否定できなかったので、抵抗する気はなかった。すわって死を待つことができるように、折れた枝を蹴飛ばして場所をつくろうとしたが、よくよく考えたあとで、また歩き始めた。さっさと体力を使い切って避けようのない運命を受け入れるのがいちばんだろう。茂みの中をずんずん進んで、もはや身を隠そうともしなかったのは、あの第二の竜は幻影で、グリオールが罠《わな》に仕掛けた餌だったにちがいないと考えたからだ。大枝は手で払いのけ、もつれた場所は肩で押しひらき、余裕があるときにはのしのしと小走りで突き進んだ。そうこうするうちに、なんだか気分が浮き立ってきたが、それはようやくやるべきことを見つけたせいなのかもしれなかった。酒を飲んでは不器用な彫刻を続けた歳月、それ以前に長年繰り返されていた、気の遠くなるような単純労働と、妻をむっつりと見つめていた無言の夜と、みすぼらしく無味乾燥な昼……いまここで終わらせるのは正解なのだ。そんなことを続けてもだれの得にもならないではないか、とりわけホタにとっては。

　死についてじっくり考えれば考えるほど、人生を終わりにしようという気持ちがますます強まった。いったいなにを楽しみに待てばいい？　淡々とした歳月のあとにやってくる肉体の衰えか？　若く強い男たちに襲われて身ぐるみ剝がされてしまうことか？　しかもそれが最悪の展開というわけではないのだ。浮き立った気分が歓喜に近いなにかに変わり、ホタはさらに足取りを速めた。小枝が当たって皮膚がすりむけたが、痛みは気にならなかった。そういえば以前にもこういう感覚が強まったことがあったが、あれは……なんだろう？　熱狂か？　活力か？

錯乱。

それだ、とホタは思った。

ポート・シャンティの港長の家で味わった感覚とよく似ているのだ。

このつながりの可能性に気づいたことで酔いが覚めたようになり、ホタは走るのをやめて歩き出し、あれこれ思いをめぐらしながら、あのときもいまも、自分の感じたことは、精神の欠陥か肉体のなんらかの不調をしめす兆候だったのだろうかといぶかった。そんなことを考え続けたまま、マツの大枝を押しのけてひらけた場所へ踏み出すと、そこにほっそりした女がひとり立っていた。肌はブロンズ色、長い黒髪は背中のくびれまで流れ落ち、ひと切れの布すら身につけていない。

女の姿があまりにも衝撃的だったので、ホタはまず疑ってかかった。これも自分が錯乱しているせいだろう……さもなければ、グリオールがまた悪さをしているのかもしれない。女はなかば体をそむけたまま、急になにかを思い出したように片手を頰に当てていた。黒っぽい不揃いの線からなる模様が全身をおおっていた。まるで爬虫類《はちゅうるい》の鱗のようだ。初めは刺青《いれずみ》かと思ったが、刻々と色が薄れていくのを見ていたら、あの雌の竜の鱗がこの女の肌とまったく同じブロンズ色だったことを思い出した。ホタが喉の詰まったような声をあげたのを聞いて、女は肩越しにちらりと振り返ったが、ひとりでいる裸の女がこんな恐ろしげな姿をした男に不意打ちを受けたというのに、怯《おび》えた様子はまったくなかった。女は身じろぎひとつせず、静かに見つめるだけで、ホタのほうは、自分が信じたいこと――ここに立っているのが探していた竜の変身した姿なのだ――を受け入れることができず、逃げたいという衝動と女のことをもっと知りたいという欲求とのあいだで板挟みになっていた。ものの数秒で肌を走る線がすっかり消え失《う》せると、自身を制していたプロセスの完了を告げられたかのように、女がホタにまっすぐ向き直り、乾いた、かすれた声で告げた。「ホタ」

女の唇から出た自分の名にかすかに威嚇の響きがあった、というか、そう聞こえたことが、ホタの逃げたいという気持ちを煽《あお》り立てた。女から目を離す気になれないまま、一歩後ずさり、走り出そうとしたが、つまずいて、うつぶせにばったり倒れ込んだ。あわてて片膝を立てたときには、女がすぐそばに立っていた。

「怖いの？」女が首をかしげてたずねた。

両目は黒く、虹彩は白目の余地がほとんどないほど大きく、とがった頬骨と豊かな唇と優美な鼻をそなえた顔は、あまりにも完璧で、生気が欠けていて、退屈な芸術家の作品を思わせた。女は質問を繰り返したが、顔と同じように声にも人間らしさがまったくなかった。質問はなんだか事務的で、恐怖というものになじみがないので、その現象について知りたがっているかのようだ。少女ではない、成熟した女に見えるのに、乳房や腰や腹には年を重ねた気配も使い込んだ感じもなかった。

ホタはその場にへたり込んだ。驚きで口がきけなかった。

「怖がる理由はないわ。ともに進むべき道があるのよ、あなたとわたしには」ひとかたまりの雲が太陽を横切った。女はさっと目をあげて、空を見渡した。「なにか着るものがいるわね」

ホタは少しほっとし、女から身を遠ざけるようにして立ちあがった。もういちど逃げようかと考えたが、茂みの中で迷ったことを思い出し、逃げたところでどうにもならないと判断した。

「聞こえた？」女が言った。その言葉からは、やはりいらだちも怒りも感じ取れない。「着るものがいるの」

ホタは自分でも質問をしたかったが、すっかり怖じ気《おけ》づいて口がきけなかった。

「あなたの名前はホタよね？」女がたずねた。

「ああ」ホタは唇をなめて、質問をする勇気を奮い起こそうとしたが、うまくいかず、口から出たのは支離滅裂な音だけだった。

「マガリ」女はそう言って自分の乳房のふくらみにふれた。「わたしの名はマガリ」

ホタには女がどんな気分でいるのかまったくわからなかった。まるで美しい殻の内側に身をひそめて、ほんとうの自分を覆い隠しているかのようだ。女は返事を待っていたが、彼が黙ったままなので口をひらいた。「あなたはわたしを知っている。だからうろたえているの？」

「おれはあんたと会ったことはない」ホタは言った。

「でもあなたはわたしが何者か知っている。わたしが飛ぶのを見た。わたしが変化しているところを見た」

これはホタが口にしなかった質問の答えではあったが、彼はますます狼狽《ろうばい》して、首を横に振ることしかできなかった。

「なぜ信じられないの？　あなたは見たとおりのものを見た。でもわたしを怖がることはないわ。いまはただの女だから。肉体はあなたと変わらない」女は手をのばしてホタの手をとった。手のひらは温かかった。「わかる？」

「いや……おれは……」ホタは勢いよく首を横に振った。「だめだ」

「じきにわかるわ」女は手を離した。「さあ服を持ってきてくれない？」

「テオシンテに女の服を売っている店はない」

「借りればいい……あなたの服でもかまわない。なんとかなるわ」

指示に従えば逃げられる、とホタは思った。「わかった。すぐ行く」

「戻ってくるのよ。戻らないとか考えないで」

「もちろん戻る」

女は声をあげて笑った――初めて見せた純粋に人間らしい態度だった。「そうは考えていないようだけど」

「どうしておれの考えていることがわかるんだ？」

「顔に書いてある。あなたは逃げたくてしかたがない。見えないところまで行ったら走り出す。とにかく、いまはそう考えている。でも結局は、もしも戻らなかったらわたしに追われると考えてしまう。そのとおりよ――わたしは追いかける。まあ、あなたには戻ってくるもっと根深い理由があるけど」

「ありえないだろう？　おれたちは出会ったばかりで、根深い理由なんてものが生まれる間柄じゃない」

女が二、三歩離れて、太陽のほうを向くと、木の葉の影がその腰まわりに模様を描き、少し前に肌から薄れて消えた模様を思い起こさせた。女は髪を乳房にかかるように垂らし、黒い桛糸《かせいと》の中に身を包んだ。

「あなたが戻ってくるのはほかに道しるべがないから」女は言った。「これまでの人生が空虚だったせいで、あなたはわたしがなにか達成感をあたえてくれると期待している。あなたが戻ってくるのはそれを望んでいるから。ふたりが進むべき道に、あなたとわたしがすでに足を踏み出しているから」

ホタが、娼婦から借りた足首までの丈の地味なワンピースを着たマガリを連れて夕刻に〈嘘つきの館〉へ帰り着くと、ベノ・グルスターク――恰幅《かっぷく》が良く、短足で、まるまるとした浅黒い顔は、不機嫌そうなしわが刻まれ、脂ぎった黒い巻き毛で縁取られている――が事務所からせかせかと出てきて、その女がいっしょに泊まるのなら追加料金を払えと言ってきた。ところが、マガリを近くで見て、その淡々とした視線を向けられると、急にろれつが怪《あや》しくなった。ふたりが階段をのぼっていったときも、残されたベノは、ほこりっぽいロビーから黙って見上げるだけで、いつものようにしつこく注意してこなかったので、ホタはこの宿屋の主人は美しすぎる女がそばにいることに慣れていないのだろうと思った。

ホタは女を部屋へ招き入れながら、散らかっていてすまないと言ったが、マガリはそんなことはまったく気にせずにベッド脇の壁に近づくと、風化した灰色の壁板をじっくりとながめて、入り組んだ黒い木目に人差し指を滑らせ、それが最高級の大理石で作られているかのように感心した顔をしていた。ホタはまだかなり気後れしていたので、部屋の片付けに没頭し、木彫りの竜たちを取りあげては引き出しに詰め込み、シャツで粗末な家具のほこりを払った。彼がこうした雑用の合間にちらりと目をあげると、マガリはベッドに腰かけてスカートのひだを指でいじくっていた。

「緑色のワンピースがほしいわ」マガリは言った。「濃い緑色の。この町に女の裁縫師はいる？」

ホタはほこりで汚れたシャツをまるめて椅子の上にほうり投げた。「たしか……いるはずだ」

マガリは偉大な知恵を授けてもらったかのように重々しくうなずき、両脚を振りあげてベッドにあおむけに横たわった。「しばらく眠りたい。そのあとでなにか食べられるわよね」

「下に酒場がある……食べ物も出している。そんなにうまくはないが」

マガリは目を閉じてほうっと息をつき、すっかり眠り込んだように見えたが、一、二分たつと急に激しく身をよじって、体を横へ向け、枕のせいで少しこもった声で告げた。「肉さえあればいいわ」


ふたりで過ごした最初の数日は、ホタにとっては気詰まりな日々だった。マガリが部屋を出るのは下の階にある便所へ行くときだけで、昼も夜もほとんどを眠って過ごしている様子は、新しい姿に順応しようとしているかのようだった。目が覚めているときは壁板をじっと見つめているか黙ってベッドの上ですわっているか。たまにある会話はマガリが必要とするものに関する事務的なやりとりで、そうした使い走りで出かけていないときは、ホタは椅子にすわって彼女が目覚めるのを待った。町にいた女の裁縫師から濃い緑色のワンピースが二着届くと、マガリは慎みなどいっさい考えず、ホタの目の前で順繰りに着替えて、彼の胸を欲望でうずかせた。当然ではないか？　ホタはこんなふうに見せつけられることに慣れていなかった。妻は夜ベッドに入るときには何枚も服を着込んでいたし、枕をかわした娼婦たちもスカートの裾をまくりあげるだけだった。マガリの肉体は、突き出したこぶりの乳房とすべすべした脇腹に、長く優美な両脚をそなえ、まさに彫刻家が夢見る傷ひとつない官能性の権化だった。だがホタが欲望に負けることはなかった。まだ恐怖心は残っていたし、情欲に身をまかせるには疑問が多すぎたので、けっしてマガリに近づこうとはせず、床や椅子の上で眠りについた。ふたりが進むべき道とはなんのことだ？　マガリはほんとうに竜が変身した女なのか？　それとも、これらすべてはひとつの策略が、事象と瞬間の共謀がもたらした結果なのか？　なにより知りたいのは、なぜこんなことが起きたのかということだ。いったいどうしたらこんなことが起こりうるのだ？

何週間ものあいだ、毎日マガリのそばですわっていたら、ホタはだんだん自分の住まいに不満がつのってきたが、それはマガリの存在が周囲のみすぼらしさを際立たせるせいかもしれなかった。彼はせっせと掃除に励み、花を持ち込み、椅子に新しいクッションを敷き、ポスターを買ってきて壁に掛け、長らく灰色だった空間を明るくした。廊下から聞こえる足音や話し声が不快だったので、それを抑えるために扉に毛布を吊《つる》した。部屋のかび臭さは市場で買ってきたにおい袋で消した。こうして環境が良くなってもマガリが感心することはなかった。ホタには知りようもないなんらかの理由により、彼女は壁板にだけ興味を持っているようだった。そんなある晩、マガリが眠っているあいだに、部屋を歩きまわっていたホタは、壁板の木目が以前よりもくっきりしていることに気づいたが、毎日掃除しただけでそこまでくっきりするとは思えなかった。興味を引かれて、オイルランプの明かりでじっくり見てみたところ、木目はたしかに濃くなっていて、黒い線が描き出す入り組んだ模様はどんなものにでも見えそうだった。最初はそういう印象だったが、そのままじっと見ていたら、いくつかの形が浮かびあがってきた。突起や皮膜がならぶ細い翼、鱗におおわれたしなやかな胴体、牙のある爬虫類のような頭部。竜たちの群れだ。どの板にもそうした像が浮かんでいて、いずれも描写は巧みだった。しかも、溶けていく灰色の雪の下に埋まっていたかのように、どんどん新しいものが出現してくるようだった。ランプを頭上にかかげてじっくり観察していたら、たくさんの竜ではなく、一匹の竜の無数の姿を見ているような気がしてきた。鱗のならびかたや鳥のような輪郭にどれも似たところがあって……。

「なにを見ているの？」

不意を突かれて、ホタは小さく悲鳴をあげ、さっと体をまわして背後のマガリに向き直った。ワンピースのボタンがへそのあたりまではずれて乳房のふくらみがあらわになり、髪も寝乱れてはいたが、いつもの淡々とした視線はそこになかった。なんだか生き生きして、興奮していみたいで、彼女がそばにいることでホタが感じていた不安もいくらかやわらいだ。マガリが質問を繰り返したので、彼は答えた。「竜たちだ……あるいは一匹の竜か。よくわからない。あんたにもそう見えるか？」

マガリはその質問を無視した。「ほかには？」

「いや。ほかにもあるのか？」

「見えるものは数限りないわ」

マガリはホタのとなりに立つと、愛撫するように一枚の壁板に手を滑らせてから、像のひとつを指差した。「ほら。この牙が斜めに突き出しているのが見える？　なにかを思い出さない？」

わけがわからなかったが、その壁板を一分近く見つめていたら思い当たった。「グリオールだ！　それはグリオールなのか？」

「これらすべてが」マガリは手を振って壁をしめし、あふれだす感情に声を震わせた。「グリオールの生涯を伝えている。彼の背に生えた木々に染み込んで。この宿屋全体がひとつの記録なの。彼の生きたすべての日々がここに記されている」

すると、ベノは嘘をついていたわけではなかったようだ。なかなか信じがたいことではあった。ホタの経験から言って、ベノが勇気ある行動をとったことなどいちどもなかったので、彼がグリオールの背で木を切り倒すなどというのは笑い話でしかない。ベノが人を雇って切り倒させたというのも同じくらいありそうになかった。あの竜の上に足を踏み入れたと主張する数少ない輩《やから》も、尻尾《しっぽ》にのぼったと言っているだけで、ホタと同じくらいのところまでたどり着いた者はひとりもいない。とはいえ、ベノはマガリを見たときに呆然《ぼうぜん》としていた。ひょっとすると、あれはなにかに気づいたせいで、たいていの連中より竜たちになじみの深いベノが、彼女の秘められた本質を感じ取った証拠だったのではないか？

「ほかになにか見るものがあるとして……」ホタは言った。「おれはそれを見ることになるのか？」

「さあ？」マガリはベッドに戻ってそこに腰をおろし、体の下になったスカートのしわをのばした。「あなたはすでに見るべきものを見たわ」

「おれにとってここまでは見るべきもので、それ以上はちがうのか？　なんの意味があるんだ？」

マガリはベッドに身を横たえ、片肘をついた。「そうすればあなたはグリオールの支配がおよぶ範囲を理解する。そうすればあなたはそれを受け入れる」

これにはいらだちをおぼえたが、ホタはこの女を相手に怒りをあらわにしていいかどうか自信がなかった。「なぜそれが重要なんだ？　あの竜が少しばかりおれたちの人生をあやつっていることならもう知ってるぞ」

「知ることと受け入れることはまったくちがうわ」

「いったいなんの話をしているんだ？」

マガリは腕を自分の目の上にかぶせて返事をしなかった。

「おれがなにかを認める必要があると言ってるのか？　なぜだ？　説明してくれ」

マガリはその件についてはもうなにも言わず、少したつと、酒場からなにか食べ物を持ってきてくれと頼んだ。ホタは、子供のように扱われて、自分が知らないほうがいいことがあるとほのめかされたこと――彼はマガリの反応をそう解釈した――は気にしなかったものの、マガリの食事の用意ができるのを待って、厨房《ちゅうぼう》の扉の脇に立ち、煙と湯気をとおして太りすぎのふたりの料理人と垢《あか》だらけの子供たちが引き起こす喧噪《けんそう》を見つめていたら、マガリについて腹立たしく考えずにはいられなかった。あの女が本人が主張するとおりの存在だということをなぜ疑ったりできたのだろう？　どんなに見た目が良くても、あの女のふるまいはトカゲのようだ。一日中ほとんど動かなくて。起きあがるのは小便をするときや壁板を見つめるときだけ。しかもその食べ方ときたら！　そういえば、ポート・シャンティにいたヤモリたちは、何時間も身動きひとつせずに壁に張り付いていたあと、いきなり舌をのばして蚊《か》をとらえ、頭をあげて……。

給仕の少年が、米と細切りの豚肉をのせた皿を酒場に運ぼうとして、ホタの腰に軽くぶつかった。ホタは思わず怒鳴《どな》りつけてから、少年を怖がらせたことでいやな気分になった。おれはこんなところでなにをしている？　ホタは自問した。なにか謎めいた計画に彼を巻き込もうとしている女と同棲して。壁に竜の姿があらわれる部屋でぐずぐずと過ごして。あの女と手を切るべきなのだ。テオシンテそのものと。今度食事をせがまれたら、宝石と現金を入れたバッグを持って、内陸へむかおう。カリーチを目指すか、いっそ国を横切ってホライズン岬まで。だが、離れられるのか？　それが問題だ。谷をさまよい歩き、道に迷って、出口を見つけられないまま、結局はテオシンテへ戻ってしまうのでは？　この疑問に対する答えは、おそらく、イエスだろう。ホタはいまでも、マガリと出会った日にグリオールが仕掛けた罠にとらわれたままなのだ。もしも脱出できることがあるとしたら、それはあの竜にとってホタが用済みになったときだろう。

ホタのいらだちとは裏腹に、このときの会話はふたりの関係の転換点となった。それからの一カ月もマガリはけっして口数が多くはなかったが、ときおり、ホタになにか用事を頼むだけでなく、いまどんな気分かとたずねてみたり、窓辺に立って、その日の天候や町の見苦しさについてなにか言ったり、荷馬車の車輪がぬかるみにはまってしまった御者の苦境に声をあげて笑ったりもした。おそらく人格を成長させていたのだろう。おおむね意地は悪かった。それでも人格にはちがいない。気にせずに服を脱ぐという習慣は変わらなかったので、ホタには彼女の肉体の変化が見てとれた――下腹部の境目にうっすらとのびる線、目尻のかすかなしわ、ほんの少しだけ垂れた乳房。ほかの人なら気づかないだろうが、七週間ずっと観察を続けていて、しかもそれしかすることがなかった男にとっては、平原にそびえる山脈のようにはっきりと目立つ変化だった。ホタはこうしたしわやたるみは変身が最終段階に達した合図なのだろうかといぶかしみ、いつしか、マガリのことをたいていの場合は女とみなすようになっていた。結果として、そんな気になるのは自分がどこかおかしいからではないかという不安があったにもかかわらず、欲望はさらに熱く高まった。

〈嘘つきの館〉で過ごす八週目に入ると、マガリはますます活動的になって、これが関係を深める役に立った。眠る時間も減り、手短ではあったがホタに会話を要求するようになって、これが関係を深める役に立った。

ある晩、マガリはホタに食べ物を取りにいかせるかわりに、いっしょに酒場で食事をしようと誘ってきた。ホタにとっては微妙な提案だった。どんなに状況がいいときでも、彼はひとりで過ごすほうが好きだった。それに、マガリが人びとの前でうまく振るまえないのではないかと心配だった。ところが、ふたりで酒場に入ってみると——天井の低い店内は、やはり灰色の風化した壁板が張られ、長椅子とテーブルがならび、鉄細工の竜たちがすりガラスを支えている奇抜なデザインのランタンに照らされていた——客は五人しかいなかった。ふたりの娼婦はそれぞれの顧客と食事をしていたし、もうひとりの、ピンク色の肌をした体格のいい金髪の男は、唇の厚いまるまるとした顔で、陶器のジョッキに注がれたビールを飲んでいた。ホタたちはほかの客から離れた壁の近くで席につき、ワインと鹿肉を注文した。マガリはなにも言わずにすわったままあたりを見まわし、ホタはいつも以上に目を据えてその様子を見守った。厨房から響く騒音と怒鳴り声、娼婦たちの笑い声、酒場のすべての音が遠ざかっていく。ランプのオレンジ色の輝きの中にひとつの心拍が埋まっていて、彼のむかいにいる、みずからもブロンズ色の肌を輝かせた女のために、脈動する背景を作り出しているかのようだ。ホタはなにを考えるでもなく、というより、頭の中に広がる形のない思考をかかえながら、ほとんど儀式的と言ってもいいほどの集中力をもって彼女を見つめた。

食事が運ばれてくると、マガリは鹿肉のステーキをつまんでひと口かじり、もぐもぐやってから、頭をのけぞらせてのみ込んだ。それが何度も繰り返された。ホタは自分の食べ物を味わうことなくかっ込み、ずっと注意をそらさなかった。色あせた栄華の象徴のように、染みだらけの頭からほつれた白髪の房を垂らし、みすぼらしい紫色の外套《がいとう》をはおったひとりの老人が、酒場に入ってきて竹製の笛で音楽を奏でた。老人はほかのテーブルでは足を止めて硬貨をせがんだが、ホタにはきつくにらまれたので近寄ろうとしなかった。

なにかがおかしいことはわかっていた。ふだんの思考の流れが抑えられ、鎮められているのに、なんであれその抑圧の要因に抵抗しようという気にならず、ただマガリの顔と姿に魅せられてしまう。喉の痙攣《けいれん》するような動きに、指や歯のこまかな動きに、所有の喜びを感じるのだ。うら若き娘を見守る老人のように。性ではなく命を切望して。なにか禁じられたキスを渇望して。自分の中にあるこうした醜さをはねつけたいという気持ちはあっても、それはできず、彼女のあらゆるしぐさや表情の変化を追い続けた。マガリはホタの視線の強さやその性質に気づいている様子を見せなかったが、いちどたりとも目を合わせようとしないので、注目されていることを知ったうえですべての行動を見せつけているのは明らかだった。ホタは頭の中がなんだかほてっていて、彼の脳までがやわらかなオレンジ色の光とともに脈動しているかのようだった。

新たな客たちが酒場に流れ込んできた。その話し声や笑い声が厨房の騒音をかき消したが、ホタとマガリがすわっている場所は静寂に包まれていて、ふたりだけの空間が損なわれることはなかった。仕事で汚れた服を着たふたりの大男が、金髪の男がすわっているテーブルに加わった。男たちはがんがん酒を飲み、ほんの数口でジョッキをあけると、二枚目のステーキにかぶりついているマガリにちらちら視線を送り始めた。頭を寄せ合い、ささやきをかわし、騒々しい笑い声をあげる。いつものホタならそんな冷笑は無視するところだったが、怒りがガラス管で熱せられた液体のようにせりあがってきた。彼は長椅子から立ちあがり、そのテーブルに近づいて男たちをにらみつけた。あとから来た男たちはホタのことを知っていたか、少なくともその評判を耳にしていたらしく、ひとりがなだめるような態度になって彼の名をつぶやくと、もうひとりはテーブルに視線を落とした。だが、金髪の男はテオシンテに来たばかりか、さもなければ怖いもの知らずのようだった。彼はホタに冷笑を浴びせて問いかけた。「なにか用か？」

ほかの男たちのひとりが用心しろというように無言で目くばせをしたが、金髪の男は続けた。「なんでこんなクソ野郎にびびってるんだ？　なにが言いたいのか聞いてやろうじゃないか」

怒りのレンズをとおして、ホタはその男を人間ではなく、ピッチでおおわれた波止場の杭によくへばりついている生き物として見ていた――忌まわしい本能と欲求にまみれた見苦しい代物で、ピンク色のゴムみたいな顔はまるで人間の戯画だ。

「なんだ、口がきけないのか？　しかたない。わたしが話してやろう」金髪の男は薄ら笑いを浮かべると、壁に背をもたせかけ、片足を長椅子にのせた。「わたしがだれか知ってるか？」

ホタは黙っていた。

「知らないのか？　まあそれはいい。問題はきみがだれかということだ。なにも紹介はいらないな。役立たず。のろま。ぼんくら。そういう言葉を書いた看板を背負って歩くほうがいいぞ。どこへ行ってもきみが何者か宣伝できる」

ホタは自分の皮膚がその下にある溶解した物質を押さえ付ける固い殻になったような気がした。

「わたしのことはきみの対極の存在と考えればわかりやすいかもしれない」金髪の男は続けた。「わたしはきみのような男たちを雇っている。そしてわたしの目的のために活用している。なんならきみを雇ってもいいかもしれない……きみが見た目どおりの力持ちなら。どうなんだ？」

ホタの顔に自然に笑みが浮かんだ。

金髪の男は含み笑いをもらした。「まあ、強さがすべてというわけではない。わたしは自分よりも強い男たちを大勢打ち負かしてきた。どうやるかわかるかね？」とんと自分の側頭部をつつく。「わたしはここが強いんだよ。わたしがきみからなにかを奪ったとしても、きみはそれを止めることはできない。たとえば、きみの女だ。実に美しい！　きみから奪うことも考えてみたよ。だが、彼女はきみといっしょにいるほうがくつろげるだろう」男は困ったように鼻をひくつかせた。「きみのためにも、豚みたいなのは食べるときだけで、ベッドではましであってほしいものだ」

ホタが金髪の男の脚に手をのばすと、連れの男たちの近くにいたほうがホタのひたいにパンチを繰り出してきた。パンチに威力はなく、ホタは肘を相手の口へ叩き込み、歯をへし折って、そのまま男をとなりのテーブルの下へ突き倒した。それから金髪の男のくるぶしをつかみ、酒場の中央へ引きずり出すと、脚を高く持ちあげて立っていられないようにしてやった。三人目の男が迫ってきたが、自信のなさがその攻撃のしかたにはっきりとあらわれていた。ホタはそいつの股間を蹴飛ばすと、片手で金髪の男の首をつかみ、両足が床から数インチ離れるまで持ちあげた。男はホタの手をつかみ、指を剝がそうとした。顔が紫色に染まった。唇のあいだから泡がわき出した。男は手探りで短剣を抜いてホタを刺そうとしたが、ホタは短剣を床へ叩き落とし、それを握っていた手をつかんで締めあげ、同時に喉のほうをつかんでいた手をゆるめた。金髪の男はがっくりと膝をつき、手の骨が折れてこすれ合う痛みに絶叫した。

「ホタ!」

マガリがおもてに通じる扉のそばに立っていた。切迫感のある声だったのに、落ち着いた様子だった。ホタが手を放すと、金髪の男はごろりと横に倒れ、つぶれて血まみれになった手をかかえ込んでホタに悪態をついた。さらに何人かの男たちが、闘志満々な態度をあらわにして近寄ってきていた。ホタはそいつらをにらみつけ、肩をいからせて、警告するかわりに、吠《ほ》えた。

ホタから吐き出された音は、荒れた人生と、怒りと、社会的不能とを合わせた以上のものだった。それはもっと広大な源泉からわき出した、変転する世界の咆哮《ほうこう》のようなもので、あらゆる創造物が急速に忘却へとむかう中で発する音であり、失意のさなかにあっても傲慢《ごうまん》かつ誇らしげで、このときのように、それを口にするのにふさわしい主を見つけるまでは聞かれることのない音だった。

男たちはたじろぎ、厨房のほうへ後ずさりした。そいつらがもはや脅威ではなくなり、さっきの咆哮で怒りも霧散したので、ホタはマガリのそばへ戻った。やはり表情は読めなかったが、満足しているような気配は感じ取れた。マガリが彼の腕をとり、ふたりは町へと踏み出した。

夜のテオシンテは、昼よりもさらにうらぶれていた。かしいだ掘っ立て小屋、扉の隙間や窓にかけられた四角い布の奥でゆらめく炉火の光。風にさらされ、静寂を破るのはときおり聞こえる悲鳴やけたたましい笑い声だけ。ほったらかしにされた裸の赤子が、午後の雨でできた水たまりの中でばしゃばしゃやっている。木々がつらなるグリオールの背が紫色の空で輝く星ぼしの中にシルエットを描いている。そこには未開地のような雰囲気があり、人びとは闇にひそむ恐怖に対抗するために脆弱《ぜいじゃく》な住まいで身を寄せ合いながら、その恐怖のまさに影の中で暮らしていた。ホタは、自分をあんな暴力に駆り立てた頭の中にあるものに心乱されて、町にも自分自身にも疎外感をおぼえていた。だが、マガリがそばにいることが、そのにおいが、腰がふれたり胸のふくらみが腕に当たったりする感触が、気分の落ち込みをふせいでくれた。〈嘘つきの館〉のおもてにのびる坂道をぶらぶらとくだって、竜の頭部へむかっていたとき、マガリが口をひらいた。「わたしたちはもう飛んでいるべきなのよ」

「飛ぶ」ホタは言った。「どういう意味なんだ？」

「なによりもすばらしいことなの、いっしょに飛ぶのは……ただそれだけ」

ホタは、マガリはなにか隠していると思ったし、問い詰められるのが好きではないこともわかっていた。それでも問い詰めたかった。彼女はふたりが出会う前の暮らしについてほとんど話すことがなく、ホタは彼女のことを本人が主張するとおりの存在だと確信していたわけではなかったが、それを信じたい気持ちはあった。自分がそれを望んでいることが驚きだった。その瞬間まで、自分がなにを望んでいるかよくわからなかったのだが、いまはもうはっきりしていた。ホタはマガリが途方もない生き物であってほしかったし、自分も彼女の途方もない計画の一部でありたかった。彼女が受け入れてくれるかもしれないという感触があったので、飛ぶというのはどんなふうなのか教えてくれないかと頼んでみた。

マガリがじっと黙り込んだので、返事はもらえないかと思ったが、五、六歩足を運んだあとで、彼女は言った。「いずれあなたもどんな感じか知ることになるわ」

ホタはとまどった。「わからないな」

「むりよ……いまはまだ」

その返事でまた新たな疑問が生まれたが、ホタはもとの質問にこだわった。「あんたならそれについてなにか言えるはずだ」

もうしばらく歩いてから、マガリが口をひらいた。「どの飛翔も、あの最初の飛翔、創造の瞬間になされたあの飛翔と似ているの。闇の中にいて、たぶんうとうとしていて。そこにいないみたいに。それからなにかに急き立てられるようにして目が覚める。起きあがると翼がバリッと鳴る。雷鳴のように。それから光の中へ飛び込むと、風が……そこには風しかない。みずからの強さと吹き付ける風、翼の鳴る音、光、すべてがひとつの力に、ひとつの声になる」

話を聞いているあいだは理解できたような気がしたが、マガリが口をつぐむと、言葉のこだまは活力を失って、漠然としたものに変わってしまった。ホタはそれらを探って、彼女の声が伝えた感覚を取り戻そうとしたが、うまくいかなかった。

町のはずれにはヤシの群落があり、その群落を抜けた先、丈の高い雑草の中に、人の二倍近くの高さがあるほぼ四角形の大岩があった。まるで巨人の石化した歯のようだ。ふたりはその上にあがり、すわって百ヤード先にあるグリオールの頭部を見つめた。矢状稜の一部が空を背にシルエットとして見えていたが、頭部の大半は影に沈んでいた。

「あんたはおれには理解できないと繰り返すばかりだ」ホタは言った。「じれったいんだよ。少しは理解したいのになにひとつ理解できない。どうしてここでこんなふうにおれといっしょにいられるんだ……女として？」

マガリは頭をあげて目を閉じ——太陽が出ていてその暖かな日差しを浴びようとしたならそんなふうにしたかもしれない——竜たちの魂について語った。人間の魂は肉体に包まれているが、竜たちの魂は肉体を包み込むのだと。

「わたしたちの魂は肉体の虜囚ではなく、その看守なの」マガリは言った。「あなたたちにはできないやりかたで自分の姿を思いどおりにできる」

「なんでも好きなものになれるのか？　そういう意味なのか？」

「竜か女の姿だけ……だと思う。よくわからない」

ホタは考え込んだ。「なぜグリオールは人間の姿に変われないんだ？」

「そんなことをしてどうなるの？　麻痺した竜と麻痺した人間と、どちらがより襲われやすいと思う？　人間だったら、彼はとっくの昔にもっと弱い獣《けもの》たちに食われていたはず。いずれにせよ、変身は苦痛をともなうから。とても大きな必要性があるときだけやることなの」

「あんたは苦しそうじゃなかった……おれが見つけたとき」

「あなたが来たときにはおさまっていたのよ」

頭の中であまりにも多くの疑問が群れをなしていたので、どれかひとつを選ぶことができなかった。それでも、しばらくすると、ひとつの疑問が群れの中から高く浮かびあがってきた――マガリはどんな大きな必要性があったから変身したのだ？　ホタがそれをたずねようとしたとき、彼女が言った。「じきにあなたもなにもかも理解できるわ。飛ぶというのはどういうことなのか。どうすれば魂が肉体よりも大きく成長できるのか。わたしはどうやって、なんのためにあなたのところへ来たのか。いまはがまんして」

西側につらなる丘の上に月明かりが広がり、そのかすかな光の中では、マガリは冷徹で感情に欠けているように見えた。それでも、注意深く見ていたら、その顔に新たな要素が出現していることがわかった。平穏……あるいは、ホタが気づいたのは欠落のほうで、わずかにあった不安が消えていたのかもしれなかった。

「グリオール」マガリがささやくように言った。

「あいつがどうした？」ホタはその崇拝するような口ぶりにとまどいながらたずねた。マガリは返事をするかわりに首を横に振った。

なにかが大岩のむこうで草むらを走り抜けた。グリオールの頭部の影からにぶい輝きが広がったのは、牙の先端が光を浴びたからだ。風が強くなって、おとなしかったヤシの木々を息づかせ、その葉を揺らして、静かな予感を吐き出すようなため息を生み出した。マガリが胸の前で腕を組んだ。

「わたしはもういける」彼女は言った。


マガリの最後の言葉を聞いたとき、ホタはもう〈嘘つきの館〉へ戻れるという意味だと思ったし、実際、彼女はそのあと大岩からひょいと降りて先に立って町へ引き返し始めた。だが、ふたりで部屋に入って扉を閉めたとたん、もっと別の意味があったことがはっきりした。マガリが手早く服を脱ぎ、言葉はなくとも誘っているのは明白な態度でホタの前に立ち、その肌をゆらめくランプの明かりに輝かせたのだ。もつれた髪が乳房の上に流れ落ち、なまめかしいブロンズ色の国の地図にのびる黒々とした川のように見えた。目の中心には照り返すオレンジ色の光。女の姿をした魅惑的な宝物がその輝きによってランプの光をかすませていた。体の交わりに対する薄っぺらな道徳的禁忌はすっかり消え失せた。ホタは一歩踏み出し、マガリに引き寄せられるままベッドに倒れ込んだ。

生まれてからの三十一年間、ホタが愛をかわした女はただひとり、妻だけだった。それ以降は大勢の相手と寝てきたので、それなりに女のことは知っているつもりでいた。だが、マガリのやりかたは、この方面について視野を広げてくれるものだった。彼女はほとんどのあいだじっと横たわり、目をなかば閉じたままで、心はどこかよそにあってただ挿入されるままになっているように見える。かと思うと、突然のたうちまわり始め、ホタを押しのけたりひっかいたりして、悲鳴のような息を吐き、見るからに必死の形相で暴れるので、彼はあやうく振り落とされそうになる。初めのうち、ホタはこうした態度を拒絶と受け取って身を引こうとしたが、マガリは両脚をからめて彼を引き寄せ、挿入が果たされると、ふたたび静かになるのだった。死体じみたおとなしさと逆上したような動きが交互に繰り返されて、ホタは行為に没頭できず、となりの部屋から聞こえてくるもっとわかりやすく情熱的な音にぼんやりと耳をすました。彼が果てて、汗だくで荒い息をつきながら身を横たえると、彼女は同じ行為を繰り返すよう求めた。こうして、最初のとよく似た二度目の、同じようにぎこちなくて感情面では満足のない交わりが続いた。激しく暴れているとき、マガリは静かなときよりいっそう喜びとは縁遠く見えた。ホタの腕に、肩にかみつき、喉の奥深くで鳥が鳴くような音をたてた。だが、強く要求されておこなった三度目の交わりは、それまでとはちがっていた。マガリは両膝を引き寄せて彼の動きにしなやかに身をゆだね、両腕を彼の首にからめて、じっと顔を見つめたまま、最後には震えるような叫びをあげて、ホタが身動きできないように左右の膝で彼の腰を締めつけた。

　ホタは満足して身を引き、ようやく親密な関係がもてたと感じながら、優しくマガリにふれようとしたが、彼女は身をそらして口をきこうともしなかった。ホタはますます混乱したものの、そういう態度は自分の体のことがよくわかっていないせいだろうと考えて、辛抱しようと心に決めた。ここまで来たのだから、この先にどんな道のりが待っていようと、こうした問題をうまく解決する時間はあるはずだ。ホタは疲労をおぼえ、ランプに照らされた天井を見上げた。木目に刻まれたすべての竜が、興奮したように身を震わせていて、いまにも飛び立ちそうな様子だった。それをながめながら、このまま待っていたらどれかが飛ぶのを見られるのではないかと思った。ちっぽけな黒い竜の線描が板からひらひらと剝がれ落ちて、部屋をめぐるのだ。やがてホタは眠りに落ちた。

　翌日、霧雨がけぶる灰色の朝、かすかな冷気の中で目を覚ますと、マガリが半びらきになった窓のそばでたたずんでいた。緑色のワンピースを着ておもての通りを見ている。ホタは上体を起こし、ぐったりしたまま、目をこすった。ベッドスプリングがやかましい音をたてたが、彼女は聞こえたそぶりを見せなかった。

「マガリ？」ホタは呼びかけた。

　反応はなかった。雨が強くなり、トタン屋根をリズミカルに叩いていた。寒さが身に染みたので、ホタは両脚を床におろし、くしゃくしゃになった寝具の中からシャツをつかみあげて頭からかぶった。

「どうかしたのか？」ホタはたずねた。

振り向くことなく、マガリはむっつりと答えた。「あなたはわたしに子を授けた」

ホタはシャツを首のまわりにからませたまま、どうしてそんなことがわかるのかと言いかけたが、そこで、この女には彼には得がたい知識があるのだと思い出した。

「息子よ」マガリはぼんやりと言った。「わたしは息子を産むの」

父親になるというのはもはやホタの人生計画には織り込まれていなかったので、彼の最初の反応はそういう責任を背負い込むことに対する不安だった。彼はシャツを腹のところまで引き下ろした。「幸せそうには見えないな。あんたは子供がほしくないのか？」

「わたしがなにを望むかは重要ではないわ」マガリは言葉を切り、続けた。「出産は苦痛に満ちたものになる」

マガリの態度がホタの予想とあまりにもかけ離れていたので、彼のほうもなんだか妙な気分になってきた――父親になるというのはどんな気分のものなのだろう。「そんなにきつくないかもしれない」彼は言った。「出産が楽だった女たちなら何人も知ってる。結局はおれたちには息子ができて、そうすればたぶん……」

「彼はあなたの息子じゃないわ」マガリは言った。「あなたは子をもうけるけど、その子はグリオールの息子になるのよ」

雨がさらに強くなり、その音がトタン屋根で増幅されて、部屋全体に怒号のようにやかましく鳴り響き、ホタは考えるのも、自分の声を聞くのもむずかしくなった。「そんなのありえない」

マガリが窓から振り返った。「わたしが話したことを聞いていなかったの？」

「これを説明できるようなことをなにか話してくれたか？」

マガリは無表情にホタを見つめた。「グリオールはあらゆる生物の中でもっとも高齢なの。過去何世紀ものあいだ、彼の魂はその肉体の成長に合わせて拡大を続けてきた。どこまで広がっているかはわからない。でも、谷をはるかに超えている。それだけはわかる。わたしは海の上を飛んでいたときに彼に引き寄せられたの」彼女は窓辺の椅子にすとんと腰を落とし、両手を膝に置いた。「グリオールの魂は泡のように彼を包み込んでいるの。その泡は世界全体を包み込むほど大きくなっているかもしれない。でも、あなたはまちがいなくその範囲内に住んでいる。生まれてからずっとその内側で過ごしてきた。そしていま、彼はあなたを同じように自分のもとへ引き寄せた。あなたがポート・シャンティを離れる原因になった事件も彼が引き起こした可能性があるわ。そういう行動はわたしの知る彼の性格にふさわしいから。悪賢く複雑なその精神に」

ホタは否定しなければと感じたが、その根拠となる論理的な枠組みを見つけられなかった。

「わからない？」マガリは続けた。「グリオールは息子がほしかった。自分が受精の行為に加わることができなかったから、望みどおりの子をもうけるための手立てを画策した。そのために、彼自身のさまざまな性質を体現する男を探し出したの。感情の動きがにぶくて、体力やがまん強さが抜きん出ていて、しかも大きな怒りをかかえている男を。彼のたくらみに好都合な、彼と同じ性質を持つ人間を。そのあとで、出産に耐えられるようにわたしを選んだのよ」

雨が窓から斜めに吹き込んできた。ホタは部屋を横切って窓を閉めた。ベッドに引き返しながら彼は言った。「あんたは最初からこのことを知っていたんだろ？　なぜおれに話さなかった？」

マガリは不快そうに舌打ちした。「なにもかも知っていたわけじゃないわ。いまでもわからないことはあるし。前に話したとおりよ——わたしたちの身に起きたことは、わたしの望みではなかった。たとえそうだったとしても、わたしはあなたとはちがう。わたしの考えもあなたのそれとはちがう。わたしの動機もあなたのそれとはちがう。なぜ幸せじゃないのかと言ったわね？　わたしは幸せになんかならない。わたしの感情は……あなたには理解できない」

「あんたはおれに話すべきだった」ホタはむっつりと言った。

「あなたを動揺させるだけだったでしょうね。あなたにできることはなにもなかったんだから」

「それでも、あんたはおれに嘘をついた。おれにだってなにが起きているか知る権利はあるんだ」

「嘘なんかついてない！」マガリは言った。「わたしはあなたに隠し事をした？　そのとおりよ。やむをえないことについては。でも、わたしが知っていること、わたしが知らないこと、どれもあなたにとっては良いことかどうかわからない。あなたがほんとうに知りたいのはそういうことなんでしょ？　あなたの身になにが起こるのか？　最後には、あなたの疑問には残らず答えが出て、あなたはそれに満足するはず。わたしはそう思ってる。だけど確信はない。そこが問題なのよ、わかる？　わたしが答えられることは基本的には嘘ばかりなの――〝知らない〟という返事以外は」

マガリの返事は雨と同じようにホタを混乱させた。彼はマガリを信じたが、それはなにも信じず、なにもわからないのと同じだった。うつむいてぐったりとすわり込み、手の指を見つめて、気をそらすためにそれを振り動かした。「あんたとおれは……あんたとおれのことはどうなんだ？」

「わたしたちはいっしょに道を進んで、待ち受ける運命を知る。わたしに言えるのはそれだけ」

「おれはあんたが信じられない」

「なにが信じられないの？」

「あんたの気持ちだ。昨夜のあんたはたしかに幸せだった。少なくとも、いっときは」

マガリは彼にむかって身を乗り出し、子供を相手にするように、おおげさな強調をまじえながら、ゆっくりと語り始めた。「わたしは崖の側面に住んでいた。海に面した洞窟よ。ひとりきりだったけど、ほしいものはなかった。知っている世界だけで満足していた」椅子の上ですわりなおす。「昨夜のあれは……奇妙だった。いまはもう終わったこと。わたしたちはひとつの曲がり角を過ぎたのよ」

マガリはこの会話に興味を失ったらしく、ならんだ壁板に視線をさまよわせていた。雨でくすんだ光のせいで、その美しさはいくらか輝きを失っていた。「あなたは幸せなの？」しばらくして彼女はたずねた。

「そうかもしれない、少しだけ。あまり大きな幸せを感じたことがないんだ」ホタは床に落ちているズボンを見つけてそれを履いた。「グリオールはなぜこんなことをする？　なんのために息子をほしがっているんだ？」

「見当もつかないわ。ただのゲームなのかも。グリオールの考えなんて知りようもない。彼のたくらみの中には何千年もかけて進められているものもあるのよ。彼は類のない存在。わたしがあなたとちがうのと同じくらい、彼はわたしとはちがう。彼の意図を理解することはだれにもできないわ」

急に雨があがって、垂れ込めた雲の隙間から太陽が力なく顔をのぞかせた。強い風が吹き付けると、窓の落とすゆがんだ影が、色の薄いガラスの部分も濃い枠の部分も、現実より斜めにかしいで、床の上で震えた。

「食べ物がいるわ」マガリが言った。

ホタはふたりで過ごしたあの夜が親密な関係の始まりになるという希望を捨てていなかったが、すぐにあれが頂点だったのだと気づいた。その後のふたりはすっかり実用本位の関係に戻ってしまった。ホタは彼女がほしがる食べ物をなんでも運び、狂信的な熱意をもって彼女を見守り続けた。会話が減り、話題の範囲も狭くなるにつれて、マガリの腹は大きくなった……しかも、ふつうの妊娠よりずっと急速に。四週間後には、すでに妊娠後期の体形になっていた。彼女は一日の大半をベッドで過ごした。ふたりで酒場を訪れたり町へ散歩に出かけたりすることは二度となかった。ホタは椅子にすわって考え込み、さもなければ窓の前に立って思いにふけった。その窓については、マガリに慣れ親しんだときと同じように、こまかなところまですっかり慣れ親しんでいた。窓枠のあちこちに広がる緑色のかび。湿気で木材が特に汚れてふくらんだ部分。虫に食われて腐った一角。その窓の灰色に荒れ果てた様子は、部屋だけでなく、彼の人生を象徴しているように思えた——同じように灰色で荒れた一角、彼の精神を閉じ込めてその成長を阻害する空間。

さらに、ホタは町内における自分の立場が変わったことに気づいた。以前は人びとから避けられていたとはいえ、彼のことを悪く言う者はほとんどいなかったのに、いまでは、通りですれちがっても、だれひとりあいさつも会釈もしてくれなかった。男たちも女たちも、じっと身を寄せ合って、ひそひそ言葉をかわしたり彼のほうへ悪意のある視線を投げかけたりするのだった。こうした変化が起きた理由が明らかになったのは、ある日の午後、宿屋に入ろうとして、玄関のところで声をかけてきたベノ・グルスタークから通常の二倍の賃料を要求されたときだった。

「あんたがここにいるせいで、うちの商売があがったりになりそうなんでね」ベノはホタに言った。「埋め合わせをしてもらわにゃ」

ホタは、ここは訪問者が泊まることのできる町で唯一の施設なのだからベノの主張は信じがたいと指摘した。

「あんたのことを聞いて、部屋を借りずに外で寝る連中もいる」ベノは続けた。

「そいつらはいつおれのことを聞いたんだ？」ホタは当惑して言った。「どんなことを聞いたんだ？」

ベノは、その日はお決まりの茶色いモールスキンのズボンとでっぷりした腹に張り付いた赤いチュニックという、場ちがいなほど浮かれたいでたちで、足をそわそわと動かし、立ち聞きされるのを恐れるかのようにあたりへ視線を走らせた。「あんたの女……みんながあれは魔女だと言ってる」

ホタはうなるように笑った。

「わしにとっちゃ笑い事じゃないんだ」ベノは言った。「みんながそう考えても不思議はあるまい？　あの女はもうじき出産しそうなのに、あんたと暮らし始めてほんの数カ月しかたっていないんだぞ！」

「おれがここへ連れてきたときにはもう妊娠していたんだ」

「ああ、なるほど！　で、その前はどこに？　あんたがポケットに入れていたのかね？　あんたは遠くからあの女を妊娠させたのかね？」

「あれはおれの子供じゃない」ホタはそう答えてから、ひとつ前の発言とはちがって、それがほんの少ししか嘘ではないことに気づいた。

ベノは疑いをあらわにした顔で言った。「わしはあの女が来たときに姿を見た。腹は少しも目立っていなかった。ほんの一カ月前にも、廊下で見かけたことがあった。あのときもやはり目立っていなかった」

「妊娠した女の姿はそれぞれちがう。知ってるだろう」ベノがさらに言葉を継ごうとしたので、ホタはそれをさえぎった。「ずいぶん観察しているところをみると、彼女について噂を広めているのはあんたなんだな」

ベノは目を見ひらき、役者がなにかを否定するときのように両手を胸の高さで振り動かした。「大勢があの女を見ている。ほかの客も。うちの娘っこたちも。あの女の状態は秘密というわけじゃない」

ホタはポケットから硬貨を何枚か取り出してベノの手に押し付けた。「ほら。これでおれたちのことはほうっておいてくれ」

のろのろと足を運んで、ホタは階段をあがり始めた。

ベノは一段目までついてきて叫んだ。「あの女が動けるようになったら、ふたりとも出ていってくれ！　聞こえたか？　一日たりとも先延ばしにするんじゃないぞ！」

「望むところだ」ホタは階段の途中で足を止め、ベノを見下ろした。「だが、これだけは忘れるなよ。その日が来るまでのあいだ、あんたは彼女に関する噂を打ち消すことを考えたほうがいい、広めるんじゃなくてな」そのとき、ふと思いついたことがあった。「なぜ宿屋に使う木をグリオールの背から切り出そうと思ったんだ？」

ベノの身構えるような態度が消えて、とまどった表情が浮かんだ。ホタは自分も最近はよくこんな顔つきになっているんだろうなと思った。

「ただそうしただけだ」ベノは言った。「そうしたかったんだ」

「それもまた嘘なのか？」ホタは言った。「それとも自分でもわからないのか？」

その後の二週間、マガリはどんどん気が短くなり、ホタになにかを頼むというより、指示を出して彼がなかなか従わないと不快感をあらわにするだけになった。それ以外は冷淡に沈黙を守っていた。ひとり取り残されたホタは、子供のことで思い悩み、なにか見た目も性質も恐ろしい、ミュータントのようなものが生まれるのではないかと思った。そんな化け物をかかえたまま、マガリを連れていって受け入れてもらえるような場所がどこにある？　彼女を捨てるという考えはなかった。みずからの性格のせいなのかグリオールのせいなのか、ホタにはわからなかったしその疑問の答えを探すつもりもなかった。当面はこれが自分の置かれた立場なのだと受け入れていた。だからこそ、疑いや憂鬱に負けないよう心を強くもとうとしたが、疑いと憂鬱は傷ついた犬の上空を舞う禿鷲《はげわし》のように彼のまわりをめぐっていたし、絶え間なく降り続く雨は、トタン屋根をひたすら打ち鳴らして、彼の夢の中で響き渡り、目覚めている時間をその抑えた怒号で満たした。窓の外へ目をやると、通りは泥沼と化し、人びとは一歩ごとにしぶきをあげ、草葺《ぶ》きの屋根は茶色がかった緑色に朽ち果て、ずぶ濡れの野犬たちは家の軒や階段の下でみじめに身を丸めていた。木材から、衣服から、かび臭いにおいが立ちのぼった。世界は灰色の雨に沈み、ホタはみずからの存在の雨に沈もうとしていた。

　それから朝が訪れて、雨がほぼあがり、マガリの気分が上向いた。見るからに落ち着いて、少しもいらつかなくなり、機嫌が悪かったことをあやまってから、子供が生まれたあとでなにが必要になるかについてホタと話し合った。ホタは出産が近いと思っているのかとたずねた。

「もうじきよ。でも、それはあなたが心配することじゃない。とにかく食べ物を持ってきて。肉を。それとだれにもじゃまをさせないで。それ以外のことはわたしにまかせればいい」

薬草が必要なの、とマガリは言った。竜の尻尾のむこう側に生えている薬草。雨が強いときに採取するともっとも効果が高いので、その日のうちに出かけて見つけられるだけ集めてほしいとのことだった。彼女は薬草の見た目を説明して、急いでくれと言った——できるだけ早く服用を始めたいのだと。それから、唇でホタの頬にそっとふれるという、かつてないほどキスに近い行為におよび、彼を送り出そうとした。だが、こうした控えめな愛情表現は、あまりにもマガリに不似合いだったので、ホタは自分のことをどう思っているのかたずねてみずにはいられなかった。

マガリはいらいらと鼻を鳴らした。「言ったでしょう——わたしの感情はあなたたちとはちがうの」

「おれはばかじゃない。説明してくれたっていいだろう」

マガリはベッドの端に腰かけ、しげしげとホタを見つめた。「あなたはわたしのことをどう思っているの？」

「愛している、と思う」ホタはひと呼吸置いて答えた。「だが、おれの愛は移り変わる。いつでも忠実ではあるが、あんたを疎ましく思うこともある……怖いこともある。また別のときには、あんたに欲望をおぼえる」

マガリはうつむいて、木目から黒々と浮きあがる竜たちの姿が描かれた床板をじっと見つめているようだった。「愛と欲望」彼女はようやく口をひらき、もの言いたげに言葉を絞り出した。「わたしにとっては……」いらいらと頭を横に振る。「わからないわ」

「ちゃんと考えてくれ！」ホタはくいさがった。

「そんなにあなたにとって重要なことなの？」

「そうだ」

マガリは口もとを引き締めた。「必然と自由。それがわたしの感じること。あなたに対して、わたしたちの置かれた状況に対して……」マガリはどうしようもないというように両手を広げた。「わたしにわかるのはこれくらいね」

ホタは途方に暮れて、もう少し説明してくれと頼んだ。

「これはなにもかもわたしたちが意図したことではないけど、それでも避けようがないことなの」マガリは言った。「その必然性はグリオールに強制されたもの。でも、それは重要ではないわ。わたしたちには進むべき道があって、そこで最善を尽くすしかない。だからこそわたしたちは……おたがいに愛着をおぼえたのよ」

「自由は？　そっちはなんのことだ？」

「避けようのない、運命という束縛のただ中で、自由への道筋を見つける……それがわたしにとっては愛なの。制約があると認めることで、初めてそこから脱出できるのよ」

ホタはなるほどというようにうなずき、実際にある程度は理解した。だが、いま理解したことを、自分が感じていることやマガリに感じてほしいことに当てはめることはできなかった。

ホタの表情を読み取ったのか、マガリは続けた。「わたしもよく別の感情をいだくことがあるわ。かすかな……緊張とか。あれはあなたが感じるのと同じだと思う。面倒な感情だけど、いまでは受け入れている」彼女はホタを自分のそばへ招き寄せ、手をとった。「わたしたちは永遠に結ばれるの。それを受け入れるとき、あなたもあなたの自由を見つけることになる」あおむけに横たわり、ごろりと横向きになる。「さあ、お願い。あの薬草を手に入れて。採取するなら今日しかないのよ」

薬草が生えている場所まで近道をするなら、グリオールの背を乗り越えて行くしかなかった。またそのルートをたどるのは気が進まなかったので、町の背後に広がる丘陵地へ分け入り、マツ林の中を尾根に沿って一時間ほど歩いて一本の山道に出たが、それは丘と丘のあいだをうねうねとのびる草深い土手のせいで狭められていた——竜の尻尾だ。その尻尾を越えたあと、さらに三十分ほどヤシの木々のあいだを歩いて、竜の後脚の近くで起伏をなす草地にたどり着くと、丈の高い茂みの中に小さな青い花をつけた草が生えていた。根気よくその草をむしり、袋に入れてぎゅっと押し込んだ。袋が三分の二ほどいっぱいになったので、まだ葉から雨水をしたたらせているヤシの木の下で腰をおろし、竜が生み出す広大な緑の斜面をながめながら、パンとチーズとビールの昼食を取り出した。

食べているうちに人生のうわっつらの飾りが自然に順序よく整理され、ホタは自分が生まれて初めて意味のある目的を手に入れていることに気づいた。マガリがグリオールの背にあらわれるまでは、一時の衝動をべつにすると、本気でなにかをほしいと思ったことはなかった。妻が死んだあの日までは、自分の意志で行動したこともなかった。あらゆることを機械的にこなし、父親や叔父たちの人生をなぞり、生まれおちた境遇に強いられるまま自身の階級の定めに従ってきた。もちろん、可能性としては……いや、ホタが常にあやつられてきたのは確実で、ポート・シャンティでやったことやその後の出来事は自分で選んだ道ではなく、ほんの下っ端としてグリオールのたくらみに組み込まれているにすぎない。そのあやつる力が竜からの難解な指令だろうと社会の持つ強制力だろうと、たぶん取るに足りないことなのだろう。ホタの見たところ、おもなちがいは、彼の現在の目的が——代理父、世話人、前身が竜だった女の保護者——ひとつの義務をはたすことであって、そのためにあらゆる候補者の中からもっとも適任として選ばれたという事実が、彼の中にめったに感じたことのなかった感情を、名前だけはかろうじて知っていた感情を植え付けていた。誇りだ。それはいまやホタの身のうちに行き渡り、さまざまな不安も、こんな奇怪なやりかたで利用されていることに対する嫌悪感もやわらげていた。

黒々とした腹をさらしてふちを銀色に輝かせた雲の大群が南方から押し寄せてきて、遠い丘陵のごつごつした尾根をかすめ、いまにも胴体が裂けようとしているかのように雷鳴をとどろかせた。真っ白な雷光が次々と大地をつらぬいた。雨がばらばらと降り始めて、大きなしずくが冷たい金属片のようにぶつかってきたので、ホタは昼食の残りを蟻《あり》たちにあたえて、作業に戻り、つかんだ草をむしり取っては袋に詰め込んだ。四方八方で雷鳴が耳を聾《ろう》さんばかりにとどろき、次から次へと襲いかかってくる。そのとき、どこか空よりも近いところから低いごろごろという音が聞こえてきて、その巨大な、耳ざわりな声は、勝ち誇るような満足感を、獣じみた喜びを明確に伝えながら、ふつうの雷鳴よりもはるかに長く響き続けた。ホタは袋を取り落としてグリオールを見つめ、いまにも丘が土と木々の外套を脱ぎ捨てて歩き出すのではないかと思った。あの頭が持ちあがり、金色の眼で彼を釘付けにするのではないかと。雨が髪をずぶ濡れにし、顔を流れ落ちたが、ホタはその場にたたずみ、あの声がふたたび聞こえるのを待った。いつまでも聞こえないので、さっきも聞こえたのかどうかあやふやになってきたが、記憶の中では、そのしわがれた奥深い声は、大地の底から、食ったばかりの人間の魂の味に満足した悪魔の喉からわきあがる声のように、変わらず鳴り響いていた。もしもホタがあれをほんとうに聞いたのなら、もしもあれがグリオールの、けっしてしゃべらないグリオールの声だったのなら、そんな無類の反応を引き起こした要因として思いつくのはひとつしかない。あの子供だ。ホタはふたたび力がみなぎるのを感じながら袋詰めを再開し、雨をものともせずに草をむしり続け、袋がいっぱいになって、その太さが馬車の車輪なみになると、肩に担ぎあげて丘陵地の中へ引き返し、尾根をたどってテオシンテを目指した。

　町の中心部へ方角を定めて、マツ林の中をくだり始めたころには、ホタはずぶ濡れになった服の中で身を震わせていたが、考えるのはマガリの身の安全であって自分のことではなかった。彼女は出産の準備のために薬草を必要としていて、それがないためにひどく苦しんでいるかもしれない。マガリを失望させたという思いは、寒さよりもよほどこたえた。ペースをあげて、斜めに足を出すぎこちない足取りで斜面を急いでくだっていくと、袋が背中でごろんごろんとはずんだ。ふもとまでたどり着き、マツの木がまばらになってバナナの木立や低木の茂みに変わってきたころ、ざわざわと人声がして、何人かの男たちが丘を駆けあがってくるのが見えた。ホタはマガリのことが心配でたまらなかったので、男たちが急いでいる理由を考えようという気にならなかった。最後の茂みを強引に突き抜け、泥道へ飛び出したところで、肩から滑り落ちていた袋をかつぎ直した。それから左手にある〈嘘つきの館〉へ顔を向けた。

　目に入った光景に、ホタはその場で立ちすくんだ。でこぼこでぬかるんだ通り、水たまりだらけで、叩きつける雨に打たれ、居並ぶ掘っ立て小屋は古ぼけてかしいでいるせいでトタンの帽子をかぶったひからびた木製の頭蓋のように見える、そんな通りの脇に沿って、宿屋の残骸が広がっていた。建物の中で爆発があったらしく、壁も屋根も外側へ吹き飛んでいた……ただしそれほど遠くではない。割れた灰色の板、つぶれた家具、裂けたマットレス、ブリキの破片が近くに落ちて、巨大な巣のようなものを形作っていたが、床の破片がつながった一本の隅柱だけは、爆発に影響を受けることなく残っていた。残骸の中心部で、頭を高くもたげ、ホタがかついでいる袋の二倍ほどの大きさがある灰白色の卵に胴体を巻き付けていたのは、ブロンズ色の鱗を持つ竜だった。鼻先から尻尾までの長さは四十フィートほど。周囲にある板からは黒い煙がうねうねと噴き出し、雨でかき消されていた。煙は宿屋のむかいにある小屋の残骸からも立ちのぼっていた。彼女が火を吹いたんだ、とホタは思った。その場で見られなかったのが少しだけ残念だった。

あたりに人影はなく、ホタは町がもぬけのからになっているのを感じた。全員がすでに逃げたのだ。盗人も人殺しも。例外はホタだけ。町外れで出くわしたのは逃げ遅れた連中だろう。袋が重みを増した。それを地面におろし、逃げることなど考えもせずに、廃墟の鑑定家のような貪欲《どんよく》さでその光景に見とれ、あらゆる細部を、あらゆる色合いを、あらゆる破片の曲がり具合を堪能した。〈嘘つきの館〉は巣を作るのにちょうどいい分量の木材で建てられていて、卵を守るには充分でも、マガリがそのそばで横たわったときに視界をさえぎられることはなかった。グリオールの計画どおりだな、とホタは想像した。木材の落ち方はまさに完璧だった。各部屋に使われていた木材は外側へ崩れて、中にある巣のまわりに壁を築いていた。外壁に使われていた木材は内側へ落ちて、だれであれ踏み越えるのがむずかしい瓦礫《がれき》の境界となっていた。

　ホタがまだグリオールの計画の精度の高さに驚嘆していたとき、マガリの首がしなやかに曲がって、頭が彼のほうをむき、叫び声を発した。その声は、少し前にホタが耳にしたごろごろという音にあった大地の底の力こそ欠いていたものの、彼を怯えさせるには充分な力を持っていた。しわがれたガアガアという声は、やがて激しい口笛のような絶叫に変わり、脳が凍りついた針金で串刺しにされるような気がした。ホタは逃げ出したくなったが、目の前の光景に引き止められた。あまりにも美しく奇妙だったのだ。マガリは瓦礫でできた巣の中心に横たわり、その子供はつやつやした殻の中にいて、まわりで立ちのぼる黒々とした煙は偶像を祝福するために焚《た》かれた香のように見える。彼女の矢状稜は濃いブロンズ色だが、それは腐食の色であり、一部の鱗もへりのあたりが同じ色合いに変わりかけている。頭の形はグリオールのそれとはちがっていた。鳥ではなく……蛇に似ているのだ。深い眼窩におさまった両眼は、やはり黒かったが、そこに色とりどりの輝きが散らばっていた。折りたたまれた両翼は黒曜石の色で、ならんだ突起は恐ろしく鋭かった。全体として見ると、派手な武具を身につけた東洋の遺物のようだ。マガリがふたたび絶叫したとき、ホタはその声にある切迫感が理解できたような気がした。

　薬草だ。

　マガリは薬草を必要としているのだ。

ホタは運んできた袋を肩に担ぎあげた。なんとか足を動かして、そろそろとマガリに近づいていく。決意は固かったが恐怖で心はなえていて、陰嚢《いんのう》も冷たく縮みあがっていた。宿屋の入口の、いまは粉々になった階段があった場所でいったん足を止めたが、その変わりようからすると、床は急に重さを増したマガリの下敷きになってつぶれ、壁は尻尾や頭部が何度もぶつかって粉砕されたようだ。雨と煙のにおいが濃厚にただよっているのに、刺激のあるオゾンのような彼女の香りを嗅ぎ取ることができた。袋をあけて、中身を地面にぶちまけようとしたら、マガリが三度目の叫びをあげ、あまりの爆音にホタは耳が聞こえなくなりそうだった。

もっとそばに。

マガリはホタがもっとそばに来ることを望んでいた。

この距離でもマガリなら首をのばせば彼に食いつくことができる――さらに近づくのを怖がる理由はないのだがやはり怖かった。袋を担ぎなおし、外側の瓦礫へゆっくりと踏み込んで、背が壊れた長椅子や、雨で重くなったカーペットや、ばらばらになった木材のバリケードを越えていく。客の持ち物も散らばっていた――下着、靴、眼鏡《めがね》、本、ブリキ箱、かばん、スキットルといった、大量の人の付属物が、すべてつぶれて割れていた。最後の障害物を這うようにして越えると、行く手に鉤爪《かぎづめ》のついた足が見えた。鉤爪は黒々と輝き、そこからきれいにならぶ鱗はホタの手と同じくらいの大きさがあった。彼の足もとに積みあがっている板――落下したときに内側の巣のまわりに円形の壁を築いていた――は、竜たちの像でいっぱいだった。ちっぽけだが完全な竜の姿が木目から流れ出し、刻一刻と変化して、徐々に明瞭さを増し、その動きによってさまざまな活動を模していた。あたかも、それらがグリオールの精神から生まれた絵文字で、彼がその言語をもちいて息子に物語を、一匹の竜の飛翔と狩りと支配にまつわる物語を伝えているかのようだ。子供部屋の飾りみたいだな、とホタは思った。魔術的な性質を持ってはいるが、ホタがポート・シャンティで妻から妊娠したと教えられたときに自宅の奥の部屋の天井に描いた魚の絵と同じ役割を果たすものだ。ホタの場合は、それが夫が出ていくのを止めるための嘘だとわかったあとで絵は塗りつぶしてしまった。

マガリの鱗におおわれた胸と喉が描くアーチの下に立つと、とても彼女を見上げられないことがわかった。袋から薬草をぶちまけるあいだも、その蒸気機関のような呼吸に、そのすさまじい生命力に怖気《おぞけ》をおぼえて、ずっとうつむいたままだった。ホタは目を閉じて、かみつかれ、咀嚼《そしゃく》され、のみ込まれるのを待った。するとなにかに横へ押しのけられた。巣の壁にぶつかってあおむけに倒れ込む。マガリがつやつやした大きなくさび形の頭を地面から六フィートの高さまでおろして、オパールのような眼でホタをのぞき込み、盛りあがった鼻孔からそっと息を吐いていた。ホタにはすべてが信じがたいことばかりだった。自分の子種が変容し彼を包み込んでいる。頭をゆらゆらさせ、むっとする吐息でホタは腹をごろごろと鳴らし、て竜のもとになったこと。自分がこの卵の父親であること。愛をかわした美しい女がいまや頭上にそびえ立ち、牙と鱗を身にまとった恐怖の象徴となったこと。雨に濡れてどんよりと輝く卵に目を向ける。そのすぐむこうに見えたものにホタは衝撃を受けた。一本の脚の下半分、足首から先はなく、ふくらはぎはずたずたで血まみれだ。茶色いモールスキンの切れ端が肉にへばりついている。ベノだ。職務として巣に踏み込んだせいで、マガリの分娩後の最初の食事になったらしい。

マガリは首をねじり、曇り空へさっと頭を向けて、また叫び声をあげた。このときも、ホタは彼女が求めるものを理解した。

食べ物を持ってきて、とマガリは言っていた。

肉を。

その後の日々の流れは、ふたりがそれまで過ごしてきた日々とほとんど変わりがなかった。ホタは、たいていは通りのむかいにあるぼろ小屋の階段で腰をおろし、そこからマガリを見守った。ときおり、彼女が叫び声をあげると、彼は恐慌におちいったテオシンテの住民が残していったたくさんの馬がいる厩舎《きゅうしゃ》へ出かける。一頭を通りまで引き出し（どうやっても宿屋のそばへ連れていくことはできなかった）、その喉を切り裂いた。それから解体して血まみれの各部位をマガリのもとへ運んだ。私物を回収しようとして、あるいはいつになったら家に帰れるのかを知ろうとして戻ってきた住民が、町はずれでこそこそしているのを見かけることもあった。彼らはホタに罵声を浴びせて石を投げてきたが、彼が近づこうとすると逃げていった。ホタ自身も逃げることは考えたが、彼は精神的な規制によって行動を止められていたらしく、その影響力は雨のように揺るぎなかった。グリオールが原因だろうとは思ったが、それはたいして重要なことではなかった。どこへ行こうと、なにをしようと、きつい規制に縛られてしまうのだ。ホタの思考は堂々めぐりを続けた。マガリはいずれもとの姿に戻ることを知っていたのだろうか。ホタはそう考えていたし、彼女から聞かされたことはすべて嘘でもあり真実でもあるのだと考えていた。マガリは薬草をほしがったが、それをホタに集めにいかせたのは、宿屋から遠ざけることで、変身の最中に彼が怪我《けが》をしたり死んだりするのをふせぐためでもあった。人生とはそういうものなのだ。とにかく、彼の人生は。どんな真実もいずれは嘘に変わる。どんなに輝く表面も黒く汚れる。どんな光も暗くなる。いずれマガリがいなくなることはわかっていたので、そのあとでなにをしようかとぼんやり考え、旅や、仕事について、未熟な計画を練った。やはり仕事がいいかもしれない。あまりにも長く怠惰に過ごしてしまった。だが、それは自分に嘘をついているのだと気づいた——マガリが去るまで生きのびられるとは思えなかったし、これもまた欺瞞《ぎまん》なのかもしれないが、生きのびたいという気持ちがあるとも思えなかった。

　ホタの日課はとりとめのないものになった。酒を飲むようになり、崩壊した酒場をあさって割れていない瓶を見つけては一気に飲み干した。眠くなったときにはどこでもそのまま寝た。通りでも、ぼろ小屋の中でも、〈嘘つきの館〉の残骸のただ中でも。金色の鱗を持つ息子が孵化《ふか》したときでさえ、ホタが興味をかき立てられることはなかった。殻にひびが入る音で酩酊《めいてい》状態から覚めたものの、その出来事になんの喜びもおぼえなかった。ものも言わずに見つめていると、小さな怪物は弱々しい鳴き声をあげてよたよたと母親のそばへ行き、生まれて初めてのせがむような質問をして、生の馬肉を食べることを学んだ。あるとき、ホタは名ばかりとはいえ父親なのだからという自嘲気味な思いで、そいつに名前をつけようとした。彼がいくつか思いついた名前は侮辱的で、おとぎ話で小鬼たちにつくような名前だった。クソコロガリ。ゲップハキ。クサイチンポ。ホタが食べ物を運んでいくと、マガリが鼻面でそっと小突いてくるので、彼はそれを愛情表現とみなしていた。だが、彼女のほんとうの関心がどこかよそにあることはわかっていた。ずっとそうだったのだ。

その時期は、基本的には、果てしない陰鬱な昼に無気力な夜がはさまる、ほぼ不変の失意にまみれた孤独の日々だった。何週間ものあいだ、酒を飲んで、馬を解体して、眠る竜とその爬虫類じみた子供を見つめ続けた。ごくまれに、みずからを奮い立たせて客観的な視点に立ち、その子供の正体について考えることもあった。言い伝えによれば、竜はいちどに複数の子供を産むはずなのに、マガリが一匹だけしか産まなかったとすると、あの小さな竜の肉体には人間の心臓か人間の魂かなにか重要な人間の特質が埋め込まれていて、母親以上にやすやすとその姿や感覚を切り替えられるのではないだろうか。ホタは巨大な緑の丘から頭を低く突き出したグリオールに目を向け、次いで巣にいるマガリへ目を戻して、彼らの謎めいた三角関係や、織りあげられた複雑なもつれや、その測りがたい可能性をひしひしと実感し、そのあと、一時的に広い視野を取り戻して、彼女の美しさにひそむ二面性に気づく――それは女の美しさでもあり、つやつやした鱗を持つ彫刻のような獣の美しさでもあり、怪物と妖婦とがひとつになっているのだと。

雨期が終わりに近づいて、ホタは明るい日差しを浴びて目覚めることが多くなったが、頭の中はどんよりとしたままで、日課のほうも基本的には変わらなかった。竜の子供は雄牛の半分ほどの大きさまで成長し、飛ぼうとして翼をはばたかせるようになった。そいつはもっと多くの食べ物を求めた。厩舎の馬をすべて殺したあと、ホタは必要に迫られて猪《いのしし》狩りのために丘陵へ分け入り、木の枝から獲物の背中へ飛び降りては、刺し殺すか、それが失敗したときには首を折るかした。こうした暴力的な死闘に、ホタは自分が退化していくのを感じた。動物のにおい、かん高い叫び、両手にこぼれる熱い血――それらがホタの内にあるなにかをねじ曲げて、彼はみずからを廃墟に棲みついて人間のふりをしている原始的な猿に似た生き物とみなすようになった。夜になると飲みかけの酒瓶を手に町をよろよろと歩き、調子はずれのバリトンで歌い、闇にむかって吠え、トタンの帽子をかぶった木製の頭蓋にセレナーデを披露し、自分自身に名前で呼びかけては、なにか助言をしたりただ漫然と話をしたりした。彼はそれを退化のしるしとは考えなかった。自分がなにをしているかはわかっていた。勝手気ままにして、時間をつぶしているだけであり、それ以上のことではないのだと。退化の前兆ではあるかもしれない、とは思った。それでも歌の練習をやめるつもりはなかった。その声の響きで、あれこれ考えずにすんだし、町の住民を追い払うこともできた。そういう連中は以前よりもひんぱんに姿を見せるようになっていたが、だれも〈嘘つきの館〉に近づこうとはしなかった。昼夜を問わず、町民たちは大勢が避難している丘から威嚇の叫びをあげ、ホタはそれに応えて歌ったり最近学んだことを話して聞かせたりした――すなわち、人間が目標にしたり没頭したりすることは、それどころか人間のあらゆる思考は、より強大な存在によって作り出されたものでしかないのだと。町民たちがどんな威嚇をしようと、それはホタが生まれたときから約束されていたことなのだ。

ホタの見る夢は目覚めているときの暮らしとは正反対の空想的な様相を呈していて、やがて、それ以外のすべてを結晶化したような夢が繰り返し訪れるようになった。夢の中のホタは野原を駆け、森を抜け、疲れも恐れもなく、有頂天で、走る喜びにあふれていて、急な崖を見下ろす丘の尾根に近づいても、立ち止まるのではなく、さらに速く速く走って、尾根から跳躍し、吹き流れる風に乗って、太陽の領域まで舞いあがり、そこでマガリの姿を見つけると、彼女の飛翔に加わって、急降下と急旋回を繰り返しながら、最初に飛び立った巨大な緑の丘の上空で、果てしない模様を織り成し、やはり空を舞っている竜の子供は、高度は低くて優雅さも足りなかったものの、空気を相手にみずからの力を試していた。これはグリオールの夢にちがいない、とホタは思った。解放感に満たされてはいても、そこには冷たく邪悪な気配があった。彼はマガリが言ったことを思い出し――いずれは彼も飛ぶのがどんな感じか知ることになる――繰り返される夢はあの約束の名残なのだろうか、それとも約束を果たすものなのだろうかと考えた。あれだけのことを辛抱してきただけに、とても妥当な褒《ほう》美《び》とは言えなかった。とはいえ、妥当であろうとなかろうと、ホタはその夢を楽しんでいたし、眠りは彼の日課における唯一の楽しみとなっていた。

ある朝、目を覚ましたホタは宿屋から少し離れた通りで横たわっていた。関節がこわばって、まぶたがべっとりと張り付き、口の中はひどい味がしていた。日差しの明るさが苦痛だった。放棄された町から熱気が立ちのぼり、腐りかけた肉や野菜が悪臭を発していた。ホタはかすんだ目で宿屋のほうを見た。マガリが、巣の中でうずくまったまま、叫び声をあげた。食べ物を求めているのだと思って、ホタは反射的に丘のほうへ一歩踏み出した。するともういちど叫び声がした。彼は足を止め、目をこすって焦点を合わせようとした。マガリの背中の上、両翼のあいだで、ちっぽけな鉤爪をひっかけてしがみついているのは、あの竜の子供だった。ホタが我に返って目の前にあるものを理解するより先に、マガリが黒曜石の色をした両翼を広げ――それぞれが彼女の胴体よりも長かった――いちどだけはばたいて、強烈なピシッという音とともに突風を引き起こし、突き飛ばされたホタはバランスを崩して倒れた。マガリは巣のへりに跳び移ると、割れた板の山を足がかりにして大気の中へ飛び立ち、そのあおりで通りに散っていた紙切れが舞いあがった。ほんの数秒後には、彼女ははるか上空を飛翔していた。ホタは突然の旅立ちに呆然として、町そのものと同じようにからっぽで見捨てられた気分になった。

マガリはグリオールの背のむこうへ姿を消し、ホタは立ちあがった。しばらく両手をだらんと垂らしたまま、なにひとつ考えることができなかった。それから宿屋まで歩き、瓦礫を乗り越えて内側にある巣へ入った。なにがあると思ったのか、自分でもわからなかった。形見のようなもの。意図せぬ置きみやげ。剝がれた鱗とか、緑色のワンピースの切れ端とか。だが、そこにあったのは排泄物《はいせつぶつ》と血まみれの骨だけだった。板に浮かんでいた像は木目に戻っていた。揺れ動いているかどうかにかかわらず、その表面に竜の姿はなかった。静寂が重苦しい。妙な話だが、マガリの腹がごろごろ鳴る音や、嬰児《えいじ》のうなり声が聞こえないのが寂しかった。ばかなことを――と、自分の胸を殴りつける。あんな怪物に、もっと大きな怪物がお膳立てしたゆがんだ結び付きにうつつを抜かすなんて。ホタは板の破片をひとつ取りあげ、そびえ立つ緑の丘へむかって投げつけた。この怒りでかき立てられた力があれば、鱗と肉とはらわたを抜けて巨大な心臓をつらぬくことができるかのように。板は水たまりにばしゃんと落ちて、自分のばかさ加減がいっそう際立った。巣から通りへ這い出して、宿屋の一本だけ残った隅柱の下ですわり込む。あまり長くとどまっていたら、町の人びとが徐々に戻ってきてもめごとが起きるだろう。すぐに出ていくのがいちばんだ。自分の金や、宝石を探すのはあきらめて、このまま立ち去るのだ。どこかで仕事を見つければいい。その考えは彼の心を揺らしたが、しっかりとらえることはなかった。ホタは両手を握り締め、うつむいて、別の衝動が訪れるのを待った。

するとすると、去ったときと同じくらい唐突に、マガリが戻ってきて、〈嘘つきの館〉の上空を低く滑空し、その急襲によって静寂を打ち破った。彼女は町の背後に広がる丘陵地を越えて矢のように飛び去ったが、すぐに引き返してきて、今度はさらに低く飛んだ。ホタはその光景に力を取り戻して、はじかれたように立ちあがった。彼女が急降下したり旋回したりするのを見ていたら、ひとつの模様が繰り返されているのがわかった。その飛行は伝言であり、何カ月も前に彼女がグリオールの上空で模様を描いたときと同じ儀式的な行為なのだ。承認。あるいは告別。通りの上空を飛びすぎて、ブロンズ色の鱗をひらめかせ、翼で影を落とすたびに、マガリはひと声叫んでから上昇していった。距離が遠くて声のしわがれ具合が届かなかったので、彼女の呼びかけは不気味な笛の音のように響き、その三つのもの悲しい音列は、もっと長い、太陽の近くで奏でられる旋律から抜粋されたようにも思えた。マガリは一時間以上もホタの頭上を飛び続けた。空になびくスカーフのように。うっとりと見つめるうちに、マガリの飛翔が大気中に織り成す模様の意味がわかってきた。それは絆《きずな》だった——優美なねじれによって雄弁に語られる、ふたりを結び付けていた状況の素描なのだ。ふたりは出会い、からまり合って小さな旋律を生み出し、どちらにもその構造を見きわめられない大きな音楽の意向のために奉仕し、いま別れのときを迎えた。だが、それはほんのひとときのこと。ふたりはいつでもその絆によって結ばれている。めぐる輪はすべて〈嘘つきの館〉へと続いている。ホタはあの薬草を集めに出かけた日にマガリから言われたことを理解した。必然性と愛、運命と欲望の調和を理解し、それを受け入れることで、マガリの解放に喜びを見いだし、同じような解放がいずれ自分にも訪れるのだと確信することができた。

マガリが丘を越えて飛び去ったあとも、ホタは彼女がまたあらわれるのではないかと空を見つめ続けた。それでも胸の内に苦しみや後悔はなかった。なにが起きてそうなるのかはわからなかったが、マガリが必ず戻ってくると信じていたからだ。ホタが期待するような関係にはならないだろうが、ふたりのつながりはけっして切れることはない。ホタは内陸へむかって、ホライズン岬を目指し、どこかで適当な住まいと暇な仕事を見つけて、彼女が戻る日を待つ。いや、待つだけではない。記憶にあるかぎりで初めて、彼は胸の内に野心がこみあげてくるのを感じた。自分なりのやりかたで成りあがるのだ。ただ生きのびて退屈な仕事をこなすだけの人生に甘んじることなく。

形をとり始めたさまざまな計画や、あらゆる可能性に興奮をおぼえながら、ホタは宿屋に背を向けて、新たな道への第一歩を踏み出そうとしたが、そのとき、一団の男たちが通りをこちらへ歩いてくるのが見えた。数十人の男たち。丘陵へ避難していたせいですっかり汚れて髭《ひげ》もぼうぼうだ。だれもがぼろきれを身にまとって棍棒《こんぼう》やナイフを手にしている。同じくらいの人数の第二のグループが、通りの反対側から近づいてきた。ホタは宿屋の角をまわり込み、脇道へ入ったが、その先には第三のグループが待っていた。脇道の反対側からも第四のグループが迫っていた。

ホタは包囲されていた。

恐怖はあったが、それに圧倒されたわけではなかった。自信に満ちあふれていたし、最高の人生が待っているという確信も変わらなかったので、パニックに身をゆだねるつもりはなかった。見たところ、第三のグループが四つの中ではもっとも人数が少ないようだ。ホタは猪を殺すのに使っていたナイフを抜いて、その男たちにむかってまっすぐ走り出し、この戦術で敵の意気をくじこうとした。狙いを定めたグループの中心部が一歩後ずさり、これを見たホタは、しゃがれた叫び声をあげていっそう足取りを速め、ナイフをぶんぶん振りまわした。数秒後、彼は男たちのまっただ中にいた。男たちは髭もじゃのやつれた顔に驚きを浮かべながら、ホタにつかみかかり、ナイフで刺そうとしたが、彼はとてつもない勢いで走っていたので、そのまま男たちの隊列を無傷で突破すると、最後の掘っ立て小屋のそばを抜けて、町の周縁部を囲むヤシとバナナの木立へ駆け込んだ。力の行使に酔いしれながら、木々のあいだをジグザグに抜けて、葉を脇へ押しのけ、でこぼこな地面でときどき足をとられながらも、順調なペースをたもち、汗の感触や体を動かす感覚を楽しんだ。繰り返される夢の中でそうだったように、筋肉が疲れを知らない様子だったので、あの夢はこの瞬間の予兆であり、彼はこのまま緑におおわれたグリオールの背中をのぼり切って――いま気づいたが、まさにその方向へむかっていた――そこから身をおどらせて空を飛ぶのだろうかと考えた。だがどんなに力が強くても、ホタは足が速くはなかった。すぐに男たちの走る音が脇のほうや行く手から聞こえてきてた。叫び声もしていた。葉が黄ばんでぼろぼろになった大きなバナナの木のそばを通過したとき、草の中にひそんでいただれかに足首をつかまれて、ばったりと倒れた。ナイフが手からはじけ飛んだ。ホタは急いで膝立ちになり、ナイフを探した。見つけた場所は十フィートほど離れた草むらの中だった。ホタがそれを取り戻すより先に、だれかが背中に飛びついてきて、彼を顔から地面に突き倒した。そいつに応戦する間もなく、ほかの男たちに次々とのしかかられて、肺の空気が押し出され、こぶしや棍棒でがんがん殴られた。こめかみにくらった一撃でホタは気絶した。男たちは獣のようなにおいと獣のようなうなり声を発していて、彼が殺した猪たちの魂が復讐にやってきたかのようだった。

意識があるときとないときとのあいだに境界線が存在しないのか、あるいは、完全には気を失わずに覚醒世界の表面からほんの少し沈んでいただけだったのか、ホタはそれでも、川で溺《おぼ》れかけている人のように、こもった声を聞いたりゆがんだ人影を見たりすることができた。高々と担ぎあげられ、小突かれ、さんざん手荒に扱われているようだったが、すっかり感覚が戻ったのは〈嘘つきの館〉の一本だけ残った隅柱の下に立ったときだった。首のまわりになにかきついものを巻かれて、集まった男たちや女たちや子供たちに囲まれ、その全員から、いっせいに怒鳴られ、ののしられ、血を求める叫び声を浴びせられていた。首に巻かれたきついものをむしり取ろうとしたが、両手は背後で縛られていた。ぼんやりと目をあげると、隅柱にまだくっついているくさび形の床材の上から一本のロープが垂れさがっていて、その片方の端が首に巻かれていた。ホタは恐怖に駆られ、前方へ飛び出してロープを引きちぎろうとしたが、だれかがつかんでいるロープをぐっと引いて彼の喉を締めあげ、むりやりおとなしく直立させた。ホタは呼吸を浅くして、まわりにならぶ顔を見渡した。だれがだれやらまったくわからないのに、どれも見おぼえのある顔だった。猫や犬や馬を見て、動物たちならわかるそれぞれのちがいを見分けられないようなものだ。ひとりの女が、痩《や》せた顔を怒りにゆがめて、唾を吐きかけてきた。ほかの連中もこれはいい考えだと思ったらしく、近くにいる者はみんな唾を吐きかけ始めた。彼らの唾液がホタの顔を覆い尽くしていく。彼らの唾をぽたぽた垂らしながら死ぬのかと思ったら気分が悪くなってきた。ホタは片方の肩をあげて、頬についた唾液を少しぬぐった。すると、酒場で彼に叩きのめされた金髪の男が群衆のあいだから踏み出してきた。ホタがその男を見分けられたのは、ピンク色の肌やまるまるとした体形ではなく、つぶれた右手のおかげで、男はそれをホタの目の前に差しあげると、彼にどれほどの怪我を負わされたかを見せつけた。男は手を振って人びとを静かにさせてからホタに言った。「話すがいい、これでもまだ話したいと思うなら」

もうろうとしたまま、ホタは言った。「これはおれがやったことじゃない」

叫び声とあざけりの笑い。

金髪の男はまた手を振って彼らを静かにさせた。「じゃあだれの責任なんだ?」

「グリオールだ」ホタは答えたが、人びとの新たな笑い声にかき消されないよう、そこから先は声を張りあげなければならなかった。「おれがどうやって竜をここへ連れてきたと言うんだ?　おれはただの人間なんだぞ!」

「そうかな?」金髪の男はまだ使えるほうの手でホタの胸ぐらをつかみ、ぐいと顔を引き寄せた。「それについてはみんな疑問に思っているんだがね」

「人間に決まってるだろう!　おれはあやつられていた!　利用されたんだ!　グリオールがおれを利用したんだ!」

金髪の男はその意見についてじっくり考えてみたようだった。「ありうるな」ゆっくりと告げる。「むしろ、可能性は高いと思う」

彼の背後にいる群衆が不満げなつぶやきをもらした。

「とはいうものの……」金髪の男はにやりと笑った。「グリオールを吊すわけにもいかないだろう?　きみには彼の代役になってもらうしかないいな」

あざけりと笑いの混じった叫びをあげながら、人びとはこぶしを高々と突きあげた。ホタにつかみかかる者や、彼の頭をひっかいたり叩いたりする者もいた。金髪の男が彼らをさがらせた。「きみはわれわれの馬を殺し、盗みをはたらいた。あの売女《ばいた》がベノ・グルスタークをばらばらに引き裂いた件についてもきみに責任がある。これらの犯罪のどれかひとつでも絞首刑に値する」

「おれになにができたと言うんだ！」ホタは叫んだ。

「われわれと話すことはできたはずだ。われわれを助けることも。食べ物を運ぶことも」金髪の男はつぶれた右手で丘陵のほうをしめした。「食べ物と逃げ場がなかったために何人死んだか知っているのか？」

「おれは知らなかった！　あんたたちが話してくれれば、あんたたちがおれを威嚇したりしなければ……。とにかく、おれはあんたたちのことを考えていなかった！　できなかったんだ！　ほかに道はなかったんだ！」

「選択肢の欠如か。ありがちな問題だな。しかし法的救済の対象にはなるまい」金髪の男は、吊されたホタに蹴飛ばされるかもしれないと言って、人びとをさらにさがらせた。それからホタに向き直り、楽しそうにたずねた。「ほかになにか？」

　ホタには言いたいことが山のようにあった。懇願や反論、声明、自分の人生にまつわることと、過去に学んだことで公表しておく価値がありそうなこと。だが、意志の力を奮い起こしてなにひとつ口にしなかった。ロープで首がむずむずした。陰嚢が冷たく縮みあがっていた。膝が震えた。目を通りの先へ向けて、乾きかけた泥やかしいだぼろ小屋や錆が点々と浮いた屋根をたどっていくと、頭の中にひとつの姿が浮かびあがり、それは彼方に横たわる緑におおわれた巨大な姿とどこか似ていたので、グリオールが秘密を伝えているようでもあり、保証をあたえているようでもあり、彼の犠牲を笑っているようでもあった。どれなのかはわからない。身のうちで欲が高まり、強烈な生への渇望がどんどん大きくなると、このいましめを断ち切って長いあいだ避けてきた古き運命からのがれられるかもしれないという気すらしてきた。

「吊せ」金髪の男が言った。「あまり高くするなよ。顔を見たいからな」

ホタの体がロープに引かれて浮きあがると、集まった人びとの叫びがそれに合わせて強まり、彼の頭蓋で響く別の叫びと混じり合った。ホタの命の叫び、締めつけられた血の叫びだ。その音で体が押しあげられているかのようだ。顔はロープで否応なく下へ向けられ、視界が赤く染まった。群衆の上を向いた顔が、ぽかんとあいた黒い口と見ひらかれた目が、さらには自分の両脚が痙攣しているのが見えた。片方の靴は脱げていた。頭の中が熱くなってきたが、死の炎の火勢が弱いのか、変化はゆるやかだった。なんとか息をしようとしてロープで締められた首の筋肉を動かしたら、息ができることがわかった。熱が冷めていく。

輪なわの結び目がきちんとしていなかったのだ。

空気が流れ込んできた。

ほんの少し……だが生き続けるには充分だ。

それは新たな問題を生み出した。呼吸を続けて運命にあらがうか、それとも筋肉をゆるめてあきらめるか。どのみちすぐに決断を迫られるわけだが、ホタは自分で決めたかった。

別の恐ろしい圧力がロープを締めつけた。

ふたりの子供がホタのすねにしがみついて体を上下に揺すっていた。彼の首を折ろうとしているのだ。ガキどもはくすくす笑っていた。ホタは目をぎゅっと閉じて、呼吸を維持することにすべての力と意志を集中した。

背骨に沿って燃えるような痛みが何度も走った。真っ白な光がまぶたの裏ではじけた。そうした閃光《せんこう》のひとつが目もくらむほどの輝きを発したかと思うと、ホタの眼前に、かげろうのようにゆらめく、広大で奥深い、ほかのどこにもない領域がひらけた。彼の内部でなにか変化が、外へ広がろうとする奇妙な力強い動きがあり……そのとたん自分自身の姿が見えてきた！　両脚だけではなく、がっしりした体全体が。上下に体を揺する子供たちが、集まった人びとが。枯れ果てた町はすべての色彩を漉《こ》しとられていて、ホタの死にかけた視界の赤い色だけが残っていた。

ホタはすぐにこの現象とこの世界に興味をなくし、あの奇妙な広がる動きによって外へと運ばれた。マガリのことを思い出し、これで——いまここで——彼女の約束が果たされるのだと、いよいよそれが始まるのだと考えた。ホタの魂は大きく成長していて、竜の魂と同じように肉体を包み込むようになるのだと……。

そのあと激しいピシッという音が、強烈な落雷か大規模な変位でも起きたような音がしたが、あることを思いついて恐怖がやわらいだ、あるいは、それが彼の最後の時で、もはや恐怖が残っていなかったのか……とにかく、これはすべて夢なのだ、走って喜びを感じたことも、跳躍して——実際はぶざまに倒れ込んだのだが、だいたいそんな感じだった——空高く運ばれていまは滑空していることも、なにもかも彼の夢であり、さっき聞こえたピシッという音は彼の翼が空気をとらえて鳴った音で、あの咆哮は初めての飛行がもたらす興奮で、あの輝きは神聖なる太陽の光で、そしてもうじき彼はマガリと再会するだろう、そしてふたりのねじれた運命の模様をなぞりながら、眼下にいる竜の子供とともに、みなの信仰の対象である緑の丘の上を飛ぶだろう、そしてこれが、この変身こそが彼の得た報いであり、これですべての約束が現実になる——さもなければすべてが嘘に。

作品に関する覚え書き

竜のグリオールに絵を描いた男

グリオールの種子となるアイディアを思いついたのは、クラリオン・ライターズ・ワークショップに参加して作品のネタに詰まっていたときのことだった。わたしはミシガン州立大学のキャンパスへ出かけ、木陰でジョイントを吸って脳に刺激をあたえた。それからノートに〝バカでかい竜《ドラゴン》〟と書き付けた。とんでもなく冴《さ》えていると感じた。でかいものはクールだ、と思った。

全長が一マイルを超え高さが七百フィートある麻痺《まひ》した巨大な竜が、精神の力で周囲の世界を支配し、悪意に満ちた思考を送り出して人びとを意のままにあやつるというアイディア……これはレーガン政権の適切な隠喩《いんゆ》に思えた。当時、あの政権はいまこそ〝アメリカの夜明け〟であるとせっせと宣伝し、中央アメリカを荒廃させ、憲法を骨抜きにしようとしていた。これらの作品群に多かれ少なかれ見られる政治的な要素については、それで説明がつきそうだ。だから、ある意味、グリオールの作品群は二匹の神話上の獣《けもの》を題材にしていることになる。竜と、不死の怪物という裏の顔をもつ腐った大統領……まあ、どっちが裏の顔かはわからないが。

なぜこんなに何度もグリオールのところへ戻ってくることになったのかはわからない。基本的には、わたしはエルフも魔法使いも小人族も竜も同じようにきらっているのだ。おそらく、フィクションに登場する竜をサイズ順でならべたリストでわたしの竜がもっとも大きかったのを見たせいだろう。だから、なんであれ最大のものについて小説を書くことを一生の仕事にできるかもしれないと考えたのだ。最大のホリネズミ、小さな惑星ほどの大きさがあるアブラムシ、とてつもなく巨大な綿ぼこり。幸い、そういうアイディアを追求することはなかった。

ワークショップからアナーバーにあった自宅へ戻ったとき、画家でありわたしのバンドのギタリストでもあった義理の兄弟のジェイムズ・ウルフに、その竜の絵を描いてくれないかと頼んでみた——ストーリーを考えるときになにか頭に思い浮かべられるものがほしかったのだ。おおざっぱな素描のようなものを予想していたのだが、ジェイムズは特大の薄っぺらな紙片を何枚もテープで貼り合わせて、長さ八フィート高さ三フィートの竜のイメージを水彩で仕上げ、わたしの構想にあった桶《おけ》や梯子《はしご》などもしっかりと描き込んでくれた。せいいっぱいがんばって保存しようとしたのだが、絵はやがてぼろぼろに破れて修復不能になってしまった。とにかく、わたしは一年かそこらその絵をながめて過ごし、この作品の感情面の核となった徹底的に不幸な恋愛に耐えたあと、すべてを書き上げたのだった。

鱗狩人《うろこかりゅうど》の美しき娘

この作品はグリオールには寄生生物がたかっているかもしれないという思いつきから生まれた。これはなかなか興味深い思いつきだったので、プロットは付け足しで竜の体内の分類学的な探査が中心となる、より長篇的なアプローチのほうがふさわしい作品になるのではないかと思われた。実際、「鱗狩人の美しき娘」は当初は長篇の一部になる、というか一連の物語が竜に関する架空の研究書からの抜粋によってつながれる形式になるはずだったが、すぐに、自分ではべつにそんなものは読みたくないし、まして書きたいとは思わないことに気づいてしまった。

この作品を執筆していたのもストレスがきつい時期だった。母がもう先の長くない状態だったので、わたしは母がいたフロリダ州オーモンドビーチの狭苦しいマンションで同居し、その介護を手伝うという、しんどい日々を送っていた。近所のモールにあった映画館ではわたしが見たいものはなにひとつ上映されなかった（『愛のイエントル』が一年以上かかっていた）。その地域に友人はいなかったし――わたしはマンションのいちばん若い住民より三十歳年下だった――たいして金もなく、車もなく、息抜きに出かけられる場所といえば通りの先にあるデニーズだけ。それだけに、なるべく明るい話にして（とにかく、わたしの目には）、そんな状況でなければ書いていたかもしれないものよりずっと正統派の現実逃避ファンタジイを書きたかったのだ。

たいていは早朝の時間帯に、デニーズでコーヒーを飲みながらストーリーを練り、十五分か二十分ほど一気に書いてから、マンションに駆け戻って母の様子をチェックする。わたしが観察したかぎりでは、午前三時のデニーズに幸せな人びとはあまりやってこない。幸せそうに見える連中のほとんどは酔っ払いなので、その幸せも長続きしない。それ以外の人びとはというと、一匹狼《おおかみ》、依存症、不眠症、売春婦、警官、ドッグレースでついてない夜をすごした不機嫌な老人、そしてさまざまな種類の敗者たち。

このデニーズで深夜勤務の人気者だったのは、すぐできる料理を担当していたフレッドだ。わたしと同じくらいの年齢の、浅黒い肌をした黒髪の男で、配膳口をとおしてこざかしいジョークを飛ばしたり、常連客を相手に皮肉っぽい、ときには愉快なやりとりを繰り広げたりしていた。警官たちがテイクアウトの料理を買うために立ち寄ると、フレッドはこっそり警察無線をまねてみせた――雑音もかぼそい声もなにもかもほんものそっくりなので、警官たちは思わず無線機をつかんで応答してしまうのだ。ある晩、ふたりの警官が厨房《ちゅうぼう》に入ってフレッドに厳重注意をした。それ以降、偽の無線通信はぴたりと止まり、そういうコミカルなスタイルをがまんしたせいか、フレッドのコメントはどんどん敵意に満ちた辛辣《しんらつ》なものに変わっていった。客を怒鳴《どな》るようになってほどなく、彼は首になった。二カ月後に再雇用されたときには、心を病んだので精神療養施設に入所していたとの噂を聞いた。事実はどうあれ、フレッドは以前の切れ味を失っていた。ジョークが呼び起こすのは、まっとうな浮かれ騒ぎではなく、おざなりな笑い声でしかなかった。しかも好んでアドバイスを口にするようになり、それは明らかにグループセラピーに加わっていたときの産物だったので、あまり歓迎されることはなかった。

デニーズの世界はわたしの世界となり、フレッドのような悲劇（わたし自身のに比べればたいしたことがないように思えた）が周囲で演じられる中、わたしは席ですわり込んで紙ナプキンに竜の頭部を描き、ノートに落書きをし、ウエイトレスといちゃつき、黄疸《おうだん》のような光の中でせいいっぱい生きていた……その光は、グリオールの巨体の奥深くにある狭苦しい密閉された亀裂を照らすひび割れたほこりだらけのランタンから放たれたものとよく似ていたかもしれない。

始祖の石

この作品が生まれたときのことをほとんどおぼえていないのは、書いていた場所の影響を受けていたことにおもな原因がある。八十年代の初期から中期にかけてはニューヨーク州スタテンアイランドのセントジョージ地区で暮らしていた。フェリー乗り場の近くにあるウェスターベルト・アヴェニューは、犯罪の急増を目指しているかのような通りで、住んでいるのは麻薬の売人や、売春婦や、ちんけな悪党や、ごく少数の怖いもの知らずな連中——自分がその地区の中産階級化を目指す動きの先陣を切っていると思い込んでいて、どうでもいいことを何時間でも語り続ける——だったが、妙なことに、同じジャンルの仲間たちも少数ながらそこに交じっていた。ホラー作家のクレイグ・スペクター、ベス・ミーチャムとタッパン・キング（当時はそれぞれバークリー社と〈トワイライト・ゾーン・マガジン〉の編集者だった）、わたし、それにモーリーン・マクヒューが、みんな一ブロック以内の範囲で暮らしていたのだ。

うちからタウンハウスふたつぶん離れたところにクラック密売所があり、前庭には錆《さ》びたローンチェアやオートバイの部品が散らばっていた。そこを運営していたニッキーは、ブルックリンから来た似非《えせ》ラスタファリ主義者で、食物連鎖のずっと上のほうにいるだれかのことを密告し、その見返りに警官たちから白紙委任状をあたえられていた。毎朝、学校の生徒たちが立ち寄ってクラックを手に入れ、ときおり警官たちが家のそばをとおりかかって手を振ると、誇大妄想気味のニッキーはそれに応えて敬礼をしていた。彼はそれ以外に無許可のタクシー業もやっていたし、配下の売春婦たちはニューヨーク湾沿いの打ち捨てられた車の中で営業して、たいていの夜はわたしの家の前の通りでやかましく喧嘩《けんか》をしていた。〈きっぱり断れ〉のTシャツを着た麻薬の売人たちはうちの窓の下でしょっちゅう哀れな悲鳴をあげていた。わたしは手書きで『キングズリーの迷宮』という長編のほとんどを書き上げたが、ふと手を止めたとき、十一冊のノートを埋め尽くしていたのは地震計のグラフに似た判読できない文字だった。たむろしていた仲間は、ウージー短機関銃を持ち歩いているキューバ人とかそういった、ふだんなら背を向けて逃げ出すような連中ばかり。銃声もたびたび聞こえたし、朝になって外へ出ると歩道に散らばったクラックのアンプルのせいで足もとがじゃりじゃりして、夜のあいだに大量のパラフィン紙が降り注いだかのようだった。

下の階に住んでいた、レニーという美しい黒人の性転換者とは、彼女が朝の六時にわたしの寝室の真下にあるテラスでコニー・フランシスのアルバムを流す権利についていつも口論していた。その口論に終止符が打たれたのは、だれかが彼女の喉を切り裂き、LPをすべて叩き割り、きれいなブラウスをずたずたにして、魚の水槽に漂白剤を流し込んだときだった。こうした近所の悲劇に意識を奪われ、わたしはどんどん偏執的になって精神状態が不安定になった。当時のニューヨーク市長、エド・コッチは、月にいちどマンハッタンでもっとも頭のいかれたホームレスたちを集めて、フェリーの深夜便でスタテンアイランドへ搬送していた――そうやって街を掃除していたのだ。わたしたちがその翌朝に目を覚ますと、新たに収穫された分裂病の患者たちが通りをうろつき、CIAやエイリアンに話しかけたり、天国へ電話をかけたりしていた。ほとんどはマンハッタンへ戻っていったが、一部は残ってそこに居を定めた。だれかに住まいをあたえられたある男は、ほんものそっくりな実物大の電気椅子を作り、毎年独立記念日の週末になるとそれをヴィクトリー・ブールヴァードの安全地帯へ引きずっていって、自分をそれにストラップで留め、通勤する人びとにむかってにやにやと笑いかけた。わたしの知るかぎり彼を止めようとした者はいなかった――関係当局もそれを適切な論評として受け入れているかのようだった。あげくの果てに、わたしはひとりの女性実業家と付き合い始めた。初めは分別のある落ち着いた女性に見えたのだが、三週間もたつと掃除をするためだと言ってわたしのアパートメントに押し入るようになり、ある晩には、自分は忍者であり目で火をつけることができるのだと宣言した。ふたりの関係はあまり長くは続かなかった。あのころの精神状態では、きまぐれにわたしを焼き尽くすことのできる女性といっしょにいるのはむりだった。

いい時代だった。

こうしたあれやこれやのどこかに一匹の竜がいたわけだが、わたしが身を置いていたギャング・ファンタジイの強烈な錯乱ぶりと比べたら、それもごくありふれたものにしか思えなかった。

嘘《うそ》つきの館

二〇〇〇年代の大半を、わたしはワシントン州のバンクーバーで過ごした。そこは基本的にはオレゴン州ポートランドのベッドタウンであり、コーンドッグとテレビのリアリティ番組をひたすら消費する無愛想で魅力に欠けた人びとを果てしなく供給する巨大なショッピングセンターだった。とにかく、その街に対する第一印象はそんな感じだった。郊外の住宅地で生まれ育ち、その味も素っ気もない絞り汁に身をひたしてきたせいで、わたしはそういう土地に嫌悪感をいだきがちなのだ。だが、それと同時に、わたしは人類が有する知性の範囲はそれほど広いわけではなく、アインシュタインと愚者との差はわれわれが想像するよりもずっと小さいと固く信じている。口べたで鈍重で頭がにぶそうな人びとでもその内面生活は見かけがもっと派手な人びととまったく同じように複雑でエキセントリックで豊かなものであることが多いのだ。「嘘つきの館」は、発表当時、雄牛のような主人公の内面生活が洗練されているとして批判を受けた。この批判は正当なものだったかもしれないが、こうした語りの手法には先例がないわけではない――特定の分野にのみすぐれた能力を発揮する語り手は文学界のいたるところで数えきれないほど登場しているし、わたし自身が知っているように、正しい言葉で自分を表現することはできないが、なんらかの別の表現手段をもっていて、世界そのものや自分の周囲で起きているできごとをきわめて正確に理解している無教養な人びとは大勢いるのだ。いずれにせよ、この主人公の性格はわたしの周囲にいた人びとから情報を得ている。ワシントン州バンクーバーを擬人化したものと考えてもらってもかまわないと思う。

麻痺した竜でさえ成長して変化することになっているので、わたしはこの作品の執筆中に、グリオールは子供をほしがるものと決めた――では、彼はどうやってそれを実現しようとするのか？　わたしはグリオールが子供をほしがるのは、子孫をもうけ、あとになにかを遺すという自然な願望のせいだと決めてかかってしまったが、その点についてとことん考えていたら作品に付け加えられるものがあったかもしれない。というのも、数年後にそのことをじっくり考えてみたとき、この作品と最後の作品とのつながりがより明確になるアイディアを思いついたのだ。後戻りしてこの作品に手を入れたいという誘惑に駆られたが、結局はそのままにすることにした。作家の表現方法がどんなふうに進化するのかを知るうえでは、作品は執筆したときのままにしておくほうが、より誠実だし、より啓蒙《けいもう》的だと考えたのだ。

まあ、わたしが単に怠け者だったということかもしれない。

解説

本書はアメリカの作家ルーシャス・シェパード（一九四三〜二〇一四）の代表作「竜のグリオール」シリーズ全七本のうち、前半四本の邦訳をまとめたものである。シェパードのファンとしてはこのシリーズが邦訳出版されることは歓《よろこ》びのあまり手の舞い、足の踏むところを知らずという有様だが、ここではその歓びはひとまず抑えて、なるべく冷静になろうと努めよう。なお、以下の文章にはネタバレを含む。解説を先にお読みになる方はそのことを承知の上で読まれたい。もっともシェパードの作品はネタバレしたくらいで面白さが減るようなヤワなシロモノでは無いことも確かだ。

作者シェパードについてはこれまでに第一長篇『緑の瞳』（ハヤカワ文庫SF）、作品集『ジャガー・ハンター』（新潮文庫）、連作長篇『戦時生活《ま》』（新潮文庫）の邦訳があり、それぞれに紹介もついている。とはいえ、いずれもデビュー間も無い時期のものであるし、著者の経歴を知ることが、作品を味わう上でどのようなメリットがあるかという問題は一方にあるにしても、シェパードの小説はどれも自伝としても読めることが可能であってみれば、ここであらためて簡単にその経歴を述べるのも無駄ではあるまい。なお、著作と邦訳作品のリストはネット上に完備されたものがあるので、そちらを参照されたい。
http://www.isfdb.org/cgi-bin/ea.cgi?252
http://ameqlist.com/sfs/shepard.htm

　とはいうもののである。シェパードについてまともな伝記はまだ書かれておらず、また当分書かれそうにないとすれば、その経歴については、本人が書いたり、しゃべったりしたものを基にせざるをえない。ところが、そこには、常に虚構の匂いがついてまわる。エッセイやインタヴューでも、どこまでが本当かが故意に曖昧《あいまい》にされている感覚が消えない。ディックも同様だが、かれの場合は客観的には虚構でも本人は事実と信じている。シェパードは事実をそのまま述べることを避けているようにみえる。韜晦《とうかい》というのともまた違う。事実というものは、たとえ些《さ》細《さい》なことであろうと、ありのまま述べてはまっとうには伝わらない。適切な誇張や隠蔽《いんぺい》を施してこそ、初めてまともに伝わる。あたかもそう信じているごとくなのだ。アジアやラテン・アメリカにおいて、あまりにも悲惨な事実を目の当たりにしてしまった結果、そういう態度、というよりも癖がついてしまった、と憶測もしたくなる。生前最後の作品集は *Five Autobiographies And A Fiction* と題されている。収録された六本はすべてまごうかたなき小説 fiction である。これを自伝と呼ぶのであれば、自己にまつわる言説はすべて虚構とみなしたくなるではないか。本人が語っていることを覆す証言があるわけでもないが、ただ、その語っていることが、時々によって細部が異なり、また生年のように明らかに事実ではないことも含まれる。

もう一つには、シェパードはどうやら人をかつぐことが三度のメシより好きだったらしい。桁外れのいたずら好き、冗談好きだった。時にそれは悪意の現れと受取られてもおかしくないくらいのものだった。Locus誌二〇一四年五月号の各氏による追悼記事には、これを示す話がたくさん出てくる。

巻末の著者による創作ノートも、ここに書かれていることを額面通り受取っても、我々が今ここでこの話を読むことの参考になるかどうか。たとえグリオールがその発想時点でレーガン政権の比喩を含むとしても、作者はそこには拘《こだわ》っていない。むしろこのエッセイそのものも小説作品の一部として読む方が楽しめるともいえる。むろん、ここに書かれていることがすべてまったくの虚構ではないだろう。ただ、虚実の境が分明で無いので、そこは読む方も綱渡りを楽しむつもりで読んだ方がいいということである。

以下は公式サイトの自筆の経歴、前記 *Five Autobiographies And A Fiction* の自筆序文や各種インタヴューなどの資料をもとに切り貼りしたものである。

Lucius Taylor Shepard は一九四三年八月二十一日、ヴァージニア州中部リンチバーグに生まれた。生年を作家デビュー当初一九四七年と称した。アメリカでも初期の紹介ではこれが基になっている。後、フロリダ州デイトナ・ビーチで育つ。母ルーシィ、父ウィリアムの家はともにプランテーションを所有するヴァージニアの旧家で、先祖はワシントンの麾下《きか》で独立戦争を戦った。十五歳でアイルランド往《い》きの貨物船で脱出。ヨーロッパ、北アフリカ、アジアで、幅広い仕事をしながら数年を過ごす。

ルーシャスは高校生の頃にはフットボールの選手となり、父親を体格で抜いていた（作家仲間では抜きんでた巨漢だったという）。後述するような「躾《しつけ》」も要因の一つとなって、世の中のあらゆるものに怒りくるっていた。両親は息子を持て余し、暴力ではかなわないことが明らかになった後、「騙《だま》し討ち」で息子を精神病院に入れる。ルーシャスは親戚中に手紙を書きまくり、やがて叔父の一人に救出されるが、すぐにそこからも追い出され、親戚の間を盥回《たらいまわ》しされる。アイルランドへの脱出はその後のことになる。この「精神病院」はデビュー当時のインタヴューなどでは「ブルックリンの少年院」とされたもののようだ。

アメリカに戻ってノース・カロライナ州立大学に入学。大学の文芸誌 The Carolina Quarterly の編集に関わるが、すぐにドロップアウトして、スペイン、東南アジア、ラテン・アメリカ、とりわけカリブ海周辺を広く旅する。中南米をめざしたのは、母親がスペイン語教師だったこともあるらしい。シェパード自身もスペイン語に不自由はしなかったはずだ。大学は結局二年生を十学期やって卒業せず。一方、入学して間も無く学生結婚し、一子ガリヴァーをもうける。かれは現在ニューヨークで建築家になっている。夫人についての言及は見当らない。一家そろってカリフォルニアに向けての大陸横断の旅の途中、デトロイトで車が壊れ、修理費を稼ぐ必要に迫られて、あるバンドに参加。七〇年代の大半は中西部でロック・バンドを渡り歩く。担当はキーボードとヴォーカルと作曲。SFFのコンヴェンションでは、内輪のパーティーで、その頃のレパートリィだろうか、歌を口ずさむのを聞かれてもいる。深く響く良い声だったそうだ。バンドのうち最後のものは「もう少しでブレイクしそうになった」。この間も中米を頻繁に訪れる。

最終的に音楽の仕事に見切りをつけ、一九八〇年、クラリオンSF創作ワークショップに参加する。書き手としては若い頃詩人をめざし、一九六七年には詩集も出している。八一年、「黒珊瑚《くろさんご》」"Black Coral" がマータ・ランドル編のオリジナル・アンソロジー *New Dimensions* に売れる。New Dimensions が刊行中止になったため、ランドルは作品をテリー・カーに紹介。八四年、カー編のオリジナル・アンソロジー *Universe 14* に発表された。これに先立つ八三年、カーの *Universe 13* と Fantasy & Science Fiction（以下 F&SF）誌九月号に短篇をそれぞれ発表して作家としてデビューした。デビュー当時実際にはすでに四十歳である。デビュー前八二〜八三年にはフリーのジャーナリストとして、エル・サルバドル内戦を報道した。

作家デビュー直後から奔流のように作品を発表し、ネビュラ、ヒューゴーを始めとする各賞を総ナメするが、一九九二年に休筆する。九八年に復帰。もっとも休筆は断筆ではなかったようで、この間にも数本、作品は発表しているし、コミックの原作を担当してもいる。復帰後は数は若干少なくなるが、その分、より成熟した作品を書き続けた。生涯に発表した作品は長短百三十本だが、そのいずれもが極めて質の高いものだ。これくらい駄作は愚か、凡作の無い作家も珍しい。シェパードの作品はどれをとってもどこかで一点突破していて、水準作と呼べるようなものが無い。もっとも、出来の悪いものは発表しなかったということでもあろう。各種雑誌やアンソロジーの紹介では、常に何冊もの著書や作品が刊行予定として挙げられるが、そのほとんどは実際には活字にならなかった。二〇一四年三月一八日、オレゴン州ポートランドで死去。脳梗塞と脊髄の感染症で前年から病床にあった。

作家デビューした時期はサイバーパンク華やかなりし頃だが、シェパードはギブスン、スターリングなどと並べられながら、サイバーパンクとは一線を画す存在とみなされた。一方で、キム・スタンリー・ロビンスンなど、サイバーパンクと対峙するとされたグループにも入れられていない。初めから独立した、一作家一ジャンルの存在であり、それはずっと変わっていない。

シェパードを特異な書き手としているのはまずその文章である。作家としての素養は、少年の頃、父親から叩きこまれた。父親は文筆で身を立てようとしたこともあったらしいが、断念し、息子に身代わりを託した。シェイクスピアやギリシャ、ローマの古典を暗記させる。

「ルーシャス」はそもそもラテン名のルキウスからきている。あるいは『黄金《の》の驢馬《ろば》』の作者ルキウス・アプレイウス（二世紀半ば）からとったのかもしれない。酒を呑みながら、思いつきである文章を暗誦《あんしょう》し、それがシェイクスピアのどの作品のどこからの引用か、息子に答えさせることを「娯楽」とした。答えられなかったり、間違えば体罰を加えた。というエピソードも伝えられている。

こうして培われた土台に、幅広く、奥の深い海外体験、三島由紀夫はじめ多数の非英語圏作家も含む現代作家たちの読書が加わったものだろう、シェパードの文章はジャンルの内外を問わず、我々と同時代の英語圏の書き手としては、美しく流麗なことでは肩を並べる者はないとされる。粘着力も高く、饒舌《じょうぜつ》である一方で、必要な時にはこれ以上ないほど簡潔にもなる。マイケル・ビショップやライザ・ゴールドスタインなど、自身すぐれた文章の書き手である作家たち、デーモン・ナイト、エレン・ダトロウなど経験豊富な編集者たちがこぞって誉《ほ》めたたえるものだ。シェパードの小説は、プロットを楽しむ、つまり次に何が起きるかへの関心よりも、まず文章を読むことそのものがいかに歓びに満ちた体験であるか、思い起こさせてくれる（内田《うちだ》昌之《まさゆき》氏の邦訳はその呼吸を見事に日本語に移している）。なお、シェパードの作品はそのほとんどが現在 Orion/Gateway の ebook 版で入手可能だ。

https://www.sfgateway.com/?s=Lucius+Shepard

シェパードが好み、影響を受けたとして挙げる作家のリストは、現代アメリカの当時までのSFF作家のものとしては他にほとんど類例が無いものだ。いわゆるSFFプロパーの作家はほとんどおらず、「純文学」系の書き手で占められている。例外はジーン・ウルフとジャック・ヴァンスだ。ヴァンスの「終末の地球」を舞台にして諸家が作品を寄せたトリビュート・アンソロジー*Songs Of The Dying Earth*（2009）にも巧みに文体模写したノヴェレットを寄せている。

シェパードは本質的にファンタジィの書き手である。もっとも現在アメリカのファンタジィの主流である異世界を舞台としたエピック・ファンタジィやアーバン・ファンタジィとは一線を画す。「宇宙船乗りフジツボのビル」のような一見ストレートなSFも、本質はファンタジィと見るべきだろう。資質として、現実世界を舞台にして書いてもどうしても超自然の要素が入ってきてしまう。筆者が即座に連想するのは夢野久作、そして山田風太郎だが、英語圏のSFFプロパーの作家で言えばレイ・ブラッドベリがおそらく体質的に近い。ただし、ブラッドベリが西海岸の明るさを基調とするのに対し、シェパードは南部ゴシックの流れを汲《く》む。フォークナーからポオ、ひいてはトウェインにつながる流れだ。ジャンルの枠を外せば、題材、質感からしても、ノヴェラを得意としたことでも、コンラッドにまず指を折る。

当然、かれは作品のシリーズ化には興味を示さず、舞台設定の使いまわしをしなかった。

というよりも、使い回せるような舞台設定、世界設定をしなかった。異世界構築に関心を示さない。異世界を構築するのは、そこに我々の生きる現実世界を映しだすためである。作家は現実世界のうち、望むものを選んで映しだすために異世界を造る。だから、舞台となる世界はそれ自体がメイン・キャラクターの一つでもある。シェパードは自分の眼に映った現実世界をまるごと作品に映しだした。映像はあるいは歪《ゆが》み、あるいは拡大されて、世界は思いもかけない姿を顕《あら》わす。それまで見たことも聞いたこともない様相を見せるとしても、世界そのものは我々が今生きているこの世界だ。物語に出てくる人間たちは、我々と同じ空気を吸い、同じ風を感じ、同じ太陽に照らされて、同じニュースに慄《ふる》える。我々と同じ喜怒哀楽に翻弄《ほんろう》され、死ねば（たぶん）同じところへ行く。

その中で唯一の例外と言えるのがこの「グリオール」の連作である。これは明瞭に「竜のグリオール」が存在している世界を舞台にしている。デビュー間も無い一九八四年に最初の「竜のグリオールに絵を描いた男」が F&SF 誌に発表され（発表順に言えばデビューから六作め）、最後の長篇 *Beautiful Blood* は死後の出版になるから、作家としての全キャリアにわたって書きつづけられたという点、そして、それぞれの作品の質の高さ、底に孕《はら》む大きく深いテーマからして、作家シェパードの代表作にちがいない。

シリーズの発表の経緯を記しておく。上述のようにシリーズ最初のノヴェレット “The

Man Who Painted the Dragon Griaule" は F&SF 誌一九八四年十二月号に発表された。四年後の一九八八年四月に第二作のノヴェラ "Scalehunter's Beautiful Daughter" が単行本書下しで出る（雑誌掲載は Asimov's 誌同年九月号)。翌一九八九年、第三作 "The Father Of Stones" がワシントン、D. C. でのコンヴェンション Disclave #33 のゲスト・オヴ・オナー・ブックとして発表される（後 Asimov's 誌九月号に掲載)。ここから時間が空いて、第四作 "Liar's House" は十四年を経た二〇〇三年十二月、ウエブ・マガジンの Sci Fiction に発表。二〇〇四年に単行本化。さらに七年後の二〇一〇年、第五作 "The Taborin Scale" が単行本書下しで出る。二〇一二年に以上の五本に書下し "The Skull" が加えられて、単行本 *The Dragon Griaule* としてまとめられた。そして二〇一四年八月、著者の死の半年後に *Beautiful Blood* が単行本書下しで刊行された。なお、*The Dragon Griaule* と *Beautiful Blood* は各々半年ほど先行して仏語版が出ている。これに限らず、シェパードの作品は仏訳が多い。

「始祖の石」発表後の複数のインタヴューで、このシリーズはもう一篇、長めの話を書いて完結する、その作品のタイトルは *The Grand Tour* で、グリオールの内部探索の話になる、と作者は語っていた。ご覧の通り、結局この話は発表されなかった。おそらくは完成もされなかったのだろう。

最初の三作と後の四作の間に十四年の歳月があるのは、*The Grand Tour* の失敗とともに、一九九二年から九八年の休筆がはさまるからである。休筆の理由は単純ではありえないが、本人の弁によれば、書いているものに納得できなくなったからだった。休筆によってあらためて書く姿勢を見つめなおし、より良く書けるようになった、とシェパードは言う。

グリオールの意味やシリーズ全体、個々の物語の内容について議論するのは別の場に譲ろう。ただ、自由と支配、意志と強制、環境と人間、社会と個人、行為と責任という、我々の存在の根源に関わる問題を、生々しいイマージュとして提示し、ここまで切実に身近に感じさせる小説は滅多にあるものではない。グリオールという存在を設定することでそれが可能になっていることは言うまでもない。ファンタジィとは本来このように作用する。そしてシェパードの作品のどれにも通底する性格でもある。どの小説にあっても、超自然的存在やシチュエーションは、あまりに大きすぎるので直視するのを普段は避けている問題を、あらがいようもなく、突き付けてくる。無理強いするのではない。夢中になって読んでいると、ふとあるとき、目の前に置かれていて、「嘘《うそ》つきの館」のホタのごとく、そこから眼を離すことができなくなっている。問題から眼を逸らすことをできないようにしてしまうのが、シェパード作品の魔法なのだ。

シェパードの作品が魔法作用を読む者におよぼすとしても、作品そのものの中では魔法は働いていない。グリオールはこの作品世界にあってはどこまでも現実に他ならず、超自然的存在、魔法的存在ではないのである。グリオールがどうやってか周囲に影響を及ぼし、人びとを操っているかどうかとは別に、竜そのものは実際にそこにいる。自然現象ではない、一個の生命体である一方で、火山にも似た天然の地形、風景の一部でもある。

むろんファンタジィは本来そういうものだ。SFFの作品の中で読者からは魔法に見えるもの、超科学の産物に見えるものも、その世界の住人たちにとってはすべて現実そのものだ。シェパード作品では、それに加えて作品のその世界は、我々の生きているこの世界に直結している。接続しているところは必ずしも顕わにはされていないが、つながっていることは感じられる。

このつながっている感覚は、中南米をはじめとするエキゾティックとも言える空間を舞台とする初期の諸作では、皮膚に砂をこすりつけられるようにヒリヒリと感じられた。超自然的な事態や現象が起きるにしても、それによってかえって現実感、つながっている感覚が強くなる。休筆以後の作品では、この連続感覚は皮膚よりも内臓や骨に響くようになる。

我々の住む現実世界とのつながりは文章とともにシェパードの作品の特徴をなすが、このつながりは作品にとってメリットにもデメリットにもなる。

まず、この感覚によってシェパードの小説を読む体験はより切実なものになる。今これを読むことに自分の、そして世界の行方がかかっている、という感覚が迫ってくる。小説を読む行為は、まず第一に娯楽、ヒマ潰《つぶ》し、逃避であることはもちろんだが、目の前の現実から逃げるだけでは本当に面白くはならない。話が面白ければ面白いほど、我々の世界との関係が見えないとどこかでシラけてしまう。シェパードの小説はその切実さによって、無類に面白い。

「グリオール」のシリーズでも、「嘘つきの館」以降の作品では、我々の世界との連続感が深まる。「嘘つきの館」ではこの感覚はまだ前三作に近いが、「タボリン鱗《うろこ》」"The Taborin Scale" からの三作では、連続性はよりはっきりしてくる。

「タボリン鱗」では、まだ若く、比較的小さなグリオールが飛びまわる別の時空に主人公たちは移される。かれらはどうやらキャタネイに「殺された」グリオールが復活するために利用されるのだが、その過程で幼児性虐待やセキュリティの確立のための皆殺しの論理の問題に直面する。

「頭骨」"The Skull" は、ばらばらにされて各々に持ち去られたグリオールの死体のうち、頭骨の行方と、それを元に復活を目論む竜との対決を余儀なくされる人間たちを語る。舞台は頭骨《もくろ》を買ったテオシンテの隣国テマラグアで、時間はシリーズの他の諸作から大きく下って、おそらく二十一世紀前半のいつか、最初の四半世紀の終り頃か。

「美しき血」*Beautiful Blood* では、出発点にもどり、キャタネイの活動の裏で進行していたもうひとつのドラマ、グリオール教とも呼べるものの創始者として歴史に名が残ったりチャード・ロザシャーの半生を辿る。これをもってグリオールの物語はその円環を一度閉じる。なお、このタイトルは二〇〇四年のインタヴューでは五作めとして完成したと述べられているが、シェパードも寄稿して二〇〇九年に出たオリジナル・アンソロジー *Poe* の作者紹介でもまだ近刊とされている。原稿自体はずっと前に完成していたが、刊行をためらっていたのかもしれない。

つまりは、シリーズと見えながら、その中で一貫性を保とうとは作者はしていない。少なくともシリーズものでは一般に当然とされている形では一貫性は保っていない。執筆のきっかけや動機、めざしたところは各々に異なる。魅力的な設定やキャラクターを発展・展開するために書こうとはしていない。別の作家が書けば、そもそもグリオールが凍結された話をどこかで書こうとしただろう。しかしここでは、グリオールの持つ意味も役割も含蓄も、書かれてゆくにつれて変わっている。グリオールという設定を使って、いろいろと試してみたと言う方が近い。より正確には、この設定から思いついた様々なことを試してみたと言おうか。同じ世界を舞台にした一本の時間軸上の連作というよりも、竜のグリオールという存在では共通するものの、それ以外は少しずつずれている複数の世界での話と見る方が面白く読めるだろう。グリオールという因子は一応共通で、それがたがいをつないでいるが、そのグリオール自体も実は少しずつ異なる別々の存在に見える。

一方で、シェパード作品における現実世界とのつながりの感覚が強い故に、最後まで読み通したとき、何かが足りないと感じることも多い。はぐらかされた、とか、結局これはどういう話なのか、とか、または、話の持つ潜在性、可能性が充分に展開されていないのではないかと感じる。シェパードに向けられた批判はつまるところ、その才能を充分に発揮していない、小説を書ききっていないというところに集約される。白状すれば「嘘つきの館」や「タボリン鱗」を最初に読んだとき、筆者もそう感じた。

しかし、シェパードの死後、その作品をあらためて読みなおすうちに、そう見えるのはやむをえないところがあるにしても、実態はもう少し違うのではないかと思えるようになった。シェパードは常に書こうとするものが大きすぎるのである。より正確に言えば、かれが書く話は書いているうちに膨らみ、増殖し、作品そのものを内側から喰《く》いやぶってしまう。小説を作者がコントロールできなくなると言っても的外れではないが、シェパードが小説を書くとどうしてもそうなってしまう。それ以外の形で小説を書くことができない。それでも、デビューからしばらくは、膨らんでくるものを抑えこみ、コントロールしようと努めていた。「絵を描いた男」にも明瞭にその跡は見てとれる。その努力が最も成功しているのは「始祖の石」だ。ただ、その成功は話の枠として古いパルプ雑誌向けの小説の結構を借りていることによる。パルプ小説のパロディやパスティッシュというよりもバーレスク、その形式や設定、プロットのクリシェを利用することで、本来は荒唐無稽《むけい》にふくらんで収拾がつかなくなるところを、説得力のある結末へ持っていっている。

しかし、そのコントロールや抑制は書き手としてのシェパードの本質には反するものであって、休筆はそのことを自覚したからでもあるだろう。休筆以後の作品では、従来型の小説やジャンルとして求められるフォームにまとめこもうとする姿勢が見えなくなる。それは時にエピソードの無造作な連なりと受取られることにもなるが、シェパードはつまるところ、ジャンルに収まる作家では無かった。より大きな「文学」、エンタテインメントも「純文学」もそれ以外の有象無象もすべてひっくるめた文学の書き手だった。そこではジャンルはもちろん、形態も意味を失う。小説とか評論とか随筆とか、あるいは学問の専門書とか、散文か韻文かという別を隔てる垣根はすべて溶解する。

生前最後の作品集に収めた作品をシェパードは自伝と呼んだが、かれの小説は自伝であり、日記であり、エッセイであり、プロパガンダつまり宣伝コピーであり、詩であり、その他、全ての文学形式が含まれている。ただ、現在の我々が読むと、それは小説に最も近く見え、それもファンタジィやサイエンス・フィクションと呼ばれるものに最も近いものに見える。

文学に限らず、作品が勝手に膨張して、内側から自らを喰いやぶり、ついには書き手からも飛び出してしまうのは、二十世紀の現象だ。文学の世界でいえば、プルーストやジョイスはその典型だし、フォークナーにもそれが感じられる。

シェパードの場合には、さらに第二次世界大戦後の、それも一九六〇年代以降の、文化的爆発の体験が加わる。端的に言えばポスト・ヴェトナムの体験であり、世界だ。そこではグレイトフル・デッドが延々と展開する集団即興のように、想像は想像を呼んで箍《たが》が外れ、作品は氾濫《はんらん》してゆく。夢とうつつ、現実と幻覚の境が消えて、両者はたがいに浸食しあう。サイバーパンクも同様にポスト・ヴェトナム体験から出発し、デジタルの要素をとりこんだ。ギブスンのヴァーチャル・リアリティはバラードの内宇宙を受け継ぎ、展開したものでもある。シェパードは「外」の世界をとりこんだ。そこはまぎれもなく人間が生み出したものでありながら、およそ「非人間的」な世界、人間的であろうとすればするほど、「人でなし」になってゆく人間の造る世界だ。第二次世界大戦まではまだ人間は正義を信じられた。ヴェトナム戦争以後、正義、公正の女神は姿を消した。正義の無い世界で人間であろうとする時、人はどうふるまうか。ふるまえるか。シェパード初期の「中米もの」にヴェトナム戦争が投影されているのはむしろ当然だが、シェパードにとってはそれはあくまでもスプリングボードであって、これらの作品を書きながら、作家としての本領を発見していったにちがいない。

シェパードの創作の原点には怒りがある。父親に文学を叩きこまれた少年時に育まれたものであろう。一つ所に留まれず、放浪するのも怒りのためであろう。そしてアジア、中米において、人でなしの造る世界が剝き出しになるのを目の当たりにして、さらに怒りはかきたてられた。その怒りを吐き出す最も効果的な方法がつまるところ小説を書くことだった。シェパードにとって作家の本領とはこの怒りの排泄《はいせつ》である。それは例えば「スペインの教訓」（一九八五年。『ジャガー・ハンター』所収）のラストに、思わず迸《ほとばし》ってしまう。しかし、より抑制された、それ故明瞭な形をとったのは「絵を描いた男」であり、シェパードはグリオールの連作を書くことで、おのれの想像力と創造力の働き方を把握し、振り落とされないようにこれに乗る術《すべ》を探っていったのだ。

グリオールの連作には、全作品を通じて鳴りつづけているテーマやモチーフが凝縮されているから、かれの小説を読んでゆく際の「参照項」ともなりうる。たとえば、本書収録の四篇でもほのめかされてはいるが、テオシンテが中米のどこかであることは「頭骨」で明示され、『美しき血』では、初期作品との共鳴がかすかだがはっきりと響く。ここでシェパードはようやく彼なりの長篇の書き方を発見してもいる。今さらながら惜しいとも思うが、その文業の掉尾《ちょうび》を飾るにはふさわしい。

言い換えれば、『美しき血』まで、シェパードは長篇が書けなかった。第一長篇『緑の瞳』は偉大なる失敗作だし、『戦時生活』はノヴェラを水平に連ねたものだ。分量としては立派な長篇である *The Golden* は、構造としてはノヴェラで、他に長篇として刊行されているものも、いずれも長いノヴェラである。「グリオール」のシリーズでも、「絵を描いた男」はノヴェレットで、「鱗狩人」と「始祖の石」というノヴェラによって、グリオールという仕掛けに潜在していたものが解放されている。

ノヴェラという形式は小説の形式、短篇、中篇、長篇という筋からはいささかずれるところがある。単なる長い中篇、短かい長篇には収まらないものがノヴェラにはある。形式的にはかなり自由度が高い。世界やキャラクターを充分展開したり、実験をしたりできるだけのスペースがある。一方で、ノヴェラは書こうとして構成できるものというよりも、書いてみたらそうなったという側面が強い。

シェパードがノヴェラの形式を得意としたことも、その想像力の働き方に応じたものでもあろう。得意としたというよりも、小説が勝手にその長さと構造におちつくのである。

SFF界ではノヴェラが得意な書き手は少なくない。アンダースン、シルヴァーバーグ、ゼラズニイ、ヴァーリイ、ティプトリーと挙げてみれば、SFFの「王道」を成す。シルヴァーバーグの『我ら死者とともに生まれる』の書評で、ノヴェラはサイエンス・フィクションにベストの形式と言ったジョアンナ・ラスの託宣には、こうした人たちの作品にシェパードを加えれば、その通りとうなずかざるをえない。

とはいえ、これは何も新しい形態ではない。『アラビアン・ナイト』のエピソードの一部（たとえば「蛇《くちなわ》の女王」）や、『カンタベリ物語』『デカメロン』の挿話のいくつかもノヴェラと呼びうる。ディケンズの「クリスマス・キャロル」、コンラッドの「闇の奥」、ヘンリー・ジェイムズの「ねじの回転」、トマス・マンの「マリオと魔術師」、ガルシア＝マルケスの「エレンディラ」といった作品が書かれてきた。もう少し近いところで言えば、漱石《そうせき》の「二百十日」、夢野久作《ゆめのきゅうさく》「氷の涯《はて》」、石川淳《いしかわじゅん》「普賢」、安部公房《あべこうぼう》「壁」、平野啓一郎《ひらのけいいちろう》「日蝕」もノヴェラに数えられる。

だから、シェパードの作品は一本を一気に読むのがベストだ。ノヴェラは一気に読んで初めて本来の味が味わえる。もっとも、小説は長さにかかわらず、できるだけ一気に読むのがベストではある。プルーストでさえ一気に読んでこそ本当に面白いと思える。一年かけて、などというのではまず十中八九途中でぶん投げる。一週間山に籠《こも》って、他のことは何もせず、むろんスマホも見ずに、ひたすら読みに読むとプルーストは無類に面白くなる。

プルーストに比べればシェパードは短かい。「グリオール」の諸篇のいずれも半日もあれば読めよう。別に速く読むことはないし、むしろ文章を味わえる速度で読むべきだが、とにかく一本を一気に読むとき、最高の読書体験が得られるはずだ。

シェパードはジャンルとしてのSFF界が嫌いではなかったようでもある。自分から湧き出て、流れ出す作品を買ってくれるということもあっただろうが、おそらくはSFF界の住人、作家や編集者たちが、かれのいたずらを面白がり、かつがれることを楽しむことができる人間だったからだろう。少なくともそういう人間の割合が、他の集団に比べて大きいと見なした。

シェパードは信頼した人間としか仕事をしなかったようでもある。その著書は、基本的に

ＳＦＦの独立専門出版社から出した。晩年はエレン・ダトロウ編集のアンソロジーを作品発表の場とした。

シェパードがディックやヴォネガットのようにアメリカ文学のカノンに組込まれることはないだろう。ディレイニーのように広くジャンル内外の敬意を集めることもおそらくない。ラファティやティプトリーのように、マニアックに愛されることもない。にもかかわらず、いや、それ故にこそ、シェパードは現代アメリカ最高の小説家である。その小説はジャンルの枠を破り、現実世界を浸食している。これをどう扱えばいいのか、ジャンルとしては途方に暮れていることは、マイケル・ビショップがNYRSFに書いた長大なレヴューに明らかだ。ジョナサン・ストラハンの言う通り、ジャンルにはジャンルの強みもあり、またその枠があるからこそ、シェパードも作家として世に出られたことは確かだ。しかし、シェパードがジャンルの約束事を守っていないことを嘆くよりも、ジャンルから出発した書き手が、ここまで到達したことを歓ぶのが筋というものではないか。では、かれが到達したところはどこか。グリオールのシリーズが到達点を示唆していることはわかるが、我々にはまだそこがどこか、はっきりとは見えていない。

その到達点を確認し、目標を据えるためにも、まずシリーズ残りの三作、そしてシェパードの諸作をあらためて読まねばならない。そして、シェパードの怒りを一部なりとも共有し、正義の無い世界に人として生きる術を探るためにも、シェパードは読まねばならない。

各種文学賞の受賞歴をまとめておく。

一九八五年
ジョン・W・キャンベル記念最優秀新人賞
「サルバドール」"Salvador" でローカスとSFクロニクル両賞の最優秀短篇。

一九八七年
「R＆R」（『戦時生活』に編入）でネビュラ、ローカス、SFクロニクル各賞の最優秀ノヴェラ。
"Aymara" でSFクロニクル賞最優秀ノヴェレット。

一九八八年
The Jaguar Hunter でローカス賞、世界幻想文学大賞の最優秀短篇集
（邦訳『ジャガー・ハンター』は抜粋）
"White Trains" でライスリング賞最優秀長詩

一九八九年
「鱗狩人《かりゆうど》の美しき娘」でローカス賞最優秀ノヴェラ

一九九〇年
「始祖の石」でローカス賞最優秀ノヴェラ

一九九二年
The Ends Of The Earth で世界幻想文学大賞最優秀短篇集

一九九三年
「宇宙船乗りフジツボのビル」“Barnacle Bill the Spacer” でヒューゴー、ローカス、SFクロニクル、Asimov's 読者各賞の最優秀ノヴェラ

一九九四年
The Golden でローカス賞最優秀ホラー長篇

一九九九年
"Crocodile Rock" でＩＨＧ（国際ホラー・ギルド）賞最優秀ロング・フォーム
二〇〇一年
「輝ける緑の星」"Radiant Green Star" でローカス賞最優秀ノヴェラ
二〇〇三年
"Over Yonder" でシオドア・スタージョン賞最優秀サイエンス・フィクション短篇（「短篇」部門ではあるが、この作品は分量はノヴェラ）
Louisiana Breakdown でＩＨＧ賞最優秀ロング・フォーム
二〇〇四年
"Ariel" で Asimov's 読者賞最優秀ノヴェラ
Viator でＩＨＧ賞最優秀ロング・フォーム
二〇〇七年
Softspoken でＩＨＧ賞最優秀ロング・フォーム

Dagger Key And Other Stories でＩＨＧ賞最優秀短篇集

二〇〇八年

"Vacancy" でシャーリイ・ジャクスン賞最優秀ノヴェラ

この他、ドイツ、フランスでも各々の翻訳が受賞している。

二〇一八年文月

おおしまゆたか

収録作一覧

「竜のグリオールに絵を描いた男」（"The Man Who Painted the Dragon Griaule"）
※一九八四年度英国SF協会賞最優秀短篇部門候補作、一九八五年度ヒューゴー賞、ネビュラ賞、ローカス賞、SFクロニクル賞の最優秀ノヴェレット部門候補作、世界幻想文学大賞最優秀ノヴェラ部門候補作。
〈SFマガジン〉一九八七年十二月号

「鱗狩人《うろこかりゆうど》の美しき娘」（"The Scalehunter's Beautiful Daughter"）
※一九八九年度ローカス賞最優秀ノヴェラ部門受賞作。ヒューゴー賞、ネビュラ賞、世界幻想文学大賞、〈アシモフ〉読者賞、SFクロニクル賞の最優秀ノヴェラ部門候補作。
〈SFマガジン〉一九九一年五月号

「ファーザー・オブ・ストーンズ」（"The Father Of Stones"）
※一九九〇年度ローカス賞最優秀ノヴェラ部門受賞作。ヒューゴー賞、世界幻想文学大賞、〈アシモフ〉読者賞、SFクロニクル賞の最優秀ノヴェラ部門候補作。
〈SFマガジン〉一九九一年十二月号より改題。

「嘘《うそ》つきの館」（"Liar's House"）
※二〇〇四年度ローカス賞最優秀ノヴェラ部門候補作。
初訳

竜のグリオールに絵を描いた男

2018年9月6日　初版第一刷

著 ……………………… ルーシャス・シェパード
訳者 ……………………………… 内田昌之
カバーイラスト ……………………… 日田慶治
カバーデザイン ………… 坂野公一(welle design)

発行人 ……………………………… 後藤明信
発行所 ……………………… 株式会社竹書房
〒102-0072 東京都千代田区飯田橋2-7-3
電話：03-3264-1576(代表)
03-3234-6383(編集)
http://www.takeshobo.co.jp
印刷所 …………………… 凸版印刷株式会社

定価はカバーに表示してあります。
乱丁・落丁の場合には竹書房までお問い合わせください。

ISBN978-4-8019-1588-6 C0197
Printed in Japan